btb

JULI ZEH

SIMON URBAN

Zwischen Welten

ROMAN

btb

Für Marie. Du fehlst.

TEIL I

5. Januar bis 18. Mai

Mittwoch, 5. Januar

09:31 Uhr, Stefan per WhatsApp: Die heftigsten Kopfschmerzen meines Lebens … Nicht mal nach Silvester war es so schlimm. Und gleich ist Redaktionskonferenz. Sprichst du noch mit mir?

09:45 Uhr, Stefan per WhatsApp: Theresa? Lebst du noch? Hast du dein Telefon vor Wut in die Außenalster geworfen, und ich schreibe gerade an einen Schwan?

09:55 Uhr, Stefan per WhatsApp: Muss jetzt in die Konferenz, den nächsten Kulturteil durchplanen. Kann aber unterm Tisch aufs Handy gucken. Bitte schreib mir. Wenigstens kurz! Ob alles in Ordnung ist.

17:22 Uhr, Stefan per E-Mail:

Hallo Theresa!

Trotz meines WhatsApp-Terrors von heute Morgen keine Nachricht von dir. Das kann man konsequent nennen. Oder sadistisch. Diese Seite an dir ist neu. Aber ich habe ja gestern Abend viel Neues entdeckt. An dir und an mir.
Ich verstehe, dass du mich mit deinem Schweigen quälen willst. Nichts anderes habe ich verdient. Aber das, was gestern passiert ist, ging nicht nur von mir aus. Du warst genauso daran beteiligt. Ich kann mir nicht vorstellen, dass du das anders siehst.
Den ganzen Tag habe ich aufs Handy gestarrt wie ein Teen-

ager, der darauf wartet, dass die erste große Liebe ihm endlich auf sein Herzchen-Emoji antwortet. Dazu diese grausamen Kopfschmerzen. Drei Novalgin, keine Wirkung. Außerdem ist gestern ein wichtiges Projekt gescheitert, für das ich mich in der Redaktion ziemlich starkgemacht hatte. Vermutlich war ich auch deshalb so aggressiv. Wäre unser Abend anders verlaufen, hätte ich dir wahrscheinlich stundenlang davon erzählt.
Antwortest du mir in diesem Leben überhaupt noch mal? Sei gnädig, Sadistin. Ich warte.

Dein hundemüder Stefan

18:11 Uhr, Theresa per E-Mail:

Mann, Stefan, du klingst wie der Waschlappen, als den ich dich gestern beschimpft habe. Falls ich das wirklich getan habe. Ehrlich gesagt, ich erinnere mich schlecht. Haben wir früher auch so viel gesoffen? In Münster? Am Bodensee? Jedenfalls haben wir uns früher nicht so angeschrien. Ich schreie überhaupt selten. Was du mir jetzt wahrscheinlich nicht glauben wirst.
Ein paar Stunden keine Antwort auf WhatsApp, und du glaubst an Sadismus. Wenn es vier Wochen nicht regnet, hältst du das vermutlich für eine Strafe der Götter, für dich ganz persönlich. Wahrscheinlich bist du auch sonst der Dreh- und Angelpunkt des Universums. Wobei es euch Städtern eher egal ist, ob es regnet oder nicht. Ihr merkt das gar nicht.
Ich glaube, ich fange schon wieder an, dich zu beleidigen. Eigentlich wollte ich dich fragen, ob wir noch einmal von vorn anfangen wollen. Ich hatte mich so gefreut, dich wiederzutreffen. Nach fast zwanzig Jahren! Wie ein unverhofftes Neujahrsgeschenk. Und dann dieser unfassbare Zufall!

Es kommt höchstens zwei oder drei Mal im Jahr vor, dass ich in den Westen fahre, um irgendeinen alten Herrn oder eine Dame zu besuchen, die bei uns in der Gegend noch Land besitzen und vielleicht verpachten oder verkaufen wollen. Zufällig war das dieses Mal in Hamburg. Zufällig wollte Herr Kröcher sich gleich Anfang des Jahres treffen – und da stehst du plötzlich in der U-Bahn vor mir und breitest die Arme aus. Wenn das kein Schicksal war. Danach ist das Ganze allerdings ziemlich aus dem Ruder gelaufen. Herrn Kröcher muss ich dann wohl ein andermal besuchen. Wie du vielleicht weißt, geht der erste Zug von Hamburg nach Berlin um halb fünf. Ich bin also seit vier Uhr auf den Beinen, nachdem ich zwei Stunden in der Lobby des Ibis-Hotels vor mich hin gedöst hatte. Der Nachtportier hatte mich reingelassen, andernfalls wäre ich wahrscheinlich erfroren. In Berlin musste ich dann noch eine Stunde auf den Regionalbahnanschluss warten, dann weiter mit dem Auto von Plausitz nach Schütte. Seit neun bin ich auf der Arbeit, das Ganze bei Minusgraden. Deine Kopfschmerzen in allen Ehren, aber du kannst ja mal versuchen, dir vorzustellen, wie es mir geht.
Wenigstens ist mir jetzt wieder warm. Es ist wesentlich angenehmer, am Rechner zu sitzen und dir zu schreiben, als dir auf der hartgefrorenen Wiese an der Außenalster gegenüberzustehen, während du irgendwelche absurden Dinge behauptest. Wir sind ja gestern vor lauter Streiten nicht einmal dazu gekommen, uns in groben Zügen zu erzählen, was wir so tun und wie es uns so geht. Wie zum Teufel sind wir auf die fürchterliche Idee verfallen, uns bei diesen Temperaturen im Freien zu betrinken? Ein Wunder, wenn keiner von uns eine Lungenentzündung bekommt.
Lass es uns besser machen, per E-Mail. Wenn ich zwischendurch etwas Zeit finde, schreibe ich dir gern, was bei mir

passiert. Und ich würde mich freuen, wenn du auch ein bisschen aus deinem Leben berichtest. Von außen betrachtet sind wir zwei ein ziemlicher Komödienstoff: du der Topjournalist aus Hamburg, ich die Milchbäuerin aus der brandenburgischen Provinz. Könnte eine ganz lustige Story werden.

Theresa

19:33 Uhr, Stefan per WhatsApp: Von vorn anfangen finde ich super. Ich lege einfach mal los. Name – Stefan Jordan. Alter – 46 Jahre. Beruf – Kulturchef bei der Hamburger Wochenzeitung BOTE. Beziehungsstatus – ledig und Single. Kinder – keine, von denen ich weiß. Tiere – heute einen Kater. Ist das ein Match?

19:43 Uhr, Theresa per WhatsApp: Keine Ahnung, frag den Algorithmus. Ich mach mal weiter. Name: Theresa Kallis. Alter: 43. Beruf: Vorstand der *Kuh & Co. Schütte e.G.* Glücklich verheiratet, zwei tolle Kinder, Jonas und Phil, acht und zehn.

19:52 Uhr, Stefan per WhatsApp: Du bist »Vorstand« von Beruf? Nicht vielleicht eher Vorständin? Oder Vorstandsvorsitzende? Angehörige des Vorstands?

20:01 Uhr, Theresa per WhatsApp: Nein, Stevie, du hast schon richtig gelesen, ich *bin* der Vorstand. Le Vorstand, c'est moi. Bei eingetragenen Genossenschaften mit weniger als zwanzig Mitgliedern genügt eine einzelne Person. Und ich hoffe sehr, dass du mir jetzt nicht wieder mit deinem Gender-Thema kommst, sonst können wir auch gleich zurück an die Außenalster und uns anschreien.

20:20 Uhr, Stefan per WhatsApp: Ruhig Blut, war nur eine Verständnisfrage. Mein Bedarf an Geschrei ist bis Mitte des Jahrhunderts gedeckt.

20:22 Uhr, Theresa per WhatsApp: Du schuldest mir übrigens Geld.

20:29 Uhr, Stefan per WhatsApp: Dann ist mein Filmriss deutlich schlimmer, als ich dachte. Hab ich dir das Portemonnaie geklaut? Oder dich angeschnorrt? Oder war dein ganzes Gezeter gestern Abend in Wahrheit eine Stand-up-Performance und ich muss dafür nachträglich Eintritt zahlen? Das kannst du vergessen.

20:31 Uhr, Theresa per WhatsApp: Du hast mit einer Idee von mir Karriere gemacht, und ich verlange eine Dividende von zehn Prozent auf alle deine Gehälter seit dem Jahr 2005. Da ist HEFTIG zum ersten Mal erschienen, wenn ich nicht irre.

20:40 Uhr, Stefan per WhatsApp: Du irrst keineswegs, und dein Selbstbewusstsein hat unter dem Landleben offenbar nicht gelitten. Das war nicht *deine* Idee, meine Schöne, sondern bestenfalls *unsere* Idee, oder, noch besser gesagt: Du hattest die Ehre, dabei zu sein, als mich der göttliche Funke traf.

20:44 Uhr, Theresa per WhatsApp: Mal im Ernst: Ich finde es großartig, dass du die Idee wahr gemacht hast. Ich glaube, wir haben damals am WG-Küchentisch jede Woche eine Man-müsste-mal-Idee produziert. Man müsste mal einen Duschkopf mit integrierter Shampoo-Düse erfinden. Oder ein Kondom mit Füllstandsanzeige. Oder man müsste mal ein Magazin rausbringen, das mit dem Zeitgeist Schritt hält. Echte Jugendkultur. Intellektuelles Trendsetting für unsere Generation. Und du gehst hin und machst das tatsächlich. Das ist echt HEFTIG. War der Name nicht auch von mir?

20:48 Uhr, Stefan per WhatsApp: Hm, ja, könnte sein. Und du hast Recht: Das HEFTIG-Magazin ist wirklich zum Sprungbrett für meine Karriere geworden. Die Reputation hält sich, obwohl der BOTE das Ding vor ein paar Jahren eingestellt hat. Trotzdem wäre ich ohne HEFTIG bestimmt nicht Kulturchef geworden. Nur das ganze Geld habe ich verprasst, fürchte ich.

21:01 Uhr, Theresa per WhatsApp: Keine Sorge. Wenn mir Geld wichtig wäre, hätte ich keinen Bauernhof.

21:13 Uhr, Stefan per WhatsApp: Das leuchtet ein.

21:20 Uhr, Theresa per WhatsApp: Ich muss Schluss machen. Basti ist schon genervt, weil ich die ganze Zeit auf dem Handy tippe. Vielleicht hören wir uns morgen.

Donnerstag, 6. Januar

18:33 Uhr, Stefan per E-Mail:

Hey Theresa,

ich finde es wirklich schön, dass wir uns schreiben. Eigentlich ist es ein Skandal, dass wir uns für so lange Zeit aus den Augen verloren haben. Dein Verschwinden hat mich damals ziemlich getroffen. Natürlich wusste ich von deinen Eltern, und dass du plötzlich einen Bauernhof führen musstest oder wolltest, aber verstanden habe ich das nicht. Und du hast nie versucht, es mir zu erklären. Vielleicht holst du das bei Gelegenheit einmal nach.

Nach unserem kleinen WhatsApp-Austausch habe ich lange am Fenster gesessen, über die Dächer des Schanzenviertels geschaut und an früher gedacht. Wir beide in Münster. Wie wir uns im Erzähltheorie-Seminar von Dr. Renate »Reni« Werner kennengelernt haben. Du kamst rein mit deinen sensationellen blonden Locken, die du an dem Tag offen getragen hast (das war wirklich umwerfend), und ich hatte den Eindruck, dass dich alle anstarrten. Wenn mir in diesem Moment jemand gesagt hätte, dass du ein paar Wochen später bei mir einziehst (okay, du brauchtest dringend ein Zimmer, und ich hatte eins übrig) wäre ich vermutlich umgefallen. Ich konnte mein Glück kaum fassen – die hübscheste Erstsemester-Studentin der gesamten WWU saß plötzlich bei mir am Küchentisch, ohne dass ich mehr vorweisen musste als einen Mietvertrag über Zwei-Zimmer-Küche-Bad. Auch wenn dann tatsächlich eine WG und kein Liebespaar aus uns geworden ist, habe ich es immer als Geschenk betrachtet, mit dir zusammenwohnen zu dürfen. Überhaupt, diese absurde Wohnung! Teppich auf dem Klo. Der andauernd betrunkene Hausmeister Haverkamp. Jahrelang das Gerüst vor meinem Fenster, mit Bauarbeitern darauf, die mir beim Martin-Walser-Lesen zuschauten. Irgendwann später habe ich auf einer Party von unserer WG erzählt … Wie wir zusammengelebt haben, platonisch, auf engstem Raum. Dass mein Zimmer hinter dem Bad lag, so dass ich nicht rein- oder rauskonnte, wenn du unter der Dusche warst. Man hat mir das nicht geglaubt.

Wir haben so viel geredet damals – über Politik und Kunst, Gott und die Welt, Sex und Tod. Wir waren so radikal ehrlich und voll von unerschütterlichem Vertrauen. In uns, in unsere Zukunft. Manchmal denke ich, die gemeinsame Zeit mit dir war die Keimzelle für alles, was ich später beruflich gemacht habe.
Wobei ich mich für manches schäme. Zum Beispiel für HEFTIG. Das Magazin war so erfolgreich und hat meiner Karriere so gutgetan – aber diese unfassbar naive Konsumfreude, der hemmungslose Hedonismus, das ist aus heutiger Sicht kaum noch nachvollziehbar. In HEFTIG haben wir allen Ernstes Reportagen über die schönsten Urlaubsziele in der Karibik geschrieben, während der Klimawandel immer schneller voranschritt. Wir haben überhaupt nichts gemerkt! Das war wie ein kollektives Koma, ein Totalversagen, nicht nur politisch, sondern auch journalistisch. Ich habe definitiv etwas wiedergutzumachen. Das ist auch einer der Gründe, warum ich zurzeit an einer neuen Idee arbeite. Es soll wieder ein Magazin im DIN-A4-Format werden, das dem BOTEN beigelegt wird. Erst mal nur mit einer Pilotausgabe, aber meine Hoffnung ist natürlich, dass die Sache gut ankommt und wir in Serie gehen.
Auch dieses Mal gibt es übrigens eine Frau, die mich inspiriert hat. Sie heißt Carla al-Saed, eine junge Kollegin aus unserer Berliner Online-Redaktion. Carla und ich haben den Verlag vor ein paar Wochen bei einem nervtötenden Branchen-Event in München vertreten und sind in der Veranstaltungspause ins Gespräch gekommen. Sie hat sicher auch so etwas wie »Man müsste mal …« gesagt, jedenfalls fing sie plötzlich an, von einer monothematischen Klima-Beilage zu sprechen, einem Heft zum wichtigsten Thema unserer Zeit. Zunächst als einmalige Aktion. Ich hörte ihr zu und hatte plötzlich eine spontane Idee, die, wenn ich das

in aller Bescheidenheit sagen darf, ein ziemlicher Clou ist: Die Klima-Beilage soll nicht nur von Redakteur*innen aus den Umwelt- und Wissenschaftsressorts geschrieben werden, sondern auch von ausgewählten Aktivist*innen der Klimabewegung. Carla und ich haben uns gleich in Rage geredet und die zweite Hälfte des Symposiums einfach geschwänzt. Vermutlich war ich dem Münsteraner Küchentisch an diesem Nachmittag so nahe wie seit Jahren nicht. Ein paar Tage später habe ich das Konzept unserem Chefredakteur Flori Sota vorgestellt (du kennst ihn bestimmt aus den Talkshows), nicht hochoffiziell in einer Konferenz, sondern bei einem unserer vielen Gespräche in seinem Büro. Ich schätze den Mann. Er ist gewissermaßen mein Förderer und wohl auch eine Art väterlicher Freund. Wir reden Klartext miteinander und sind manchmal nicht gerade zimperlich, aber immer absolut fair. Flori fragte als Erstes, ob wir dann demnächst auch ein Themenheft *Tierwelt* gemeinsam mit Seegurken, Flughörnchen und Wombats verfassen würden – da haben wir noch beide gelacht. Als er merkte, dass ich die Sache absolut ernst meinte, wurde die Unterhaltung deutlich unharmonischer. Am Ende ein richtiger Streit. Flori warnt schon seit geraumer Zeit vor einer »hochriskanten« Vermischung von Journalismus und Aktivismus. Ich sehe darin eher eine Notwendigkeit und vor allem eine Chance. Letztlich geht es um die Frage, ob Journalismus sich eine Haltung erlauben darf oder sogar muss, was ich angesichts der Klimakrise und des wachsenden Rechtspopulismus ziemlich alternativlos finde.
Als sich abzeichnete, dass Flori meine Idee mit der Klima-Beilage tatsächlich rundheraus ablehnte, habe ich das »undemokratisch« genannt, woraufhin er sein berühmtes ironisches Lächeln zeigte und sagte: »Dann lass uns doch mehr Demokratie wagen.« Er hat einen Vorschlag zur Güte ge-

macht: dass wir ein »Stimmungsbild im Haus« abfragen. Redaktionelle Mitbestimmung besitzt bei uns eine lange Tradition, das ist nichts Ungewöhnliches, und ich muss sagen, ich hatte ein gutes Gefühl. Der Print-Markt ist nach wie vor in der Krise. Alle suchen nach Möglichkeiten zur Erneuerung. Warum sollten die Kolleg*innen etwas dagegen haben, mit einer solchen Idee nach vorn zu gehen?
Dieses Stimmungsbild-Meeting fand jedenfalls gestern Nachmittag bei uns im großen Konferenzsaal statt, drei Stunden, bevor ich dich dann plötzlich in der U2 getroffen habe. Es waren auch Mitglieder (m/w/d) der Online-Redaktion aus Berlin zugeschaltet, unter anderem natürlich Carla al-Saed. Sie hat dann auch gleich zu Beginn ein starkes Statement pro Klima-Beilage abgegeben, Tenor: Wir sind der Aufklärung verpflichtet, der Wissenschaft, der Bildung. Wir müssen ein Zeichen setzen und den anderen Zeitungen mit gutem Beispiel vorangehen. Carlas Wortbeitrag hatte etwas von einem Manifest. Die jüngeren Mitarbeiter*innen haben spontan applaudiert. Aber es gibt eben auch die Fraktion der »Alten«, die bei einem ehrwürdigen Blatt wie dem BOTEN noch immer in der Überzahl sind – jedenfalls in der Redaktionskonferenz. Sota kann zählen, er kennt seine Schäfchen, und er hatte mit Sicherheit im Vorfeld sondiert. Nachdem die offene Diskussion kein eindeutiges Ergebnis brachte, rief er eine Kampfabstimmung aus – 37 Leute für die Klima-Beilage, 44 dagegen. Sota hatte von Anfang an gewusst, wie das ausgehen würde. Auf diese Weise ist er mich und meine Idee ganz demokratisch losgeworden.
Bei allem Respekt für Flori – ich war mächtig angekotzt. Bin ich noch immer. Du siehst, unser Zufallstreffen stand unter keinem guten Stern.
So, lang genug Interna ausgeplaudert. Aber immerhin konnte ich mir mal den Frust von der Seele schreiben. Was

machst du gerade? Lass mich raten. Du stapfst nach der Feldarbeit über eine verschneite Wiese nach Hause zu deinem Fachwerkhof, feuerst den offenen Kamin an und ziehst die Stiefel aus. Liest du dann einen Krimi zur Entspannung? Oder immer noch Martin Walser?

Dein Stefan

19:24 Uhr, Theresa per E-Mail:

Ist das nicht die Kernidee von Demokratie? Wenn die Mehrheit dagegen ist, wird die Sache abgeblasen?

19:33 Uhr, Stefan per E-Mail:

So einfach ist das nicht, und man kann ja auch nicht alles demokratisch entscheiden … Das würde jetzt zu weit führen.

Freitag, 7. Januar

10:36 Uhr, Theresa per E-Mail:

Lieber Stefan,

klar, demokratische Entscheidungen sind eine Zumutung, vor allem, wenn man verliert. Niedlich, wie du versuchst, Flori Sota dafür die Schuld zu geben.
Noch niedlicher, wie du dir mein Leben vorstellst. Verschneite Felder und offener Kamin. Wahrscheinlich hast du diese Bilder aus einem Kinderbuch. Oder vom Playmobil-Bauernhof. Drei Heuballen, zwei Kühe, ein Schwein. Links der Misthaufen, rechts die Fachwerkscheune.

Dazwischen laufen ein paar Hühner, und die Bäuerin mit den langen blonden Locken pflückt Äpfel in einen Korb. Wahrscheinlich sind solche Provinzphantasien normal für einen Großstadtintellektuellen, der mit Talkshow-Größen wie Flori Sota über die Zukunft des Journalismus diskutiert (ich gucke normalerweise keine Talkshows, aber dass du Sota so gut kennst, hat mich schon beeindruckt. Er ist ein wirklich schlauer Typ, und dabei auch noch ziemlich sympathisch, liegt vermutlich an seiner ironischen Art). Weil es hier so verdammt anders aussieht, als du glaubst, will ich ein bisschen beschreiben, was mich umgibt.
Der Hof, den ich nach dem Tod meines Vaters übernommen habe, heißt jetzt »Kuh & Co. Schütte e.G.« und war vor der Wende eine LPG, was man immer noch deutlich sieht. Keine Fachwerkscheunen, sondern weitläufige Betonflächen, auf denen flache Hallen stehen. Dazu Futtersilos, ein Maschinenpark, Gülletanks. Strohmieten und Silage-Berge. Melkmaschine und Kühlanlage. Der Misthaufen hat die Höhe eines zweistöckigen Hauses und wird vom Teleskoplader an die Biogasanlage verfüttert. Nachts kommen silberne Tanklaster auf den Hof, um die Milch abzuholen. Jede Kuh trägt einen Transponder um den Hals, der uns modernes Herdenmanagement ermöglicht. Romantik ist anders, dafür sind wir ziemlich gut organisiert. Die Büros befinden sich in einem Flachbau, den wir neu errichtet haben. Davor waren meine Sekretärin Britta und ich in Containern untergebracht, die im Sommer unerträglich heiß wurden. Jetzt habe ich ein Büro mit Klimaanlage und Kaffeemaschine und muss mir den Computer nicht mehr mit Britta teilen. Nur deshalb kann ich überhaupt hier sitzen und dir schreiben, auch wenn ständig jemand reinkommt und fragt, ob noch Kaffee da ist. Britta verfügt mittlerweile über einen eigenen Raum, klein, aber fein und so vollgestopft mit

Leitz-Ordnern, dass man sich kaum noch bewegen kann. Sie hat die Angewohnheit, sich beim Telefonieren mit dem Stuhl um die eigene Achse zu drehen, was mich früher fast in den Wahnsinn getrieben hat. Seit ich ihr nicht mehr dabei zugucken muss, verstehen wir uns viel besser.

Vor meiner Zeit gab es auf dem Hof ein schickes Wohnhaus, das mein Urgroßvater um 1900 erbaut hatte. Auf alten Postkarten kann man es noch bewundern: symmetrische Stuckfassade, Freitreppe, zwei Linden vor dem Haus und die Nebengebäude tatsächlich mit Fachwerk. Bestimmt gab es damals auch freilaufende Hühner. Mein Vater hat seine ersten Kindheitsjahre dort verbracht, bevor Anfang der Fünfziger die Zwangskollektivierung begann. Seine Familie wurde enteignet und musste den Hof verlassen, und das Wohnhaus wurde abgerissen – als unerwünschtes Symbol des Großbauerntums. Sie sind in ein kleineres Haus in der Dorfmitte gezogen, das mein Vater dann später übernommen hat. Dort bin ich geboren und aufgewachsen, und heute lebe ich mit Basti und den Jungs wieder darin. Die Kuh & Co. liegt gleich hinter dem Ortsschild am östlichen Dorfrand, so dass ich morgens mit dem Fahrrad zur Arbeit fahren kann. Ehrlich gesagt bin ich ganz froh, nicht auf dem Hof zu wohnen. Die Arbeit verfolgt mich auch so schon oft genug bis in den Schlaf.

Obwohl in den letzten Jahren alles viel besser geworden ist. In der Anfangszeit war der Job eine ziemliche Katastrophe, und ich war mit meinem abgebrochenen Germanistikstudium (kurz vor dem Abschluss … mein Gott!) auch nicht gerade eine Idealbesetzung. Mein Vater hatte den Betrieb im alten Stil geführt, der Investitionsstau war gewaltig, die Umstellung auf Biogas und Öko-Siegel unvermeidlich. Außerdem sind wir seit der Wende eine eingetragene Genossenschaft, das heißt, fast jeder, der hier arbeitet, hält

Anteile am Unternehmen und kann über grundlegende Fragen mitentscheiden. Kündigungen von größeren Anteilseignern sind so gut wie ausgeschlossen, weil die Genossenschaft sie auszahlen müsste und dafür nicht genug Rücklagen besitzt. Mein Vater wollte das so, er hat an das Prinzip geglaubt, und natürlich verstehe ich das ethische Konzept, aber die Umständlichkeit der Prozesse kann einen manchmal geradezu in den Wahnsinn treiben. Versuch mal, eine Neuausrichtung vorzunehmen, wenn zehn Leute mitreden dürfen – Melker, Stallknechte, Traktoristen. Ohne Britta hätte ich das niemals geschafft. Sie hat schon für meinen Vater gearbeitet und kennt den Laden besser als jeder andere. In gewisser Weise war sie hier immer die heimliche Chefin. Wenn sie über den Hof brüllt »Rauchen verboten!«, schmeißt selbst mein Vorarbeiter Christian die Zigarette weg.

Es hat eine Weile gedauert, aber inzwischen bin ich in meine Rolle hineingewachsen. Ich habe noch Agrarwissenschaften im Fernstudium absolviert (dieses Mal mit Abschluss!), dazu viele Fortbildungen mit Schwerpunkt Ökologie und Milchwirtschaft gemacht. Am meisten hat mich letztlich der Alltag gelehrt, die tägliche Arbeit auf dem Hof. Mein Beruf ist eine Wundertüte, man kann niemals richtig vorbereitet sein. Ausnahmezustand als Normalfall. Kühe werden krank, Maschinen gehen kaputt, Mitarbeiter erscheinen nicht zur Arbeit. Das Wetter tut nie, was es soll, und wenn sonst nichts schiefgeht, kommt jemand vom Arbeitsschutz, vom Naturschutz oder von der Bio-Kontrolle und beanstandet irgendein Detail. Aber was soll's – wenn ich mich darüber beschweren würde, wäre ich wie ein Arzt, der sich beklagt, dass seine Patienten dauernd krank sind. Ich versuche, an den Herausforderungen zu wachsen. Das Wichtigste sind starke Nerven, Improvisationstalent und eine gute Beziehung zu den Mitarbeitern. Gott sei Dank sind alle drei Faktoren vorhanden. Meine Leute respektieren mich, und mittlerweile sind auch alle vom Bio-Konzept überzeugt. Ich schaffe es, meine Familie zu ernähren – was will man mehr? Mein Mann Basti ist Mechatroniker von Beruf, arbeitet aber nur halbtags wegen der Kinder. Er trägt nicht gerade viel zum Familieneinkommen bei. Das soll sich bald ändern, er besucht die Meisterschule und will nächstes Jahr die Prüfung zum Kfz-Meister ablegen, spezialisiert auf Elektromobilität. Er träumt davon, eine eigene, hochmoderne Werkstatt zu eröffnen. Na ja, das ist Zukunftsmusik. Bis dahin lastet die Existenzsicherung auf meinen Schultern. Natürlich gibt es auch eine Schattenseite. Rasant steigende Pachtpreise und Energiekosten, verfehlte EU-Subventionen, Politiker, die unsere Probleme nicht verstehen, und Verbraucher, die für ihr Essen nichts zahlen wollen. Manchmal könnte man daran verzweifeln. Aber wir lieben unseren Betrieb und haben das Gefühl, etwas Sinnvolles zu tun. Das ist am Ende wichtiger als ein störungsfreier Arbeitsalltag. Ich stelle immer wieder fest, wie sehr ich das Leben hier schätze. Vor allem die Menschen, mit denen ich zu tun habe. Klar, als Zwanzigjährige bin ich aus dem Dorf geflohen. Alles war zu eng, zu beschränkt, zu langweilig. Hier kann man mit niemandem über Literatur oder Weltpolitik reden. Aber dafür stehen die Leute mit beiden Beinen auf dem Boden, und wenn du Hilfe brauchst, ist immer jemand da.

Nachdem meine Mutter zu ihrer Schwester an die Ostsee gezogen ist, haben Basti und ich das Haus komplett saniert. In meinem alten Kinderzimmer habe ich mir ein kleines Büro eingerichtet, in dem ich manchmal spätabends noch Papierkram erledige. Der Blick aus dem Fenster ist noch genau wie früher. Ich sehe ein Stück Dorfkirche, und, wenn

ich mich nach rechts beuge, eine Ecke vom Friedhof mit den Gräbern von Hugo Stechow und Familie Zille. Auf der linken Seite sehe ich das Haus von Willy, das immer noch »das Haus von Willy« heißt, obwohl inzwischen eine junge Familie dort wohnt, deren Namen ich nicht kenne.
Seit der Sanierung ist bei uns im Haus alles hell und modern, mit abgeschliffenen Kieferndielen und schicken Deckenbalken und, ja, auch einem offenen Kamin. Basti hat vieles selbst gemacht, er ist handwerklich sehr geschickt. Meiner Meinung nach hätte er auch Innenarchitekt werden können. Er hat ein gutes Auge und einen Sinn für Stil. Aber bei der Vorstellung, seinen Astralkörper auf den Klappsitz eines Uni-Hörsaals zu falten, bekommt er einen Lachkrampf. Im Keller hat er sich einen Fitnessraum eingerichtet, in dem er täglich Hanteln stemmt, damit der Umfang seiner Oberarme nicht unter vierzig Zentimeter sinkt. Ich habe nichts dagegen. Er sieht ein bisschen aus wie eine 45-jährige Version von »Ken«. Schade, dass ich keine Zeit habe, an meinen Barbie-Qualitäten zu arbeiten.
Vielleicht kommst du eines Tages mal vorbei und schaust es dir selbst an (den Hof, nicht Basti). Auch wenn Schütte nicht gerade ein Tourismuszentrum ist. Achtzig Kilometer westlich von Berlin, 451 Einwohner, 28 Prozent AfD. Dünn besiedelt, sozial schwach, ziemlich vergessen von der Welt. Flache Landschaft, unfruchtbare Sandböden, trockene Kiefernwälder. Einkaufszentren und Windparks. So ziemlich das Gegenteil von Hamburg und der Außenalster. Dafür jede Menge Beinfreiheit. Spätestens seit der Corona-Zeit mache ich jeden Tag drei Kreuze, weil ich hier draußen und nicht in der Stadt wohne. Für Jonas und Phil ist es auch besser, obwohl der Schulweg ziemlich lang ist. Sie gehen auf die Grundschule vier Dörfer weiter, der Bus hält an jeder Milchkanne und braucht vierzig Minuten für den

Weg. Aber wenn wir mal in Berlin sind, schauen sie mit großen Augen aus dem Autofenster und sagen: »Oh Gott, Mama, die armen Menschen, die hier leben.«
So, jetzt muss ich mal wieder an die Arbeit. Britta kam schon zweimal rein und hat gefragt, seit wann ich in einem solchen Tempo Subventionsanträge tippe.

LG Theresa

Samstag, 8. Januar

15:32 Uhr, Stefan per E-Mail:

Liebe Theresa,

danke für diese anschauliche Desillusionierung. Es ist verrückt – jetzt bekomme ich plötzlich mit zwanzig Jahren Verspätung Einblick in dein neues, aufregendes, seltsames Leben. Einen Playmobil-Hof hatte ich mir zwar nicht vorgestellt, aber dass du als Bäuerin über eine Sekretärin in einem Container verfügst und deine Kühe Transponder besitzen (eine Gemeinsamkeit – ich öffne damit im Verlagshaus sämtliche Türen), wäre mir im Traum nicht eingefallen. Dass bei euch 28 Prozent rechtsradikal wählen, ist natürlich eine Katastrophe. Kann mir gar nicht vorstellen, wie du das aushältst. In Münster waren wir noch gemeinsam auf AStA- und Juso-Demos. Vermutlich spielt Politik in einem landwirtschaftlichen Betrieb einfach keine Rolle, und man muss jede Arbeitskraft nehmen, die man kriegen kann. Ich käme damit trotzdem nicht klar.
Wenn du magst, erzähle ich dir im Gegenzug etwas von meinem Job. Der ist zwar in der Regel deutlich weniger

katastrophisch als deiner, aber trotzdem nicht ganz unkompliziert. Im Grunde sind wir mit unseren 237 Kolleg*innen so etwas wie eine Bundesrepublik in der Nussschale – und je größer die Krisen im Land ausfallen, desto turbulenter geht es auch bei uns zu.

Die Konflikte in der Redaktion rühren nicht zuletzt daher, dass sich gerade ein Generationenwechsel vollzieht. Es gibt beim BOTEN immer mehr junge Kolleg*innen, die Dinge neu denken, sich mit den alten Antworten nicht mehr zufriedengeben und mit einem ganz anderen Fokus auf die Fragen der Zeit blicken. Das ist gut so, führt aber zu Streit mit der alten Garde. In letzter Zeit kracht es immer häufiger. Als ich vor achtzehn Jahren (Tessa, wir sind alt!) hier angefangen habe, gab es immer wieder Diskussionen um die Notwendigkeit einer Verjüngung (HEFTIG war so ein Versuch) und entsprechend auch Konflikte um Themensetzungen und -gewichtungen. Aber rückblickend betrachtet waren das niedliche Diskussiönchen. Die jungen Journalist*innen von heute sind auf eine andere Weise selbstbewusst, als wir es damals waren. Sie begreifen sich als Avantgarde, und das bezieht sich nicht nur auf ihre Arbeit, sondern auch auf den Grad ihrer politischen Aufklärung. Das Establishment bei uns im Haus – 65 Prozent Männer, alle fünfzig plus – belächelt und fürchtet diese Entwicklung gleichermaßen. Ich stehe altersmäßig eher dazwischen, aber mein journalistisches Herz schlägt definitiv auf der jungen Seite. Die Themen sind zu wichtig, um einfach weiterzumachen wie bisher.

Die Kampfabstimmung zur Klima-Beilage hat gezeigt, dass die Älteren den Jungen zahlenmäßig noch immer überlegen sind. Aber natürlich weiß jede/r, dass die Zeit für die Jüngeren spielt. Und genau diese Erkenntnis scheint einige der Alten regelrecht zu verbittern. Manche Kolleg*innen

reden gar nicht mehr miteinander, sondern nur noch übereinander. Beim Mittagessen in der Kantine gibt es jetzt zwei Lager. Die eine Seite auf dem Linoleum des alten Pressehauses, die andere auf dem Granitboden des neuen Wintergartens, der vor acht Jahren angebaut wurde. In den kalten Monaten ist der gesamte Bereich chronisch überheizt, und die Fenster lassen sich aus Brandschutzgründen nicht öffnen, weshalb die Kantine bei uns »das Treibhaus« heißt. Es scheint, als würden Haltungen, Meinungen und Konflikte in dieser Atmosphäre noch schneller gedeihen als irgendwo sonst. Wir scherzen regelmäßig darüber, wann es an dieser innerredaktionellen Grenze erste Handgreiflichkeiten gibt, aber dieser Witz wird mit der Zeit immer unlustiger, weil ihm die Realität manchmal bedrohlich nahekommt.
Die Jüngeren haben also den Wintergarten inklusive Salatbuffet besetzt, in Reichweite des Espresso-Tresens (wie sollte es anders sein). Den Älteren gehört der Altbauteil mit Empore, auf der man ein bisschen gedrängt sitzt, dafür aber den Überblick hat. Tatsächlich kann man die Vergangenheit dort oben sogar riechen. Die Ausdünstungen des Linoleums, kalter Zigarettenrauch, Rasierwasser – so hat früher der ganze BOTE gerochen. Jetzt ist es nur noch ein Reservat von hundert Quadratmetern.
Ein paar der Älteren haben sich inzwischen für die Salat-Seite entschieden und sind ganz vorn mit dabei, terminologisch, thematisch, vegetarisch und von der Lautstärke her sowieso. Wer seinen Sitzplatz wählt, wählt seine Seite. Ich glaube, manch eine/r der Älteren verzichtet seit Wochen auf Rohkost, weil sie/er keine Lust hat, sich unter den Blicken der Jungen geraspelte Möhren, Rucola und hartgekochte Eier auf den Teller zu laden. Wenn Flori Sota mal in der Kantine auftaucht, thront er auf der Empore wie ein König.

Essen tut er selten etwas. Ich bin meistens beim Salat zu finden, versuche aber regelmäßig zu pendeln.
Bei den Jungen diskutieren wir über Critical Race Theory, intersektionellen Feminismus, Klimawandel, White Supremacy, Gendersprache und die Bekämpfung der AfD. Wir entwickeln hier die besten Ideen, wie neulich den Vorschlag, zum Rosenmontag eine Themen-Doppelseite »Blackfacing« zu machen, um die Leser*innen dafür zu sensibilisieren, wie sehr ein dunkel geschminktes Gesicht schwarze Menschen verletzt. Ich sage dir: Im Wintergarten passiert etwas! Hier sind die Energie und die Zukunft. Wer bei uns sitzt, ist aufgewacht, am Puls der Zeit, er oder sie weiß, was relevant ist, was die Leute beschäftigt.
Auf der Empore besprechen die Älteren die soziale Frage wie zu Willy Brandts Zeiten, ohne das Wort »Identität« auch nur einmal zu benutzen. Die Altliberalen sehen ständig die Freiheit in Gefahr, die Altlinken wettern gegen die Macht multinationaler Konzerne. Ab und zu geht es auch mal um die Bundesliga, Sauvignon blanc, Immobilienpreise, Porsche-Youngtimer und den Thermomix. Immer mal wieder erinnert jemand an die guten alten Zeiten, als man in der Kantine noch rauchen durfte, und erntet zustimmende Blicke. Manchmal glaube ich, die halten einen Cis-Mann für einen Musiker.
So ist das bei uns – aber die gute Nachricht lautet: Die Dinge entwickeln sich in die richtige Richtung, wenn auch viel zu langsam. Aber so ist es ja immer. Erst gibt es viel Geschrei, und dann kann sich eines Tages keine/r mehr daran erinnern, dass es einmal anders war. Die verbliebenen Unbelehrbaren sterben einfach aus. Schon weil ein Großteil von ihnen immer noch raucht.

Stefan

Montag, 10. Januar

15:11 Uhr, Stefan per WhatsApp: Du meldest dich gar nicht. Findest du die Berichte aus dem Zeitungsdschungel etwa nicht hochspannend? Schreist du nicht nach Fortsetzung?

16:22 Uhr, Theresa per WhatsApp: Nee. Finde ich alles ziemlich pipifax.

16:28 Uhr, Stefan per WhatsApp: Musste laut lachen. Du bist unbezahlbar! Wir reden hier über die Existenzfragen unserer Epoche, und du hältst das für Pipifax. Stark.

17:05 Uhr, Theresa per WhatsApp: Ich glaube, ihr redet vor allem über euch selbst. Aber ich schreibe dir trotzdem wieder. Hab nur diese Woche viel zu tun.

17:10 Uhr, Stefan per WhatsApp: Ich freue mich auf Nachrichten aus dem Kuhstall!

Donnerstag, 13. Januar

20:31 Uhr, Theresa per E-Mail:

Lieber Stefan,

okay, ich gebe es zu: Ein bisschen spannend finde ich es schon, was du aus deiner BOTE-Welt erzählst. Vielleicht komme ich mir sogar ein wenig langweilig und provinziell vor, weil ich selbst nur vom Melken und Traktorfahren berichten kann. Die geteilte Kantine – serientauglich! Wir essen hier mittags aus der Stullenbüchse. Für mich sind deine Schilderungen Nachrichten aus einer fremden Welt. Dispatches from elsewhere. Ob du es glaubst oder nicht – ich musste nicht nur »White Supremacy« googeln, sondern auch »Thermomix«. Hatte keine Ahnung, dass es Küchengeräte zum Preis eines Gebrauchtwagens gibt. Aber so schillernd das alles klingt – irgendwie spielt ihr in eurer kleinen Blase doch ein Spiel, das nur euch selbst betrifft, und verwechselt es mit der Wirklichkeit. Als würdet ihr in Platons Höhle sitzen und euch über die Schatten an der Wand in die Haare kriegen. Wobei ich deine Idee mit der Klima-Beilage wirklich gut finde. Es wäre toll, mal ein paar unbequeme Fragen zu stellen. Zum Beispiel, ob Elektromobilität wirklich dem Klima nützt oder vielleicht eher der Autoindustrie, wenn der Strom dafür zu großen Teilen aus Kohle- und Atomkraftwerken kommt und die Batterien aus China. Nichts gegen die Autoindustrie. Aber in Sachen Klimawandel müsste bald mal etwas Richtiges getan werden. Wenn das so weitergeht mit der Dürre jeden Sommer, kann die Landwirtschaft einpacken. Aber über echte Dinge schreibt ihr wahrscheinlich nicht.

Hilfe, stopp, ich fange wieder an, dich zu ärgern. Tut mir leid. Irgendetwas an dir und deiner Arbeit provoziert mich. Vielleicht bin ich auch nur neidisch, weil du weiterhin in dieser Reden-Schreiben-Lesen-Welt lebst, aus der ich damals abgehauen bin. Ich lese nicht einmal eure Zeitung, geschweige denn einen Roman. Die Arbeit, die Kinder, der Haushalt ... Meistens bin ich abends so müde, dass ich neben Basti vor dem Fernseher einschlafe. Aber ich fahre halt auch nicht gemütlich um zehn Uhr ins Büro und sitze erst mal mit einem Caffè Latte im Konferenzraum. Stattdessen muss ich spätestens um sechs raus, Kinder fertig

machen für den Schulbus, danach mit dem Fahrrad zur Kuh & Co. Zurzeit im Stockdunkeln und bei drei Grad unter null. Gefütterte Gummistiefel und Daunenparka.
Auch wenn das frühe Aufstehen gerade im Winter ziemlich hart sein kann – im Grunde liebe ich es, den Tag auf diese Weise zu beginnen. Auf dem Hof führt mich mein erster Weg in den Stall, ganz egal, wie viel Arbeit am Schreibtisch auf mich wartet. Immer erst mal zu den Kühen. So habe ich es schon als Kind gemacht, wenn ich meinen Vater in der LPG besuchte. Die großen, warmen Körper, die freundlichen Augen, der intensive Geruch ... Bei den Tieren herrscht ein ganz besonderer Frieden. Alle warten vertrauensvoll darauf, was als Nächstes passiert. Um sieben haben meine Leute das Melken beendet, und ich helfe meistens dabei, die Kühe auf den Winterauslauf zu treiben, wo sie sich die Beine vertreten und Heu vom Wagen fressen können. Zu diesem Zweck müssen wir die Landstraße sperren und einen Korridor abstecken, durch den wir zweihundert Tiere auf die andere Seite trotten lassen, während die Autofahrer beim Warten den Motor abstellen wie an einem Bahnübergang. Danach müssen die Fahrbahnen gesäubert werden, bevor wir die Straße wieder freigeben. Nachmittags beim Zurücktreiben das gleiche Spiel. Das macht eine Menge Arbeit, aber die Tiere lieben es, draußen zu sein. Wenn es ihnen gut geht, geht es mir auch gut.
Weißt du, als mein Vater starb, ist hier alles aus den Fugen geraten. Es kam total überraschend. Er hatte einen Herzinfarkt draußen auf dem Feld. Natürlich besaß er kein Handy, und selbst wenn er eins gehabt hätte – die Funklöcher bedecken heute noch den halben Landkreis. Als man ihn fand und endlich der Hubschrauber kam, war es zu spät. Meine Mutter war immer eine starke Frau. Aber Papas plötzlicher Tod war zu viel für sie. Die meiste Zeit

lag sie apathisch auf dem Wohnzimmersofa und war kaum in der Lage, den Haushalt zu führen. Dass sie den Betrieb übernehmen könnte, stand völlig außer Frage. Also war der Hof plötzlich ohne Chef. Eine Zeitlang konnten Christian und Britta einspringen, aber das war keine Dauerlösung. Früher oder später hätte meine Mutter verkaufen müssen, und die Kuh & Co. wäre von irgendeinem Agrarinvestor zerschlagen worden. Christian, Britta, die Melker, die Traktoristen – sie wären alle arbeitslos geworden. Das Dorf Schütte hätte sein Herz verloren.

Zuerst war mir trotzdem nicht klar, was mich das anging. Ich wohnte bei meiner Mutter, pflegte sie, kümmerte mich um die Beerdigung und tausend Formalitäten. Als sich das schlimmste Chaos lichtete, bin ich irgendwann frühmorgens auf den Hof gefahren, um die Kühe zu besuchen. Da standen sie, zweihundert große Tiere, und blickten mir treu entgegen. Ich ging zu ihnen hinein, legte die Hände auf ihre mächtigen Körper und kraulte sie zwischen den Ohren. Ich spürte ihre warme, atmende Masse, ihre geballte Lebendigkeit, dazu die Freundlichkeit, mit der sie mir entgegenkamen, obwohl sie mich jederzeit hätten zertrampeln können. Bei einer Auflösung des Hofs hätte man sie alle geschlachtet. Man hätte ihre Masse, ihre Wärme und ihre Freundlichkeit restlos ausgelöscht. Das Land und die Maschinen wären verhökert worden. Alles unrentabel nach modernen Kriterien. Du musst dir vorstellen, es gibt hier Betriebe mit dreitausend Kühen und Melk-Karussellen mit hundert Plätzen. Die produzieren im industriellen Maßstab. Da kann eine kleine Genossenschaft nicht mithalten. Schon gar nicht, wenn man sich für das Wohl der Tiere interessiert. Zweihundert Augenpaare richteten sich erwartungsvoll auf mich. Und plötzlich wusste ich, was ich zu tun hatte.

Ich bin einfach geblieben. Ich habe den Hof übernommen, auf Öko-Wirtschaft umgestellt, die Betriebsabläufe modernisiert und eine kleine Biogasanlage gebaut, in der wir Gülle, Stalldung und Futterreste vergären. Wir haben immer noch zu viele Schulden, zu wenig Eigenkapital und vor allem zu wenig Land. Aber immerhin gibt es uns noch. Meine Entscheidung habe ich nicht bereut. Der Dauerkampf mit Störfällen, Ausfällen und allen denkbaren Absurditäten ist frustrierend. Aber wenn ich morgens in den dunklen, warmen Stall trete – dann weiß ich verdammt noch mal, warum ich das hier mache.

Was sich wirklich ändern muss, ist die Politik. Sie lässt uns nicht nur im Stich, sie legt uns Steine in den Weg. Heute Nachmittag hatte ich mal wieder ein Treffen mit einem Vertreter der BVVG. Das ist die Nachfolgeorganisation der Treuhand, die hier noch immer die ehemals volkseigenen Flächen verwaltet. Statt uns das Land, das wir bewirtschaften, zu einem vernünftigen Preis zu verkaufen, veranstaltet die BVVG Auktionen, bei denen der Meistbietende gewinnt. Das sind nicht wir, sondern Investoren aus dem Westen, die inzwischen riesige Flächen bewirtschaften. Die Pachtpreise gehen durch die Decke. Dazu die absurde Bürokratie. Wenn man heutzutage als Landwirt Blasen an den Fingern bekommt, dann nicht vom Sensen, sondern vom Ausfüllen irgendwelcher Formulare. Britta thront wie die Königin der Leitz-Ordner in ihrem kleinen Reich, aber die Verantwortung hängt letztendlich immer an mir. An manchen Tagen machen wir kaum etwas anderes, als die passenden Unterlagen für Anträge, Rückvergütungen und Dokumentationen zu suchen, zu bearbeiten, fristgerecht einzureichen und abzuheften. Wenn dann noch der Sadist vom Arbeitsschutz vorbeikommt und nichts Besseres zu tun hat, als das geknickte Kabel einer Flex oder den TÜV irgendeines

Kompressors zu beanstanden – dann denkst du nur noch: Deutschland ist verrückt geworden. Als ich vor zwei Jahren den Stall ausbauen wollte, um die Haltungsbedingungen weiter zu verbessern, bin ich gegen eine Wand aus widersprüchlichen Verordnungen gerannt, bis ich schließlich aufgeben musste.

Danach habe ich beschlossen, dass Jammern nichts nützt und dass es so nicht weitergehen kann. Ich bin der »Zukunftskommission Agrar« beigetreten, die Thorsten Rüther, ein engagierter Großbauer aus Frankfurt/Oder, ins Leben gerufen hat. Da sitze ich jetzt einmal im Monat in Potsdam als Repräsentantin der mittelständischen Öko-Höfe, zusammen mit Vertretern vom Bauernverband sowie von Umwelt-, Verbraucher- und Wirtschaftsverbänden. Wir reden über die Zukunft der Landwirtschaft. Meistens geht es ziemlich hoch her. Die Bauernschaft ist ein gemischter Haufen – vom Großindustriellen mit Sitz im Gemeinderat bis zum Schafe züchtenden Ex-Sinologen, der erfolgreich Produkte aus Wollfilz vertreibt. Manche haben Agrarwissenschaft studiert, andere Biochemie oder BWL. Der eine reist in die USA, um dort etwas über modernste computergestützte Technik zu lernen. Der andere ist Großstadtflüchtling und verkauft handgeschleuderten Honig und Zwerghuhn-Eier im Hofladen. Der Nächste hat schon als Kind auf dem Familienhof geholfen und versucht, alles so weiterzumachen wie Vater und Großvater. Anders als in eurem Treibhaus kämpfen in der Kommission nicht zwei, sondern eher zwanzig Seiten gegeneinander. Und wenn du die Leute vom Bauernverband kennen würdest (kennst du überhaupt jemanden, der nicht Journalist, Politiker oder Kulturschaffender ist?), wüsstest du, wie schwer es wirklich sein kann, über Veränderungen zu sprechen. Oder überhaupt miteinander zu sprechen.

Am Anfang dachte ich, die Sache sei reine Zeitverschwendung. Aber dann zeigten sich Schnittmengen, erst kleine, dann immer größere. Es bildete sich eine Gesprächskultur heraus, die Leute haben sich kennengelernt und Vertrauen zueinander gefasst. Und schließlich haben wir es tatsächlich geschafft, ein gemeinsames Papier zu erarbeiten: »Empfehlungen für die Zukunft der Landwirtschaft«, ein fünfzigseitiges Konzept, das den möglichen Transformationsprozess beschreibt. Weniger Fleischkonsum, weniger Tiere in den Ställen, nachhaltige und umweltfreundliche Produktionsweise, Stabilisierung der Lebensmittelpreise auf höherem Niveau. Reform der flächengebundenen Direktzahlungen. Bürokratieabbau. Unser Tenor lautet: Das Agrar- und Ernährungssystem muss so angelegt sein, dass positive Ziele wie Klima, Umwelt, Biodiversität, Tierwohl und menschliche Gesundheit im unternehmerischen Interesse liegen. Wir haben um einen Termin mit dem Landwirtschaftsminister gebeten und fahren demnächst nach Berlin, um ihm unsere Arbeit zu übergeben. Das wird spannend. Es fühlt sich gut an, etwas zu tun.
Jetzt habe ich geredet wie ein Wasserfall. Für meine Verhältnisse. Es kommt kaum noch vor, dass ich so ausführlich über mich selbst spreche. Basti kennt den Agrar-Talk hoch und runter, der durchschnittliche Brandenburger schätzt eher den Vier-Wörter-Satz, und außerdem ist zum langen Palavern meistens keine Zeit. Gott sei Dank ist es momentan ein bisschen ruhiger bei uns. Der Boden ist fertig, die Saat ist drin. Während der Erntezeit gehe ich an vielen Abenden nicht vor 22 Uhr nach Hause.
Irgendwie freue ich mich noch immer, dass wir uns wiedergetroffen haben. Ich denke jetzt so viel an früher, an die tolle Zeit, die wir in Münster hatten. Drei Jahre lang warst du wie eine Familie für mich. Meine eigene wollte ich ja

nicht mehr. Und jetzt bist du auf einmal wieder da. Seltsam. Ich mache Schluss und fahre nach Hause. Wenn ich mich beeile, kann ich Jonas und Phil noch vorlesen, bevor sie ins Bett gehen.

Deine Theresa

21:27 Uhr, Stefan per WhatsApp: Danke schon mal für deine Mail! Sitze gerade im Schauspielhaus in einem Stück namens *Die Weltherrschaft der Kröten* und kann sagen: Unser Abend an der Außenalster war aufregender … Melde mich! S.

Freitag, 14. Januar

07:58 Uhr, Stefan per E-Mail:

Hallo Theresa,

ich bin der Erste in der Redaktion (konnte ab fünf Uhr nicht mehr schlafen – du bist nicht die einzige Frühaufsteherin!) und dachte gerade, wie schön es wäre, wenn du jetzt hier sein könntest und wir zusammen frühstücken würden. Ich habe mir am Baumwall ein Franzbrötchen geholt und es gerade geschafft, dem neuen Vollautomaten der Kulturredaktion einen Kaffee zu entlocken – ich bin also erwiesenermaßen kein Waschlappen, sondern ein verdammter Held. Diese Höllenmaschine produziert tatsächlich acht sogenannte Kaffee-Spezialitäten, die alle exakt gleich schmecken und exakt gleich aussehen. Genial.
Jetzt sitze ich mit einem *Cappuccino Grande* aus Fair-Trade-Bohnen und Biohafermilch am Schreibtisch, unter

mir liegt der Hafen in der Morgensonne, die Elbphilharmonie glänzt wie eine Krone, die man der Speicherstadt aufgesetzt hat, ohne sie zu fragen. Ein paar Leute spazieren über die Promenade zur Arbeit, kein/e Einzige/r ohne Coffee-to-go-Becher, viele mit Hund. Die Containerkräne am Steinwerder ragen wie die Hälse von Metallschwänen in die Höhe. Eigentlich ist diese Aussicht purer Fototapeten-Kitsch, aber ich genieße den morgendlichen Blick durch die riesigen Fenster, auch wenn ich weiß, wie trügerisch er ist. Dieser friedliche Hafen, der stoisch und exakt funktioniert und so tut, als ob er von Lieferkettenproblemen nichts wüsste ... Manchmal wirkt unsere wohlgeordnete, bequeme Welt auf mich völlig surreal angesichts der fatalen Bedrohungen, die uns umgeben. Klimawandel, Pandemien, Demokratieverfall, und jetzt auch noch Putins Manöver an den Grenzen der Ukraine ... Versteh mich nicht falsch, ich glaube nicht, dass Russland angreifen wird und wir uns demnächst einem europäischen Krieg gegenübersehen. Putin ist gewiss ein sehr schlechter Mensch, aber kein schlechter Stratege. Trotzdem habe ich beim Anblick von großer Schönheit manchmal apokalyptische Bilder im Kopf. Wie schnell man das alles auslöschen könnte. Wie zerbrechlich unsere Welt in Wahrheit ist. Solche Gedanken muss ich beiseitewischen, um in den Tag starten zu können.

Noch ist es vollkommen ruhig, aber gleich strömen die Kolleg*innen ins Gebäude. Dann feiern die Rechner mit ihren gedämpft optimistischen Hochfahrchorälen den Beginn der Tagesarbeit, und wenig später klingeln wie auf Knopfdruck sämtliche Telefone. Die wenigen verbliebenen Drucker (wir werden papierlos!) verbreiten ihren seltsam elektronischen Geruch, gemischt mit Kaffeeduft, Eau de Toilette und Zwiebeln. (Mein Kollege Martin liebt leider Mettbrötchen zum Frühstück.) Im ganzen Gebäude herrscht striktes Rauchverbot, trotzdem zieht manchmal subversiver Zigarettengeruch durch die Flure. Auf einem Flatscreen läuft den ganzen Tag lautlos n-tv, der Ton wird nur bei wichtigen Live-Berichterstattungen oder Pressekonferenzen eingeschaltet. Weil wir mit der Zeit gehen, arbeiten alle im Workspace aka Großraumbüro; der ultimative Beweis dafür, dass Fortschritt auch Rückschritt sein kann. Anne aus der Kultur stellt ihren Handywecker immer auf zehn Minuten vor Beginn der Konferenzen, und dann lässt sie ihr Handy liegen und ist nicht da, wenn der Wecker losgeht.

Dispatches from elsewhere: Wie nahe unsere Leben einander einmal waren und wie Lichtjahre weit entfernt sie nun voneinander sind! Ich wusste nicht einmal, dass es in Deutschland noch Melker gibt. Melker klingt für mich so zeitgemäß wie Laternenanzünder oder Raubritter. Während ihr Kühe melkt, laufen hier alle mit ihren französischen Bulldoggen herum, die kaum durch ihre platt gezüchteten Nasen atmen können. Ein wenig beneide ich dich um dein Leben, aber natürlich weiß ich, dass das nur Großstädter*innenromantik ist, die von Ferien auf dem Bauernhof träumt und Natur mit Naturzustand verwechselt. Es ist krass, was du leistest. Wie stark du sein musst und offenbar auch bist.

Also, bitte: Klär mich weiter auf, beleuchte für mich die Unterseite der Republik! Ich möchte desillusioniert werden. Als Journalist brauche ich das.

Freue mich schon auf deine nächsten Abenteuer!

Stefan

Samstag, 15. Januar

08:38 Uhr, Theresa per E-Mail:

Lieber Stefan,

bleibt uns denn etwas anderes übrig? Als stark sein, meine ich. Jeder nach seinen Möglichkeiten, jeder in seinem Bereich. Ich kann mir nicht helfen, aber ich halte diese ganze neue Kultur der Schwäche für einen Irrweg. Verletzlichkeit, Empfindlichkeit, Opferstolz – ich frage mich, wo das hinführen soll. Das hätte doch nur Sinn, wenn es eine Macht gäbe, die für ausgleichende Gerechtigkeit sorgt. Wenn wir quasi alle Kinder wären und uns beim Übervater beschweren könnten. Da es den aber nicht gibt (jedenfalls nicht in Ostdeutschland), bleibt doch nichts anderes übrig, als anzupacken, damit der Laden läuft. Der eigene Laden im Kleinen und der große Laden im Ganzen.
Meinen Vater habe ich immer als schwach erlebt, und das fand ich fürchterlich, schon als Kind. Mein Großvater hatte noch vergeblich versucht, gegen die Kollektivierung zu kämpfen (es gab schlichtweg keine Gewinner), und daraus leitete mein Vater später seinen Lieblingssatz ab: »Da kann man eh nichts machen.« Mich hat dieser Satz zur Weißglut getrieben. Kennst du den Ekel, den man empfindet, wenn ein Käfer auf dem Rücken liegt und nicht allein in der Lage ist, sich umzudrehen? Klar, man könnte ihm helfen, aber eigentlich hat man mehr Lust, ihn zu zertreten. Wobei mein Vater zu DDR-Zeiten nicht auf dem Rücken lag, im Gegenteil. Mit seiner angepassten Haltung ist er Vorsitzender der LPG Schütte geworden, und das war die schönste Zeit seines Lebens, auch wenn er das im Nachhinein nicht mehr zugegeben hätte. Ich glaube, die Wende war der eigentliche

Horror für ihn. Wenn meine Mutter ihn nicht gedrängt hätte, als Wiedereinrichter das Land unserer Familie weiter zu bewirtschaften, hätte er wahrscheinlich sofort kapituliert. Ihm war das alles zuwider, die Anstrengung, der Kampf, die unbequemen Entscheidungen. Er hat immer nach dem Weg des geringsten Widerstands gesucht. Statt die LPG in eine GmbH umzuwandeln, die wirklich handlungsfähig gewesen wäre, hat er den Konflikt mit den Anteilseignern gescheut und ist lieber beim Genossenschaftsmodell geblieben. Deshalb gibt es hier immer noch Leute wie Annette, die einen Haufen Anteile von ihrem Vater geerbt hat, als Traktoristin ein festes Gehalt von der Kuh & Co. bezieht, aber eher zum Quatschen als zum Arbeiten auf den Hof kommt. Ich kann ihr nicht kündigen, weil die Firma nicht genug Kapital besitzt, um Anteile auszuzahlen. Noch schlimmer ist, dass mein Vater es versäumt hat, ausreichend Land aufzukaufen, als die Preise noch erschwinglich waren. Er hat nichts investiert, nichts reformiert und immer geglaubt, die neue Zeit irgendwie ignorieren und unter dem Radar weiterwurschteln zu können. Gleichzeitig war er ein wundervoller Mensch mit einem großen Herzen. Als einmal unsere Katze krank war, hat er die ganze Nacht neben ihr auf dem Sofa gesessen und sie gestreichelt, bis am nächsten Morgen die Tierärztin kam. Mir liegt das Wohl meiner Leute und meiner Tiere genauso am Herzen. Aber niemandem ist gedient, wenn der Betrieb pleitegeht. Man muss anpacken und, wenn nötig, auch kämpfen. Und sei es gegen die Absurdität der Verhältnisse.

Die Kuh & Co. manövriert noch immer am Rand des finanziellen Abgrunds. Aber ich gebe nicht auf. Schließlich mache ich genau das, was die Gegenwart von mir verlangt – Bio, Öko, Nachhaltigkeit! Das muss jetzt nur noch die Politik kapieren. Wenn der Landwirtschaftsminister persönlich den

Bericht unserer Kommission entgegennimmt, ist ein erster Schritt geschafft. Dann stelle ich mich aufs Feld, schaue in die Wolken und rufe: Siehst du, Papa, geht doch!

Liebe Grüße, Theresa

Sonntag, 16. Januar

14:28 Uhr, Stefan per E-Mail:

Liebe Theresa,

was für dich die neue Kultur der Schwäche ist, würde ich eher als erfreulichen Zuwachs an Sensibilität bezeichnen. Unsere Gesellschaft ist endlich so weit entwickelt, dass sie Verletzungen und Verletztheit artikulieren kann. Dadurch wird eine historische Aussöhnung in Gang gesetzt. Die versteinerten Rollen zerbersten, bislang verstummte Minderheiten erheben die Stimme. Das ist kein »Opferstolz«, sondern die überfällige Beseitigung von Ungerechtigkeit. Wie schon in der literaturhistorischen Empfindsamkeit ab Mitte des 18. Jahrhunderts (du erinnerst dich sicher, drittes Semester bei Prof. Dr. Bücker) geht es hier auch wieder um eine zutiefst aufklärerische Strömung. Gefühlsregungen sind kein Makel, sondern die Grundlage von Empathie und Verständigung.
Aber ich will hier keinen Feuilletonartikel verfassen. Was du über deinen Vater geschrieben hast, hat mich fasziniert, es hat mich aber auch betroffen gemacht. Wie sehr die politischen Bedingungen eure Familiengeschichte mitbestimmt haben, das finde ich tragisch. Mein Vater lebt noch, er ist gewissermaßen eine Art Gegenmodell zu deinem. Hätte er

einen Signature-Satz, würde er lauten: »Ich kann alles, was gekonnt werden muss.« Otto Alfred Jordan ist das fleischgewordene Wirtschaftswunder der alten BRD (aktuell rund 130 Kilo) und ein prototypischer Self-Made-Unternehmer des heiligen deutschen Mittelstands. Ein Riese in jeder Hinsicht. Das hat mir als Kind unendlich imponiert; beachtlich finde ich es bis heute. In den Sechzigerjahren hat er mit nichts als einem Realschulabschluss und einer Ausbildung zum Groß- und Außenhandelskaufmann in einem Stahlunternehmen in Essen angefangen. Er hatte ein gutes Auge für Missstände: Mangelhafte Bleche und Brammen wurden damals nicht gerichtet, sondern entsorgt. Ökologisch wie ökonomisch völlig unsinnig. Obwohl mein Vater weder Ingenieur noch Maschinenbauer war, wollte er sich damit nicht abfinden, also ließ er Richtanlagen, Band- und Steinschleifmaschinen nach seinen Plänen konstruieren. Zwanzig Jahre später hatte er in Bochum über vierzig Angestellte und hielt zwölf Patente. Krummer Stahl wurde begradigt und teuer verkauft. Vielleicht hat mich mein Vater mehr inspiriert, als ich wahrhaben will. Auch ich verspüre in meinem Job den Drang, die Dinge »gerade zu biegen«. Ist das genetisch bedingte Berufung oder nur ein albernes Wortspiel?
Komisch, dass wir einander jetzt unsere Familiengeschichten erzählen. Vielleicht liegt es am Älterwerden. Damals in Münster haben wir so gut wie gar nicht über unsere Herkunft gesprochen. Herkunft war das, was man hinter sich lassen wollte. Vielleicht haben wir uns so eng zusammengeschlossen, weil wir die ideale Familie füreinander waren: keine Erwartungen, kein schlechtes Gewissen, keine Versagensängste. Dein Vater zu schwach, meiner zu stark. Meiner fand es schrecklich, dass ich die Firma nicht übernehmen wollte und stattdessen »Laberwissenschaften« studierte. In einem anderen Jahrhundert hätte er mich vermutlich aus

dem Haus gejagt und enterbt. Mir ging es immer am besten, solange ich nicht an ihn dachte. Als ich ihn Weihnachten zuletzt gesehen habe, thronte er in einem Ledersessel, hielt ein mehrere hundert Euro teures Ibérico-Schinkenbein zwischen den Knien und säbelte glückselig eine Scheibe nach der anderen ab. Eine lächelnde Aufschnittmaschine.
So, genug Väter-Talk für heute. Du weißt ohnehin schon viel zu viel über mich. Ich wäre jetzt gern bei dir im Stall, umgeben von Kuhduft, mit einem kühlen Bier aus einer regionalen Brauerei, schweigend. Stattdessen muss ich eine Kollegin vertreten und zu einem Poetry-Slam gehen.

Dein Stefan

19:04 Uhr, Theresa per WhatsApp: Wenn du hier wärest, stünden wir nicht im Stall, sondern säßen wir frisch geduscht mit einem guten Rotwein am Kamin. Wir würden auch nicht schweigen, sondern reden, reden, reden, über die Frage, ob *Ehen in Philippsburg* (du) oder *Ein fliehendes Pferd* (ich) das beste Buch aller Zeiten ist. Stundenlang! Reden! Trinken! Duften! Oder wenigstens normal riechen!

22:39 Uhr, Stefan per WhatsApp: Das wäre ein guter Abend! Stattdessen dieser bekloppte Poetry-Slam. *Komm, wir feiern Arschgeweihnachten!* hat gewonnen. *Hey, Dick, zeig mir deinen Selfiestick!* hat den zweiten Platz gemacht. Was bringt junge Frauen dazu, sich mit sexistischen Flachwitzen beim Patriarchat einzuschleimen, statt ein modernes Geschlechterbewusstsein zu entwickeln? Gruselig.

22:42 Uhr, Theresa per WhatsApp: Vielleicht sind sie einfach selbstbewusst genug für Selbstironie? Weißt du noch, wir sind damals total auf Germanisten-Witze abgefahren.

Haben ganze Abende damit verbracht, immer neue zu erfinden.

22:46 Uhr, Stefan per WhatsApp: Das war etwas ganz anderes. In einer ganz anderen Zeit.

22:51 Uhr, Theresa per WhatsApp: Wie viele Germanisten braucht man, um eine Glühbirne auszuwechseln? Ich glaube, wir waren bei weit über zwanzig … Zuerst einen Goethe-Experten, der den Schaden feststellt: Mehr Licht!

22:53 Uhr, Stefan per WhatsApp: Klar, das hatte schon etwas … Einen Derrida-Kenner, der die Glühbirne fachgerecht dekonstruiert.

22:58 Uhr, Theresa per WhatsApp: Einen Rhetoriker, der die Überreste mit einem schlagenden Argument aus der Fassung bringt.

23:05 Uhr, Stefan per WhatsApp: Einen Strukturalisten, der die Anzahl verbrannter Staubkörner auf der alten Glühbirne in sinnvolle Relation zur Halbwertszeit des verglühten Drahts bringt. Einen Philologen, der eine möglichst authentische Ersatzbirne auswählt. Was noch?

23:20 Uhr, Theresa per WhatsApp: Einen Linguisten, der den ganzen Vorgang pragmatisch unterstützt! Einen Dadaisten, der den Prozess lyrisch illustriert: Glühdji beri drahta gwindidi schraubi schraubi schraubi …

23:22 Uhr, Stefan per WhatsApp: Und einen Komparatisten, der erklärt, warum andere Glühbirnen nicht unbedingt besser, aber schon ziemlich anders sind.

23:29 Uhr, Theresa per WhatsApp: Genug! Ich heule schon vor Lachen. War eine tolle Zeit in Münster. Wir waren uns so nahe. Wie Geschwister.

23:34 Uhr, Stefan per WhatsApp: Warum eigentlich? Hast du dich das auch manchmal gefragt? Warum waren wir nur wie Geschwister?

23:35 Uhr, Theresa per WhatsApp: Wieso »nur«?

23:36 Uhr, Stefan per WhatsApp: Ich meine, warum ist nicht mehr aus uns geworden? Warum waren wir kein Liebespaar? Immerhin haben wir auf engstem Raum gewohnt und uns bestens verstanden.

23:36 Uhr, Theresa per WhatsApp: Ich fand dich halt nicht sexy.

23:38 Uhr, Stefan per WhatsApp: Autsch.

23:42 Uhr, Theresa per WhatsApp: Ich muss jetzt Schluss machen. Basti sagt, er kann nicht schlafen, wenn ich die ganze Zeit tippe.

23:44 Uhr, Stefan per WhatsApp: Ich fand dich schon sexy.

23:46 Uhr, Theresa per WhatsApp: Du fandest alles sexy, was Rock trug. Ich sage nur: Julia aus der Kulturwissenschaft. Oder Frederike vom Lehrstuhl Günthner.

23:50 Uhr, Stefan per WhatsApp: Die hieß Felicitas. Und dein komischer Arne war auch nicht besser. Der saß morgens in Feinripp-Unterhose mit Eingriff am Küchentisch und kratzte sich sein bestes Stück. Währenddessen baumelten seine Kronjuwelen schon halb an der frischen Luft. Frühstückseier mal anders.

23:53 Uhr, Theresa per WhatsApp: Mein Gott! Erinnere mich bloß nicht an den!

23:57 Uhr, Stefan per WhatsApp: Ich glaube, wir sind einfach irgendwann Richtung Freundschaft abgebogen und haben uns daran gewöhnt. Auch wenn es nicht immer leicht war. Jedenfalls nicht für mich.

Montag, 17. Januar

00:10 Uhr, Theresa per WhatsApp: Na ja, ich bin bei dir eingezogen, weil ich ein Zimmer brauchte und du eins frei hattest. Don't hook up with your flatmate. Wenn wir eine Affäre begonnen hätten, wären wir wahrscheinlich nach ein paar Wochen zerstritten gewesen und hätten die WG aufgelöst. Stattdessen hatten wir geniale drei Jahre und haben heute noch miteinander zu tun. Das ist doch nicht schlecht.

00:14 Uhr, Stefan per WhatsApp: Nach einer ziemlich langen Pause.

00:18 Uhr, Theresa per WhatsApp: Ich muss jetzt echt aufhören, sonst schmeißt mich Basti aus dem Schlafzimmer. Außerdem muss ich im Gegensatz zu dir verdammt früh raus.

00:22 Uhr, Stefan per WhatsApp: Du weißt schon, dass ich ganz schön zusammengebrochen bin, als du plötzlich weg warst, oder? Erst der Zettel auf dem Küchentisch: Vater tot, muss nach Hause. Das habe ich ja noch verstanden – ich dachte, du kommst nach zwei Wochen zurück. Aber dann: nichts. Kein Anruf. Kein Lebenszeichen. Handy nicht erreichbar. Schließlich irgendwann der Brief: Habe eine Entscheidung getroffen, komme nicht zurück, meine Sachen werden abgeholt. Kannst du dir vorstellen, wie sich das anfühlte? Nach allem, was war? Ich habe mich gefragt, ob ich dir etwas angetan hatte. Ohne es zu merken. Ob du sauer auf mich warst, ob du wegwolltest, ob das ein Notausgang war. Ich war ziemlich am Ende damals.

00:28 Uhr, Theresa per WhatsApp: Mann, Stevie, lass doch mal dein Ego los! Es geht nicht immer nur um dich. Mein Vater war gestorben, ich hab den Hof übernommen. Und hier gearbeitet wie eine Blöde, ab Minute eins.

00:31 Uhr, Stefan per WhatsApp: Und deshalb musste unsere Freundschaft weg? Warum hast du nicht mit mir gesprochen? Ich hätte dich besuchen können. Ich hätte dir helfen können.

00:44 Uhr, Stefan per WhatsApp: Theresa?

02:52 Uhr, Stefan per E-Mail:

Sorry, ich noch mal.

Konnte nicht schlafen und hab mich an den Rechner gesetzt. Wahrscheinlich liegt es an unserem Gespräch über Väter, dass ich die ganze Zeit an Flori Sota denken muss. Wahrscheinlich habe ich, nachdem du mich verstoßen

hattest (Scherz!), beim Boten eine Art neue Familie gefunden. Vielleicht ist das auch die Erklärung dafür, warum mich Floris Verhalten in Bezug auf die Klima-Beilage so stark getroffen hat. Dass wir uns mal nicht einig sind – geschenkt. Aber bei dieser Sache habe ich den Eindruck, dass wir uns ernsthaft voneinander entfremden. Das erschreckt mich. Vielleicht klingt das absurd, aber Flori Sota ist mir in vieler Hinsicht näher als mein echter Vater. Wahrscheinlich hat mich (außer dir!) kein anderer Mensch so stark geprägt wie er.
Du kennst Flori ja aus diversen Talkshows. Im Fernsehen wirkt er größer, als er in Wirklichkeit ist. Wenn er neben mir steht, reicht mir sein Kopf nur knapp bis zur Schulter. Trotzdem habe ich immer das Gefühl, zu ihm aufzusehen. Seine schlanke Figur (und das als Kulinariker mit Anfang sechzig!), der angegraute Zehn-Tage-Bart, die klassische Nickelbrille, obwohl er gar nicht kurzsichtig ist – das alles steht ihm verdammt gut und ist natürlich Konzept. Der modisch zeitlose Mann von Welt, dem man auf den ersten Blick ansehen soll, dass er keinem Trend hinterherläuft. Meistens erscheint er im schwarzen Steve-Jobs-Rollkragenpullover in der Redaktion, auch im Sommer, und das, ohne zu schwitzen. Ahnungslose Praktikant*innen haben ihn schon für einen Modedesigner gehalten, der bei uns ein Interview geben will. Flori kommt aus Albanien und ist erst mit zwölf nach Deutschland emigriert. Wenn er sich aufregt – was selten passiert –, schüttelt er den Kopf, wenn er »ja« meint. In diesen Augenblicken mag ich ihn besonders. Als käme der kleine Junge aus Saranda plötzlich durch. Auf Fotos hat er immer eine Hand in der Tasche, weil sein rechter Arm ein Stück kürzer ist als der linke und er auf diese Weise den »Defekt« kaschiert. Dafür trägt er am anderen Handgelenk eine ziemlich protzige Rolex, eine

Submariner, die eigentlich gar nicht zu ihm passt. Irgendwann hat er mir den Grund dafür erklärt. Die Rolex Submariner ist eine universell anerkannte Währung, mit der man sich im Zweifel weltweit Hilfe kaufen kann. Im Fall eines Schiffbruchs in der Karibik, eines Bergunglücks in Nepal oder einer Entführung in Jordanien würde sie ihm unter Umständen das Leben retten. Ich glaube, das ist ziemlich typisch für Flori. Er betrachtet das Leben als Achterbahnfahrt, bei der man jederzeit aus der Kurve fliegen kann. Und genau deshalb denkt er gern zwei Schritte voraus. Ansonsten hat er viel Humor, und in seinem Schädel sitzt ein Hochleistungsgehirn. Eine ziemlich bestechende Mischung.

Ich war schon ein paar Wochen Volontär beim BOTEN, als ich ihn zum ersten Mal persönlich traf. Ich stand im Fahrstuhl, und Flori stieg zu. Ich erstarrte sofort zur Salzsäule. Für mich war er der Messias. Weißt du, was er machte? Er streckte mir eine Tüte Tropifrutti entgegen, aus der er gerade aß, und sagte: »Herr Jordan, schön, Sie zu treffen, willkommen an Bord!« Er wusste, wie ich heiße! Von Admiral Nelson sagt man, dass er jeden Schiffsjungen mit Namen ansprechen konnte. Auf diese Weise sicherte er sich die Treue der Mannschaft. Eine Fähigkeit wahrhaft großer Männer (und Frauen).

Mich hat diese Begegnung so beeindruckt, dass ich drei Tage später mit meiner HEFTIG-Idee zu ihm gegangen bin. Er hörte aufmerksam zu und war ziemlich angetan. Er sagte: »Ich beschaffe Ihnen die Ressourcen, Herr Jordan, und dann *machen* Sie.« Ich war wie vor den Kopf geschlagen. In meinen kühnsten Träumen hätte ich nicht zu hoffen gewagt, dass es so einfach sein könnte. Inzwischen weiß ich: Macht kommt von machen. Flori ist ein Macher – ein Blattmacher, so nennt er sich selbst. Er hat mich und

Heftig mit links aus der Taufe gehoben. Ich verdanke ihm viel. Natürlich gibt es Meinungsverschiedenheiten, aber ich hatte immer das Gefühl, von Flori ernst genommen zu werden. In letzter Zeit erkenne ich ihn manchmal nicht wieder. Okay, jetzt versuche ich es noch mal mit Schlafen. Danke, dass du mir zuhörst.

Dein Stefan

07:31 Uhr, Theresa per E-Mail:

Guten Morgen!

Klar höre ich dir zu. Gern sogar. Deine Väter-Geschichte fand ich richtig interessant. Über deinen echten Vater hast du nie gesprochen. Kann mich jedenfalls nicht daran erinnern.
Bist du müde? Willst du einen Kaffee? Ist allerdings nur dieses Filterzeug. Alles andere wäre Verschwendung, meine Männer trinken die Brühe wie Wasser.
Es ist schön, hier zu sitzen. Nur ich und der Bildschirm. Draußen ist es noch ganz ruhig, keine Leute auf dem Hof, kein Maschinenlärm. Manchmal schreit eine Kuh. Ich kann abtauchen in meine innere Welt. In den unendlichen Kosmos der Wörter. Für dich ist das normal. Für mich ist es wie vier Wochen Tauchurlaub auf einer inneren Insel. Das Lesen, das Schreiben – anscheinend habe ich es doch vermisst. Und wusste es nicht einmal. Jetzt, wo wir plötzlich Brieffreunde geworden sind, habe ich seit Langem mal wieder Spaß am Schreiben und nehme mir Zeit dafür, die eigentlich gar nicht da ist. Britta hat mich schon gefragt, ob ich jetzt »auch ein Buch schreibe, so wie alle«.
Müde bin ich allerdings auch. Seit gestern ist Conny, meine Melkerin, nicht im Dienst. Ihr kleiner Sohn ist krank. Der

andere Melker, Denis, kann nicht jeden Tag Frühschicht machen, also muss ich diese Woche zweimal ran. Aufstehen um kurz nach drei. Da bist du wahrscheinlich gerade ins Bett gegangen. Als ich mich vorhin aus den Federn gequält habe, war mein Kopf ein einziges Dröhnen, und meine Glieder waren schwer wie Blei. Zähne zusammenbeißen. Rein in die Klamotten, raus in die kalte Nachtluft.
Und auf einmal war da die Welt. Die Stille. Die Sterne. Der Geruch des gefrorenen Bodens. Der ferne Ruf einer Waldohreule. Mein Fahrrad, das Universum und ich. Ein Moment der Ergriffenheit. Des Begreifens. Der Einsicht in eine höhere Wahrheit, völlig gottfrei, aber gigantisch groß. Mein Lohn für all die Plackerei.
Anschließend drei Stunden harte Arbeit. Unser Melkstand hat nur zwanzig Plätze, das macht bei zweihundert Kühen zehn Melkdurchgänge. Bei achtzehn Minuten pro Melkdurchgang kommst du auf über drei Stunden Arbeit. Und achtzehn Minuten ist schon verdammt ehrgeizig. Jedes Mal zwanzig Kühe absondern, in den Stand treiben, Schläuche am Euter anschließen, melken, abkoppeln, Euter reinigen, Kühe raustreiben, Melkstand reinigen. Nächste Runde. Danach weißt du, was du getan hast. Dafür jetzt ausgedehnte Frühstückspause. Allein in einem Raum. Welch unfassbarer Luxus!
So, jetzt will ich mich deiner Frage stellen, warum ich damals sang- und klanglos aus unserem gemeinsamen Leben verschwunden bin. Du hast wohl wirklich ein Recht auf eine Antwort. Obwohl es nicht leicht ist, das zu erklären. Am Anfang stand ich unter Schock. Plötzlich war mein Vater nicht mehr da, und alles, was zwischen ihm und mir niemals ausgesprochen wurde, musste für immer ungesagt bleiben. Ich bin natürlich sofort nach Schütte gefahren. Die Welt meiner Kindheit war zerfallen, eine Zukunft schien es

nicht zu geben. Der Hof war führungslos, meine Mutter lag im abgedunkelten Schlafzimmer und weigerte sich, das Bett zu verlassen.

Dass ich in den Westen gegangen war, hat meinen Vater verletzt. Trotzdem hat er nie etwas dazu gesagt. Er hat es hingenommen wie alles andere auch, duldsam, schicksalsergeben. »Da kann man nichts machen.« Natürlich hatte er sich einen Sohn gewünscht. Einen, der den Hof übernimmt. Aber auch das hat er mich niemals spüren lassen. Stattdessen hat er mir beigebracht, die Treue der Tiere zu schätzen, die uns seit Jahrtausenden dienen, ungefragt, oft ungeliebt, mit ihrer Muskelkraft und ihrer Fruchtbarkeit. Er sagte: »Wir verschlingen sie mit Haut und Haaren, wir beuten sie aus, und sie waren trotzdem immer bereit, uns zu ernähren, uns zu begleiten, unsere Wagen und Pflüge zu ziehen.« Ich war mir nie sicher, ob er über die Kühe sprach oder über sich selbst. Jetzt stand ich da mit seinen Hinterlassenschaften, den Trümmern seines Hofs, den Trümmern unserer Familie, den Trümmern meines kleinen, hässlichen Heimatdorfs Schütte, das wiederum im Begriff stand, mit einem Ruck in die Vergangenheit gezogen zu werden wie in ein schwarzes Loch.

Vielleicht habe ich immer gewusst, dass ich hier gebraucht werde. Vielleicht ahnte ich, dass meine Aufgabe darin bestehen würde, diesen Hof in die Zukunft zu führen. Vielleicht war Münster nur eine nette Auszeit, ein kleiner Schlenker auf dem Weg zum eigentlichen Ziel, weil die Heldin fortgehen muss, um heimkehren zu können. Wir hatten eine tolle Zeit in Münster, aber mit der Germanistik konnte ich mich, ehrlich gesagt, nie richtig anfreunden. Natürlich ist Lesen ein Glück. Für den Einzelnen und für die Menschheit. Aber muss man über das Gelesene etwas schreiben, über das dann etwas geschrieben wird, über das sich Heer-

scharen von gebildeten Menschen streiten, um den Streit anschließend zu dokumentieren und die Dokumentation in den Feuilletons zu besprechen? Wem nützt das, wem tut das etwas Gutes?
Und weißt du was? All das wollte ich auf keinen Fall mit dir besprechen. Ich wollte dein entsetztes Gesicht nicht sehen, ich wollte nicht hören, wie du fragst, ob ich den Verstand verloren habe. Ich wollte nicht, dass du mich an unsere Kneipenabende erinnerst, an die langen Spaziergänge, an unsere Martin-Walser-Pilgerfahrt an den Bodensee. Ich wollte nicht, dass du mir in schillernden Farben das Leben ausmalst, das ich gerade aufgab.
Und ich wollte nicht hören, dass du mich vermisst. Ich wollte nicht, dass du mich bittest zu bleiben. Es tat zu weh. Der Bruch musste hart und scharf sein, sonst hätte ich es nicht geschafft. Um mein Gewissen zu beruhigen, sagte ich mir, dass ich am Ende gar nicht so wichtig für dich war. Eine Episode. Typisch Studentenzeit. Dass du jemand anderen finden würdest, der mit dir redet und spazieren geht.
Vielleicht sollte ich mich mal entschuldigen.
Also: Entschuldigung.
Gleich kommt Britta. Ich wünsche dir einen schönen Tag.

Deine T.

21:40 Uhr, Stefan per E-Mail:

Hallo Theresa,

die Verspätung deiner Entschuldigung ist rekordverdächtig. Beim Lesen konnte ich die Sorge von damals wieder spüren. Die plötzliche Einsamkeit. Und die Wut auf diese Einsamkeit. Ich war auch wütend auf dich. Sprache war uns so wichtig, Tessa – und ausgerechnet unser Abschied war vollkommen sprachlos. Dich nicht mehr an meiner Seite zu haben, war wie eine Amputation. Auf einmal umgab mich eine Stille, die mir Angst machte. Plötzlich gab es so vieles, das ich zu niemandem mehr sagen konnte. So viele Witze, die niemand mehr verstand. So viele Rituale, die keinen Sinn mehr ergaben. Und der Küchentisch war nur noch ein ranziges Möbelstück für traurige Monologe.

Aber dein Verschwinden hatte auch etwas Gutes. Wenn man niemanden mehr zum Reden und zum Lachen hat, wenn abends keine/r mehr ins Zimmer kommt und fragt, ob man noch eine Flasche Wein trinken und einen Film schauen soll, dann ist ein Tag auf einmal so lang wie eine Woche. Es war wie eine Entfesselung. Als du weg warst, bin ich durchgestartet. Promotion, dann Umzug nach Hamburg, Volontariat und schließlich HEFTIG – das, was manche eine steile Karriere nennen. Es klingt vielleicht hart, aber ich glaube, wenn du in Münster geblieben wärst, wäre ich heute nicht Kulturchef beim BOTEN.

Insofern nehme ich deine Entschuldigung nicht nur an, ich gebe dir auch meinen nachträglichen Segen zu deiner Entscheidung. Sie war für uns beide richtig. Und du hast Recht: Ich hätte bestimmt versucht, dir deinen Plan auszureden. Ich hätte all diese Sätze gesagt, die du nicht hören wolltest. Ich war zu unerfahren und zu sehr in dich verliebt. Außerdem hätte ich niemals gedacht, dass du deinen Platz in der Provinz finden könntest, so klug und neugierig und freiheitsliebend, wie du bist. Natürlich wusste ich damals auch nicht, dass man sich deutsche Landwirt*innen als einen Club von Akademiker*innen, USA-Reisenden, Wollfilzproduzent*innen und Nachhaltigkeitsexpert*innen vorstellen muss.

Letztlich sind wir beide Sieger*innen unserer gemeinsamen

Geschichte. Darauf sollten wir bei Gelegenheit wirklich einmal anstoßen.

Prost, dein Stefan

Dienstag, 18. Januar

16:16 Uhr, Theresa per WhatsApp: Mann, Stevie, muss das wirklich sein? Ich sehe ja nur noch Stern*chen. Vielleicht habt ihr eine Direktive und müsst so schreiben.

16:32 Uhr, Stefan per WhatsApp: Nein, Theresa, wir haben keine Direktive. So ist der BOTE nicht. Alle Redakteur*innen können selbst entscheiden. Ich mache das aus Überzeugung.

16:40 Uhr, Stefan per WhatsApp: Sprache bestimmt das Bewusstsein. Da waren wir immer einer Meinung. Falls du dich daran noch erinnern kannst.

16:44 Uhr, Theresa per WhatsApp: Kann ich, und du hast Recht – Sprache bestimmt tatsächlich das Bewusstsein. Zum Beispiel das Bewusstsein der großen Mehrheit in Deutschland, die aufs Gendern verzichten möchte. Guck mal in die Umfragen. Aber ich will jetzt nicht den Streit von der Außenalster wieder aufmachen.

16:51 Uhr, Stefan per WhatsApp: Ich will auch nicht streiten, aber das Thema ist schon wichtig. Ich will verstehen, warum eine aufgeklärte Frau wie du so aggressiv aufs Gendern reagiert. So bist du doch sonst nicht, Theresa.

17:03 Uhr, Theresa per WhatsApp: Ich bin nicht aggressiv, mich nervt das einfach. Wie du das in deinen Mails machst – das hat etwas Demonstratives. Und es ist so hässlich. Du hast doch die Sprache immer geliebt. Wie kann man sie so verhunzen? Und wem willst du damit überhaupt etwas Gutes tun? Mir? Ich als Frau kann dir sagen: Die Emanzipation hat mehr gekostet als ein Sternchen und wird es weiterhin tun. Zu glauben, man könne mit ein bisschen modischer Sprachkosmetik jahrtausendealte Probleme lösen, zeugt bestenfalls von gewaltiger Weltferne.

17:11 Uhr, Stefan per WhatsApp: Das sind ehrlich gesagt ziemlich oberflächliche Ansichten, Theresa. Mit deiner Vorbildung solltest du etwas mehr von Psycholinguistik verstehen.

17:15 Uhr, Theresa per WhatsApp: Vielleicht wäre es besser, einfach nur von Psychologie zu sprechen: Was du da machst, heizt definitiv die Polarisierung in der Gesellschaft an.

17:19 Uhr, Stefan per WhatsApp: Aha. Wer die Sprache von Diskriminierung befreien möchte, trägt also Mitschuld am desolaten Zustand unserer Gesellschaft. Du bist einfach blind für die Zeichen der Zeit, Tessa. So sieht's aus.

17:54 Uhr, Theresa per WhatsApp: Und du bist blind für Grammatik. Und für die Bedürfnisse der Menschen im Land. Und dafür, was echte Emanzipation bedeutet. Geh mal arbeiten und hör mit dieser politisch korrekten Gefühlsduselei auf.

18:09 Uhr, Stefan per WhatsApp: Okay, Theresa, du willst den Streit von der Außenalster auf gar keinen Fall wieder aufmachen. Das merkt man.

Mittwoch, 19. Januar

06:31 Uhr, Theresa per E-Mail:

Hi Stevie,

ich glaube, ich muss es dir erklären. Langsam und zum Mitschreiben. Du kapierst es sonst nicht.
Für uns Ossis ist Emanzipation keine große Nummer. Da habt ihr Wessis einfach erheblichen Nachholbedarf. Bei uns sind die Frauen schon in Vollzeit arbeiten gegangen, als man in Westdeutschland noch als Rabenmutter beschimpft wurde, wenn man ein zweijähriges Kind in die Kita geben wollte.
Trotzdem erzählt Basti auf Grillpartys immer noch stolz, wie viel er mir »mit den Kindern hilft«. Solche Denkmuster müsste man aus den Köpfen kriegen, aber da reicht es eben nicht, schnell mal ein Sternchen drüberzukleben. Da müsste man wesentlich dickere Bretter bohren.
Und abgesehen vom ewigen Geschlechterthema – es gibt so viel wichtigere Probleme als den dämlichen Sternchen-Streit, mit dem ihr euch so breitmacht. Klimawandel, Demokratieverdruss, Putin *ante portas*. Ich glaube, deshalb bin ich an der Außenalster so sauer geworden. Ich kann es nicht ertragen, dass ein wichtiger Journalist wie du so sehr für Sprachregelungen brennt, während überall im Land die Pacht- und Mietpreise durch die Decke gehen. Während Wohnraum knapp wird, die Spritpreise

steigen und die Schulen verrotten. Jonas und Phil müssen jeden Morgen um halb sieben an der Bushaltestelle stehen, weil Deutschland nicht in der Lage ist, einen öffentlichen Nahverkehr zu organisieren, der den Namen auch nur annähernd verdient. Es ist doch eine Unverschämtheit, sprachliche Details zu politisieren, während bei der Daseinsvorsorge die Hausaufgaben nicht gemacht sind. Weißt du was? Mir gefällt dein Flori Sota, der anscheinend nicht bereit ist, jedem Trend hinterherzulaufen. Der auch in Umbruchzeiten an seinen Grundwerten festhält. Das Neue wird einem ja ohnehin an jeder Ecke aufgedrängt. Und wenn man nicht mitmachen will, muss man sich hierzulande verdammt warm anziehen.
Versteh mich nicht falsch, ich bin als Unternehmerin daran gewöhnt, progressiv zu denken. Aber bitte mit Substanz. Das Verhältnis zwischen Anlass und Getöse muss stimmen. Oftmals erscheint mir das viel gepriesene Engagement eurer großstädtischen jungen Eliten bloß als eine besonders larmoyante Form von Narzissmus. Letztes Jahr hat sich in der Uckermark wieder ein Bauer umgebracht. Der Alkohol, hieß es … Warum interessiert niemanden in Hamburg oder Berlin, was wirklich dahintersteckt?
Ich wünsche dir einen schönen Tag.

Theresa

Donnerstag, 20. Januar

21:13 Uhr, Stefan per E-Mail:

Hallo Theresa,

natürlich interessiert es mich, warum sich in der Uckermark ein Bauer umbringt. Mich interessiert auch der Zustand der Landwirtschaft. Immerhin ist sie ein riesiges Klimaproblem. Aus meiner Sicht müssten die Veränderungen viel radikaler sein. Was du beschreibst, illustriert ja ziemlich eindrucksvoll, welche grotesken Entwicklungen eure Branche genommen hat, was für ein hochgerüstetes, artifizielles Konstrukt da mittlerweile entstanden ist. Die Landwirtschaft ist wie ein sterbender alter Mann, der von Maschinen künstlich am Leben erhalten wird. Und warum das alles? Weil sich die Dinge für manche nicht ändern dürfen (scheint unser Dauerthema zu werden). Weil sich die Menschen nicht ändern sollen, geschweige denn wollen. Versteh mich nicht falsch: Ich kann deinen persönlichen Kampf um euren Hof, das Erbe deines Vaters und so weiter gut verstehen. Ich bewundere dich dafür, dass du diese Aufgabe übernommen hast. Auch was du über deine Kühe schreibst, klingt anrührend, es klingt richtig. Wenn ich das lese, nicke ich beim Lesen vor mich hin. Aber nur weil *du* richtig bist, muss das System nicht richtig sein. Denn so, wie es läuft, mit unendlichen Subventionen, dem ins Unermessliche wachsenden Milch- und Fleischkonsum, mit den CO_2-Belastungen, mit der Unfähigkeit, alles ganz neu zu denken, kann es nicht weitergehen. Das weiß die Wissenschaft, das weiß jeder informierte Mensch, und das weißt auch du, Theresa. Unsere Welt überlebt nur, wenn wir sie reformieren. Das ist ein Kampf, der Opfer kosten

wird. Nicht immer gerecht, nicht immer schön, aber gewiss unvermeidlich.
So weit meine *Minima Muhralia* für heute. Nun lass ich dich in Ruhe.

Dein S.

PS: Gendern die Berechtigung abzusprechen, indem man andere Themen als relevanter einstuft, nennt man Whataboutism. Aber das weißt du bestimmt.

Freitag, 21. Januar

05:05 Uhr, Theresa per WhatsApp: Ach Gottchen, Stefan, kommt jetzt wieder der Bescheidwisser aus dir raus? Gnade. Pack ihn weg.

09:21 Uhr, Stefan per WhatsApp: Wie bitte?

09:24 Uhr, Theresa per WhatsApp: Der große Stefan erklärt der kleinen Theresa ihr richtiges Leben im falschen. Echt jetzt?

09:27 Uhr, Stefan per WhatsApp: Ich wollte dir nichts erklären, Theresa. Ich habe ein paar Gedanken aufgeschrieben. Und übrigens nicht nur meine. Das sind Fakten.

09:39 Uhr, Theresa per WhatsApp: Jawoll! Studien! Fakten! Vielleicht hat auch die Wissenschaft etwas dazu gesagt? Dann hast du vielleicht auch gleich eine alternativlose Lösung parat!

09:41 Uhr, Stefan per WhatsApp: Deine Wissenschaftsfeindlichkeit ist echt bedenklich. Das habe ich dir schon an der Außenalster gesagt.

09:44 Uhr, Theresa per WhatsApp: Wie wäre es denn mal mit einer Agrar-Beilage, in der nicht siebzehnjährige Experten zu Wort kommen, sondern Landwirte, die mitten im Leben stehen und wirklich wissen, was die Scheißprobleme in diesem Land sind?

09:46 Uhr, Stefan per WhatsApp: Ja. Gute Idee. Machen wir. Zusammen mit Floris Tier-Beilage.

09:49 Uhr, Theresa per WhatsApp: Du merkst nicht mal, wenn du über Dinge redest, von denen du keine Ahnung hast. *Das* ist bedenklich. Vor allem in deinem Job. Zum Davonlaufen.

09:56 Uhr, Stefan per WhatsApp: Immer feste druff, was? Und bloß keine Kritik zulassen. Wie an der Außenalster. Aber ich will nicht mit dir streiten. Ich muss jetzt in die Konferenz. Heb dir deine nächsten Beleidigungen für später auf.

15:31 Uhr, Theresa per E-Mail:

Lieber Stefan,

fünf Stunden und eine Kaffeekanne später will ich dir erklären, worüber ich mich geärgert habe. In aller Ruhe. Und dann Schwamm drüber.

Dein überhebliches Referat vom »kranken Mann Landwirtschaft« ist einfach nur Common Sense. Jeder, wirklich jeder weiß, dass der Laden siecht. Was glaubst du, warum

ich Zeit und Kraft in diese Zukunftskommission stecke, obwohl ich wahrlich genug zu tun habe?
Nimm meinen Kollegen Lars. Er betreibt seinen Hof in Bracken, drei Dörfer weiter von hier. Sein Vater hat 2002 eine Biogasanlage mit geringer Leistung für seine Schweinemast gebaut. Als Lars den Hof übernahm, hat er die Schweinemast eingestellt und die Anlage im Jahr 2009 für den Einsatz nachwachsender Rohstoffe vergrößert. Auf seinen gesamten Flächen hat er Körnermais angebaut, um ihn an die Biogasanlage zu verfüttern. Dann kam der »Maisdeckel« – wegen Landschaftsschutz wurde der Anbau von Mais reglementiert. Lars musste Mais zukaufen, was erheblich an der Wirtschaftlichkeit zehrt. Im Jahr 2020 hat das Landratsamt eine Behälterprüfung angeordnet, woraufhin Lars hunderttausend Euro für den Weiterbetrieb investieren musste – wie er den Kredit jemals zurückzahlen soll, ist völlig unklar. Weil trotz aller Erweiterungen und Investitionen das Datum der Inbetriebnahme bei 2002 verbleibt, fällt die Anlage dieses Jahr aus der Förderung raus. Lars will weitermachen, er hat sich immer als Pionier gefühlt und war stolz darauf, ein »Energiewirt« zu sein. Aber um seinen Betrieb zu erhalten, müsste er jetzt an einer Ausschreibung teilnehmen. Und da bekommt er am Ende so wenig für eine Kilowattstunde, dass sich die nötige Investition nicht lohnt. Lars hat keine Ahnung, was er machen soll. Ich kann von Glück sagen, dass ich meine Anlage erst im Jahr 2009 errichtet habe. Das gibt mir noch ein bisschen Karenz. Auch wenn aufgrund steigender Auflagen auch bei mir die Rentabilität auf der Kippe steht.
Verstehst du, was ich sagen will? An der Außenalster hast du versucht, mir die Geschichte der Unterdrückung der Frau zu erklären. Dabei *bin* ich eine Frau. Jetzt schwadronierst du etwas von Nachhaltigkeit – aber *ich* betreibe

den Öko-Hof. Kapiert? Der viel beschworene Wandel wäre möglich, wenn man den Leuten nur mal die nötige Beinfreiheit lassen würde. Wir Bauern sind nicht dumm, stur und rückständig. Wir sind progressiver und vor allem aktiver als viele von euch Hafermilch-Trinkern. Aber die Bürokratie bremst uns aus, und die Politik macht uns kaputt, unter anderem deine Parteifreunde, die mit ihrer angeblichen Wissenschaftlichkeit nicht in der Lage sind, eine europäische Studie zur Gefährlichkeit von Glyphosat zu lesen. Dafür kannst du nichts. Aber was du kannst, ist die Klappe halten, wenn du nicht gefragt wirst.
Seit gestern haben wir übrigens einen Termin im Landwirtschaftsministerium: Ende März reist eine Delegation der Zukunftskommission nach Berlin, um den Abschlussbericht zu präsentieren. Ich bin dabei. Der Minister hat seine persönliche Teilnahme an dem Treffen noch nicht zugesagt, aber ich bin sicher, dass er sich das nicht entgehen lassen wird. Dazu ist die Problemlage zu dringend, und unsere Ideen sind richtig gut.
Und jetzt Schwamm drüber.

Theresa

17:45 Uhr, Stefan per E-Mail:

Alles klar, Tessa, Entschuldigung angenommen. Falls es eine war. Ich entschuldige mich auch. Dafür, dass ich vergessen habe, dass du in dieser Kommission sitzt. Das finde ich wirklich toll. Ich verstehe deinen Frust und hoffe, dass euch bald jemand zuhört. Du denkst bestimmt, du bist von Feind*innen umgeben, und vielleicht bist du das auch. Aber ich bin nicht dein Feind. Ich habe auch keine Parteifreund*innen. Auf mich musst du nicht draufhauen.

18:03 Uhr, Theresa per WhatsApp: Wir sind halt ein bisschen derb hier draußen.

18:10 Uhr, Stefan per WhatsApp: Sehr niedlich, dein Bäuer*innen-Stolz. Aber es gibt kein Hier-Draußen und Da-Drinnen. Oder sollte es jedenfalls nicht geben. Wir sind doch eigentlich einer Meinung: nämlich, dass sich etwas ändern muss. Dringend. Können wir das so festhalten?

19:40 Uhr, Theresa per WhatsApp: Du kannst festhalten, was du willst. Vor allem deine Siebensachen, wenn dir irgendwann mal der Sturm der Wirklichkeit um die Ohren bläst.

20:12 Uhr, Stefan per WhatsApp: Noch mal, Theresa: Wir sind eigentlich ziemlich einer Meinung, oder?

20:29 Uhr, Theresa per WhatsApp: Ja, sind wir, du Nervensäge. Und jetzt geh Heftmachen. Zeig's ihnen.

Donnerstag, 27. Januar

09:13 Uhr, Stefan per WhatsApp: Hey, Tessa, sorry, dass ich mich zurzeit nicht melde. Bin nicht sauer oder so. Hier ist einfach wahnsinnig viel zu tun. Der Streit um die Klima-Beilage nimmt eine neue Wendung.

Freitag, 28. Januar

11:58 Uhr, Stefan per WhatsApp: Hey, Tessa, alles okay bei dir? Bist du sauer?

13:05 Uhr, Theresa per WhatsApp: Stevie, du Lusche, was hast du denn immer mit dem Sauersein? Ist es das, worum sich dein Journalistenkosmos den ganzen Tag dreht? Wer gerade sauer ist?

13:11 Uhr, Stefan per WhatsApp: Ah, alive and kicking, würde ich sagen.

13:29 Uhr, Theresa per WhatsApp: Vor allem kicking. Hab Streit mit Basti. Bin zu wenig zu Hause, hab zu oft schlechte Laune, kümmere mich zu wenig um die Kinder, blablabla.

14:03 Uhr, Stefan per WhatsApp: Versuch's doch mal mit Nettsein.

14:10 Uhr, Theresa per WhatsApp: Arschloch.

14:23 Uhr, Stefan per WhatsApp: Siehste, geht doch.

Mittwoch, 2. Februar

10:51 Uhr, Stefan per WhatsApp: Hey, long time no hear. In Sachen Klima-Beilage wieder Hoffnung, ich habe einen Plan … Wird Sota gar nicht gefallen. Weiß nicht mal, ob er mir selbst gefällt. Sitze im Zug. Und du?

10:54 Uhr, Theresa per WhatsApp: Sitze in der Scheiße.

11:02 Uhr, Stefan per WhatsApp: Fahre nach München für eine Geschichte über strukturellen Rassismus. Superspannend. Gespräch mit Expertin über weiße Sozialisation, Sprachkolonialismus und Empowerment. Geniale Frau.

16:14 Uhr, Theresa per WhatsApp: Sorry, Stefan. Ich kann's gerade nicht ertragen. Superspannend, tolles Gespräch, geniale Frau. Wie schön, dass du so ein aufregendes Leben führst. Ich habe definitiv andere Sorgen.

Donnerstag, 3. Februar

08:10 Uhr, Stefan per WhatsApp: Aha, sind wir wieder so weit. Theresas Probleme sind die wichtigsten auf der ganzen Welt. Rassismus, Klimawandel, die Fortentwicklung des Journalismus – alles schön und gut, aber nichts im Vergleich zu einer kranken Kuh.

08:11 Uhr, Theresa per WhatsApp: Du hast Recht. Entschuldigung. Das war doof. Auch wenn hier nicht nur eine Kuh krank ist, sondern der ganze Laden.

09:45 Uhr, Stefan per WhatsApp: Kann ich dir irgendwie helfen? Sollen wir heute Abend mal telefonieren?

11:30 Uhr, Stefan per WhatsApp: Mist, das wird nichts mit Telefonieren. Ich habe gerade tatsächlich einen Termin mit der Verlegerin bekommen. Jetzt geht's los. Ich melde mich in Ruhe, wenn ich kann.

Sonntag, 13. Februar

12:53 Uhr, Stefan per E-Mail:

Mutter Theresa von Brandenburg,

jetzt ist mehr als eine Woche vergangen, seit wir voneinander gehört haben. Bei mir ist zurzeit so wahnsinnig viel los, und ich denke, du hast auch mehr als genug zu tun. Wie geht es dir und deinen Kühen? Wie geht es deiner Beziehung, deinen Finanzen, deinen Bredouillen, deiner unerschöpflichen Wut? Ich hoffe, deine Probleme mit Basti haben sich in Wohlgefallen aufgelöst. Auch wenn ich nicht gerade ein Experte in Beziehungsfragen bin, scheint es mir doch so: Jede Partnerschaft ist ein ewiges Hin und Her zwischen Glück und Unglück – und Kinder wirken dabei wie ein Verstärker. Vielleicht reicht es manchmal, sich zurückzulehnen und zu warten, bis das Pendel wieder auf die bessere Seite schwingt. Solltest du noch mehr Lebensweisheiten dieser Art benötigen, ruf einfach an.
Auch wenn es dich nicht interessiert, erzähle ich dir mal, was hier so los ist. Die Idee mit der Klima-Beilage ist nicht totzukriegen. Nach Sotas Abstimmung haben die Kolleg*innen einfach immer weiter davon gesprochen, Tag für Tag. Für mich ein Beweis, dass an der Sache wirklich etwas dran ist. Also habe ich beschlossen, die Idee weiterzuverfolgen. Gegen Sotas klares Veto, gegen den Mehrheitsentscheid in der Vollversammlung.
Als Erstes habe ich es bei unserer Verlegerin versucht. Ich kenne Dorothea von Bargen ganz gut. Sie ist eine begeisterte Kunstsammlerin, sie liebt die deutschen Informellen, genau wie ich, allen voran Emil Schumacher. Wir waren gelegentlich zusammen in Ausstellungen, ich hatte immer

einen guten Draht zu ihr. Ich habe sie also besucht und ihr die Idee mit der Klima-Beilage erklärt. Sie hatte schon davon gehört und war not amused, weil ich offensichtlich versuchte, den Chefredakteur zu hintergehen. Sie hob eine perfekt gezupfte Augenbraue und erklärte mir ausführlich ihr Selbstverständnis als Verlegerin: vollständige redaktionelle Unabhängigkeit, strenge Beachtung der internen Hierarchie – und so weiter, und so fort. Hier müsste jetzt der Jingle erklingen, der bei *Wetten, dass..?* anzeigt, dass man verloren hat.

Das ist also denkbar schlecht gelaufen. Ich habe meine Beziehung zu DvB aufs Spiel gesetzt, und wenn sie Sota davon erzählt, wird er mich für einen Verräter halten. Also habe ich mich erst einmal auf dem Hamburger Berg volllaufen lassen. Ich saß in *Rosi's Bar* und schaute mir an, wie alle permanent mit ihren Smartphones zugange waren. Überall strahlende Devices in der Nacht. Darüber die bleichen Geistergesichter im Displaylicht, erstarrt in Ehrfurcht vor der unendlichen Verfügbarkeit von allem und jedem. Da traf mich die denkbar banale Erkenntnis: Macht geht heute nicht mehr von 72-jährigen adligen Alt-Verlegerinnen aus, die in Blankenese ihr Shortbread in den Tee tunken.

Gestern bin ich dann nach Berlin gefahren und habe mich mit Carla al-Saed getroffen. Konspirativ, wenn man ein Mittagessen bei *Beets & Roots* so nennen kann. Du weißt schon, Carla ist die Kollegin, mit der ich gemeinsam die Idee der Klima-Beilage entwickelt hatte. Sie ist gerade mal 28 und schon stellvertretende Chefin der Online-Redaktion. Ihre Eltern stammen aus Simbabwe, aufgewachsen ist sie in der Platte bei Offenbach, nach der Statistik also ziemlich chancenlos. Dann aber glänzende Schulnoten, später Stipendien, mit Volldampf heraus aus der unverschuldeten

Benachteiligung. Und sie ist eine Erscheinung. Groß wie ich, Designer-Jeans, dazu knallgelbe Sneaker. Wenn mich nicht alles täuscht, trägt sie einen Herrenduft. Carla verkörpert den feministischen, radikalen, digitalen Journalismus der nächsten Generation wie niemand sonst. Sie hat einen eigenen YouTube-Kanal namens *CarLAB* mit mehr als 90 000 Abonnent*innen, Tendenz steigend. Sie setzt die Themen für Online, für Social Media. Sie hat ein Voting-Tool etabliert, bei dem die User*innen über neue Inhalte auf dem Online-Portal mitbestimmen können. Carla ist eine wirklich starke Verbündete.

Sie wusste natürlich, was ich von ihr wollte: ihre Macht. Wenn sie die Klima-Beilage mit ihrer ganzen Schlagkraft promotet, steigen die Chancen, an Sota vorbeizukommen. Sie hatte offensichtlich schon auf mich gewartet und schlug mir einen Deal vor: Wir tun uns zusammen unter der Bedingung, dass wir das Projekt erweitern. Nicht nur eine Klima-Beilage, die wie ein Gratis-Fernsehmagazin aus der Zeitung flattert. Sondern ein kompletter BOTE zum Klima, eine Klima-Ausgabe, die ganz im Zeichen des Aktivismus steht. Ein BOTE, der von der ersten bis zur letzten Seite für das wichtigste Thema unserer Zeit reserviert ist. Junge Klima-Aktivist*innen sollen für einige Wochen Teil der Redaktion werden, den kompletten Entstehungsprozess der Ausgabe begleiten und dafür sorgen, dass sie wirklich innovativ wird. Durch Corona sei der Klimaschutz ins Hintertreffen geraten, meinte Carla, deshalb sei es umso wichtiger, ein Zeichen zu setzen. Mit einer Zeitung, wie es sie noch nie gab.

Einerseits ist Carlas Plan natürlich genial. Andererseits macht mir das Ganze Bauchschmerzen. Eine Sonderbeilage zum Klima empfinde ich als angemessen, aber ein komplettes Blatt dem Aktivismus unterwerfen …? Wiederum

andererseits geht es ja nur um eine einzige Nummer, und danach ist alles wieder beim Alten. Ein weithin sichtbares Symbol für die gute Sache. Carlas Augen funkelten, als sie ihren Plan erklärte. Natürlich genießt sie es, ihren Einfluss auf Print auszudehnen, so viel ist klar.
Ich stand also vor der Frage, ob ich hinter Sotas Rücken einen Pakt eingehe, der Sota massiv beschädigen kann. Der unser Vertrauensverhältnis gefährdet. Ich habe mich nach einer schlaflosen Nacht trotzdem dafür entschieden. Bei aller Loyalität zu Sota – der guten Sache bin ich stärker verpflichtet als ihm.
Zum Abschied hat mir Carla noch einmal in die Augen gesehen und gesagt: »Die sackfreien Jahre brechen an, Stefan. Wenn wir nicht umbauen, wird der Bote untergehen.« Vermutlich hat sie Recht. Ohne Veränderung keine Zukunft. Vielleicht wird Sota langsam zu einem Mann, der dem Aufbruch im Weg steht, auch wenn mich dieser Gedanke schmerzt. Wer weiß, vielleicht rette ich die Zeitung mit dem, was ich getan habe. Auch wenn es sich gerade nicht so anfühlt.

Dein S.

Mittwoch, 16. Februar

22:59 Uhr, Theresa per E-Mail:

Hey Stefan,

deine Mail habe ich mit Spannung gelesen, und, ehrlich gesagt, fühlt es sich herrlich an, mal von fremden Problemen zu hören. Manchmal verdichten sich die eigenen so stark, dass es sich anfühlt, als stünde man vor einer Wand. Gott sei Dank geht es dann doch immer irgendwie weiter. Muss es ja auch! Es kann schließlich nicht sein, dass es in diesem Land nicht möglich ist, mit gutem Willen und guter Arbeit einen stinknormalen Betrieb zu führen, oder? Die Welt wird nicht untergehen, weil bei mir eine Melkerin ausfällt!

Kann schon sein, dass meine Durchhalteparolen nur berufsbedingter Zweckoptimismus sind. Basti wirft mir vor, ich würde den Problemen nicht ins Gesicht sehen und lieber auf Kosten der Familie mit dem Kopf durch die Wand gehen. Es ist hart, so etwas zu hören. Ich bräuchte Unterstützung und nicht jemanden, der mir in den Rücken fällt. Schließlich folge ich hier nicht einem persönlichen Spleen, sondern betreibe einen der ältesten und notwendigsten Berufe der Welt: die Erzeugung von Lebensmitteln. Dazu noch bio und öko, systemrelevant und systemgewollt. Soll das wirklich zum Scheitern verurteilt sein, weil Pachtpreise, Arbeitskosten und Energiepreise steigen, weil die Biogasanlage wegen der vielen Auflagen nicht mehr rentabel arbeitet und weil schon wieder ein Traktor kaputt ist? Ich stecke nicht den Kopf in den Sand. Ich möchte nur daran glauben dürfen, dass es weitergeht. Wenn das Landwirtschaftsministerium unsere Vorschläge sieht, wird sich etwas ändern. Nicht von einem Tag auf den anderen, aber mittelfristig schon. Es gibt doch immer noch genug Vernunft in der Welt. Davon muss ich jetzt nur noch Basti überzeugen.

Aber eigentlich will ich gar nicht über mich selbst reden. Bei euch ist es ohnehin viel glamouröser. Du spielst also *House of Cards* im Zeitungsland. Wobei es dir ja nicht darum geht, den Chef wegzumobben. So, wie ich dich verstehe, willst du ehrlich für deine Überzeugungen kämpfen. Vielleicht wird Sota das sogar beeindrucken. Mich beeindruckt es. Ich finde es wichtig, den eigenen Weg zu gehen, manchmal auch ohne Rücksicht auf Verluste.

Es gibt eine andere Frage, die mich beschäftigt, und das ist die, ob Flori Sota nicht in sachlicher Hinsicht Recht haben könnte. Du hast geschrieben, dass er Angst habe vor der »hochriskanten Vermischung« von Journalismus und Aktivismus, und ich dachte: Ja! Endlich sagt's mal einer!

Eure Aufgabe als vierte Gewalt ist doch die Kontrolle der anderen drei. Wie wollt ihr das machen, wenn ihr selbst eine Agenda habt? Ich lese schon seit Jahren kaum noch Presse, aus Zeitmangel, klar, aber auch, weil ich es nicht ertrage, dass die Trennung zwischen Nachricht und Kommentar fast vollständig verloren gegangen ist. Überall kleine und große Leitartikel. Jeder Redakteur muss ständig seine hochwichtigen Auffassungen an den Mann (und die Frau – ich lerne dazu!) bringen. Die Aufmerksamkeitsmaschine dreht sich Tag und Nacht und verarbeitet jede Information zu Meinungsbrei, getrieben vom Gekreisch in den sozialen Medien. Beschweren! Empören! Verdammen! Fordern! Das kann einem schon wahnsinnig auf den Senkel gehen, irgendwann schaut man nur noch weg. Da wäre es doch eigentlich viel innovativer, mal wieder furztrockenen, trotzig objektiven, brutal neutralen Faktenjournalismus zu machen.

Du musst dazu nichts sagen, das waren nur meine spontanen Gedanken beim Lesen deines Berichts. Wahrscheinlich ist es ein persönliches Wunschkonzert, bei dem es in letzter Zeit immer stärker darum geht, den Schwerpunkt auf Besonnenheit, Gelassenheit und das Bewahren von Bewährtem zu legen. Vielleicht eine Alterserscheinung? Vielleicht auch eine Reaktion auf die zum Teil hysterischen und reichlich rücksichtslosen Versuche, unsere Gesellschaft auf den Kopf zu stellen – wobei das Wesentliche oft aus den Augen verloren wird. Jedenfalls will ich dich nicht auf die Barrikaden bringen. Habe gerade genug eigene Barrikaden zu bespielen.

Sei bitte ausschließlich nett zu
deiner (kampfesmüden) Theresa

Freitag, 18. Februar

13:07 Uhr, Stefan per E-Mail:

Hi Theresa,

bin leider in Eile. Nur ein kleiner Denkanstoß: Stell dir vor, im Dritten Reich hätten sämtliche Medien Position gegen die Nazis bezogen. Hätten Haltung gezeigt und Aktivismus betrieben. Vielleicht hätte das alles geändert. Die wenigen Journalist*innen, die das getan haben, feiern wir heute als Idole. In ihrem Namen werden hochdotierte Preise verliehen. Ich wünsche dir von Herzen Kraft, für was auch immer du zu stemmen hast.

S.

14:15 Uhr, Theresa per WhatsApp: Ach so? Das Dritte Reich ist wieder da? Hab ich gar nicht mitgekriegt.

17:18 Uhr, Theresa per E-Mail:

Lieber Stefan,

ich bin jetzt einfach nach Hause gegangen. Die ganze Woche war ziemlich ätzend, ich muss dringend nachdenken. Und irgendwie kann ich das ganz gut, während ich dir schreibe.

Ich sitze in meinem kleinen Arbeitszimmer, es ist herrlich still, Basti ist mit den Jungs beim Fußball, ich bin ganz allein im Haus. Solche Momente habe ich wirklich selten. Also. Ich fasse zusammen. Basti ist der Meinung, dass ich meinen Betrieb nicht unter Kontrolle habe und die Augen vor dem wahren Ausmaß der Probleme verschließe. Ihm passt nicht, dass ich so viel arbeite, und er macht sich Sorgen um unsere finanzielle Existenz. Sein Plan ist, Kfz-Meister zu werden, sich selbständig zu machen und dann einen Großteil des Familieneinkommens zu verdienen, während ich mehr Hausarbeit übernehme. Ich hätte nichts dagegen, im Gegenteil, ich stelle es mir herrlich vor, beruflich ein bisschen kürzerzutreten. Aber es muss halt auch funktionieren. Wenn Basti eine Firma gründet, wird es Jahre dauern, bis er schwarze Zahlen schreibt. Am Anfang wird nicht weniger, sondern sogar mehr Verantwortung auf mir und dem Hof lasten. Darüber sprechen wir oft, und manchmal streiten wir. Ich werfe ihm vor, dass er die Dinge nicht realistisch sieht, und er wirft mir das Gleiche vor. Dann wird es ziemlich laut. Danach vertragen wir uns wieder.

Aber dieses Mal war es anders. Seit ich wegen der fehlenden Melkerin dreimal die Woche das Frühstück schwänze, hängt der Haussegen richtig schief. Letzte Woche ist Basti dann explodiert. Wenn man die ganzen Schimpfworte und Vorwürfe abzieht, sagt er im Wesentlichen, die Kuh & Co. sei eine Katastrophe in Zeitlupe. Er verlangt, dass ich Ordnung ins Chaos bringe. Ganz egal, wie. Effizientes Geschäftsmodell. Funktionierende Bilanzen. Mehr Planung, mehr Struktur. Feste Arbeitszeiten, Frühstück und Abendessen zu Hause.

Können vor Lachen. Jeder weiß, was »effizient und funktionierend« in der heutigen Zeit bedeutet: Leute rausschmeißen, Tiere zusammenpferchen, Qualität verringern. Sosehr

alle nach Öko, Bio und Tierschutz schreien – in Wahrheit will das niemand bezahlen. Die Kleinen und all diejenigen, die es ernsthaft versuchen, ziehen am Ende den Kürzeren.
Aber ich will nicht ins Jammern geraten. Als Basti und ich nach dem großen Streit wieder miteinander gesprochen haben, kam er mit dem Vorschlag um die Ecke, ich solle mir doch einfach mal Expertise holen. Einen Coach oder Consultant oder, wenn man es in normalem Deutsch ausdrückt, einen Unternehmensberater. Das ist natürlich kompletter Unsinn, ich kenne meinen Laden und weiß selbst am besten, wie der Hase läuft. Aber Basti hat darauf bestanden. Ihm zuliebe habe ich schließlich eingewilligt.
Also kam der Berater, Herr Puls. Letzten Montag ist er mit seinen braunen Lederschuhen über den Vorplatz stolziert, immer im Slalom um die Dreckbatzen herum, die der Radlader beim Mistfahren verliert. Er sah aus wie ein Kind im Konfirmationsanzug. Ich dachte nur: »Hoffentlich ist der schon über dreißig«, und kam mir plötzlich wahnsinnig alt vor. Zumal ich kaum verstand, was er sagte. Ich wusste bislang nicht, was *Change-Requests* und *Benchmarks* sind, und ich habe auch noch nie etwas auf Prio eins gesetzt.
Herr Puls hat es dann unbeschadet bis ins Büro geschafft und sich dort für zwei Tage verschanzt. Mit meiner Buchhaltung, meinem Rechner und meiner Britta, die ihm die Ordner bringen musste. Vielleicht hat er auch meine Mails gelesen und dir ein paar Nachrichten geschickt. Falls dich jemand gebeten hat, *asap* die *Key Performance Indicators* zu optimieren, war das mit Sicherheit er.
Gestern präsentierte er seinen Befund: *At the end of the day* seien meine *shares* wirklich *below the line*. Mit anderen Worten: Ich bin faktisch pleite. Wenn sich nichts ändert, muss ich Ende des Jahres Konkurs anmelden. Erst habe

ich das gar nicht so ernst genommen. Ich sagte, dass ich an die Dauerpleite mittlerweile gewöhnt sei und dass es dann doch immer irgendwie weitergehe. Da hat er mich angefaucht und etwas von Insolvenzverschleppung erzählt. *Full Alert*. Das Schlimme: Puls hat Recht. Es sieht schlimmer aus, als ich dachte.

Ich versuche, das alles möglichst locker zu erzählen, aber in Wahrheit bin ich fix und fertig. Ich habe nächtelang nicht geschlafen und viel geheult. Anscheinend habe ich es keinen Deut besser gemacht als mein Vater. Ich habe alles reformiert und revolutioniert und modernisiert, und das Ergebnis ist das gleiche. Ich sehe vor mir, wie Papa auf seiner Wolke sitzt, zu nett, um mich auszulachen, den Kopf wiegt und traurig sagt: »Irgendwas ist immer, Tessa. Da kann man nichts machen.«

Nach Meinung von Herrn Puls kann man da schon etwas machen. Man braucht nur ein bisschen *Learning* und ein paar Synergieeffekte, um sich auf die Kernkompetenzen zu konzentrieren. Dann springt auch eine bessere Work-Life-Balance dabei raus, sogar ab und zu ein *day off*. Genau das, was Basti wollte.

Wenn ich das mal übersetzen darf: *Learning* heißt »Abwicklung der Genossenschaft«. Synergieeffekte bedeuten Entlassungen. Und Kernkompetenzen sind Mais. Herr Puls hat das ganz explizit gemacht. Ich soll die dummen Kühe abschaffen. Zu aufwändig, zu unsicher, zu kleine Gewinnspanne. Schluss mit dem Biohof. Stattdessen die Biogasanlage massiv vergrößern und Mais anbauen, ganz konventionell, inklusive chemischem Dünger und Pestiziden, damit der Mais auch anständig wächst. Alles, was geerntet wird, verschwindet dann in der Biogasanlage. Dafür braucht man keine Melker mehr, keine Stallarbeiter, keine Sekretärin. Man braucht nicht einmal das Wetter, denn der Mais wächst auch mit wenig Regen. Eigentlich braucht man nur noch einen Rechenschieber. Man produziert etwas, um es zu vergären, und bekommt dafür Steuergelder aus der echten Arbeit von echten Leuten.

Versteh mich nicht falsch, ich habe nichts gegen Biogas. Sonst hätte ich die Anlage ja nicht gebaut. Aber ich habe etwas dagegen, Tieren und Menschen die Existenzberechtigung zu entziehen. Das kann nicht Ziel des Spiels sein. Ich bin gern bereit, moderne Landwirtschaft zu betreiben. Aber Landwirtschaft sollte es schon noch sein. Und zwar ökologisch sinnvoll. Ich stecke doch nicht zwanzig Jahre Arbeit in einen Biohof, um danach mit Monokultur die Böden kaputtzumachen.

Basti findet die Idee super. Mein Vorarbeiter Christian und die Traktoristen haben auch nichts dagegen, weil sie wissen, dass ihre Jobs auch nach der Umstellung sicher wären. Sie denken: lieber Arbeit für weniger Leute als keine Arbeit für alle.

Meine Kühe sagen nichts. Sie schauen mich an. Genau wie damals.

Basti sagt, dass Milchproduktion doch auch total absurd sei, weil niemand diese Milch brauche und keiner dafür bezahlen wolle. In Frankreich werden schon Nicht-Lieferprämien fürs Nicht-Produzieren gezahlt, und auch die Milchbauern in Deutschland fordert man ständig zum Nicht-Melken auf, weil am Ende sowieso die Hälfte verramscht wird. Basti sagt, es sei doch sowieso alles eine Farce, egal, ob Mais oder Milch.

Er hat Recht, aber es tut trotzdem weh, wenn er so spricht. Ich will, dass er auf meiner Seite steht. Denn Milch und Energiemais sind *nicht* dasselbe. Eine Pflanze, die geerntet und vernichtet wird, ist nicht dasselbe wie eine Kuhherde, die wiederkäuend in der Sonne liegt, Kälbchen gebiert und

freiwillig in die Melkmaschine trottet. Manchmal fürchte ich, dass außer mir niemand mehr den Unterschied kennt. Kennst du ihn? Bitte tu wenigstens so. Ich brauche einen Freund. Puls will Mais. Basti will Mais. Christian will Mais. Der Rest der Belegschaft ist verzweifelt, weil er in beiden Fällen auf der Straße steht. Gestern meinten die Kinder plötzlich beim Abendessen, das Leben in der Stadt hätte doch auch Vorteile. Keiner hat kapiert, warum ich rausrennen musste.
Sei mein Freund, Stefan. Sag, dass du mich verstehst. Mais oder Nicht-Mais – ist das hier die Frage? Hat das überhaupt eine Bedeutung, oder bin ich einfach nur irre?

Deine Theresa

Montag, 21. Februar

10:22 Uhr, Stefan per E-Mail:

Liebe Theresa,

ich habe das ganze Wochenende Networking am Telefon gemacht und muss jetzt gleich in die entscheidende Konferenz. Aber ich wollte mich zumindest kurz melden.
Weißt du noch, wie wir früher erst in der Destille gesoffen und danach in *Butts Bierstube* Döner mit Köpi runtergespült haben? Ab zwei oder drei Uhr saßen wir dann bei uns am Küchentisch und haben mit Billo-Rotwein vom REWE weitergemacht, die leeren Flaschen aus dem Fenster in Haverkamps Ginsterbüsche geworfen und darüber geredet, dass wir beide wie eine Wunschfamilie füreinander sind – und dass wir *für immer* diese Familie sein werden. Der Pakt gilt. Wir hatten uns nur aus den Augen verloren,

Tessa, jetzt sind wir wieder zusammen. Natürlich bin ich dein Freund. Lass uns in Ruhe über alles reden. Du bist nicht allein.

Dein Stefan

16:21 Uhr, Stefan per WhatsApp: BANG!!! Wir haben gewonnen! Die Klima-Ausgabe will come true! Carlas Netzwerk ist offensichtlich die reinste Kriegsmaschine, und ich habe mit meinen Überzeugungstelefonaten vielleicht auch einen bescheidenen Beitrag geleistet. Vor einem Monat haben 44 Redakteur*innen gegen die Klima-Sonderbeilage gestimmt. Heute stimmten 51 für eine komplette Klima-Nummer des BOTEN. Das Gesicht von Sota hättest du sehen müssen! Da ist sogar ihm die Ironie im Halse stecken geblieben. Ich konnte nicht anders, als ihn frech anzugrinsen. Er weiß genau, dass ich dahinterstecke.

20:11 Uhr, Stefan per WhatsApp: Spontane Party auf der Dachterrasse. Alle unglaublich happy. Was für ein geiler Tag!!! Wie geht es dir? Denke viel an dich.

Dienstag, 22. Februar

11:43 Uhr, Stefan per E-Mail:

Schade, dass du gestern Abend nicht dabei sein konntest. Ich bin sicher, es hätte dir gefallen. Wir haben unseren Erfolg bis halb drei im großen Konfi gefeiert, zwölfter Stock, der perfekte Ort für Sieger*innen. Hamburg liegt dir zu Füßen. Man blickt über die schwarze Elbe auf den erleuchteten Hafen. Zehntausende Lichter. Gin Tonic und Moscow

Mule bis zum Abwinken. Ein paar junge Redakteur*innen hatten das spontan organisiert, einer hat den Playlist-DJ gemacht. *We are the Champions* und die unvermeidliche Lady Gaga. Von Carla kam eine WhatsApp, kein Text, nur die schwarze Faust. Ich hab mit der weißen Faust geantwortet. Man sollte Triumphe grundsätzlich nur mit Ausblick begießen, Tessa. Gnadenlose, hochverdiente Selbsterhöhung. Sota wird es überleben, so ist das Business nun einmal. Man gewinnt, man verliert. Gestern hat die junge Generation gewonnen – und das Klima. Es ist doch ein Geschenk, wenn man weiß, was richtig ist. Dann soll man es gefälligst auch tun.
Melde dich.

Dein schlachterprobter Stefan Bonaparte

Mittwoch, 23. Februar

06:15 Uhr, Theresa per E-Mail:

Weißt du was, Stefan,

deine Triumph-Nachrichten haben mich elektrisiert. Ich habe sie immer wieder gelesen, vor allem die letzten Sätze: *Es ist doch ein Geschenk, wenn man weiß, was richtig ist. Dann soll man es gefälligst auch tun.*
Du hast verdammt Recht. Ich zerbreche mir ständig den Kopf, aber wenn ich ehrlich bin, geht es dabei immer um die Wünsche von anderen. Was Basti will. Was die Kinder wollen. Was meine Angestellten wollen, was Herr Puls will, selbst um die Frage, was mein Vater gewollt hätte. Wie meine Mutter gestern am Telefon sagte: »Ach, Resi,

du machst es dir wirklich ganz schön schwer!« (Wehe, du nennst mich jemals Resi!)
Dabei weiß ich längst, was richtig ist. Ich habe dir doch von Lars erzählt, dem Landwirt aus Bracken mit dem Maisbetrieb. Ich kenne ihn schon seit meiner Schulzeit. Wir saßen jeden Morgen zusammen im Bus, der über die Dörfer fuhr und die Schulkinder einsammelte. Lars war zwei Klassen unter mir. Er wurde viel geärgert und gehänselt. Er war einer von den Stillen, die niemandem etwas zuleide tun und gerade deshalb ständig gequält werden. Ich kann nicht behaupten, ihn besonders gemocht zu haben. Aber einmal habe ich einem der großen Jungs einen dicken Haarbüschel ausgerissen, weil er Lars nicht in Ruhe lassen wollte.
Gestern habe ich Lars angerufen und ihn gefragt, wie es läuft. Schließlich macht er genau das, was Herr Puls mir empfiehlt. Tja, was soll ich sagen. Er sagt die ganze Zeit: »Wird schon«, und: »Muss ja«, was bedeutet, dass er vollkommen am Ende ist. In unserer Branche ist es nicht üblich, darüber zu sprechen, wie es einem wirklich geht. Alle arbeiten Hundert-Stunden-Wochen, alle haben einen Betrieb zu retten, alle sind am Limit. Jeder kennt jeden, und wenn du rumerzählst, dass du bald die Brocken hinschmeißt, überlegt der Nachbar vielleicht schon, dein Land zu kaufen. Von der Sozialversicherung gibt es jetzt einen anonymen Psychodienst für Landwirte, den man anrufen kann, bevor man die Kinder schlägt oder zur Flasche greift. Aber einer wie Lars würde sich eher die Hand abhacken, als um Hilfe zu bitten. Er füttert seine Biogasanlage wie ein ewig hungriges Tamagotchi. Sonst hat er ja auch nichts mehr. Seine Frau hat ihn vor fünf Jahren verlassen, seine Tochter lebt in Berlin. Bei der Umstellung hat er seinen Leuten gekündigt und alle Tiere abgeschafft. Die Feldarbeit macht er mit

Leiharbeitern. Wenn er auf den Hof kommt, wartet nur noch der Computer auf ihn. Und wenn er die Biogasanlage nicht bald wieder rentabel kriegt, kann er endgültig einpacken. Lars will kämpfen. Er leitet den Familienbetrieb in der sechsten Generation. Er sagt, sein ganzes Leben steckt in dem beschissenen Hof.

Weißt du, Stefan, auch mein ganzes Leben steckt in einem beschissenen Hof. In meinen Leuten und meinen Tieren. Ich kann sie nicht abschaffen, nur weil sie ein bisschen altmodisch, ineffizient und CO_2-problematisch sind. Ich will, dass ihr Leben einen Sinn hat, weil dann auch meines sinnvoll ist. Mein Vater hätte das verstanden, was vermutlich ein ziemlich schlechtes Zeichen ist.

Aber egal. Ich weiß, was ich will. Ich will meine Angestellten behalten, und ich will meine Kühe. Ich will glückliche Tiere, hochwertige Milch und die Erhaltung unserer Kulturlandschaft. Die Berliner sollen aus den Autofenstern über meine Weiden schauen und seufzen: Sieh dir das an, was für eine Idylle!

Du hast gekämpft und bekommen, was du wolltest. Genau das werde ich auch tun. Scheiß auf Herrn Puls. Wenn er noch mal versucht, mit seinen Flipboards und Benchmarks auf den Hof zu kommen, jage ich ihn mit der Mistgabel davon.

Hoffentlich trägt Basti es mit Fassung. Er musste ganz schön viel einstecken in den letzten Jahren. Aber er wusste ja, worauf er sich einlässt. Gemeinsames Kochen und drei Mal Urlaub im Jahr standen nicht im Ehevertrag. Übrigens glaube ich, dass du Basti mögen würdest, auch wenn er Autos liebt und noch nie Martin Walser gelesen hat. Ich kenne niemanden sonst mit so wenig Ego und so viel Humor. Am besten, du kommst einfach mal vorbei, wenn es ein bisschen wärmer ist, und dann grillen wir im Garten und stoßen mit Prosecco auf unsere Partisanen-Projekte an: deine Klima-Ausgabe, meine Biomilch und Bastis E-Mobilität im Dieselland.

Venceremos, Theresa

Donnerstag, 24. Februar

07:21 Uhr, Stefan per WhatsApp: Oh Gott. Hast du es schon gehört? Es ist wirklich passiert. Putin überfällt die Ukraine. Ich kann es nicht glauben. Niemand hier im Haus hat das für möglich gehalten. Für den Fall der Einmischung droht er den westlichen Staaten mit Konsequenzen, wie wir sie noch nie zuvor erlebt haben. Was zum Teufel soll das sein? Ein verdammter Endzeitfilm?

09:02 Uhr, Stefan per WhatsApp: Bin jetzt in der Redaktion. Alle sind schon da, als hätten sie es zu Hause nicht mehr ausgehalten. Fassungslose Schockstarre. Jeder hängt über seinem Handy, es wird kaum gesprochen. Nachher außerordentliche Konferenz.

12:46 Uhr, Stefan per WhatsApp: Alles klar bei dir, Tessa? Sag doch mal etwas!

13:38 Uhr, Theresa per WhatsApp: Sorry, aber das ist mir alles zu viel. Mir ist ganz schlecht.

13:40 Uhr, Stefan per WhatsApp: Geht mir auch so. Sei umarmt. Ich versuche nachher, dir zu schreiben.

15:10 Uhr, Stefan per E-Mail:

Liebe Theresa,

der erste Angriffskrieg in Europa seit 1945. Zwei Flugstunden entfernt. Ich habe mir eine halbe Stunde freigeschaufelt und mich in meinem Büro verschanzt, um dir schnell zu mailen. Die Stille tut gut. Mir rauscht das Blut in den Ohren. Wie du dir vorstellen kannst, brennt hier die Hütte. Einige Kolleg*innen haben Panikattacken erlitten. Niemand kann das verarbeiten. Gleichzeitig müssen Teile des Blatts neu geschrieben werden, um auf Putins wahnwitzige Aggression zu reagieren. Von einer Sekunde auf die andere hat sich eine routinierte Redaktion in einen Ameisenhaufen im Ausnahmezustand verwandelt. Ich werde in den nächsten Tagen kaum zum Schlafen nach Hause kommen.
Wie schäbig, dass ich angesichts dieser Katastrophe von meiner Arbeitsbelastung erzähle! Das Gehirn erzeugt seltsame Kurzschlüsse. Wahrscheinlich ist das der Schock. Wir erleben gerade eine Zeitenwende. Unsere Welt wird nie wieder dieselbe sein. Was wir alle für Geschichte gehalten haben, ist ab sofort Gegenwart. Krieg! Diese Erkenntnis schneidet mir wie mit Messern ins Hirn.
Ich will dennoch versuchen, auf deine Mail zu antworten – nicht so, als wäre nichts passiert, sondern so, als hätten andere Dinge trotz allem eine Bedeutung und Berechtigung, was sie ja auch haben, obwohl es sich momentan ziemlich absurd anfühlt, über Landwirtschaft oder Haltungsjournalismus zu diskutieren. Wird es in ein paar Wochen überhaupt noch Kühe geben? Oder Wochenzeitungen? Entschuldigung, streich die letzten Sätze aus dem Protokoll. Lass uns zuversichtlich bleiben, jede/r auf ihre/seine Weise. Lass uns mit Macht an dem festhalten, was unser Leben

ausmacht, auch wenn (oder gerade weil) jemand versucht, das alles in Schutt und Asche zu legen.

Also zu den Kühen: Ich verstehe deine Überlegungen. Die Verantwortung lastet schwer auf deinen Schultern – für Familie, Arbeitsplätze, Tiere, Tradition und dann auch noch für den Lebenssinn. Aber was ist mit der Verantwortung für die Welt, in der wir leben? Wir sind dabei, den Planeten zugrunde zu richten. Was wir heute tun, fällt unseren Kindern und Enkel*innen in den nächsten Jahrzehnten auf die Füße.

Für dich sind Kühe richtig, aber fürs Klima sind sie falsch. Du weißt genau, dass jede Kuh hundert Kilo Methan im Jahr in die Atmosphäre bläst. Das entspricht rund 18.000 gefahrenen Autokilometern. Die deutsche Landwirtschaft ist für den Ausstoß von sechzig Millionen Tonnen CO_2 verantwortlich, das sind acht Prozent des Gesamtvolumens. Diese Zahlen! Das ist doch Wahnsinn, oder?

Wie gesagt: Ich kann deine persönlichen Motive absolut nachvollziehen. Auch ich finde es schön, aus dem Zugfenster über die idyllischen brandenburger Wiesen voller grasender Kühe zu blicken. Dann stelle ich mir vor, dass die Menschen vor zweihundert Jahren exakt das Gleiche gesehen haben, und freue mich darüber. Bis mir einfällt, dass man diesen Blick in zweihundert Jahren nicht mehr haben wird. Weil dann alles verdorrt oder überflutet ist.

Dein Lars hat in meinen Augen die richtige Entscheidung getroffen, so ehrlich muss ich einfach zu dir sein. Man kann Windräder und meterhohe Maispflanzen hässlich finden, sie verschandeln die Landschaft und machen unsere Arbeit monoton – aber ist es das nicht wert, um die Welt für kommende Generationen zu retten? Müsstest du als Mutter nicht auch so denken? Sogar mehr als ich?

Bei dieser Gelegenheit noch ein kleines Geständnis: Ich

war gestern auf auto-plausitz.net und habe deinen Basti gestalkt. (»Gestern?« Hat es das überhaupt wirklich gegeben? Ein ganz normaler Tag, an dem man sich die Zeit mit Internetsurfen vertrieb? Fühlt sich an, als wäre das hundert Jahre her.) Die bohrende Neugierde, für welchen Typ du dich entschieden hast, hat mich dazu getrieben. Ich mochte sein Foto. Sympathisch, nettes Lächeln. Ziemlich beeindruckende Oberarme, wenn ich das richtig erkennen konnte. Ein sanfter Riese, nicht verkopft, sondern pragmatisch zupackend. Bestimmt würde ich ihn mögen. Walservergessenheit macht mir nix, E-Mobilität ist mir wichtiger.
Jetzt zurück in den Ameisenhaufen.

S.

Dienstag, 1. März

07:44 Uhr, Theresa per E-Mail:

Guten Morgen, Stefan,

tut mir leid, dass ich mich jetzt erst melde. Ich musste mich erst mal fangen und irgendwie in den Alltag zurückfinden. Putins Einmarsch in der Ukraine hat mich ziemlich aus der Bahn geworfen. Ich gebe es ehrlich zu – ich habe wahnsinnige Angst. Davor, dass die Sache eskaliert. Dass nun doch noch der Dritte Weltkrieg ausbricht, in dessen langem Schatten ich aufgewachsen bin. Mein Vater sagte manchmal: »Du musst jeden Tag genießen, Theresa. Historisch betrachtet ist es ziemlich unwahrscheinlich, dass der Frieden in Europa bis zu deinem Lebensende hält.« Ich habe ihn immer ausgelacht und heimlich einen Angsthasen genannt, vielleicht auch nur, um nicht an mich heranzulassen, was

er da sagte. Jetzt sieht es aus, als hätte er Recht behalten. Als würde ein Alptraum wahr werden, den ich mein Leben lang nach Kräften verdrängt habe.
Geht dir das auch so? Ich glaube nicht. Du klingst eigentlich halbwegs normal. Für dich ist Putins Einmarsch wahrscheinlich vor allem ein journalistisches Ereignis. Groß, schlimm, skandalös, aber letztlich etwas, über das ihr schreiben werdet. Vielleicht tue ich dir Unrecht. Aber du redest schon wieder über meine Kühe als der Besserwisser, der du anscheinend geworden bist und den ich nicht besonders gut leiden kann. In deinen Augen gibt es ein richtiges Richtig und ein falsches Richtig, und du entscheidest, was richtig richtig oder falsch richtig oder sogar richtig falsch ist. Du triffst Entscheidungen nicht für dich, sondern für die Welt. So machen es Kolonialisten, Missionare und Feldherren (den naheliegenden polemischen Vergleich erspare ich dir an dieser Stelle). Du kannst gern Kühe abschaffen, aber dafür musst du erst mal welche haben. Es ist ziemlich leicht, sich als toller Klimaschützer zu fühlen, während man mit dem Elektroroller durch Hamburg saust. Man braucht kein Auto, wenn man sich vor allem drückt. Du hast keine Familie, keine Firma, kein Haustier, kein Ehrenamt, nichts, was die Umwelt oder dich selbst (!!) belasten könnte. Du trägst nicht einen Hauch von der Verantwortung, über die du so oft redest. Du fährst sirrend herum und schüttelst den Kopf über Leute, die damit beschäftigt sind, die Welt, die du hochamtlich beschützt, am Laufen zu halten. Und findest es total stressig, dass Putin dich zwingt, deine Zeitung neu zu schreiben.
Mein Melker Denis wollte gestern von mir wissen, in welchem Radius eine Atombombe alles zerstört, wenn sie auf Berlin fällt. Er hat mich gefragt, ob ich das im Internet für ihn nachgucken kann. Ich habe versucht, ihn zu beruhi-

gen, während mir das Herz gegen die Brust hämmerte und sich mein Magen anfühlte, als hätte ich einen Ziegelstein verschluckt.

Ein paar Stunden später stand ich mit Christian auf der Weide, und wir schauten gemeinsam in den Sonnenuntergang, der den Horizont glühen ließ. Christian sagte plötzlich: »Ob es so aussehen wird, wenn Berlin brennt?« Das ging mir schon wieder durch Mark und Bein. Ich wollte etwas erwidern, vor allem, um mich selbst zu beruhigen – dass er nicht übertreiben solle, dass es so schlimm schon nicht kommen werde – aber da sprach er bereits weiter: »Ich kann hier nicht weg. Schütte ist alles, was ich habe. Ich werde mit dem Land leben oder untergehen.«

Für Christians Verhältnisse war das eine Ansprache. Er sagt ja selten mehr als: »Guten Morgen«, und: »Was liegt an?« Ich hielt die Klappe. Wir standen und guckten und gingen irgendwann zurück auf den Hof. Was er gesagt hat, geht mir nicht mehr aus dem Kopf. »Ich kann hier nicht weg.« Ja. So ist es. Die Leute hier können nicht weg. Währenddessen schreit ihr herum in den Städten: für die gute Sache, für die Gerechtigkeit, jetzt endlich auch mit Waffengewalt! Wieder ist etwas alternativlos, wieder heißt es: »Um jeden Preis«, wieder müssen alle Einwände schweigen. Ich höre eure Stimmen, wie sie sich überschlagen, ich rieche eure Begeisterung. Aber wenn es schiefgeht, seid ihr die Ersten am Flughafen und setzt euch ab zu guten Freunden in Uruguay oder Kanada. Wir hier draußen haben keine Stimme. Wir sollen schweigen und im Zweifel die Konsequenzen tragen. Die Stadt brockt ein, was das Land auszulöffeln hat. So ist es immer.

Ich verstehe nichts vom Krieg und sollte lieber nicht darüber sprechen. Dafür verstehe ich etwas vom Klimawandel, und zwar nicht nur aus der Schreibtischperspektive,

sondern ganz konkret. Wir Bauern arbeiten mit dem Wetter, das ihr nur aus mittlerer Distanz bejammert. Jedes Jahr fällt weniger Regen, jedes Jahr werden die Dürreperioden länger. Wenn meine Männer mit den Traktoren über die Felder fahren, entstehen Staubwolken, die die Sonne verdunkeln. Jahr für Jahr bringen die Felder weniger Erträge, Jahr für Jahr gibt es weniger Grundwasser und mehr Wald- und Flächenbrände.
Aber, lieber Stefan: Meine Kühe geht das Klima nichts an, solange Kreuzfahrtschiffe zum puren Vergnügen auf den Weltmeeren herumschippern. China, die USA und Indien sind zusammen für mehr als die Hälfte des weltweiten CO_2-Ausstoßes verantwortlich. Und weißt du, wie lange CO_2 in der Atmosphäre verbleibt? Bestimmt weißt du das, du recherchierst doch viel. Mindestens hundert Jahre. Ganz im Ernst: Wer glaubt, er könnte die Welt angesichts dieser Fakten durch das Schlachten von ein paar Milchkühen und das Umerziehen der Bevölkerung retten, statt auf globale Technologien zu setzen, den kann ich nicht ernst nehmen. Und jetzt der Krieg. Krieg war schon immer ein schlimmer CO_2-Produzent. Wenn es dir ernsthaft ums Klima ginge, müsstest du fordern, ihn sofort zu beenden.
Aber weißt du, was ich toll finde? Wir sprechen immerhin darüber. Ohne uns anzuschreien. Ich bin ein bisschen stolz auf uns. Gerade in diesen schlimmen Zeiten sollten wir versuchen, einander zu verstehen.

Deine Tessa

PS: Ich habe Basti erzählt, dass du sein Foto im Internet süß findest. Er hat sich bedankt und gesagt, wenn du ihm oder mir an die Wäsche willst, bricht er dir alle Knochen. Er ist halt Pragmatiker. Ansonsten schöne Grüße.

22:02 Uhr, Stefan per E-Mail:

Liebe Theresa,

ich bin total froh, dass du dich meldest. Endlich. Ich hab mir schon gedacht, dass es dir nicht gut geht – wem geht es schon gut in diesen Tagen? Ich dachte mir, dass du etwas Zeit brauchst. Jetzt ist es richtig schön, wieder von dir zu lesen. Trotz (oder wegen?) deiner gnadenlosen Kratzbürstigkeit. Wie immer missverstehst du mich mit Absicht und denkst das Schlechtestmögliche von mir. Um eins klarzustellen: Was Putin in der Ukraine macht, geht mir genauso nahe wie dir. Ich habe auch Angst. Weniger vor einem Atomkrieg als vor der Frage, was aus Europa wird, wenn Großmächte wieder beschließen, sich mit Gewalt zu nehmen, worauf sie Lust haben. Davor, wie die geopolitischen und global wirtschaftlichen Auswirkungen auf eine ohnehin schon labile Welt aussehen. Dass ich trotzdem über deine Kühe (und andere Dinge) rede, liegt daran, dass ich beschlossen habe, mir von diesem Aggressor nicht das Sprechen verbieten zu lassen. Das Leben muss weitergehen, so oder so. Wir haben trotz allem das Recht, uns mit Dingen zu beschäftigen, die uns am Herzen liegen. Mit dem Klima. Oder mit Kühen. Oder mit beidem, wenn diese Dinge zusammenhängen.
Was richtig oder falsch ist, entscheide nicht ich. Das entscheiden Klimaforscher*innen am Max-Planck-Institut für Meteorologie, im Umweltprogramm der UN, am Leibniz-Institut, bei der Helmholtz-Gemeinschaft, an über hundert deutschen Universitäten und so weiter. Ich bin auch kein Feldherr und kein Missionar. Ich bin kein Kriegstreiber, wenn ich sage, dass Putin gestoppt werden muss. Ich bin Journalist und damit Aufklärer. In Zeiten von Verschwörungstheorien, Rassismus, Sexismus und Russophilie sind Journalist*innen der Kitt, der Gesellschaft und Fakten zu-

sammenhält. Und was ist eigentlich so schlimm daran, Entscheidungen nicht für sich selbst, sondern für die Welt zu treffen? Wenn jede/r von uns das einmal pro Tag machen würde, hätten wir wahrscheinlich bessere Chancen, unseren Planeten vor dem Schlimmsten zu bewahren. Wer Sätze allerdings immer nur mit »Ich« oder »Meine Kühe« anfängt, erreicht das Gegenteil.
Moderne Umwelttechnologien finde ich grandios. Aber sie werden an einer Sache nichts ändern: Die Welt muss sich wandeln, und wir müssen es auch. Dass die Chines*innen, Amerikaner*innen und Inder*innen es falsch machen, bedeutet doch gerade, dass wir es besser machen müssen! Meinst du, die Spielverderber-Rolle gefällt mir? Ich sehe der Wahrheit ins Auge und habe den Mut, sie auszusprechen. Deine Tiere sind eine Belastung für den Planeten. Zehntausend Kühe ergeben ein Kreuzfahrtschiff (und glaub mir, die Dreckspötte würde ich am liebsten sofort abschaffen). Was den Frieden betrifft: Selbstverständlich will ich, dass dieser Krieg so schnell wie möglich beendet wird. Jede/r will das. Genau deshalb muss Putin verlieren. Das kann gelingen, wenn alle freiheitsliebenden Staaten zusammenstehen. In der Redaktion haben wir etwas Ähnliches beschlossen wie ich für mich persönlich: Wir werden uns von diesem Massenmörder keine Agenda aufzwingen lassen. Wir werden unverbrüchlich an der Seite der Ukraine stehen – mal abgesehen von den russophilen Altlinken, die sich immer noch auf ihrem westdeutschen Pazifismus ausruhen –, aber wir werden auch weiter für das Klima kämpfen. Die Sonderausgabe soll erscheinen. Ein komplettes Blatt für das Klima in Zeiten des Krieges, nicht nur »trotzdem«, sondern »jetzt erst recht«. Carla hat mal wieder den richtigen Riecher gehabt.
Heute haben sich zwei Klimaaktivist*innen in der Chef-

redaktion vorgestellt. Sie sollen die Erstellung der Sonderausgabe aktivistisch begleiten und dabei für die junge Generation sprechen. Die beiden heißen Leonie und Justin, sind neunzehn Jahre alt und an vorderster Front in der Klimabewegung aktiv. Selbstbewusst, schlau, strotzen vor Fachwissen. Haben gleich die Photovoltaikanlage auf dem Dach des Pressehauses entdeckt. Justin sagte, es sei »fett«, dass wir uns für ein Modell von Q Cells entschieden hätten, weil die über das »dielektrische Prinzip« besonders effizient wären. Keine Ahnung, woher er weiß, was für eine Anlage auf unserem Dach steht (das wusste nicht mal ich), aber wir waren alle stolz wie Bolle, dass dieser junge Mann uns lobte. Unglaublich, wie engagiert diese Generation ist! Die lassen uns im wahrsten Sinne des Wortes alt aussehen. Leonie und Justin werden in den kommenden Wochen viel Zeit in der Redaktion verbringen. Sie sollen die Abläufe bei uns kennenlernen und konstruktive Impulse geben, damit wir herausfinden auf welche Weise man das aktivistische Anliegen in die Redaktionsarbeit integrieren kann.
Sota war bei dem Treffen übrigens nicht dabei. Er hat wichtige Termine vorgeschützt. Was zurzeit ja nicht schwer ist. Ich drücke dich, du polemischste aller Bäuerinnen!

Dein Stefan

PS: Den Begriff »umerziehen« höre ich sonst eigentlich nur aus anderen Ecken (aber auch verdächtig oft aus dem Osten). Das Wort steht dir nicht.

Freitag, 4. März

21:12 Uhr, Theresa per E-Mail:

Hey Stefan,

bei mir tut sich etwas, endlich. Ich hatte heute wieder ein Gespräch mit Christian. Oder das, was man hierzulande ein Gespräch nennt. Ich habe ihm von meiner Entscheidung erzählt, bei den Kühen zu bleiben und nicht auf Energiepflanzen umzustellen, und er hat genickt. Mehrmals. Ein konstruktiver Gedankenaustausch, typisch Brandenburg. Er war für den Mais, aber ich bin der Boss, und er wird deswegen niemals sauer auf mich sein. Das hat mich gefreut. Irgendwie ist Christian ein Freund für mich, obwohl wir kaum miteinander reden. Er hat so ein Crocodile-Dundee-Gesicht, inklusive der leuchtenden Augen. Hier im Dorf ist er mit Abstand der bestaussehende Mann (außer Basti natürlich). Er ist nicht so bullig wie die anderen, eher drahtig und auch im Winter braun gebrannt. Christian hat noch bei meinem Vater gelernt. Er war da, als ich ging, und er war da, als ich wiederkam. Ohne ihn würde hier nichts funktionieren. Als ich vorletztes Jahr versucht habe, ihm eine Gehaltserhöhung zu geben, hat er »Lass mal stecken« gesagt. Er stand dann vor mir im Büro und bewegte die Kiefer. Mir wurde klar, dass da noch etwas kam. Er arbeitete an einem Satz. Er ging zur Kaffeemaschine und goss seinen Becher voll. Mit dem Rücken zu mir meinte er schließlich: »Du bist härter als dein Vater.«

Was Schöneres hätte er mir nicht sagen können. Er hob die Hand zum Gruß, ohne sich noch einmal umzudrehen, und verschwand aus meinem Büro. Vielleicht habe ich tatsächlich keinen besseren Freund als ihn.

Ich habe Entscheidungen getroffen. Ich werde der Melkerin Conny anbieten, auf halbtags zu gehen. Das spart Personalkosten, und sie fällt wegen des Babys ohnehin dauernd aus. Dann muss ich eben weiterhin zweimal pro Woche die Frühschicht machen, natürlich nur für eine Übergangszeit. Vielleicht kann ich Ronny entlassen, einen der Traktoristen, der in letzter Zeit definitiv zu viel trinkt und keine Genossenschaftsanteile hält. In der Erntezeit könnte ich verstärkt auf Leiharbeit setzen. Außerdem werde ich alle Maschinen verkaufen, die nur noch da sind, um an die Kleinstlandwirte im Dorf verliehen zu werden. Ein paar Ältere machen hinterm Haus einen halben Hektar Kartoffeln, und ich weiß natürlich, dass sie die Kartoffeln brauchen, um über den Winter zu kommen. Sie werden verzweifelt sein, wenn der Grubber, die Saatmaschine, der alte Düngersprenger und der Roder nicht mehr da sind. Aber was soll ich machen? Ich kann es mir einfach nicht leisten, einen Maschinenpark zu unterhalten, den die Kuh & Co. gar nicht braucht.
Ich habe den ganzen Tag gesessen und gerechnet, so, wie Herr Puls es mir gezeigt hat. Wenn nichts dazwischenkommt, müsste das klappen. Dann macht der Betrieb bis Ende des Jahres wenigstens keine Verluste mehr, und wir kommen irgendwie über die Runden. Andere schaffen es schließlich auch. Und sobald der Landwirtschaftsminister begriffen hat, dass er dringend etwas für die Milch- und gegen die Ackerpreise tun muss, läuft der Laden endlich stabil.
Es fühlt sich herrlich an, eine Entscheidung getroffen zu haben. Ich spüre, dass sie richtig ist. Basti habe ich noch nichts erzählt, ich wollte erst ein tragfähiges Konzept entwickeln. Wenn er sieht, dass ich seine Einwände ernst nehme und mir Gedanken mache, stellt er sich bestimmt hinter mich. Und bis zu seinen Meisterprüfungen im nächsten

Frühjahr bin ich aus dem Gröbsten raus und kann ihn auch zu Hause wieder mehr unterstützen.
»Ein Plan ist schlau«, haben wir früher immer gesagt, wenn wir nicht wussten, wie es weitergehen soll. Und dann ging es immer irgendwie weiter.
Ein Plan ist schlau!

Theresa

Montag, 7. März

15:41 Uhr, Stefan per E-Mail:

Hallo Theresa,

auch wenn ich deine Entscheidung bedauerlich finde, wünsche ich dir Glück. Ich will mich hinter dich stellen, so wie Christian. Vielleicht bin ich dann eines Tages ein weiterer bester Freund.
Bei uns geht's jetzt richtig los. Heute in der Konferenz wurden Leonie und Justin der Redaktion offiziell vorgestellt. Sie werden die Ausgabe in der Produktionsphase inhaltlich begleiten (die gegnerische Fraktion sagt: moralisch indoktrinieren), indem sie den Ressorts Vorschläge machen, wie man möglichst viele Themen – von Wirtschaft bis Sport, von Kultur bis Ausland – mit dem Klimaschutz in Verbindung bringen kann. Einige Kolleg*innen sehen das als Frontalangriff auf ihre Unabhängigkeit. Ärger ist also vorprogrammiert. Aber für diese Idee zu streiten, macht mir sogar Spaß. Sota hat es rundweg abgelehnt, die Konferenz zu eröffnen. »Das erledigst du mal schön selbst«, waren seine Worte.

Leonie und Justin haben sich gleich mal im heiligen Konferenzsaal mit an den großen Tisch gesetzt. Ein Affront! Die Plätze sind fest an die Ressortleiter*innen und ihre Stellvertreter*innen vergeben, alle anderen sitzen in der zweiten Reihe. Aber das wussten die beiden natürlich nicht. Interessanterweise hat niemand etwas gesagt. Die älteren Redakteur*innen schickten Laserblicke, rückten aber zusammen und holten weitere Stühle.
Ich glaube, wir dachten alle, die beiden würden angesichts der altehrwürdigen Tradition des BOTEN verschüchtert auf ihren Plätzen kauern. Zumal Leonie wie ein kleines Mädchen aussieht – geflochtene Zöpfe, die unten aus einer weißen Wollmütze herausgucken, ausgelatschte *Superga*-Sneaker und ein T-Shirt mit dem Konterfei von Carola Rackete im Che-Guevara-Stil. Ihr Kumpel Justin hat ein freundliches Mondgesicht mit Monchhichi-Frisur und tritt auf wie der Schwarze Block persönlich: Kapuzenpulli, Jeans, Stiefel, Haare, alles schwarz. Früher hätte man solche Kids für Gothic-Fans gehalten. Heute demonstrieren sie für die Umwelt. Times are changing.
Jedenfalls: Ich habe die beiden kurz vorgestellt, dann übernahm Ralf aus der Wissenschaft, der die Ausgabe redaktionell koordiniert. Als er im dritten Satz das Wort »Klimawandel« verwendete, erklang plötzlich Leonies Stimme, ganz ruhig und sicher: »Stopp!«
Stecknadelstille. Ralf stand sprichwörtlich der Mund offen, das passiert ihm sonst nicht. Dann Leonie: »Ich muss hier mal etwas klarstellen, wenn diese Zusammenarbeit funktionieren soll. Also: Ihr seid nicht die Guten! Kapiert?«
Das haben wir nicht kapiert, und außerdem war ihr Tonfall komplett impertinent. Niemand im Raum hat sich gerührt. Als mein Blick zu Sota wanderte, sah ich ihn lächeln, mindestens ironisch, vielleicht sogar ein bisschen schadenfroh.

Leonie weiter, völlig ungerührt: »Es gibt keinen Klimawandel. Es gibt nur eine Klima*katastrophe*. Verschuldet von den Bewohner*innen der westlichen Industrieländer, mit anderen Worten: von euch. Ihr habt den Planeten zerstört. Ein größeres Menschheitsverbrechen ist undenkbar. Das ist eure Leistung, das ist eure Geschichte.«
Da saß sie mit ihren Zöpfen und ihrer weißen Wollmütze und erhob Anklage, vernichtende Anklage. Mit allem Recht der Jugend, mit dem Recht der Nachgeborenen. Mir ging es durch Mark und Bein. Die Kolleg*innen saßen wie vom Donner gerührt, manche haben gemurrt. Aber das Härteste kam noch.
»Hitlers Faschisten haben Millionen von Menschen auf dem Gewissen. Aber ihr, ihr bringt Hunderte von Millionen um! Ihr seid die Massenmörder der Toten der Zukunft. Ihr habt die Opfer von Dürre, Flut, Flächenbrand, Hunger und Flucht auf dem Gewissen. Das«, Leonie zeigte mit langem Arm einmal durch den Raum, »das seid ihr. Ihr könnt eine Klima-Ausgabe machen, und wir helfen euch dabei. Aber eins dürft ihr niemals vergessen: Your failure, your fault. Stand by Ukraine!«
Letzteres scheint eine Art Grußformel geworden zu sein, vielleicht ähnlich wie »Bleib gesund!« in der Corona-Hochphase. Leonie lehnte sich zufrieden zurück. Justin hing sowieso schon die ganze Zeit entspannt in seinem Stuhl. Wahrscheinlich ist er daran gewöhnt, dass seine Freundin die linke Elite der Republik als Massenmörder bezeichnet. Schlimmer als die Nazis.
Schließlich Martin aus der Wirtschaft: »Muss es nicht ›Hitlers Faschist*innen‹ heißen?«
Ich bin dann schnell eingeschritten, bevor es zu Tumulten kommen konnte. Die Stimmung ist wegen der Ukraine-Frage ohnehin extrem aufgeheizt. Ich habe Leonie für den

Beitrag gedankt und sinngemäß gesagt: Für genau diese unbequemen Wahrheiten seid ihr da, aber lasst uns das konstruktiv machen und so weiter. Vier ältere Kolleg*innen haben sich sofort verabschiedet und den Raum verlassen, der Rest ist geblieben. Keine schlechte Quote, vermute ich. Wir haben uns doch immer eine politische Jugend gewünscht, oder? Nun haben wir eine. Ohne Lautstärke keine Aufmerksamkeit, wer sollte das in diesen Zeiten besser verstehen als ein/e Journalist*in. Insofern finde ich diese Radikalität, auch wenn sie in Teilen naiv ist, regelrecht erfrischend. Klar, die müssen noch viel lernen. Sie haben keine Ahnung davon, wie kompliziert die Welt ist. Aber zumindest wissen sie, was sie wollen. Und das ist doch verdammt ermutigend.

Dein Stefan

Dienstag, 8. März

10:13 Uhr, Theresa per E-Mail:

Haha,

das ist ja brillant! Ich bin verliebt in Leonie. Die wird euch alle zerstören. Wie alt ist sie? Neunzehn? In dem Alter bestand meine größte Revolte darin, kein Fleisch mehr zu essen. Ich bestelle mir sofort eine weiße Wollmütze, ein T-Shirt mit Carola Rackete und diese Sneaker. So sitze ich dann die nächsten Tage auf dem Trecker, bringe Kalk aus und schreie es der Welt ins Gesicht: »Your failure, your fault!« Das passt zu meinem neuen Lebensgefühl.
Wirklich, ich war noch nie so voller Power wie im Augenblick. Ich hatte auch noch nie ein so steiles Programm, und

das will etwas heißen. Wir haben hier immer viel geschuftet, aber das ist jetzt noch mal eine neue Dimension. Erstaunlich, was man leisten kann, wenn man nicht mehr zweifelt und nichts hinterfragt.
Zu allem Überfluss habe ich heute eine weitere verrückte Entscheidung getroffen. Ich hatte wieder Frühschicht, drei Uhr morgens aufstehen, halb vier die Erste im Stall. Zweihundert Kühe melken, ganz allein. Nr. 101 und Nr. 37 haben wieder ewig gebraucht, die geben nur fünf Liter und stehen dafür doppelt so lange wie die anderen. Ich warte trotzdem immer, bis sie leer sind. Danach wäre ich reif gewesen für ein Schläfchen auf meiner muffigen Büro-Couch, aber stattdessen bin ich in die Laufboxen zu den werdenden Mutterkühen gegangen, um zu gucken, ob Nachwuchs da ist. Tatsächlich lagen zwei kleine, warme Wesen im Stroh, zwei neue Leben, einfach so. Die Mutter war gerade dabei, sie trocken zu lecken, ein braunes und ein schwarzes, Zwillinge, und sie hat das ganz allein geschafft. Ohne Krankenhaus, Wehentropf und Spinalanästhesie. Wie viel fähiger als wir sind doch die Tiere!
Meine Aufgabe hätte nun darin bestanden, der Mutter ihre niedlichen Babys wegzunehmen. Sie rauszutragen in die Aufzuchtboxen, die wie vergitterte Hundehütten nebeneinanderstehen, an jedem Gitter ein Eimer mit Sauger, der den Kleinen die Mutter ersetzen soll. Tagelang schreien die Mütter im Stall, während die Kälbchen verzweifelt versuchen, über die Gitter zu klettern, wobei sie sich fast die Beine brechen.
So kenne ich es von klein auf. Es war nie anders, es musste so sein. Nach ein paar Tagen haben sie sich daran gewöhnt. Aber heute früh stand ich im Stall, sah der Mutterkuh zu, wie sie hingebungsvoll ihre Kinder trocken leckte, und dachte plötzlich: Schluss damit! Schluss mit dieser Grau-

samkeit, die nur aus Kostengründen geschieht, wie das meiste Elend auf der Welt! Die Liebe zwischen Lebewesen wird brutal zerstört, nur weil die Kühe zweimal am Tag gemolken werden sollen, statt ihre Kälber zu füttern. My failure, my fault.
In diesem Augenblick habe ich beschlossen, auf muttergebundene Kälberaufzucht umzustellen. Noch teurer, noch aufwändiger, noch weniger Ertrag. Ein Kraftakt und kompletter Irrsinn in der gegenwärtigen Situation. Aber ich kann das schaffen. Vielleicht kann ich eine eigene Marke kreieren, *Muttermilch* und *Mutterbutter*, und die Menschen kaufen dann diese speziellen Produkte, weil sie einsehen, dass Mütter und Kinder nicht getrennt werden dürfen. Ich will es besser machen, in einem fundamentalen Sinn. Dann schlafe ich in den nächsten Monaten eben überhaupt nicht mehr, dafür in Zukunft ohne schlechtes Gewissen. Für eine bessere Welt!

Schöne Grüße an Justin und Leonie,
Theresa

19:47 Uhr, Theresa per WhatsApp: Vorhin bin ich beim Abendessen am Tisch eingepennt, Kopf in die Hand gestützt, Haare im Teller, vielleicht habe ich auch noch gesabbert. Jonas und Phil haben sich totgelacht, Basti hat mich merkwürdig angeschaut. Ich muss mit ihm reden, bald. Aber jetzt erst mal schnell ins Bett.

22:33 Uhr, Stefan per WhatsApp: Ich dachte, so etwas gibt's nur im Comic ... Kopf hoch, im wahrsten Sinne! Bin gerade extrem busy, melde mich!

Samstag, 12. März

21:12 Uhr, Stefan per E-Mail:

Hey, sorry für die Funkstille. Hatte Donnerstag und Freitag ganztägig Workshop zur Critical Whiteness. Es ging um die soziale Konstruktion von Weißsein als Statussymbol. Die weißen Workshop-Teilnehmer*innen sollten lernen, ihr Weißsein als Privileg zu begreifen, um die Mechanismen des strukturellen Rassismus zu verstehen. Superspannend, und, ehrlich gesagt, ein gutes Gefühl, sich zwei Tage lang mit etwas zu beschäftigen, das nichts mit Krieg zu tun hat. Jedenfalls nicht direkt. Wir mussten Sätze formulieren wie: »Ich kann fluchen, Kleidung aus zweiter Hand anziehen oder Briefe nicht beantworten, ohne dass Menschen diese Entscheidungen auf die schlechte Moral meiner Gruppe zurückführen.« Oder: »Ich kann in einer schwierigen Situation gut abschneiden, ohne dass das eine Ehre für meine ganze Gruppe genannt wird.« Und so weiter. Da sind vielen von uns die Augen aufgegangen. Auch mir. Carla war die ganze Zeit an meiner Seite. Bei den Onliner*innen ist sie die einzige Person of Colour in der Führungsriege, und hier in Hamburg sind sowieso alle weiß wie die Bettlaken. Gott, ist das peinlich. Mir ist es immer wieder kalt den Rücken hinuntergelaufen, obwohl ich schon eine ganze Weile an mir arbeite.
Carla zum Abschied: »Wir kommen echt voran. Weiter so, Stefan. Du machst dich!«
Das ging mir runter wie Öl. »Wir« – wenn eine junge schwarze Frau das zu einem mittelalten weißen Mann sagt, ist das wie ein Ritter*innenschlag. Ich beschäftige mich schon so lange mit strukturellem Rassismus, und wenn das

am Ende dazu führt, dass wir ein »Wir« gründen können, jenseits von Gruppen und Identitäten – das wäre einfach genial. Ich fühle mich regelrecht erhoben. Fast so, als hätte ich gerade ganz allein 200 Kühe gemolken.

Auf Wolke 200, dein Stefan

Montag, 14. März

11:05 Uhr, Theresa per E-Mail:

Freut mich, dass dein Workshop so gut lief, wobei ich mich frage, woher ihr die Zeit für solche Spielchen nehmt. Bei uns hier draußen herrscht ein anderer Druck als in den urbanen Glaspalästen, da wäre so etwas undenkbar.
Mein Tag war nicht so schön. Ich habe vorhin Ronny entlassen, meinen Traktoristen mit Hang zur Flasche. Alter, ist der ausgerastet. So viele Workshops gegen toxische Männlichkeit, wie du für Ronny bräuchtest, kannst du im ganzen Leben nicht veranstalten. Ronny raucht Kette, trinkt morgens um zehn das erste Bier, und sein Benehmen lässt öfter mal zu wünschen übrig. Trotzdem hatte er hier Arbeit wie alle anderen auch. Seine Felder erkennst du von der Straße aus, weil die Saatspuren nicht gerade sind. Aber er gehörte immer dazu, genau wie Nr. 101 und Nr. 37, die wenig Milch geben und ewig dafür brauchen.
Nur dass es jetzt darauf ankommt, den Betrieb zu retten. Wenn einer gehen muss, dann zuerst Ronny. Das musste ihm eigentlich klar sein. Der Idiot sollte dankbar sein für die vielen Jahre, in denen er hier ertragen wurde. Als seine Frau ihn rausgeschmissen hat, hat er sogar vier Wochen lang auf der Couch in meinem Büro gewohnt. Aber statt

sich zu bedanken, hat er rumgebrüllt. Erst dachte ich, es ist so wie immer, bis die erste Kaffeetasse in meine Richtung flog und er mich hinter den Schreibtisch drängte. Ich merkte gerade, dass ich richtig Angst bekam, da flog die Tür auf und Christian schoss herein wie ein Kampfhund. Er hatte Ronny am Kragen, bevor der bis drei zählen konnte. Christian hat ihn über den Hof geschleppt und auf die Straße geworfen. Er war so wütend, ich glaube, er hätte einen Bullen über Kopf stemmen können. Als Ronny weg war, kam Christian zurück zu mir und hat mich in den Arm genommen und gefragt, ob alles okay sei. Das war etwas merkwürdig, aber auch gut, weil ich tatsächlich ganz schön am Zittern war.
Na ja, klappern gehört zum Geschäft. Ärger gehört zur Betriebssanierung. Ich als Landwirtin muss das aushalten. Bin trotzdem angeschlagen. Während ich dir schreibe, zittern meine Finger immer noch.

T.

13:20 Uhr, Stefan per WhatsApp: Oh, krass … Pass auf dich auf! Oder sag deinem Christian, er soll's weiterhin tun. Daran sieht man mal wieder, wie wichtig es ist, toxische Männlichkeit auf allen Ebenen zu bekämpfen. Genau wie Rassismus. Weshalb das mit den »Spielchen« von deiner Seite sicherlich ein gut getarnter Tessa-Witz war. Schnelle Grüße aus dem ICE (gerade auf dem Weg nach München).

13:29 Uhr, Theresa per WhatsApp: Okay, okay, hochwichtig alles, wie immer, und keine Spielchen. Aber das ist nicht »mein« Christian. Wenn wir uns darauf einigen können. Eine Sprachregelung wäscht die andere.

13:41 Uhr, Stefan per WhatsApp: Wenn du weiterhin so brav »ich als Landwirtin« schreibst.

Mittwoch, 16. März

08:42Uhr, Theresa per WhatsApp: Hey Stefan, bin ziemlich im Arbeitsrausch. Jetzt gerade sitze ich auf dem Schlepper und nutze die Diktierfunktion. So kann ich mich wenigstens mal wieder melden. Dass Ronny fehlt, merkt man mehr, als ich dachte. Seine Felder muss ich erst mal selbst übernehmen, weil niemand Kapazitäten hat. Christian und die Männer richten im alten Hühnerstall ein paar Unterkünfte ein, um Flüchtlinge aufzunehmen. Thorsten Rüther, der Großbauer aus Frankfurt/Oder und Gründer unserer Landwirtschaftskommission, holt Frauen und Kinder über die Grenze und verteilt sie auf verschiedene Höfe. Tolle Idee, aber die Arbeit bleibt liegen. Selbst Britta hilft beim Umbau. Wir müssen dringend die Flächenprämien beantragen. Keine Ahnung, wann wir das machen sollen.

11:32 Uhr, Theresa per WhatsApp: Basti hat mich gestern gefragt, ob wir in den Sommerferien in Urlaub fahren. Wird höchste Zeit, meinte er, weil wir ja nicht mal für die Osterferien etwas geplant haben. Dann also im Sommer mit den Kindern an die Müritz, zehn Tage baden, segeln, essen, lesen … Süß von ihm. Zumal ich die Einzige in der Familie bin, die liest.

12:04 Uhr, Theresa per WhatsApp: Fakt ist, ich kann hier nicht weg, keinen einzigen Tag. Aber das hab ich Basti nicht gesagt. Ich hab gesagt: Mal gucken. Habe gelächelt und ihn auf die Stirn geküsst. Gott, bin ich fürchterlich. Jetzt lasse ich dich mal besser in Ruhe und mache das Radio an.

13:10 Uhr, Theresa per WhatsApp: Das mit dem Radio war keine gute Idee. Hab den Umweltminister gehört, wie er sich über sinkende Grundwasserpegel beklagt (was wirklich ein Riesenproblem ist) und dann plötzlich behauptet, die Landbevölkerung wäre daran schuld, weil sich heutzutage jeder einen dieser Billig-Pools in den Garten stellt. Bestimmt kennst du die Dinger, blau und rund, mit tausend Litern Fassungsvermögen. Nur: Die Leute baden in ihren Pools, statt im Urlaub nach Sardinien oder auf die Malediven zu fliegen. Ihr CO_2-Abdruck ist phänomenal, und jetzt sollen sie trotzdem wieder die Bösen sein, und man will ihnen das letzte kleine Vergnügen verbieten. Das ist deine Mannschaft, Stefan. Vielleicht verstehst du langsam, warum ihr so unbeliebt seid. Ihr braucht euch nicht wundern, dass so viel AfD gewählt wird. Ich musste das Radio ausschalten, sonst wäre ich explodiert.

22:02 Uhr, Stefan per E-Mail:

Liebe Theresa,

hab ich dir schon mal gesagt, dass ich es mag, wenn du dich aufregst? Das kommt von Herzen und ist außerdem ziemlich witzig. Und du kannst erstaunlich lange WhatsApp-Nachrichten schreiben und gleichzeitig Traktor fahren. Multitasking vom Feinsten. Also, wenn du dich bei mir über die brandenburger GRÜNEN oder wen auch immer auskotzen willst, nur zu! »Meine Mannschaft« besteht trotzdem nicht aus Kinderpool-Kritiker*innen, sondern aus Leuten, die das große Ganze sehen. Dennoch: Wenn jemand, der für seinen Wasserverbrauch kritisiert wird, zur

Strafe eine rechtsradikale Partei wählt, dann ist das nicht nur bildungsfern, sondern auch intelligenzfern, anstandsfern und geschichtsfern. Wenn man jede politische Idee, die einem nicht in den Kram passt, zum Anlass nimmt, um sich bei einem Haufen populistischer Demokratiefeind*innen auszuheulen, dann hat man jedes Recht verwirkt, ernst genommen zu werden. Man kann gegen alles sein. Aber nicht für die AfD. Dafür gibt es in diesem Land keine Rechtfertigung.

Dein S.

Donnerstag, 17. März

03:10 Uhr, Theresa per WhatsApp: Genau! Bei Demokratiefeind*innen ausheulen geht gar nicht! Rufen wir es noch ein paarmal in (selbst-)gerechtem Zorn! Geht gar nicht! Schreibt es in die Headlines! Lasst den Ostbeauftragten sagen, die Ossis seien nicht in der Demokratie angekommen! – Und schon rennen die nächsten zwei Prozent zur AfD. Gut gemacht, Mannschaft.

03:12 Uhr, Theresa per WhatsApp: Ich stehe übrigens wieder mal mitten in der Nacht im Stall. Zwei Kühe mit schwerer Kolik. Kann dann gleich hierbleiben und mit Melken anfangen. Denis ist im Urlaub.

09:13 Uhr, Stefan per WhatsApp: Guten Morgen! Keine Ahnung, wie du das alles schaffst … Ich drücke dir und den Kühen die Daumen! Muss gleich nach Frankfurt. Große Neo-Rauch-Vernissage in der Schirn.

11:42 Uhr, Stefan per WhatsApp: Katastrophen im Alltag eines reisenden Journalisten: Im Bordbistro sind schon wieder die »Flammkuchen-Zungen Elsässer Art« ausverkauft.

11:52 Uhr, Stefan per WhatsApp: Hab mich gerade tatsächlich so über die Flammkuchen-Sache geärgert, dass ich den Bistro-Mann angeschnauzt habe. Jetzt hocke ich auf meinem Ledersitz in der ersten Klasse und schäme mich in Grund und Boden. In der Ukraine wird massakriert, und ich kriege meine first world problems nicht in den Griff.

11:59 Uhr, Stefan per WhatsApp: Bin ins Bistro gegangen und habe mich entschuldigt. Der Mann hat sich gefreut. Immerhin.

15:09 Uhr, Stefan per WhatsApp: Hey – alles okay bei dir?

17:55 Uhr, Theresa per E-Mail:

Nein. Nix okay. Wenn das so weitergeht, arbeite ich bald im Bordbistro der Deutschen Bahn und lasse mich von dir anschnauzen. Ich kann nicht mehr, ich bin nur noch am Schuften, ich mache alles so, wie Staat und Gesellschaft es von mir verlangen – und weißt du, was jetzt passiert? Jetzt bringt die bescheuerte BVVG (du weißt schon, frühere Treuhand) noch ein paar hundert Hektar in unserem Landkreis unter den Hammer, weil die Staatskasse leer ist. Natürlich sind auch Flächen darunter, die ich bewirtschafte. Wahrscheinlich hast du keine Ahnung, was das bedeutet. Ich werde es dir erklären. Ich kann an den Auktionen nicht teilnehmen, weil ich die Kohle nicht habe, um mit den Investoren aus dem Westen mitzuhalten. Sobald die Holländer oder sonst jemand die Flächen aufgekauft haben, erhöhen

sie die Pachtpreise, und dann kann ich mir mein eigenes Land nicht mehr leisten. Das Land, auf dem schon mein blöder Vater seine blöde Gerste angebaut hat, jahrzehntelang. Und dann bin ich nicht nur below the line, wie Puls so schön sagte, sondern am Arsch, und zwar unwiderruflich. Das war vielleicht der größte Fehler meines Vaters: nach der Wende das Land nicht zu kaufen. Christian hat mir erzählt, dass ihm alle dazu geraten haben. Damals kostete der Quadratmeter so viel wie ein Brötchen, aber mein Vater meinte, der Betrieb hätte erst einmal andere Sorgen, und man könne doch genauso gut pachten – wer interessiert sich schon für staubige Äcker am Rande der Welt. Tja, und jetzt explodieren die Preise, die Holländer kaufen mir den Boden unter dem Hintern weg, und ich kann *nichts* dagegen tun.
Ich muss mit der Bank reden. Schon wieder. Oder ich baue mir ein Windrad und füttere meine Kühe ab jetzt mit Öko-Strom.
Christian sagt immer, dass die Holländer gar nichts Richtiges anbauen. Bei den miesen Bodenwerten lohnt sich das nicht. Sie säen irgendetwas und pflügen das Zeug später unter. Dafür kassieren sie Flächenprämien. Keine Ahnung, ob das stimmt. Aber zuzutrauen ist es Deutschland, dass so etwas möglich ist.
Zu allem Überfluss hat das Landwirtschaftsministerium gestern den Termin mit unserer Zukunftskommission abgesagt. Wegen der aktuellen Lage. Auf unbestimmte Zeit verschoben. Wir sollen unser Arbeitspapier schicken, wenn wir wollen. Als ob dann jemand draufgucken würde! Monatelange Arbeit steckt da drin!
Ich kann gar nicht so viel essen, wie ich kotzen will.

Freitag, 18. März

15:07 Uhr, Stefan per E-Mail:

Hallo Theresa,

was du schreibst, klingt fürchterlich. Ob Mieter*innen oder Pächter*innen – wer in Deutschland nicht zum Clan der Reichen gehört, ist am Ende immer machtlos. Deshalb war und bin ich ein Fan des Berliner Mietendeckels und finde, dass die Rechte der besitzenden Klasse noch viel stärker eingeschränkt werden müssen. Großstadtmieter*innen wie mir und Landpächter*innen wie dir darf nicht einfach die Existenzgrundlage entzogen werden. Ich drück dir die Daumen, dass deine Bank ein Einsehen hat.

Dein Stefan

Mittwoch, 23. März

18:12 Uhr, Theresa per E-Mail:

Lieber Stefan,

mit ein paar Tagen Verspätung sende ich dir ein herzliches »Dankeschön« für dein zweifelhaftes Mitgefühl. Dass du auf die Existenzangst einer Freundin tatsächlich mit Ausführungen zum Mietendeckel reagierst, beweist einen Grad von beruflicher Deformation, über den ich mir an deiner Stelle Sorgen machen würde. Aber glücklicherweise habe ich mich inzwischen ein wenig gefangen. Wie der Brandenburger sagt: Irgendwas ist immer. Und gleich darauf: Muss ja. Genau, es muss. Und zwar weitergehen. Tut's dann auch immer. Selbst wenn die BVVG ganz Ostdeutschland an Investoren versteigert.

Ich hatte heute eine nette Begegnung. Ich bin bei Lars vorbeigefahren, du weißt schon, meinem Kumpel aus Bracken, der mit dem Energiemais auf die Nase gefallen ist. Ich wollte ihn fragen, ob er eine Chance sieht, dass wir bei der BVVG-Auktion gemeinsam antreten, unser letztes Geld zusammenkratzen und gemeinsam wenigstens auf einen Teil der Flächen bieten. Aber Lars war gar nicht da. Statt seiner stand eine junge Frau auf dem Hof, die sich als seine Tochter vorstellte. Ich hätte Eva nicht wiedererkannt, für mich war sie immer ein kleines Mädchen, und plötzlich ist sie 21, holy shit. Hat die letzten Jahre bei ihrer Mutter gelebt und studiert gerade VWL in Berlin. Spielt Harfe und interessiert sich für Agrarökologie. Blond wie ein Engel, aber mit mächtig Haaren auf den Zähnen. Hat mir gleich einen Vortrag über die Energiemais-Lüge und die irrsinnige Subventionspolitik der EU gehalten und dabei sämtliche Eckdaten aus dem Ärmel geschüttelt. Noch eine, die es besser machen will als ihr Vater. Wir sind auf einen Kaffee verabredet. Sie will bei mir vorbeikommen, Ställe anschauen. Weil sie sich für mein Modell interessiert. Ihre These: Der Staat macht uns systematisch kaputt. Vielleicht ein bisschen einseitig, aber, Jesus, sie ist 21. Irgendwie hat sie mir richtig Schwung gegeben. Solange es Mädels wie Eva gibt, kann die Welt noch nicht völlig am Ende sein, oder?

Apropos am Ende, gestern Abend war Ronny auf dem Hof. Ich habe länger gearbeitet und saß noch im Büro. Betrunken, natürlich. Also, Ronny, nicht ich. Ist draußen rumgetaumelt und furchtbar erschrocken, als ich ihn angesprochen habe. Wusste überhaupt nicht, was er wollte. Ich habe ihm gesagt, dass er sich verpissen soll, und das hat er dann auch gemacht. Gott sei Dank. Christian war schon weg, ich war allein. So ein Freak. Aber irgendwie tut er mir auch leid.

Liebe Grüße, Theresa

Samstag, 26. März

12:44 Uhr, Stefan per E-Mail:

Hey Theresa!

Zum Thema »Freaks« habe ich auch etwas beizusteuern. Hast du schon mal den Namen Gregor Vassiler gehört? Ein Kölner Schriftsteller, Mitte fünfzig. *Schmidthals will sterben* und *Der Kropf* waren halbwegs erfolgreich. Kein ganz Großer, eher ein Mann aus der zweiten Reihe.
Letzte Woche hat Vassiler unserem Feuilleton eine Art Essay angeboten, darüber, dass er jetzt nach Zürich auswandern will, weil er die politischen Verhältnisse in Deutschland nicht mehr erträgt. In seinem Text lästert er über das »Mainstream-Theater« in den großen Zeitungen, die »Tribunale der Talkshows«, in denen Andersdenkende angeblich öffentlich hingerichtet werden, den »allgegenwärtigen Moralismus«, die »Wissenschaftsfeindlichkeit«, die »blühende Cancel Culture« und die »Herrschaft der Wokeness«, die jetzt auch noch in Kriegstreiberei umgeschlagen sei. Sein Fazit: Hierzulande herrsche mittlerweile ein »sittliches Hygieneparadies«, in dem »Ambivalenzen unerwünscht« seien und man nur noch einer Meinung sein dürfe.
Man muss dazu wissen, dass Vassiler letzte Woche einen unsäglichen öffentlichen Brief unterzeichnet hat, in dem sich

ein paar selbsternannte Intellektuelle gegen Waffenlieferungen in die Ukraine ausgesprochen haben. Darin fordern sie allen Ernstes eine diplomatische Offensive und lehnen die Lieferung schwerer Waffen ab. Wie naiv kann man sein?! Mit Putin verhandeln – da kann man gleich noch den Baron Münchhausen dazuladen. Das gab in der Tat ein Massaker in den Zeitungen und Talkshows, aber ich kann nur sagen: völlig zu Recht. Einen solchen Schwachsinn schreiben die so schnell nicht noch mal. Natürlich herrscht Meinungsfreiheit, aber wer russophilen Mist erzählt und hemmungslose Täter-Opfer-Umkehr betreibt, muss den Gegenwind eben auch aushalten können. Dass Vassiler sich jetzt zum Opfer stilisiert, ist einfach nur lächerlich.
Du kannst dir vorstellen, was bei uns los ist. Sota will den Sermon bringen, mit einer Gegenrede als Absicherung. Die Jüngeren sind komplett dagegen. Stundenlang erregte Diskussionen über Meinungsfreiheit versus Verantwortung. Am Ende Geschrei, Vorwürfe und sogar Tränen. Ich habe nicht geschrien, aber deutlich gegen Sota argumentiert. Ich verstehe ihn einfach nicht. Man muss nicht jeden Schwachsinn ins Blatt nehmen, nur weil er von einem Schriftsteller stammt. Schriftsteller*innen haben in 99 Prozent der Fälle keinerlei Expertise, verkaufen sich aber als Orakel und schwadronieren über Gott und die Welt. Sorry, ich bin normalerweise wirklich kein Schriftsteller*innen-Feind, aber das Theater um diesen Appell und Vassilers larmoyante Anklage geht mir unendlich auf die Nerven. Okay, ich höre jetzt auf, mich zu echauffieren.
Deine Eva klingt übrigens wie geklont. VWL? Harfe? Agrarökologie? Dein Ernst?

Stefan

18:05 Uhr, Theresa per WhatsApp: Ich weiß, wer Gregor Vassiler ist. Hab auch mal Literatur studiert, schon vergessen? Ohne den Essay gelesen zu haben – klingt doch ziemlich nachvollziehbar, was der Mann da schreibt. Walser hat damals übrigens auch unbequeme Sachen gesagt, und viele haben ihn dafür gehasst.

18:14 Uhr, Stefan per WhatsApp: Das mit Walser war etwas ganz anderes. Und Vassilers Quark ist ungefähr so nachvollziehbar wie der Glaube an Chemtrails. Meinst du das ernst?

18:47 Uhr, Theresa per WhatsApp: Nee, ich bin in Wahrheit ein Lockvogel der Meinungspolizei und habe mich nur als vernünftiger Mensch getarnt. Oder müsste es Lockvögelin heißen?

19:00 Uhr, Stefan per WhatsApp: »Meinungspolizei«, »Lockvögelin« – das kann man lustig finden. Aber wir leben in Zeiten, in denen es um alles geht. Deshalb finde ich es nicht lustig, sondern geschmacklos.

19:21 Uhr, Theresa per WhatsApp: Woran erkennt man einen Fanatiker? Antwort: Er hat keinen Humor.

Sonntag, 27. März

09:55 Uhr, Stefan per WhatsApp: Ich diskutiere mit einer Landwirtin aus Brandenburg über Politik – welchen Beweis, dass ich Humor habe, brauchst du noch?

11:01 Uhr, Theresa per WhatsApp: Unfassbar. Hast du das wirklich gerade geschrieben, oder wurdest du von einem Troll gehackt? Anscheinend bist du nicht mal ein Fanatiker. Sondern ein ganz normaler Chauvinist.

20:58 Uhr, Theresa per E-Mail:

Lieber Stefan,

da bin ich wohl auf dich hereingefallen. Ich dachte schon, du bist ernsthaft der Meinung, dass man mit weiblichen Landwirten nicht über Politik reden sollte. Aber das muss ein Scherz gewesen sein. Anders ist es nicht denkbar. Obwohl du nicht besonders ironiefähig wirkst. Ich habe jedenfalls beschlossen, diese Äußerung einfach zu vergessen.
Man sollte auf jeden Fall über Politik reden, vor allem mit Landwirtstöchtern. Heute Nachmittag war ich mit Eva auf dem Hof verabredet (Basti hat nur noch die Augen verdreht: am Sonntag!). Sie hat sich die ganze Kuh & Co. angeguckt und Fragen gestellt, und als ich sagte, dass ich mich gerade gegen das Energiemais-Modell entschieden habe, hat sie mir die Hand geschüttelt und gratuliert. Ihr Vater habe sich von der Regierung manipulieren lassen und ruiniere jetzt die Firma mit vermeintlich grünen Konzepten. Seine neueste Wahnidee sei »Carbon Farming«, also die Erzeugung von Humus, um CO_2 im Boden zu binden. Er glaubt, dass er dann eines Tages Emissionszertifikate verkaufen und damit seinen Betrieb durchbringen kann. Das klang so absurd, dass ich lachen musste. Lars, der Emissions-Dealer! Aber eigentlich ist es vor allem traurig. Wie Eva so schön sagte: »Die Landwirte sollen alles Mögliche tun, außer Lebensmittel erzeugen.« Das sei ein Ausmaß an Degeneration, für das uns das Schicksal eines Tages bestrafen werde. Spätestens, wenn dieser unsinnige Krieg die Lebens-

mittelpreise in die Höhe treibe, werde den Leuten wieder einfallen, wozu die Landwirtschaft eigentlich gut sei.
Sie hat Recht. Das kann nicht gut gehen. Selten habe ich das so klar gesehen wie im Gespräch mit ihr. Sie stand da auf dem Hof mit ihren langen Haaren bis zur Hüfte, der coolen Lederjacke und der nicht so coolen Tasse vom Bauernverband in der Hand (aus der Zukunftskommission), einen Stiefel auf den Sicherungskasten der Biogasanlage gestellt, und sagte Sätze wie: »Du musst kämpfen, Theresa.« Und: »Du bist nicht allein.« Sie hat mir erzählt, dass sich langsam, aber sicher ein republikweiter Widerstand formiere. Von Landwirten, aber auch von anderen Leuten, die die Schnauze voll haben. Sie glaubt fest daran, dass es eine Art umfassender Gelbwesten-Bewegung geben wird. Gegen den Krieg, gegen die Absurditäten einer unsinnigen Klima- und Coronapolitik, gegen steigende Energie- und Wohnungspreise und überhaupt gegen die Eliten in den Metropolen, die sich lieber mit Identitätspolitik als mit der sozialen Frage beschäftigen. »Man muss die Leute nur abholen«, sagte Eva. »Dann formiert sich ein Massenaufstand der Vernünftigen.« Schon hatte sie ihren Kaffee ausgetrunken und sich verabschiedet. Und ich war pünktlich am Abendbrottisch.
Lass uns nicht mehr per WhatsApp streiten. Ich glaube, das tut uns nicht gut.

LG, Theresa

Donnerstag, 31. März

17:58 Uhr, Stefan per E-Mail:

Liebe Theresa,

du hast Recht, Streit per WhatsApp bringt nichts – zumal das für unsere Generation eine ziemlich würdelose Diskursform ist. Die altmodischen E-Mails passen besser zu uns. Anscheinend erleben wir beide gerade inspirierende Tage mit entschlossenen jungen Leuten. Auch wenn ich bei den Tiraden deiner Eva schlucken musste. »Massenaufstand der Vernünftigen« und »republikweiter Widerstand« – was soll das sein? Die Zeiten, in denen man in diesem Land Widerstand leisten musste, sind zum Glück vorbei. Aber Radikalität ist nun mal das Vorrecht der Jugend. Unsere Klimaschützer*innen, Leonie und Justin, sind ja auch nicht von schlechten Eltern. Ab jetzt kommen sie täglich in die Redaktion. Die Produktionsphase der Klima-Ausgabe beginnt am Dienstag nach Ostern, und wir üben uns hier schon mal in der Zusammenarbeit. Es läuft ganz gut an. Die Redakteur*innen bemühen sich, auf Augenhöhe mit den beiden zu sprechen, und Leonie und Justin werfen nicht mit Nazi-Vergleichen um sich, sondern knien sich richtig rein. Sie haben einen Haufen Themen und Ideen für sämtliche Ressorts angeschleppt. Nicht alles kann man gebrauchen, aber es sind auch ein paar echte Perlen dabei. Zum Beispiel für den Wirtschaftsteil einen Bericht über ein Start-up aus Frankfurt, das kleine, supereffiziente Windkraftanlagen für private Hausdächer entwickelt. Oder im Sportteil ein Interview mit dem Trainer eines westfälischen Handballclubs, der der erste CO_2-neutrale Verein Deutschlands werden will.

Vor allem merkt man, wie gut es uns allen tut, sich einmal ganz auf ein konstruktives Thema zu konzentrieren. Etwas *für* und nicht gegen den Planeten zu tun. Putins Zerstörungswut eine positive Vision entgegenzusetzen. Ein großes »Trotzdem«. Das fühlt sich herrlich an.

Dein Stefan

Dienstag, 5. April

07:23 Uhr, Theresa per E-Mail:

Guten Morgen,

heute früh konnte ich »ausschlafen« bis halb sechs. Das ist momentan echter Luxus. Bin gut gelaunt aus dem Bett gehüpft, habe Bastis Wecker ausgestellt, damit er weiterschlafen kann, und mich ins Morgenmanöver gestürzt. Vierzig Minuten, um den Tagesanfang in den Griff zu kriegen. Kinder wecken, Klamotten rauslegen, Stullenbüchsen vorbereiten. Milch warm machen und nicht überkochen lassen. Alle zwei Minuten »Zähne putzen!« sagen. Schultaschen kontrollieren, das Zettelchaos domestizieren. Draufgucken, wegschmeißen, den Rest unterschreiben. Einverständnis zum Wandertag, Erklärungen zum Datenschutz, Haftungsausschluss für den Schwimmunterricht, Mathe-Test. Der eine braucht fünf Euro für die Klassenkasse, der andere hat am Wochenende Fußballturnier, und irgendwann soll immer ein Kuchen mitgebracht werden. Warum hast du eigentlich keine Kinder? Es gibt doch nichts Schöneres. Toast toasten, Kakao rühren und fragen, wo die Turnbeutel sind.

Um halb sechs steht plötzlich Basti im Türrahmen. Ich: »Was machst du denn hier?« Er: »Das Gleiche könnte ich dich fragen.« Ich: »Willst du nicht noch ein bisschen schlafen?« Er stapft wortlos ins Bad, kommt fertig angezogen und gewaschen wieder heraus. Okay, ich habe den Kinderdienst morgens in letzter Zeit kaum noch gemacht. Ist aber auch nicht gerade leicht, wenn man entweder Frühschicht hat oder halb tot im Bett liegt, bis um sieben der erste Problemanruf des Tages kommt. Faulheit ist jedenfalls nicht der Grund. Ich bemühe mich wirklich. Als mein Vater den Betrieb geführt hat, wäre er nicht im Traum auf die Idee gekommen, sich auch nur eine Minute um den Haushalt zu kümmern. Klare Arbeitsteilung. Aber so bin ich nicht. Ich will den Betrieb führen *und* im Haus meinen Teil machen. Klappt halt nicht immer. Ist jedenfalls kein Grund, sich so aufzuführen, als hätte ich jedes Recht verwirkt, eine Schultasche zu packen.

Jedenfalls fing Basti an, alle meine Handgriffe zu wiederholen. Kontrollierte den Inhalt der Stullenbüchsen und die Sohlen der Hallenturnschuhe. Wir standen uns notorisch auf den Füßen, während Jonas und Phil im Flur ihre Jacken und Busausweise suchten. Basti kam mit zur Haltestelle, obwohl man dafür wirklich nicht zwei Leute braucht. Auf dem Weg schwiegen wir uns an, und die Kinder sagten auch keinen Ton. An der Haltestelle standen wie immer ein paar andere Eltern, und ich wurde sofort angesprochen. Für die ortsansässige Landwirtin gibt es ständig etwas zu regeln. Die Feuerwehr braucht die große Wiese zum Üben, der Kindergarten will einen Ausflug zum Kuhstall machen, irgendjemand muss die Dorfkastanie beschneiden, sonst geht sie bald ein. Der eine will sich den kleinen Traktor ausleihen, die andere braucht Sachspenden für den Seniorenbasar. Die Kinder spielten Fangen. Basti stand am Straßenrand und kickte Steine auf die Fahrbahn. Großes Durcheinander, als der Bus kam. Danach binnen Sekunden Menschenleere. 6:33 Uhr. Wir gingen noch ein Stück zusammen bis zur S-Kurve, ich wollte dann nach links abbiegen und zu Fuß zur Arbeit gehen, während er noch einmal nach Hause musste, um das Auto zu holen und nach Plausitz zu fahren. Während wir nebeneinanderliefen, hatte ich die ganze Zeit das Gefühl, dass wir jetzt reden müssten. Dringend. Sofort. Auch wenn wir dann zu spät zur Arbeit kämen. Alles, was ich ihm nicht gesagt hatte, kreiste mir durch den Kopf. Die Entscheidung gegen den Mais. Der Ärger mit Ronny. Nicht mal von Eva hatte ich ihm erzählt. Ich wusste nicht, warum. Ich wollte wirklich mit ihm reden, aber ich fand keinen geeigneten Anfang. Sein Schweigen war wie eine Mauer. Zum Abschied küsste er mich kurz, aber es fühlte sich falsch an. Jetzt sitze ich hier und mache mir Sorgen. Große Sorgen. Führst du eigentlich eine Beziehung? Ich hab dich das noch gar nicht gefragt. Ich würde gern hören, dass Krisen normal sind, vor allem nach zwölf Jahren Ehe. Dass es mal besser und mal schlechter läuft. Alles nicht so schlimm. Aber wahrscheinlich wäre das gelogen. Irgendetwas geht brutal schief mit Basti und mir. Ich verstehe nur nicht, was. Unser Leben war immer stressig. Zwei Berufe, zwei Kinder, zwei Autos. Seine zickigen Eltern, meine abwesende Mutter. Arbeitszeiten, die nicht zusammenpassen. Urlaub, der nicht gemacht wird. Ein Haus, das abbezahlt werden muss, weil wir unbedingt die ganz große Sanierung wollten. Es war immer stressig, und wir haben es trotzdem immer geschafft, zusammen zu lachen. Wieder auf die Beine zu kommen. Trotzdem Spaß zu haben. Sich über ein Glas Rotwein zu freuen, über guten Sex oder über das brütende Eulenpärchen im Garten. Aber zurzeit fühlt es sich an, als hätten wir gar nichts mehr miteinander zu tun. Das tut weh.

Na ja, jetzt muss ich erst mal das Flottmachen der Kartoffellegemaschine überwachen. Das Ding wird nächste Woche verkauft. Ich darf gar nicht daran denken, was das fürs Dorf bedeutet. Für viele sind die Kartoffeln hinter dem Haus nicht nur Rentenaufbesserung, sondern auch Lebensinhalt. Es war hier immer selbstverständlich, dass man sich eine Maschine leiht, wenn man sie braucht. Mein Vater hätte eher den Laden dichtgemacht, als das alte Zeug wegzugeben. Und was mache ich? Mir sitzt die Bilanz im Nacken.

Dir einen guten Tag,
Theresa

Freitag, 8. April

12:52 Uhr, Stefan per E-Mail:

Hallo Theresa,

hier kommt eine kurze Antwort aus der Mittagspause. Du hast mich gefragt, ob ich eine Beziehung führe, und ich will dir endlich antworten, damit du nicht denkst, ich weiche dem Thema aus. Die Antwort lautet: nein. Ich bin Single, und das schon seit geraumer Zeit. Von meiner letzten Freundin habe ich mich vor fünf Jahren getrennt. Sie heißt Renée Toranzo-Meyer, Halbitalienerin, bildende Künstlerin, vielleicht hast du schon mal von ihr gehört. Bekannt wurde sie durch ihr Projekt *Hometown-Swop*, in dem sie Menschen dazu auffordert, im Internet ihre Herkunft zu tauschen. Wir haben uns bei einer Vernissage kennengelernt. Renée lebte damals in Hamburg, weil sie als Professorin an der

HFBK arbeitete. Wir gingen noch am selben Abend miteinander ins Bett, führten danach eine Affäre, die sehr schnell ernster wurde. Ein paar Monate später zog Renée bei mir ein. Im Grunde waren wir wirklich glücklich miteinander, aber mit der Zeit wurde klar, dass Renée nicht glücklich in Hamburg war. Sie vermisste ihre Heimat. Als sie ausgewählt wurde, den italienischen Pavillon auf der Biennale in Venedig zu gestalten, wusste ich, dass sie nicht zurückkommen würde. Eine Weile haben wir es mit einer Fernbeziehung probiert, aber Renée wollte mehr, eine richtige Partnerschaft, vielleicht sogar Kinder. Ihr Plan war, dass ich zu ihr nach Rom ziehe, was auf den ersten Blick ziemlich verlockend klang. Wir wollten es zunächst einmal auf Probe versuchen, und Flori Sota gewährte mir eine Art bezahltes Sabbatical, unter der Voraussetzung, dass ich weiterhin für jede Ausgabe des BOTEN einen Beitrag schreibe. Also saß ich in Renées Wohnung, während sie den ganzen Tag im Atelier verbrachte, und traf mich anschließend mit ihr und ihren Künstler*innenfreund*innen in kleinen Restaurants, wo schnell, viel, laut und fröhlich geredet wurde, ohne dass ich ein einziges Wort verstand. Ich sehnte mich nach Hamburg, nach meiner Wohnung, dem schlechten Kaffee und dem schlechten Wetter. Am meisten sehnte ich mich nach dem BOTEN, meinen Kolleg*innen, nach den Abläufen in der Redaktion. Ich vermisste die manchmal todlangweiligen, manchmal regelrecht explosiven Konferenzen. Die ausufernden Gespräche beim Feierabendbier. Selbst den Geruch nach Schnitzel (immer dienstags) und Waffeln (immer donnerstags), der aus der Kantine durchs ganze Haus zieht. Ich liebte Renée, aber ich wollte nicht in Italien leben. Am Ende habe ich mich gegen sie und für den BOTEN entschieden. Was sagt das über mich aus? Hoffentlich etwas Gutes. Und heute – na ja. Außerhalb der Arbeit lerne ich kaum

noch Leute kennen, was bei einer Sechzig-Stunden-Woche kein Wunder ist. Die Frauen in der Redaktion sind entweder in festen Händen oder Volontärinnen, die halb so alt sind wie ich. Außerdem haben wir diese Anti-Flirt-Richtlinien, für die ich mich selbst eingesetzt habe, und seitdem überlege ich lieber zweimal, bevor ich einer Frau die Tür aufhalte. Tinder ist eher ein Affären-Finder und irgendwann auch nur noch anstrengend, die jüngeren Kolleg*innen nennen es »die Resterampe«. Unterm Strich vermisse ich nichts, ich genieße einfach meine Freiheit. Niemand meckert mich an, wenn die Küche nicht aufgeräumt ist, niemand verschlampt mein Ladekabel oder isst mir den Halloumi weg.
Was Kinder betrifft … Ehrlich gesagt, glaube ich, dass man heutzutage keine bekommen sollte. Nicht, solange wir die globalen Probleme nicht gelöst haben. Abgesehen davon hat White Supremacy lange genug die Welt regiert. Erst neulich habe ich mit Carla über die Frage gesprochen, ob Rassismus erblich ist. Als strukturelles Phänomen, das durch die Familien immer weiter perpetuiert wird, ob man will oder nicht. Das würde bedeuten, dass die Ungerechtigkeit erst enden wird, wenn nur noch PoC in allen erdenklichen Mischungen auf der Welt sind. Carla fand die Idee spannend. Vielleicht schreibt sie mal etwas dazu.
Versteh mich nicht falsch, ich respektiere jedermanns und jeder Frau Entscheidung für Kinder. Ich liebe Kinder. Es muss toll sein, welche zu haben (auch wenn mir bei dem, was du erzählst, die Haare zu Berge stehen). Aber ich glaube, wir haben kein Recht, unser Problem mit der Sinnstiftung durch Vermehrung zu lösen.
Du siehst, als Ratgeber für Familienfragen bin ich denkbar ungeeignet. Wenn ich trotzdem etwas dazu sagen soll – hier ist, was ich beim Lesen deiner Mail dachte: Du verlangst von Basti, zu hundert Prozent auf deiner Seite zu

stehen. Aber er ist nicht du. Er hat keinen Hof geerbt. Er will kein Vermächtnis erhalten, keine Tradition bewahren, keine Familiengeschichte fortschreiben. Er will vermutlich einfach nur ein halbwegs normales Leben führen und ab und zu mit seiner Ehefrau zu Abend essen oder *Tatort* gucken. Was absolut legitim ist, bei deinem Pensum aber nicht geht. Der einzige Rat, den ich dir aus dem fernen Hamburg geben kann, lautet: Überleg dir, was wirklich wichtig ist, bevor du es ein Leben lang bereust.
Immer für dich da: dein Stefan.

Montag, 11. April

11:49 Uhr, Theresa per E-Mail:

Wow, Stefan,

erblicher Rassismus ist wirklich die kreativste Erklärung für Kinderlosigkeit, die ich jemals gehört habe. Dabei bewundere ich schon lange, mit welchem Aufwand unsere Generation ihre Selbstliebe, gepaart mit Angst vor Verantwortung, mit scheinbar zwingenden Argumentationen rechtfertigt. Es gibt so tolle Gründe, warum man keine Kinder oder höchstens nur ein einsames Einzelkind haben kann. Sehr gut gefällt mir: »Ich verliere doch schon die Nerven, wenn unsere Katze krank ist« (eine ehemalige Schulfreundin von Basti). Oder: »Ich muss erst lernen, mich selbst zu lieben, bevor ich andere lieben kann« (die Tochter der besten Freundin meiner Mutter). Gern genommen sind natürlich auch: »Ich muss beruflich auf sicheren Füßen stehen«, und: »Ich habe den richtigen Partner noch nicht gefunden« sowie: »Es gibt doch ohnehin schon zu viele Menschen auf der Welt«. Ein ziemlicher Hammer ist: »In diese kaputte Welt kann man keine Kinder setzen.« Oder: »Jeder neue Mensch ist ein Klimaproblem.« Alles ziemlich starker Tobak, aber, ich sage es mit unverhohlener Bewunderung: Die Erblichkeit von Rassismus belegt ab jetzt Platz eins der dämlichen Ausreden für Selbstsucht und Verantwortungslosigkeit. Chapeau. Jetzt muss ich dringend mal die Arbeitspläne für die Ostertage fertig machen. Um Denis wenigstens einen Tag freigeben zu können, muss ich selbst durcharbeiten. Wenigstens halbe Tage. Auch an den Feiertagen. Das wird richtig Ärger geben zu Hause.

LG, Theresa

Donnerstag, 14. April

15:09 Uhr, Stefan per E-Mail:

Liebe Theresa,

vielen Dank für deine unverhohlene Bewunderung. Es passt zu meiner selbstsüchtigen Verantwortungslosigkeit, dass ich immer gern auf Platz eins stehe, ganz egal, worum es sich dreht. Zur Not auch im Ranking der dämlichen Ausreden. Bei der schlechten Meinung, die du von mir hast, wundert es mich, dass du mir überhaupt E-Mails schreibst. Vielleicht solltest du dich selbst mal fragen, woran das liegt. Apropos wundern: Gerade kam ein Anruf aus der Redaktion, von Hannah, einer meiner Autor*innen, die für nächste Woche einen australischen Debütroman besprechen soll. Das Buch heißt *Amin,* eine Familiengeschichte vor dem Hintergrund des Genozids an den Aborigines.

Teile des Buchs sind in Kriol verfasst. Jedenfalls stand Justin heute früh im Autor*innenbüro und erzählte Hannah, er sei ihr als Supervisor zugeteilt, was natürlich erst einmal ziemlich lustig klingt. Supervisor? Zugeteilt? Wahrscheinlich von Leonie, die sich hier zunehmend benimmt, als sei sie unsere neue Chefredakteurin. Gestern stand sie vor mir und erklärte, ich müsste mal ein bisschen Drive in die Sache bringen, wenn das Ganze richtig fliegen soll. Na ja, jedenfalls hat Hannah erst mal gelacht und einen Witz gemacht, aber Justin blieb definitiv ernst und hat ihr erklärt, dass sie *Amin* nicht besprechen darf, weil der Roman aus Australien kommt. Hannah hat das erst gar nicht verstanden. Hier die Erklärung: In einer Klima-Ausgabe kann kein Buch beworben werden, dessen Autor*in aus einem Land stammt, das neue Kohlemeiler baut und Gas-Fracking betreibt, während die Wälder brennen. Als Hannah versuchte, Justin den Wert des Romans und überhaupt von Literatur zu erklären, sagte der Kleine: »Ihr habt hier einfach keinen Plan vom Klima. Das ist so was von unfly.« Und stapfte aus dem Büro, um Leonie Bericht zu erstatten.
Natürlich konnte ich Hannah beruhigen. Ihr Beitrag wird erscheinen, zumal wir einen Kompromiss gefunden haben: Sie hat sich bereit erklärt, einen Satz zur mangelhaften australischen Klimapolitik einzubauen. Aber ich muss sagen, Justin und Leonie führen sich ganz schön auf. Bei allem Respekt für ihr Anliegen – langsam bin ich froh, wenn das Projekt geschafft ist. Gleich nach Ostern geht es in die heiße Phase, und der 24. April ist dann Erscheinungstag. Natürlich wird die Klima-Ausgabe der Hammer, keine Frage. Aber der Prozess hätte gern etwas harmonischer sein können, wo wir doch alle am gleichen Strang ziehen.

S.

Freitag, 15. April

16:02 Uhr, Theresa per E-Mail:

Hey Stevie,

warst du mal auf der Insta-Seite von Leonie? Wahrscheinlich nicht, sonst würde dich das Betragen deiner beiden Rotzlöffel nicht wundern. Deine Praktikantin ist ziemlich irre. Sie postet Fotos von ihrem verheulten Gesicht, unter denen steht: »Meine Klima-Angst ist heute so strong. Das wollte ich mit euch teilen.« For Christ's sake.
Man muss schon ziemlich behämmert sein, um sich diese Sorte »Expertise« in eine (ehemals?) seriöse Wochenzeitung zu holen. Mal ehrlich, Stevie: Dein Justin-Bengel hat verlangt, einen Roman nicht zu besprechen, weil ihm das Herkunftsland des Autors nicht gefällt. Merkst du etwas? Kriegst du überhaupt noch etwas mit? Glaubst du immer noch, ihr dämlichen Kulturfuzzis wäret dabei, die Welt zu retten?
Dass ein neunzehnjähriger Grünschnabel auf abstruse Ideen kommt – geschenkt. Aber weißt du, was wirklich erschreckend ist? Dass du ihn nicht sofort rausgeworfen hast. Stattdessen bietest du einen idiotischen »Kompromiss« an. Als wäre derartiger Kulturterrorismus eine verhandlungsfähige Position. Du vertrittst eine der größten Zeitungen Deutschlands und kuschst vor den Allmachtsphantasien eines Neunzehnjährigen? Manchmal frage ich mich, wohin die Reise in diesem Land eigentlich gehen soll.
Vielleicht solltest du bei Gelegenheit mal lesen, was Leonie und Justin über euch im Internet schreiben. DER BOTE – schon der Name sei Programm. Alte weiße Männer, die keinen Plan von der Zukunft haben. Verstaubte Strukturen.

Wenig Inspiration. Der ganze Laden müsse vom Kopf auf die Füße gestellt werden. Was Leonie und Justin anscheinend in zwei Wochen erledigen wollen. Mir imponiert ja ein gewisser Grad an Dreistigkeit. Aber wenn sie bei mir auf dem Hof so über mich reden würden, würde ich ihnen Mistgabeln in die Hände drücken und sie zwei Wochen lang spüren lassen, was ehrliche Arbeit ist. Diese Erfahrung hat schon viele Menschen verändert. Also, wenn's dir zu viel wird – schick die beiden einfach vorbei.

Beste Karfreitagsgrüße aus der Besserungsanstalt Schütte,
Theresa

Sonntag, 17. April

18:34 Uhr, Stefan per E-Mail:

Hallo Theresa,

ein schonungslos ehrlicher Briefwechsel ist eine interessante Sache, man lernt eine Menge über sich selbst und über den/die andere*n. Vielleicht ist das Ganze hier ja eine Art schriftlicher Konfrontationstherapie, und wir sind gerade dabei, einen revolutionären psychoanalytischen Ansatz zu entwickeln. Die TS-Methode. Klingt ein bisschen nach *McDonald's*.

Früher hast du nie so heftig auf meine Ansichten reagiert. Du hast Dinge und Menschen zwar auch schon »dämlich«, »behämmert« oder »idiotisch« gefunden, aber damit waren in der Regel nicht ich und meine Positionen gemeint. Ja, ich habe mich verändert. Ich habe mich in den letzten Jahren intensiv mit dem Klimawandel auseinandergesetzt und meine

Standpunkte weiterentwickelt. Und genau das scheint dich zu provozieren. Früher hattest du Spaß an neuen Ideen, du vertratest eine grundsätzlich progressive Einstellung. Heute lehnst du jede Veränderung ab. Das beginnt in der Landwirtschaft, betrifft die Sprache und überhaupt sämtliche gesellschaftspolitisch relevanten Entwicklungen bis hin zur europäischen Sicherheitsarchitektur. Neue Erkenntnisse, von Climate Change über Gendern bis Putin, sind für dich nicht wichtig. Du bist der personifizierte Stillstand, die fleischgewordene Verteidigung des Status quo. Ich glaube nicht mal, dass du das abstreiten würdest. Was mich interessiert: Warum gehe ich mit der Zeit, und du bleibst einfach stehen? Ich habe keine Antwort darauf. Hast du eine? Sie würde mich wirklich interessieren. Denn die Linie, die uns beide trennt, durchquert das ganze Land.
Was Leonie angeht, gebe ich dir Recht. Sie ist wohl die Social-Media-Version dessen, was man in der Literatur des Fin de Siècle als »nervöse Frau« bezeichnet hätte: manchmal überdreht, vielleicht sogar hysterisch. Ich habe mir ihre Profile auf Twitter und Instagram angeschaut. Mich befremdet dieser larmoyante Habitus auch, das kannst du mir glauben. Aber sie ist neunzehn. Muss man mehr dazu sagen? Eine Volontärin beim BOTEN wird sie nie werden, in ein paar Tagen ist das Experiment überstanden, und alle haben eine Menge gelernt. Die Besserungsanstalt, in die du sie schicken willst, sollte für andere Leute reserviert bleiben.

Frohe Ostern, Stefan

Mittwoch, 20. April

07:12 Uhr, Theresa per E-Mail:

Lieber Stefan,

ja, du hast Recht, unsere Mails sind erkenntnisreich. Aber für mich sind sie manchmal eher eine Schocktherapie, nur ohne Therapie. Anders als du glaubst, bin ich nicht grundsätzlich gegen Veränderungen. Aber ich finde eben nicht jede Form von Veränderung automatisch gut. Im Gegenteil. Übersteigerter Fortschrittswahn hat die größten Katastrophen der Menschheitsgeschichte verursacht. Und verdächtig wird es in meinen Augen, wenn sich ein Mainstream entwickelt, der keinen Widerspruch mehr duldet. Wenn Leute (wie du) auf einmal blind werden für Gegenargumente und abweichende Meinungen. Wenn es keine Diskussion mehr geben soll, sondern nur noch alternativloses Handeln. Macht es dich nicht manchmal misstrauisch, mit welcher Überzeugtheit du deine Positionen vertrittst? Ist es nicht verdächtig, sich dermaßen im Recht zu fühlen? Du müsstest dich doch fragen, ob du nicht irgendeinem Narrativ aufsitzt, das dabei ist, sich zur nächsten Ideologie zu verfestigen! Mich erschreckt deine Zweifelsfreiheit. Deine feste Überzeugung, stets auf der richtigen Seite zu stehen. Ich reagiere allergisch auf Glaubenssätze jeder Art.
Anders gesagt: Wenn alle anfangen, in eine Richtung zu rennen, stehe ich automatisch auf der Bremse. Wer mit Kühen arbeitet, weiß, was es bedeutet, wenn die Herde durchgeht. Was Menschen noch viel gefährlicher macht als Kühe, ist ihre Angewohnheit, sich ständig gegenseitig vom Guten, Wahren und Schönen überzeugen zu wollen. Gern mit einem großen Schuss moralischer Überlegenheit gar-

niert. Einem Tier ist es egal, was ein anderes Tier denkt. Menschen wollen, dass in den Köpfen ihrer Artgenossen der richtige Soundtrack läuft. In letzter Zeit ist das hierzulande wieder salonfähig geworden. Mir macht das Angst. Aber ich hab jetzt, ehrlich gesagt, gar keinen Bock auf weitere Diskussionen. Ich bin heilfroh, dass Ostern vorbei ist. Ich habe gearbeitet bis zur Erschöpfung, Basti war stinksauer und hat die Feiertage mit den Kindern bei seinen Eltern verbracht. Jetzt kam eben noch Christian mit den latest bad news. Der Weizen wächst schlecht, weil es nicht regnet. Hier ist seit Anfang Februar kaum ein Tropfen Wasser gefallen, dabei sind Niederschläge im April so wichtig für die Ernte. Christian sagt, wenn das mit dem Wetter so weitergeht, können wir uns alle aufhängen. Das sähe bestimmt interessant aus – die ganze Belegschaft baumelt an Stricken im Kuhstall, alle in einer Reihe, ich ganz vorn. Ich sag dir Bescheid, wenn es so weit ist.

Theresa

16:22 Uhr, Theresa per E-Mail:

Ich noch mal. Eben kam Eva vorbeigeradelt, mit flatterndem Blondhaar, nach Nivea duftend, ein frisches, glattes, kraftvolles Stück Jugend auf dem Fahrrad. Sie hat mir einen Flyer mitgebracht, von einer Gruppe namens »Green Redemption«, von der ich noch nie gehört hatte. *Konzept für eine nachhaltige Landwirtschaft.* Ich habe kurz reingeblättert und war überrascht. Die Ideen sind zutreffend. Regulierung der Abgabepreise für landwirtschaftliche Erzeugnisse, massiver Bürokratieabbau. Schluss mit Flächenprämien, dafür Subventionen, die an nachhaltiges Wirtschaften geknüpft sind. Schutz von kleinen und mittleren Höfen. Echter Tierschutz usw. Allerdings plädieren sie auch

für einen Austritt aus der EU und eine Rückkehr zur nationalen Regelung der Märkte. Großbritannien als positives Beispiel – statt der Top-down-Politik aus Brüssel wird dort angeblich mehr auf Selbstbestimmtheit der Bauern, auf Nachhaltigkeit, Tierwohl und Klimaschutz gesetzt. Keine Ahnung, ob das stimmt.
Green Redemption ist keine Partei, wie Eva gleich versicherte, eher ein loses Netzwerk. Sie ist da seit einiger Zeit aktiv. Unglaublich, wie sich so ein junges Ding engagiert, ganz ohne verheultes Gesicht auf Instagram.

Donnerstag, 21. April

20:42 Uhr, Stefan per E-Mail:

Oh Mann, Theresa.

Ich habe vorhin darüber nachgedacht, ein Elektroauto zu mieten und zu dir zu fahren. Sogar die Strecke hatte ich mir auf Maps schon angeschaut. 226 Kilometer A24 bis hinter Fehrbellin, dann noch mal 39 Kilometer über die Dörfer, Bracken, Groß Beutel, Wassersuppe und wie sie alle heißen. Dann hätte ich dir erklärt, warum der Brexit gewiss nicht als leuchtendes Beispiel für eine Reform der Landwirtschaft dienen kann (dein Ernst? Die Gehälter der britischen Landwirt*innen sind um fünfzig Prozent eingebrochen!), und danach hätten wir uns gemeinsam betrunken. Nötig hätte ich es.
Ich hatte heute eine unfassbar peinliche Szene mit Leonie. Sie benimmt sich wie die Axt im Wald, und ich rege mich wahnsinnig darüber auf. Gleichzeitig frage ich mich, warum mich das Verhalten einer Neunzehnjähri-

gen so provoziert. Wahrscheinlich, weil ich mir eingestehen muss, dass ich einen Fehler gemacht habe. Sota hatte Recht. Es war eine schlechte Idee, die beiden in die Redaktion zu holen. Junge Aktivist*innen sind noch lange keine Zeitungsmacher*innen. Hinterher ist man halt immer schlauer.

Dass es hier nicht ganz rundläuft, habe ich ja schon angedeutet. Aber in den letzten Tagen sind die beiden immer dreister geworden. Fahren allen ständig über den Mund. Wir sollen nicht Klimakrise sagen, sondern Klimakatastrophe. Nicht Klimaflüchtlinge, sondern Klimakatastrophenmigrant*innen. Und der Begriff »Umwelt« geht natürlich gar nicht. Versteh mich nicht falsch, Theresa, du weißt, dass ich für korrektes Sprechen bin. Sprache strukturiert das Denken, und vielleicht zementiert der Begriff »Umwelt« wirklich einen missbräuchlichen Irrtum. Aber es gibt Grenzen. Leonie und Justin wurden immer anmaßender. Was mich am meisten schockiert: Keiner traut sich, ihnen etwas entgegenzusetzen. Ich selbst hatte nur den Erfolg des Projekts vor Augen und habe gar nicht mitgekriegt, dass in der Redaktion schon heimlich von den »Klima-Taliban« geredet wurde. Die Leute haben wirklich Angst vor den beiden. Um das zu verstehen, muss man den Betrieb von innen kennen. Da ist der Generationenkampf. Die allgemeine Überreizung. Die ständigen Shitstorms auf Twitter. Dazu keinerlei Fehlerkultur. Die Nerven liegen blank, und bei jemandem wie Leonie sind die Leute erst recht auf der Hut. Sie hat ein Netzwerk, ihre Follower*innen und ein quasi unangreifbares Image als Kämpferin für die gute Sache. Sie kann den BOTEN auf Social Media als rückständiges, vielleicht sogar klimafeindliches Blatt darstellen. Jeder hier weiß, wie das heutzutage funktioniert. Leonie und Justin bei uns reinzulassen, hat sie noch mächtiger gemacht. Ob sie das bewusst einsetzen – keine Ahnung. Vielleicht ist es eher etwas Instinktives. Macht und ihr Missbrauch – eine beschissene anthropologische Konstante.

Heute Vormittag dann der Eklat. Ich komme gerade vom Brunch mit dem Kultursenator zurück, will in mein Büro und denke schon, als ich durch den offenen Workspace laufe: Was gucken die mich so komisch an? Manche ängstlich, manche amüsiert, alle stumm. Unter den Blicken der Mitarbeiter*innen gehe ich zu meinem Glaskasten – und denke, ich sehe nicht richtig. Leonie sitzt in meinem Bürostuhl, hat die nackten (!) Füße auf meinen Schreibtisch gelegt und ihr Notebook auf dem Schoß. Schaut nicht mal auf und sagt: Steffy, gut, dass du kommst, wir müssen reden. Die Ausgabe kann so nicht erscheinen. Ich versuche gerade zu retten, was zu retten ist.

Das hat mir die Sprache verschlagen. Ohne auf eine Antwort zu warten, macht sie weiter in ihrem rotzigen Ton: Unprofessionellerweise seien die ganzen Beiträge erst so spät reingekommen, dass sie keine Zeit zum Gegenlesen gehabt habe, und jetzt sei alles voller Fehler. Überall »Klimakrise« und »Umwelt«, und an einer Stelle werde Fridays for Future als Jugendbewegung bezeichnet – was für eine Unverschämtheit! Das sei schließlich kein Pfadfinderclub, sondern das letzte Aufgebot zur Rettung der Welt.

Erst hätte ich fast gelacht. Dass diese Kinder nach all den Wochen immer noch nicht begreifen, warum die Fertigstellung eines Blatts immer kurz vor knapp passiert – geschenkt. Aber dass Leonie jetzt ernsthaft glaubt, meinen Job übernehmen zu müssen, hat mich, ehrlich gesagt, ziemlich wild gemacht. Ich also zu ihr: Was hier erscheint oder nicht erscheint, entscheidest nicht du.

Da schaut sie langsam von ihrem Notebook auf und grinst

mich an. Und sagt eiskalt: Das Interview mit Kay Liebhoff kommt auf jeden Fall raus.
Falls du Liebhoff nicht kennst: Er ist ein Familienunternehmer aus Baden-Württemberg, hat einen Riesenbetrieb aufgebaut, Zulieferer für die Autoindustrie mit Produktionsstätten auf allen Kontinenten. Hat eine ziemlich klare Agenda, wie Klimaneutralität auf industrieller Seite zu erreichen ist und was man dafür braucht. Bürokratieabbau, beschleunigte Genehmigungsverfahren, Investitionen und ausreichend Zeit. Seiner Meinung nach führt ein zu knapper Zeitplan nur zur Abwanderung von Schlüsselindustrien nach China. Und das nützt weder der Volkswirtschaft noch dem Klima.
Dazu Leonie: Der Mann kriegt bei uns keine Plattform, sein Laden verursacht zigtausende Tonnen CO_2 im Jahr.
Ich versuche noch, irgendetwas zu erklären – dass das ein ausgewogenes, kritisches Interview sei und der Kollege aus der Wirtschaft wirklich gute Arbeit geleistet habe und dass der BOTE darauf achte, verschiedene Perspektiven zu zeigen usw. – bis die Kleine mir das Wort abschneidet: Dieser verharmlosende Lobby-Scheiß kommt weg!
Da spüre ich plötzlich so ein Ziehen im Magen und merke: Das ist mein Geduldsfaden, der gleich reißt. Diese maßlose Arroganz. Diese nackten Füße auf meinem Moleskine-Kalender (ein Geschenk von Sota). Draußen vor der Glaswand haben sich die Kolleg*innen zu Grüppchen zusammengerottet und starren uns an.
Ich: Du verlässt jetzt sofort dieses Büro.
Sie: Schau an, Steffy, jetzt zeigst du dein wahres Gesicht. Wenn dir etwas nicht passt, wirst du zum Chauvi.
Ich denke: Wenn sie mich noch einmal Steffy nennt, bringe ich sie um.
Ich sage: Die Auswahl der Artikel ist Sache der Redaktion.

Sie schaut mir direkt in die Augen, und plötzlich wirkt sie gar nicht mehr so kindlich, trotz ihrer Wollmütze und den nackten Füßen.
Sie sagt: Ohne uns ist die Klima-Ausgabe tot. Niemand nimmt euch ernst, wenn die Klimabewegung nicht hinter euch steht.
Nicht nur Machtinstinkt, sondern eine offene Drohung. Vor der Glaswand Justins gleichgültiges Gesicht. Er steht direkt an der Tür und schaut uns seelenruhig zu. Das gibt mir den Rest. Ich höre mich schreien, so laut, dass es die ganze Redaktion verstehen kann: Du verlässt jetzt auf der Stelle dieses Büro, sonst fliegt *ihr* aus dem Blatt, kein Impressum, keine Danksagung, erst recht kein Editorial, du haust jetzt ab, oder ihr seid *gelöscht*.
Ich dachte, sie lacht mich aus. Ich dachte, ich stehe hier wie ein verzweifelter Papa, der seinem Kind androht, dass es ohne Essen ins Bett muss. Ich schaue zur Glaswand, und die Kolleg*innen sehen betroffen aus. Oder beeindruckt. Schwer zu sagen. Da steht Leonie tatsächlich auf. Sie nimmt die Füße vom Tisch, steigt in ihre klobigen Sneaker, lächelt und sagt: Weißt du, wie du auf mich wirkst, Steffy? Wie King Kong, der sich noch ein letztes Mal auf die Brust trommelt, bevor er abgeknallt wird.
Dann geht sie lächelnd an mir vorbei aus der Tür und durch den Workspace Richtung Fahrstuhl. Wie eine Siegerin, die den Platz verlässt. Justin schlendert so lässig hinter ihr her, als würde er über den Jungfernstieg flanieren.
Ich setze mich hin und lege das Gesicht in die Hände. Als ich mich beruhigt habe und aufschaue, geht hinter der Glaswand alles seinen normalen Gang. Es wird getippt, Kaffee geholt und telefoniert. Jemand verteilt Franzbrötchen. Als wäre nichts passiert. Nur dass Leonie und Justin verschwunden sind. Auch nicht wieder aufgetaucht, bis jetzt.

Keine Ahnung, was das heißt. Wahrscheinlich nichts Gutes. Aber erst mal sind alle erleichtert, auch wenn keine/r darüber spricht.
Ich habe mit Sota geredet. Er hat sich wie ein Gentleman verhalten. Keine Vorwürfe, kein »Siehste«, nichts. Die Klima-Ausgabe wird in drei Tagen erscheinen, mit Leonies und Justins Namen und Fotos, alles wie geplant. Sota sagt: »Dass sie dabei sind, gibt uns Sicherheit. Sie können kein Blatt bashen, an dem sie mitgewirkt haben.« Der Mann ist einfach schlauer als ich.
Also alles gut, eigentlich. Trotzdem fühle ich mich, als wäre ich gegen eine Wand gelaufen. Und wüsste nicht genau, ob die Wand zusammenbricht oder ich.

Stefan

Freitag, 22. April

08:02 Uhr, Theresa per E-Mail:

Na, du Zauberlehrling,

da sind dir die Geister, die du riefst, wohl ein wenig über den Kopf gewachsen. Aber was soll's! Jetzt bist du sie ja noch rechtzeitig losgeworden, hast deine Helferlein rausgeschmissen, kannst die Klima-Ausgabe trotzdem veröffentlichen und wirst am Ende den ganzen Ruhm allein einstreichen. Genau, wie du es bei HEFTIG auch schon gemacht hast. Well done und congrats, Steffy. Es ist doch immer gut, einer jungen Frau zu zeigen, wo der Hammer hängt. Daran sieht man deutlich, wie viel dein Gesäusel von der Gendergerechtigkeit eigentlich wert ist. Vielleicht hält die

Kleine in dieser Sekunde schon ihr weinendes Gesicht vor die Handykamera und arbeitet am Hashtag #ausgeBOTEt. Dann kommt der BOOMERang noch mal zurück, und ihr könnt in die nächste Heititei-Runde gehen, während sich der Rest des Landes mit der Realität herumschlägt.

Immer gern live dabei, Theresa

08:02 Uhr, automatische Rückantwort an Theresa

Liebe*r Mailer*in,

ich bin heute den ganzen Tag in Meetings und nur sporadisch über E-Mail erreichbar. In dringenden Angelegenheiten wenden Sie sich bitte an meinen Kollegen Martin Korte, m.korte@bote.de

Dr. Stefan Jordan
Stellvertretender Chefredakteur, Leitung Kulturredaktion
DER BOTE
An den Nietzsche-Höfen 12–17, 20095 Hamburg

08:09 Uhr, Theresa per E-Mail:

Oh, wichtig, wichtig, den ganzen Tag Meetings. Gut, dass du das der Welt verkündest. Vielleicht bräuchte ich auch einen solchen Autoresponder. »Ich bin heute den ganzen Tag im Kuhstall und nur sporadisch über Mail erreichbar. In wichtigen Fällen kommen Sie vorbei und bringen Sie Kaffee und Kuchen mit. Theresa Kallis, Vorstand, An den Matsch-Höfen 1–100.«

08:09 Uhr, automatische Rückantwort an Theresa

Liebe*r Mailer*in,

ich bin heute den ganzen Tag in Meetings und nur sporadisch über E-Mail erreichbar. In dringenden Angelegenheiten wenden Sie sich bitte an meinen Kollegen Martin Korte, m.korte@bote.de

Dr. Stefan Jordan
Stellvertretender Chefredakteur, Leitung Kulturredaktion
DER BOTE
An den Nietzsche-Höfen 12–17, 20095 Hamburg

19:10 Uhr, Theresa per WhatsApp: Eben in den Regionalnachrichten gehört: »Die meisten Störch*innen sind bereits aus dem Winterquartier zurückgekehrt.« Da müsste dein Herz doch höher schlagen!

19:13 Uhr, Theresa per WhatsApp: Was die Frösch*innen wahrscheinlich anders sehen.

19:15 Uhr, Theresa per WhatsApp: Wie haltet ihr es dann eigentlich mit der/dem nicht-binären Schneck/e? Bekommt der/die nur ein * und ein /?

19:16 Uhr, Theresa per WhatsApp: »Schon bei leichtem Regen verlässt / Nackt* / Versteck und begibt sich auf Futtersuche.«

19:21 Uhr, Theresa per WhatsApp: Wobei Nackt* eigentlich total degradierend ist. Eindeutig Bodyshaming. Ich bin für eine Umbenennung. Am besten in >*. Schließlich sind Buchstaben eine Kulturtechnik der weißen männlichen Vorherrschaft. Nur Sonderzeichen sind politisch korrekt.

20:02 Uhr, Stefan per WhatsApp: Wie nett, dass du hier Selbstgespräche führst, Theresa. Manchmal frage ich mich, ob du in deinem Leben überhaupt Spaß hättest, wenn es keine Gendersprache gäbe. Vermutlich nicht. Wir haben Redaktionsschluss, hier ist die Hölle los. Da habe ich, ehrlich gesagt, keinen Nerv für deine Witzchen.

20:10 Uhr, Theresa per WhatsApp: Ich sehe schon, mit der Umbenennung von Tieren kann ich dir keine Freude machen. Aber vielleicht findet das hier deine geneigte Wertschätzung: https://m.report.de/regional/kunst-aktuell/umbenennung-von-kunstwerken-wegen-rassismus-8855894.reportToGo.html

20:14 Uhr, Theresa per WhatsApp: Zitat: »Die berühmte venezianische Skulptur *Der heilige Mohr*, derzeit zu sehen in der Kunsthalle Hamburg, wird umbenannt in *Der heilige* ****. Die Namen von weiteren 46 Kunstwerken sollen wegen diskriminierender Begriffe geändert werden.« Und? Richtig super, oder? Freust du dich?

20:21 Uhr, Stefan per WhatsApp: Ich finde es erschreckend, dass du REPORT liest. Das ist kein Journalismus, sondern publizierte Fremdenfeindlichkeit und Clickbaiting auf unterstem Niveau. Fällst du wirklich auf diese Scheiße rein? Hattest du in Münster nicht mal ein taz-Abo? Was zur Hölle ist passiert, Theresa?

20:29 Uhr, Theresa per WhatsApp: Ist doch egal, ob das im REPORT steht oder in der taz. Entscheidend ist doch, was da passiert.

20:34 Uhr, Stefan per WhatsApp: Willst du dem stellvertretenden Chefredakteur der größten deutschen Wochenzeitung ernsthaft erzählen, dass es egal ist, welches Medium man liest? REPORT und andere Boulevard-Deppen framen ihre Themen, sind tendenziös, vermischen Kommentar und Bericht, machen bei den Lesern Stimmung mit Spekulationen und Suggestivfragen. Muss ich dir das wirklich erklären?! Es kann doch nicht sein, dass du diese offenkundigen Manipulationsversuche nicht siehst oder wissentlich ignorierst!

20:35 Uhr, Stefan per WhatsApp: bei den Leser*innen

20:36 Uhr, Theresa per WhatsApp: Spekulationen, Suggestivfragen, Vermischung von Kommentar und Bericht … Sicher, dass das keine Selbstbeschreibung ist?

20:37 Uhr, Stefan per WhatsApp: Weißt du was? Du kannst mich nicht provozieren. Ich freue mich einfach weiter auf mein Klima-Blatt am Sonntag. Denn das wird der *Hammer*.

20:41 Uhr, Theresa per WhatsApp: Ja, freu dich einfach ein bisschen. Ich find's traurig, dass dir (und vielen anderen) Kunst und Kultur so egal sind. Und das, obwohl du in deinem Laden sogar der Kulturattaché bist.

20:43 Uhr, Theresa per WhatsApp: Vögel werden übrigens auch umbenannt. Gibt keine Hottentotten-Enten mehr. Hottentotten ist diskriminierend.

20:49 Uhr, Stefan per WhatsApp: Das 21. Jahrhundert noch mal kurz & knapp für Brandenburger*innen erklärt: Nach Jahrhunderten der Ungerechtigkeiten verändert sich die Welt – *endlich*. Es findet ein globaler Bewusstwerdungsprozess statt, dank MeToo, Black Lives Matter, FFF & Co. Seit die Social-Justice-Bewegung die Gesellschaft erobert, stehen Gerechtigkeit, Gleichberechtigung, Umverteilung auf dem Programm – und nicht mehr Unterdrückung, Diskriminierung, Bereicherung, Patriarchat. Dagegen kann doch außer alten weißen Männern niemand etwas haben! Erst recht keine intelligente Frau! Wenn bei so einem historischen Prozess ein paar Leute beim Gendern von Störchen übers Ziel hinausschießen, ist das doch scheißegal! Die Welt wird gerade gerechter! Kapierst du das?

21:05 Uhr, Theresa per WhatsApp: Die Welt wird nicht gerechter, wenn man an der Sprache rumschraubt und alles auf der Meta-Ebene behandelt. Das interessiert nur die Akademikerblase. Außerhalb deiner Welt sind Menschen entsetzt, dass ihre Probleme ignoriert werden, während man Kunstwerke mit Sternchen benennt. Ich würde die Kunst in Ruhe lassen und lieber gucken, was farbige Menschen wirklich für Probleme haben.

21:11 Uhr, Stefan per WhatsApp: »Farbig« sagt man nicht mehr, die Leute sind ja nicht blau oder grün. Das nur nebenbei. Gib zu, dass du noch nie von der Hottentotten-Ente gehört hattest. Das interessiert dich doch gar nicht. Du willst nur stänkern. Guten Appetit bei deinem Z*-Schnitzel und den N*-Küssen zum Nachtisch.

21:20 Uhr, Theresa per WhatsApp: Dein Tonfall ist total herablassend. Ich hab keine Lust mehr auf WhatsApp mit dir. Ich geh ins Bett.

21:28 Uhr, Stefan per WhatsApp: Okay, vielleicht hast du Recht und wir lassen das hier lieber.

Samstag, 23. April

10:47 Uhr, Theresa per WhatsApp: Guten Morgen. Ich muss noch etwas sagen. Es stimmt, dass ich noch nie von Hottentotten-Enten gehört hatte. Auch nicht vom *Heiligen Mohr*. Es geht nicht um Einzelfälle. Es geht um Symptome für eine Psychose, die um sich greift. Manchmal denke ich, die Gesellschaft dreht durch, und dann kriege ich Angst.

11:05 Uhr, Theresa per WhatsApp: Muss jetzt los. Lars wartet auf mich für eine Krisensitzung. Anscheinend hatte Eva Recht, was den Energiemais betrifft. Es gibt Probleme, und zwar echte. Solche, die sich nicht durch Sprachregelungen lösen lassen.

13:09 Uhr, Stefan per WhatsApp: Ich kapiere einfach nicht, warum Dinge, die Millionen Menschen noch nie wichtig waren, plötzlich zu nicht verhandelbaren Existenzfragen erklärt werden. Das Ganze erinnert mich an Kinder, denen man ein Spielzeug wegnehmen will, das immer nur in der Ecke lag. Kaum droht der Verlust, ist es plötzlich das wichtigste Spielzeug von allen. Eine unbekannte Ente. Ein halb vergessenes Kunstwerk. Das regt dich auf. Während Bomben auf Mariupol fallen.

13:11 Uhr, Stefan per WhatsApp: Viel Glück mit Lars.

16:31 Uhr, Theresa per E-Mail:

Lieber Stefan,

ich bin wirklich dafür, dass wir keine WhatsApp mehr schreiben. Ich finde schon deine Mails schwer zu verkraften. Du wirfst mir vor, ich würde mich über läppische Dinge aufregen. Gleichzeitig machst du selbst ein albernes Drama aus deiner Klima-Ausgaben-Geschichte. Streit mit der Praktikantin: Boah waaas! Eeeek! Da muss gleich eine Krisensitzung mit dem Chefredakteur her ... Während Bomben auf Mariupol fallen.
Wollen wir uns das jetzt wirklich gegenseitig vorhalten? Darf man angesichts der Ukraine noch E-Mails schreiben? Darf man angesichts der Ukraine noch verschiedener Meinung sein? Müssen wir uns jetzt für alles rechtfertigen, was wir denken und fühlen, worüber wir uns ärgern, wofür wir kämpfen?
Ich bin müde. Nicht nur vom Schlafmangel, auch vom Kriegsgeschrei in den Medien, von der Angst meiner Kinder, denen ich immer wieder versichern muss, dass uns hier draußen gar nichts passieren kann (was natürlich eine Lüge ist), von der Arroganz all jener, die nach Gerechtigkeit schreien und dabei wie immer die Schwächsten vergessen. Globale Energie- und Ernährungskrise? Nebensächlich! Ist es nicht irre, dass dein und mein Business wahrscheinlich von diesem absurden Krieg profitieren? Deines aufgrund der Aufmerksamkeitsspirale, meines aufgrund steigender Lebensmittelpreise. Ich bin nicht zynisch, Stevie. Die Welt ist zynisch. Der Kosmos lacht sich kaputt über uns. Früher hat man es Gott genannt, dieses universelle Gelächter.
Ein letztes Wort zu unserer Auseinandersetzung. Das Verrückte ist, dass ich viele Fragen genauso sehe wie du. Ich bin gegen Rassismus, für Gleichberechtigung, für eine ver-

nünftige Klimapolitik. Aber ich verstehe nicht, warum man dafür Enten umbenennen muss oder Strohhalme verbieten oder männlichen Professoren an der Uni empfehlen, dass sie Nagellack tragen sollen, um ihre weibliche Seite zu betonen (ist neulich passiert, hat Eva mir erzählt). Es gibt doch so viel zu tun, auf das man seine Kraft verwenden kann. Was mich irre macht, sind nicht die inhaltlichen Fragen, sondern diese ganze Symbolpolitik. Sie bringt Leute wie dich und mich auseinander, obwohl wir eigentlich dasselbe wollen. Richtig schlimm finde ich, dass du denkst, man könnte gut ausgewogene Sachentscheidungen durch moralische Wertungen ersetzen. Oder durch wissenschaftliche Empfehlungen, je nachdem. Als sollte es keine Politik mehr geben. Als könnte nur noch ein Weg der richtige sein. Deshalb machst du jemanden wie Vassiler fertig, weil er sich noch traut, eine andere Sicht auf die Dinge zu äußern. Das ist doch unerträglich, Stefan. Wann bist du so geworden? Wann hast du aufgehört, offene Fragen diskutieren zu wollen, und versuchst stattdessen, Andersdenkende mit Mariupol mundtot zu machen?

Sehr müde, Theresa

22:01 Uhr, Stefan per E-Mail:

Liebe Theresa,

endlich ist es geschafft, die Klima-Ausgabe ist im Druck, morgen wird ausgeliefert. Das war vielleicht ein Ritt. Aber ich bin sicher, dass es sich gelohnt hat. Selbst dann, wenn das Blatt nicht so gut aufgenommen werden sollte wie erhofft. Man muss innovativ vorangehen. Wenn es dieses Mal noch nichts wird, dann eben beim nächsten Mal.
Jetzt bin ich total erschöpft und gleichzeitig viel zu aufge-

kratzt, um schlafen zu gehen. Ich hab mir ein Glas Wein geholt und mich mit dem Laptop an die Frühstücksbar in der Küche gesetzt. Falls ich in den letzten Tagen per WhatsApp ein bisschen aggressiv war, lag es sicher auch am Stress. Aber ich muss schon sagen, Theresa: Deine Haltung ist ziemlich schräg. Wie kommst du darauf, dass ich Diskussionen verhindern will? Diskussionen sind mein Job! Wir diskutieren doch die ganze Zeit, wir beide hier im virtuellen Raum, die gesamte Belegschaft in der Redaktion, die Gesellschaft da draußen auf allen Kanälen. Und selbstverständlich darf auch Vassiler seine Meinung äußern, wenn's sein muss, sogar zur Ukraine. Aber wenn er Gegenwind bekommt und sich danach selbst zum Opfer stilisiert, muss ich seine Anklage nicht in meinem Ressort drucken. Wenn man eine Minderheitenmeinung vertritt, sei das zu Corona oder zum Gendern oder zum Krieg, dann erfährt man eben eine Menge Widerspruch. Das muss man aushalten können. Du teilst doch selbst ganz schön aus. Was ist so schlimm daran?
Aber ich will einen anderen Punkt aufgreifen, nämlich den von Wissenschaft und Politik. An einer Stelle verstehst du mich nämlich richtig. Ich bin tatsächlich der Meinung, dass es wissenschaftliche Erkenntnisse gibt, die die Politik nicht ignorieren kann. Ich würde das niemals öffentlich fordern, aber wir sind ja unter uns: Beim Klima bin ich gewissermaßen für eine Expertokratie. Da ist kein Spielraum mehr für politisches Gezänk. Es ist klar, was getan werden muss, und zwar so schnell wie möglich.
Und an einer weiteren Stelle siehst du mich ebenfalls richtig. Seit wir uns schreiben, steht es mir klar vor Augen: Ja, ich habe mich verändert. Früher warst du die Überzeugte von uns beiden. Du konntest flammende Reden auf die Freiheit halten, und ich gab dir in allem Recht. Im Gegensatz zu dir

habe ich alles viel leichter genommen. Bücher haben mich interessiert. Du hast mich interessiert. Der Rest der Welt war mir, ehrlich gesagt, ziemlich egal. Wenn einem nichts wichtig ist, dann ist es leicht, offen zu diskutieren und abweichende Meinungen zu tolerieren. Dann sind politische Diskussionen eine unterhaltsame Abendbeschäftigung. Aber, Theresa, diese fröhliche Toleranz konnten wir uns nur erlauben, weil wir das Klimaproblem komplett ignoriert haben. Ich war sogar einer von denen, die besonders lange und gründlich nichts davon wissen wollten. Jahrelang habe ich meine ganze journalistische Energie ausgerechnet in HEFTIG gesteckt, ein Magazin, das Konsum, Hedonismus und Lifestyle feierte – in völliger Selbstvergessenheit, beziehungsweise in völliger Vergessenheit des Ernstes der Lage. Wenn ich heute daran denke, schießt mir buchstäblich die Schamesröte ins Gesicht.

Aber ich hatte einen Wendepunkt, wie im Film, wenn der/die Held*in (oder Antiheld*in) kapiert, dass er/sie alles ganz anders machen muss. Bei mir war das die Klimakonferenz in Paris vor sieben Jahren. Ich war nur zufällig wegen einer Filmpremiere in der Stadt. Renée begleitete mich, wir hängten ein paar Tage Urlaub dran und hatten eine gute Zeit, auch wenn uns das Polizeiaufgebot, die ständigen Demos, Kundgebungen und Märsche bei unseren Streifzügen durch die Stadt mächtig störten. Kannst du dir das vorstellen, Theresa? Wir haben uns über die Demonstrierenden mit ihren gelben Transparenten lustig gemacht. Wir haben wirklich überhaupt nichts kapiert.

Dann musste Renée überraschend nach Mailand. Ich blieb allein in Paris zurück, stinksauer auf Renée, die ihre Kunst wichtiger fand als mich. Wie ein streunender Hund lief ich durch die Straßen und wusste nichts mit mir anzufangen. Bis mich ein Anruf aus der Redaktion erreichte. Jenssen war dran, ein älterer Kollege aus dem Wissen-Ressort. Er sagte so etwas wie: »Ich weiß, du hast Urlaub, und Klima ist auch nicht dein Thema, aber auf der COP 21 geht es anscheinend richtig zur Sache, kannst du dich akkreditieren?« Erst empfand ich das als Zumutung – schließlich hatte ich frei. Aber dann war ich dankbar, etwas zu tun zu haben, und als ich schließlich anfing, zu Vorträgen, Präsentationen und Pressekonferenzen zu gehen, nahm mich das Thema plötzlich vollkommen gefangen. Je mehr ich hörte, desto emotionaler wurde ich. Es war, als hätte ich die letzten Jahre im Tiefschlaf verbracht und wäre mit einem Mal aus dem Bett geworfen worden. Ich sah die Welt mit neuen Augen. Und was ich sah, war schrecklich. Brennende Wälder, versinkende Städte, Schlammlawinen und Massen von hungernden Menschen. Ich verstand, dass es nicht fünf vor zwölf, sondern eigentlich schon längst fünf nach zwölf war. Dass die Menschheit im Begriff stand, den Planeten und damit sich selbst zu vernichten. Die vorgetragenen Fakten waren so eindeutig, die Prognosen so naheliegend und die Szenarien so erschreckend, dass ich nächtelang nicht schlief. Tagsüber las ich mich wie ein Besessener in die Materie ein, ging zu Meetings ins Forum der Klima-Generationen, führte Interviews und erlebte den Mut der Aktivist*innen und die Kaltherzigkeit mancher Politiker*innen. Mir war klar, dass ich nach diesen Erkenntnisschüben nicht weitermachen konnte wie bisher. Dass ich dabei war, mich und mein ganzes Leben auf den Kopf zu stellen. Als das Klimaabkommen mit dem 1,5-Grad-Ziel beschlossen wurde, jubelte ich gemeinsam mit Tausenden Vertreter*innen der Zivilgesellschaft. Ich fühlte mich, als wäre ich schon immer dabei gewesen. Noch in Paris schrieb ich einen großen Aufmacher und bat Flori Sota, das Thema auf die Titelseite zu heben, was er auch tat.

Zurück in Hamburg war ich voller Tatendrang und rannte prompt gegen eine Wand aus banaler Normalität. Alles ging weiter wie zuvor, was mir völlig absurd erschien. Es dauerte eine Weile, bis ich verstand, dass keine kollektive Erleuchtung stattgefunden hatte. Nur eine Handvoll jüngerer Kolleg*innen begriff die Bedeutung des Pariser Klimaabkommens. Die anderen hielten COP 21 für ein weiteres Ereignis in der unendlichen Reihe von internationalen Konferenzen, bei denen man immer nur halb versteht, worum es geht. Die Berichterstattung in den deutschen Zeitungen war mager bis nicht vorhanden. Meine neue Euphorie wurde auf den Fluren des BOTEN verwundert belächelt. Mit anderen Worten: Die Alarmglocke hatte geschrillt, und alle dösten friedlich weiter. Da habe ich kapiert, dass für dieses Thema gekämpft werden muss. Eindeutige Fakten und erschreckende Prognosen reichten nicht. Als Greta Thunberg im August 2018 anfing, für die Einhaltung der Pariser Ziele zu demonstrieren, war ich einer der Ersten, die darüber schrieben. Ich kann in aller Unbescheidenheit behaupten, sofort gewusst zu haben, dass aus Fridays for Future eine weltweite Bewegung wird. Die Bedeutung der Forderung verlangte danach.

Seitdem gilt mein Denken und Schreiben der Verhinderung der Apokalypse, in klimatischer, sozialer, pandemischer und zur Not auch militärischer Hinsicht. Mir ist einfach klar geworden, dass wir angesichts der globalen Bedrohungen unseren gemütlichen Neunzigerjahre-Hedonismus nicht fortführen können. Das wäre nicht nur verantwortungslos, sondern auch wahnsinnig dumm. Wir müssen das, was uns wertvoll ist, bewahren. Um jeden Preis.

Ich erzähle das nicht, um dich von irgendetwas zu überzeugen. Aber vielleicht hilft es dir, mich besser zu verstehen. Ich bin mir in einigen Fragen tatsächlich sicher. Da gibt es für mich nichts zu diskutieren. Und ich würde tatsächlich auch sagen, dass ein Gespräch mit Klima-Leugnern, Corona-Leugnern oder Putin-Verstehern keinen Sinn hat. Womit natürlich nicht du gemeint bist (no offense). Man kann nicht alle mit ins Boot holen. Muss man auch nicht. Manchmal ist Demokratie einfach Zeitverschwendung.

Dein Stefan

23:44 Uhr, Theresa per E-Mail:

Lieber Stefan,

es ist toll, wie offen du bist. Und ja, ich verstehe dich. Ich glaube, wir sind uns (nicht nur du und ich, sondern auch die Gesellschaft im Ganzen) ziemlich einig, was die Ziele betrifft. Die Frage ist nur, wie man dahin kommt. Und ob es »um jeden Preis« sein darf. Aus meiner Sicht ist »um jeden Preis« immer falsch. Man muss immer nach den Kosten fragen, immer eine Abwägung vornehmen. Deshalb ist Demokratie niemals Zeitverschwendung. Siehe meine Zukunftskommission. Wie viel Zeit und Mühe steckt in einem einzigen gemeinsamen Papier! Es ist wichtig, diese Arbeit auf sich zu nehmen. Wenn wir dazu nicht mehr bereit sind, können wir einpacken. Jeder Einzelne von uns und wir alle zusammen. Ich kann nicht glauben, dass du das wirklich in Frage stellst. Ich denke, du machst es dir da ein bisschen zu leicht.
Heute Mittag war ich in Bracken bei Lars, und vielleicht passt das sogar ganz gut zum Thema. Wir saßen zu dritt in der Küche, Lars, Eva und ich. Der Raum sah nicht aus, als wäre in den letzten Jahren etwas darin gekocht worden. Alles wirkte aufgeräumt und irgendwie verstaubt. Wahrscheinlich ernährt sich Lars vom Dönerstand in Plausitz.

Er hat noch mal von seiner Idee mit den CO_2-Lizenzen gesprochen. Eine US-amerikanische Firma wirbt gerade massiv für die Teilnahme an einem Pilotprojekt, bei dem Landwirte lernen, wie sie Humus kultivieren können, für den sie dann verifizierte CO_2-Zertifikate erhalten sollen. Angeblich sind internationale Konzerne ganz heiß auf diese landwirtschaftlichen Emissionspapiere.
Lars wirkte aufgeregt, naiv und eifrig wie ein Kind, das Erwachsene von einer guten Idee überzeugen muss. Er saß weit vorgebeugt und suchte nach Worten, während Eva ihn die ganze Zeit auslachte. Sie ist ihm rhetorisch überlegen und hat das gnadenlos ausgespielt. Sie hat ihm vorgeworfen, dass er nicht kapiere, was ein Pilotprojekt sei. Dass es dabei eher um Studien gehe als um ein existenzfähiges Modell. Ein weiteres Mal würden die Landwirte in irgendein Experiment reingequatscht, das am Ende niemandem nütze, schon gar nicht dem Klima. Ob er aus dem Desaster mit der Biogasanlage nichts gelernt habe und so weiter.
Sie fingen an, sich anzuschreien. Ich glaube, Eva will, dass er ihr den Laden überschreibt. Sie hat gesagt, er sei nicht mehr zurechnungsfähig. Er würde die neue Zeit nicht kapieren und außerdem zu viel trinken. Ich habe in seinem Gesicht gesehen, wie weh ihm das getan hat. Eine schreckliche Situation. Viel zu spät habe ich verstanden, dass ich als Verstärkung dabei war. Für beide Seiten. Eva hat gedacht, ich unterstütze ihre Position, weil ich Erfahrung mit dem Bio-Schlamassel habe, und Lars hat gedacht, ich kämpfe in seinem Lager, weil ich auch eine Biogasanlage betreibe und weiß, dass er keine Schuld an der Misere trägt. Da saß ich mit meiner Kaffeetasse in der unbenutzten Küche, und mir war einfach nur schlecht. Ich war ein Totalausfall für beide Seiten.

Natürlich hat Eva Recht – dieses Carbon Farming ist eher eine Idee als ein tragfähiges Konzept. Aber andererseits – was soll Lars denn tun? Er hat nun einmal auf Energiemais umgestellt, jetzt läuft die Förderung aus, und um an den Ausschreibungen teilzunehmen, müsste er seine Anlage flexibilisieren. Er bräuchte einen zweiten Fermenter und ein riesiges Blockkraftheizwerk, was mit voller Kapazität läuft, wenn er die Anlage hochfährt. Kostenpunkt des Ganzen: anderthalb Millionen. Dafür gäbe es eine Förderung, und die Banken würden vielleicht sogar mitmachen, aber Lars braucht zehn Prozent Eigenkapital, das er natürlich nicht hat. Deshalb verbeißt er sich in die Idee mit dem Carbon Farming. Ich finde das nicht dumm, sondern einfach nur tragisch. Trotzdem verstehe ich auch Evas Wut. Lars will nicht verkaufen, er will nicht abgeben oder aufhören, obwohl klar ist, dass er keine Chance hat.
Nach dem Geschrei hat mich Eva zum Wagen gebracht. Sie hat die ganze Zeit vor sich hin geschimpft. Ich dachte plötzlich: Es sind die jungen Frauen, die jetzt ans Ruder wollen. Keine Ahnung, ob sie es besser wissen, aber sie haben die Power. Plötzlich hatte ich Lust, mich irgendwo auf eine Wiese zu legen und zu sagen: Hier, übernimm einfach meinen Betrieb, mach etwas Schönes draus.
Glaub mir, Stefan, wenn du sehen könntest, was hier abläuft, würdest du nicht mehr denken, dass es nur einen Weg in die Zukunft gibt, den man einfach mal schnell beschreiten muss, damit alles gut wird. Es ist alles viel komplizierter. »Um jeden Preis« sagt sich leicht auf der Höhe des Elfenbeinturms.

Liebe Grüße, Theresa

Sonntag, 24. April

08:07 Uhr, Stefan per WhatsApp: Die Klima-Ausgabe ist da!! Ich mache jetzt schon so lange Zeitung, aber das hier ist etwas ganz anderes. So muss sich ein Autor beim Veröffentlichen seines ersten Romans fühlen. Bin extra früh aufgestanden, um mir selbst eine Ausgabe am Kiosk zu kaufen.

08:36 Uhr, Stefan per WhatsApp: Ich sehe hier gerade an der Bushaltestelle: vier junge Frauen über das Blatt gebeugt. Das macht glücklich!

23:47 Uhr, Stefan per E-Mail:

Theresa,

vielleicht kannst du momentan keinen glücklichen Menschen ertragen – ich könnte es verstehen. Dann lösch diese Mail. Ich komme gerade von Sota. Wir haben uns bei ihm zu Hause eine Flasche Rotwein geteilt, danach habe ich mich mit dem MOIA nach Hause fahren lassen und die Fahrt richtig genossen. Dieses geräuschlose Gleiten durch die Nacht, die im Mondlicht glitzernde Außenalster. Die Lounge-Musik der jungen Fahrerin. Schon sprang das Kopfkino an: Ich stellte mir vor, wie mich das *Medium Magazine* zum Journalisten des Jahres ernennt, wie ich einen Grimme-Preis für besondere journalistische Leistungen gewinne … Okay, mehr erzähle ich hier lieber nicht, es wird zu peinlich.
Selbst die nüchternen Fakten lassen mich jubeln: Der erste Verkaufstag übertrifft alle Erwartungen. Wenn es morgen und übermorgen so weitergeht, muss nachgedruckt werden. Das hatten wir seit dem großen Schröder-Merkel-Doppel-

interview nicht mehr. Ich freue mich für die Zeitung, aber vor allem für die Sache. Es lohnt sich noch, für Ideen zu kämpfen! Idealismus und Erfolg müssen kein Gegensatz sein! Print ist kein alter Hut, es gibt noch haufenweise junge Zeitungsleser*innen, wenn man das richtige Angebot macht. Das ist einfach toll.
Außerdem wurde mir heute Abend wieder einmal klar, warum Flori Sota so ein verdammt guter Chef ist. Er gönnt uns den Erfolg, statt ihn für sich zu reklamieren. Als er da lächelnd vor seiner Bücherwand saß, dachte ich kurz, er hätte die Klima-Ausgabe vielleicht nur so hart bekämpft, um uns alle zu Höchstleistungen anzuspornen. Wer weiß, zuzutrauen wäre es ihm.
Zum Schluss noch ein Geständnis. Nachdem mich das MOIA in der Schanzenstraße rausgelassen hatte, bin ich schnurstracks zu *McDonald's* gegangen. Bei der Vorstellung, es könnte mich jemand dort erkennen, musste ich grinsen. Schlimmer als ein Priester im Bordell. Aber um die Uhrzeit war der Laden leer, und die zwei Doppel-Cheeseburger habe ich auf einer Bank im Park mit einem *Astra* runtergespült. Noch nie besser gegessen. So, damit kannst du mich bis an mein Lebensende erpressen.

Glücklich und pappsatt: S.

Dienstag, 26. April

07:03 Uhr, Theresa per WhatsApp: Glückwunsch zu deinem Erfolg, an dem ich leider nicht teilnehmen kann. Ich bin gestern extra zur Tanke gefahren, um mir dein Triumph-Heft zu holen. Tankwart: »Boote? Dit is doch dieses Yacht-

Magazin. Dit fühnma nich.« Okay ... Eure Yachtzeitung ist hier leider nicht erhältlich. Macht nichts. Steht wahrscheinlich eh wieder nichts über Landwirte drin. Und nichts über Leute, die mit dem Auto zur Arbeit müssen und aus Angst vor den steigenden Spritpreisen schlecht schlafen. Statt eures Hefts habe ich Basti und den Jungs eine Riesentüte Donuts mitgebracht. Große Freude. Basti drückte mich ganz fest. »Wie schön, Tessa. Endlich wirst du wieder normal!« Wie jetzt? Wegen Donuts? Manchmal verstehe ich überhaupt nichts mehr.

Mittwoch, 27. April

15:01 Uhr, Stefan per WhatsApp: Wir drucken nach! Die ersten 500.000 sind so gut wie weg. Nach nur drei Tagen! Berichterstattung über die Ausgabe und den Verkaufserfolg in fast allen Medien, das kurbelt noch mal an. Hier knallen die Korken so laut, man müsste es eigentlich bis Brandenburg hören.

Freitag, 29. April

10:44 Uhr, Stefan per WhatsApp: Sitze in der Konferenz. Sota: Wir drucken ein zweites Mal nach. Noch einmal 150.000 für Online-Nachbesteller*innen und Auslandsleser*innen, parallel zur neuen Ausgabe. Hochstimmung unter den Jüngeren. Beleidigtes Schweigen bei allen, die gegen die Klima-Ausgabe agitiert haben. Außerdem sind wir morgen in der NEW YORK TIMES. Mehr geht eigentlich nicht.

Sonntag, 1. Mai

11:17 Uhr, Stefan per WhatsApp: Hey! Lebst du noch? Alles Gute zum Tag der Arbeit.

11:52 Uhr, Stefan per WhatsApp: Wir haben gestern noch unseren finalen Ritterschlag erhalten: André Hennen himself hat gestern in seinem TV-Journal einen Dreiminüter zu unserer Ausgabe gebracht. Tenor: »Die Deutschen brauchen alles mit der Keule, sogar die Vernunft – der BOTE schlägt erbarmungslos zu.« Guter Mann.

18:01 Uhr, Stefan per WhatsApp: Huhu! Sag doch mal was!

18:58 Uhr, Theresa per WhatsApp: Oh Mann, Stefan. Was soll ich denn sagen? Dass du ein Held bist? Dass dein Heft den Klimawandel gestoppt hat? Einen Popanz wie André Hennen gucke ich nicht. Wenn Deutschland einen Chefsatiriker braucht, der mit selbstgebastelten Vernunft-Keulen um sich schlägt – bitte sehr. Ich brauche ihn nicht. Du bist mein Freund, aber du nervst.

Montag, 2. Mai

14:22 Uhr, Stefan per WhatsApp: Ich bin ganz sicher kein Held. Aber du scheinst auf WhatsApp immer mehr zur Antiheldin zu werden, die um jeden Preis Krawall braucht. Was auch immer ich dir schreibe – du meckerst mich an. Scroll mal bis Februar zurück! Erkennst du das Muster? Die Mails von dir sind meistens schön zu lesen. Da hast du offenbar genug Ruhe zum Nachdenken. Kann es sein, dass du ’ne WhatsApp-Behinderung hast?

14:44 Uhr, Theresa per WhatsApp: WhatsApp-Behinderung? Sicher, dass man das sagen darf?

20:20 Uhr, Stefan per WhatsApp: Bin gerade im Kino, deshalb nur kurz: Unser Land kann verdammt froh sein, einen linken Satiriker wie Hennen zu haben. Der Mann ist kreativ und subversiv wie kein anderer. Kennst du die Rubrik *Penis am Pranger*? Da klagt er wöchentlich einen Mann an, der wegen toxischer Männlichkeit aufgefallen ist. Neulich sagte ein Kollege zu mir: »Früher waren die Frauen auf unseren Partys Freiwild. Heute traut sich kaum noch einer, ein Kompliment zu machen, weil jeder Angst hat, der nächste Penis zu sein, der am Pranger steht.« Das ist Satire in Aktion. Witz mit Wirkung.

Dienstag, 3. Mai

04:05 Uhr, Theresa per WhatsApp: Ich habe kein Problem damit, wenn ihr alten weißen Penisse euch gegenseitig an den Pranger stellt. Früher habt ihr euch mit Peitschen den Rücken gegeißelt – auch okay. Aber lasst bitte die Vernunft in Ruhe!

09:30 Uhr, Stefan per WhatsApp: In Sachen Vernunft hast du keine Expertise. Du klammerst dich an einen Milchhof, der ohne Ende CO_2 produziert und so gut wie pleite ist!

12:02 Uhr, Theresa per WhatsApp: Ah guck, da kommt das Stefan-Arschloch wieder raus. Wenn jemand anderer Meinung ist, gleich mal draufdreschen. Am besten direkt persönlich werden. Das hast du mit deinem Hennen-Helden gemeinsam.

12:38 Uhr, Stefan per WhatsApp: Guck dir mal diesen Link an: https://www.mediathek.de/comedy/hennen-journal-mit-andre-hennen/videos/dreadlocks-deutsche-musiker-kulturelle-aneignung056-100.html

12:42 Uhr, Stefan per WhatsApp: Hennen fordert deutsche Musiker*innen wie Ashley Sucks auf, ihre Dreadlocks abzuschneiden. Sie haben sich afrikanisches Kulturgut angeeignet und scheffeln damit Kohle. So geht Aktivismus.

18:12 Uhr, Theresa per WhatsApp: Oh Gott. Ich dachte erst, das sei ein Witz. Da sollen Künstler durch Drohungen erpresst werden, ihre Frisuren zu ändern? Unfassbar. Es gibt Leute, die erleben ungeheure Lust dabei, anderen zu sagen, was sie tun oder lassen sollen. Ganz altes Muster. Hat in der Geschichte nie zum Guten geführt. Wie bedrückend, dass es jetzt wieder ein Narrativ gibt, das das begünstigt.

18:21 Uhr, Stefan per WhatsApp: Klar wird hier Leuten gesagt, was sie tun und lassen sollen. Weil ihr Handeln anmaßend und verletzend ist. Warum muss ein/e biodeutsche/r Sänger*in Dreadlocks tragen? Was nimmt man diesen Menschen weg, wenn man sie auffordert, das zu unterlassen? Warum kann man bestimmte Grenzen nicht akzeptieren, sondern muss sie unbedingt überschreiten? Ashley Sucks hat jedenfalls heute auf Twitter eine Entschuldigung gepostet. Sie wird sich die Haare abrasieren. Offenkundig fühlt sie sich schuldig.

18:49 Uhr, Theresa per WhatsApp: Oder sie hat einfach nur Angst. Vor euch.

18:52 Uhr, Theresa per WhatsApp: Du schimpfst dich doch Kulturredakteur. Wie kannst du da kulturelle Vermischung für Teufelszeug halten? Ist dir klar, dass Kulturen lebendige Organismen sind, die sich gegenseitig beeinflussen und inspirieren? Dürfen wir bald keine Fremdsprachen mehr lernen, weil das kulturelle Aneignung wäre? Oder keine Pizza mehr essen, es sei denn, sie stammt von einem deutschen Pizzabäcker und heißt »germanischer Fladen mit variablem Belag«?

18:55 Uhr, Stefan per WhatsApp: Du verstehst es einfach nicht. Es geht um Symbole, die Minderheiten gehören. Es geht darum, kulturelle Identität zu schützen. Iss Pizza so viel du willst, wenn das deine große Sorge ist.

18:57 Uhr, Theresa per WhatsApp: Ich gebe diesem Land noch zwei Jahre, dann wird das »Pizza-Verbot für Biodeutsche« diskutiert. Und ich maile dir dann jeden bekloppten Artikel dazu.

18:58 Uhr, Stefan per WhatsApp: Tu das. Und sieh es doch mal so: Heute bleibt unüberlegtes oder verwerfliches Handeln nicht mehr ohne Konsequenzen. Weil das Internet Macht demokratisiert. Hennen ist das beste Beispiel. Er hat sich Millionen von Follower*innen erarbeitet. Jetzt nutzt er seine Macht und zeigt Menschen die Grenzen ihrer Ignoranz.

Mittwoch, 4. Mai

06:11 Uhr, Theresa per WhatsApp: Ich halte nichts von Selbstjustiz. Demokratie ist nicht, wenn der mit den meisten Followern die Regeln macht. Im Gegenteil.

09:33 Uhr, Stefan per WhatsApp: Social Media ist wichtig. Sieht man besser denn je an der Ukraine. Großartig, wie Selenskyj weltweit mobilisiert.

09:42 Uhr, Theresa per WhatsApp: Das ist sein gutes Recht. Aber eure Kriegsbegeisterung ist abstoßend.

09:58 Uhr, Stefan per WhatsApp: Begeisterung? Spinnst du jetzt total?

10:05 Uhr, Theresa per WhatsApp: Du und deine Freunde, ihr stürzt euch doch euphorisch in den medialen Feldzug. Auf den Titelseiten wieder Helden in Uniform. Fühlt sich toll an, oder? Zwanzig Jahre lang die eigene Männlichkeit abgeschafft, und jetzt wieder im Gleichschritt, marsch! So viel zum Thema toxisch. Und wer sind die wenigen, die zur Vernunft mahnen? Frauen und Männer über siebzig. Kein Zufall, glaub mir.

10:33 Uhr, Stefan per WhatsApp: Ich weiß nicht, was ich dazu sagen soll. Der Grad deiner Verblendung ist echt Pathologie.

10:34 Uhr, Stefan per WhatsApp: pathologisch

12:49 Uhr, Theresa per WhatsApp: Mist. Hier liegt ein totes Wildschwein. Wenn ich das melde, sperren sie uns die ganze Ernte. Wegen Verdachts auf Schweinepest. Verflucht.

13:33 Uhr, Stefan per WhatsApp: Dir wäre es wahrscheinlich am liebsten, wenn die Ukraine kapituliert. Weiße Flagge hoch, Fall erledigt. Damit alles weitergehen kann wie zuvor. Ist ja dein größtes Anliegen.

13:40 Uhr, Theresa per WhatsApp: Ich hab nicht gesagt, dass irgendwer kapitulieren muss. Ich habe nur gesagt, dass du deinen selbstgerechten Eifer mal hinterfragen solltest. Auf allen Ebenen.

14:02 Uhr, Theresa per WhatsApp: Hab Christian angerufen. Er kommt gleich her. Er will die Sau verbuddeln, damit ich mir nicht die Hände schmutzig mache. Im wahrsten und im übertragenen Sinn des Wortes. Christian ist der feinste Mensch, den ich kenne. AfD-Wähler, übrigens. Er wäre wahrscheinlich auch dafür, Dreadlocks zu verbieten. Aber aus anderen Gründen.

14:07 Uhr, Stefan per WhatsApp: Ganz ehrlich, Theresa – der feinste Mensch, den du kennst, wählt die Nazis. Wow. Na, dann wundert mich gar nichts mehr in Brandenburg. Ich erkenne dich nicht mehr wieder. Das fühlt sich beschissen an.

15:13 Uhr, Theresa per WhatsApp: Ich glaube, du erkennst dich eher selbst nicht wieder. Vor zwanzig Jahren wärest du entsetzt gewesen über die Vorstellung, dass Deutschland schwere Waffen in ein Kriegsgebiet liefern könnte und das auch noch bejubelt wird.

19:23 Uhr, Theresa per E-Mail:

Lieber Stefan,

ich melde mich kurz aus dem Büro. Die Sau ist verscharrt. Hoffentlich liegen nicht weitere tote Schweine herum. Wenn sie uns wegen Schweinepest die Ernte verbieten – ich weiß nicht, was dann werden soll. Aber wir wollen jetzt erst einmal nicht vom Schlimmsten ausgehen. Eva ist gut vernetzt, sie sagt, sie kennt auch einen Rechtsanwalt.
Aber ich wollte dir etwas anderes sagen. Ich weiß, wir haben es schon ein paarmal versucht und sind immer wieder rückfällig geworden. Trotzdem, ganz im Ernst: Ich bin dafür, dass wir keine WhatsApp mehr schreiben. Ich mag dich nicht, wenn du irgendeinen Mist aus dem Internet fischst und mir schickst, als würde das irgendetwas beweisen. Und ich mag mich selbst nicht, wenn ich dir erzähle, dass Christian AfD wählt (was leider stimmt), nur um dich zu ärgern. Er ist trotzdem ein feiner Mensch. Das wirst du niemals verstehen, und deshalb sollten wir über so etwas gar nicht sprechen. Jedenfalls nicht auf WhatsApp.
Deal?

Theresa

Donnerstag, 5. Mai

10:01 Uhr, Stefan per E-Mail:

Konferenz. Melde mich später. S.

23:14 Uhr, Stefan per E-Mail:

Hallo Theresa,

so machen wir es. Keine WhatsApp mehr. Und vor allem: keine Politik. Hab gerade überhaupt keine Zeit, aber wollte dir sagen: Deal!
Ich will dich nicht verlieren.

Glückwunsch zur Sau-Bestattung und Grüße aus Hamburg,
Stefan

Freitag, 6. Mai

22:55 Uhr, Theresa per E-Mail:

Scheiße, Stefan,

vorhin stand ich vor dem Spiegel im Badezimmer. Er ist ziemlich groß, ein Überbleibsel aus einer Zeit, als ich noch dachte, große Spiegel machten glücklich. Weißt du, was ich festgestellt habe? Ich sehe furchtbar aus. Keine Engelslocken, sondern eher eine verfilzte Matte. Braune Striemen an der Stirn, wo ich mir den Schweiß abgewischt habe. Kann mich nicht erinnern, wann ich mich zuletzt geschminkt habe. Geschweige denn, eine Frisur gemacht. Morgens binde ich mir die Haare im Nacken zusammen, gern auch mit einem dicken Haushaltsgummi, wenn auf die Schnelle nichts anderes zur Hand ist. Wenn ich aus dem Haus gehe, steige ich in die Gummistiefel, weil man sich nicht bücken muss, um sie anzuziehen.
Während ich mich im Spiegel anschaute, dachte ich an Basti mit seinem trainierten Körper, den hellen Hemden und sau-

beren Jeans. Er duscht immer sofort und zieht sich um, wenn er aus der Werkstatt nach Hause kommt. Dann liegt der leichte Duft seines Duschgels in allen Räumen. Wahrscheinlich wird er im Autohaus täglich von schicken Kundinnen angebaggert. Und lebt trotzdem mit mir zusammen. Warum eigentlich? Ich stinke. Je länger ich in den Spiegel blickte, desto klarer wurde mir, was los ist. Ich bin überhaupt keine richtige Frau. Ich habe die gleichen Augen wie mein Vater. Leicht gerötet, geschwollene Tränensäcke, verwaschenes Grüngrau. Als Kind haben mich seine Augen traurig gemacht. Ich wollte, dass sie lächeln und strahlen, aber das taten sie nicht, und ich konnte es nicht ändern. Auch wenn ich mir Mühe gab, ein schönes Bild für ihn malte oder auf dem Hof half – diese Augen haben durch mich hindurchgesehen. Jetzt sitzen sie in meinem Gesicht. Ob meine Jungs die gleiche Traurigkeit spüren, wenn sie in meine müden Augen blicken? Sehe ich auch durch sie hindurch?

Vor dem Badezimmerspiegel begriff ich plötzlich, was ich zu tun habe. Ich muss aufhören. Alles hinschmeißen. Die Kühe aufgeben, den Leuten kündigen, verkaufen, was noch zu verkaufen ist. Woanders hingehen, vielleicht nach Portugal, und neu anfangen. Basti mit einer schicken E-Auto-Werkstatt, ich mit einer Korkeichen-Zucht. Jonas und Phil werden um zwölf Uhr aus der Schule kommen, und ich werde den Nachmittag mit ihnen verbringen. Nachts werde ich nicht arbeiten, sondern schlafen, und die Vater-Augen werden aus meinem Gesicht verschwinden.

Auf einmal sagte jemand: Theresa?

Ich zuckte zusammen, als hätte man mich bei etwas Verbotenem ertappt. Heimliches In-den-Spiegel-Schauen. Ich tat so, als wäre ich dabei, das Waschbecken auszuwischen. Basti lehnte im Türrahmen. Er lächelte mich an. Er sah gut

aus, wie immer eigentlich. Er hatte die Kinder ins Bett gebracht. Ich wollte mit ihm schlafen, auf der Stelle. Hier auf der Bodematte. Vielleicht vorher schnell duschen.
Aber Basti sagte, dass wir uns jetzt wirklich mal um die Sommerferien kümmern müssten. Er habe etwas rausgesucht, an der Müritz, zehn Tage Ferienhaus mit Strandnähe, supergut für die Kinder.
Die Scheißferien. Warum fing er schon wieder damit an. Als ob es nichts Wichtigeres gäbe. Ich hörte mich reden. Ich sagte nicht, dass wir den Hof verkaufen und nach Portugal gehen sollten. Sondern, dass ich nicht wegkönne, nicht mal an die Müritz, nicht für zehn Tage, nicht für zwei Tage, vielleicht nächstes Jahr, irgendwann.
Als Basti antwortete, klang seine Stimme gefährlich ruhig. Er fragte: Wann wolltest du es mir sagen? Ich: Was denn? Er: Dass du dich gegen den Mais entschieden hast.
Klar. Er hat es die ganze Zeit gewusst. Er ist ja nicht blöd. Vielleicht hat er auch mit jemandem geredet. Mit Christian oder Britta oder Denis. Egal.
Ich sagte trotzig: Du weißt es doch eh schon.
Er: Ich dachte, wir sind ein Team.
Und haute einfach ab. Ich hörte, wie die Schlafzimmertür zuknallte. Das macht er immer, wenn er wütend ist. Sich verdrücken. Vielleicht hat er Angst, dass er mir sonst eine runterhaut.
Ich bin dann duschen gegangen und habe zumindest schon mal die Sache mit den Haaren in Angriff genommen. Waschen, Haarkur, danach auskämmen und fönen, bis sich die Locken über die Schultern ringelten. Sogar ein bisschen Make-up habe ich aufgelegt. Ich habe mir den Kimono angezogen, den Basti mir vor Jahren geschenkt hat und den ich eigentlich nie trage, weil er so kitschig ist, schwarz mit Asia-Aufdruck. Total rührend irgendwie. Möglichst ver-

führerisch habe ich an die Schlafzimmertür geklopft. Dann deutlicher. Keine Antwort. Ich schlug mit der Faust gegen die Tür. Ich dachte, sie klemmt. Aber sie war abgeschlossen. Von innen. Ich stand da in meinem Kimono wie der größte Idiot des Universums.
So etwas hat Basti noch nie gemacht. Manchmal streiten wir heftig, inklusive anbrüllen und Gegenstände werfen, ganz klassisch. Einmal habe ich ihn mit der Anselm-Kristlein-Trilogie geschlagen. Meistens haut er irgendwann ab, kommt dann wieder, und wir versöhnen uns. Aber mich aussperren? Ich habe noch eine Weile geklopft und gerufen. Keine Antwort. Dann bin ich ins Arbeitszimmer gegangen, um dir zu schreiben.
Obwohl du manchmal so gemein zu mir bist – ich musste dir das jetzt einfach erzählen. Vielleicht, weil wir uns schon so lange kennen. Oder weil ich schlicht niemanden sonst habe, mit dem ich reden kann. Ich habe immer noch diesen bescheuerten Kimono an. Du würdest dich totlachen, wenn du mich sehen könntest, mit Fönfrisur und Lippenstift. Mir ist klar, dass ich mich bei Basti entschuldigen muss. Ich hätte längst mit ihm reden sollen. Mir fehlte einfach die Kraft. Ich bin so müde. Eine Sorte Müdigkeit, die sich wie eine Krankheit anfühlt. Ich lege mich jetzt auf die Couch.

Nacht, T.

Samstag, 7. Mai

10:18 Uhr, Stefan per E-Mail:

Oh Mann, Theresa,

das tut mir wahnsinnig leid. Ich kann mir vorstellen, wie's dir jetzt geht. Ich weiß, was es heißt, sich allein zu fühlen. Soll ich dir etwas Absurdes verraten? Beim Lesen deiner Mail dachte ich: Wenigstens hat sie jemanden, der sie aus dem Schlafzimmer aussperrt. Für eine Sekunde war ich neidisch auf euren Ehekrach. Aber das ist natürlich Schwachsinn, und ich will auch gar nicht von mir reden. Genauso wenig kann ich dir etwas raten oder das Ganze irgendwie bewerten. Nur eins kann ich dir definitiv sagen: Selbstverständlich bist du eine Frau! Mindestens eine!
Das mag jetzt alles verdammt kitschig klingen, aber ich meine jedes Wort: Du bist eine Naturschönheit. Bezaubernd in jeder Lebenslage. Auch wenn du stinkst, Gummistiefel trägst und Augenringe wie Traktorreifen hast. Du brauchst weder Make-up noch Föhnfrisur. Wer dich im Kimono aus seinem Schlafzimmer aussperrt, ist der größte Idiot der Prignitz. Denk daran, wenn du beim nächsten Mal in den Spiegel schaust.
Das musste jetzt mal sein.

Dein Stefan

Sonntag, 8. Mai

07:05 Uhr, Theresa per E-Mail:

Wow, Stefan,

hab gerade erst deine Mail gefunden. Das ist wahrscheinlich der netteste Brief, den ich jemals bekommen habe. Wenn du mich sehen könntest – ich bin beim Lesen buchstäblich rot geworden. Ich geb's gern zu: Genau das habe ich gebraucht. Genau das wollte ich hören. Und das Beste ist, dass es nicht mal klingt, als wolltest du mich trösten. Es klingt, als würdest du meinen, was du sagst. Mag sein, dass das deiner Schreibkunst geschuldet ist. Mir egal. Es geht runter wie Öl.
Du kannst echt ein toller Freund sein, wenn du willst. Weißt du, was ich mache? Es ist Sonntag, sieben Uhr früh. Ich tu mal so, als wäre ich eine ganz normale Frau und fahre nicht vor dem Frühstück noch schnell zu meinen Kühen. Stattdessen mache ich Kaffee und Aufbackbrötchen, klopfe ganz leise, ohne die Kinder zu wecken, an die Schlafzimmertür und zeige Basti, dass ich die weltbeste Ehefrau bin. Trotz Kuhgestank und Tränensäcken.

Danke! Theresa

08:21 Uhr, Theresa per WhatsApp: Hm, das war so lala. Basti hat mich reingelassen und den Kaffee getrunken und gesagt, dass wir später reden. Er sah ernst aus. Die Aufbackbrötchen wollte er nicht und auch sonst nichts. Na ja. Ich fahre jetzt doch noch zur Arbeit.

12:17 Uhr, Stefan per E-Mail:

Hallo Theresa,

ich habe vorhin deine lange Mail noch mal gelesen. Die mit dem Badezimmerspiegel und der Schlafzimmertür. Danach saß ich hier mit meinem neuen MacBook in meiner renovierten Altbauwohnung in der offenen Bulthaup-Küche an der Frühstücksbar, trank einen Fair-Trade-Kaffee aus meiner sündhaft teuren Siebträger-Maschine, und plötzlich dröhnte mir die Stille dermaßen in den Ohren, dass ich schon dachte: Das ist jetzt der planmäßige Hörsturz mit Mitte vierzig. Aber es war kein Hörsturz. Ich habe mir einfach nur vorgestellt, irgendjemand hätte sich im Schlafzimmer eingeschlossen, weil er sauer auf mich ist. Oder im Gästezimmer würde ein Baby schreien, und jemand würde genervt an mir vorbeilaufen und sagen: Du bist dran mit Wickeln, du fauler Sack. Ein Alptraum. Dachte ich immer. Vielleicht lag ich falsch. Vielleicht ist in Wahrheit das Dröhnen der Alptraum, vielleicht wird es immer lauter, je älter man wird.
Aber, scheiße, was soll ich machen. Ich arbeite nun mal viel, und ich arbeite gern. Manchmal denke ich, es wird immer schwieriger, jemanden zu finden, der zu einem passt, je älter man wird. Ich hasse Staub auf den Blättern meiner Zimmerpflanzen, hochgeklappte Toilettendeckel, Reinquatschen in die *Tagesschau* und das Wegwerfen jeglicher Nahrungsmittel, die man noch irgendwie verwerten könnte – gibt es da draußen Frauen, die mit so einem Freak leben könnten? Und wie ist es umgekehrt – würde ich mich heute noch mal in Renée verlieben, wenn ich sie neu träfe? Sie ist eine umwerfende Frau, temperamentvoll, extravagant, voller Humor und Lebensfreude, aber sie existiert für ihre Kunst, und ihr Mann wird immer gezwungen sein, sich

ihren Plänen anzupassen, erst recht, wenn sie ein Kind bekommt. Natürlich hätte ich alles hinschmeißen und bei ihr in Rom bleiben können. Ich hätte nicht einmal arbeiten müssen, Renée verdient mit ihren Projekten genug für drei. Aber wären wir damit glücklich geworden? Keine Ahnung. Trauert jemand um mich, wenn ich mal nicht mehr da bin? Wahrscheinlich sind das die falschen Fragen. Wahrscheinlich habe ich Renée einfach nicht genug geliebt, sonst wäre ich bei ihr geblieben, ohne zu überlegen.
Also warte ich wohl noch auf meine Märchenprinzessin. Bis dahin sorge ich am besten weiter dafür, dass ich genug zu tun habe, um das Dröhnen nicht zu hören.

Dein leicht bedröhnter S.

Montag, 9. Mai

10:01 Uhr, Theresa per E-Mail:

Lieber Stefan,

deine Single-Melancholie ist verständlich, schließlich wirst du auch nicht jünger. Allerdings würde ich mal darüber nachdenken, ob man mit 46 noch auf die große Liebe warten sollte. Das ist eher eine Idee für Fünfzehnjährige. Wahre Liebe besteht aus Entschlossenheit, Absprachen und Loyalität. Liebe ist kein Konsumartikel, den man nur anschafft, wenn das Preis-Leistungs-Verhältnis stimmt. Man muss sich für jemanden entscheiden und zu ihm halten. Oder man lässt es sein und freut sich an der Freiheit. Momentan würde ich sagen: Genieß doch einfach die Ruhe. Vielleicht ist das Dröhnen die bessere Wahl.

Gestern Abend wollte Basti mit mir reden. Anscheinend habe ich jetzt lange genug auf der Couch geschlafen. Wir haben Jonas und Phil nach dem Abendessen vor den Fernseher gesetzt und sind eine Runde spazieren gegangen. Eigentlich war es kein Gespräch, sondern eher die Präsentation eines Konzepts, das sich Basti überlegt hat. Er räumt mir bis Ende des Jahres Zeit ein, um meine Angelegenheiten zu regeln. Danach heißt es »hopp oder topp«, wobei ich weder weiß, was »hopp«, noch was »topp« bedeuten soll. Diesen Sommer wird er allein mit den Kindern verreisen, und ansonsten habe ich vier Mal pro Woche zum Abendessen am Tisch zu sitzen. Den Rest der Runde gingen wir schweigend. Als ich meinen Arm unter seinen schob, hat er mich nicht abgewehrt, aber es fühlte sich ein bisschen an, als hielte ich mich an einem Gegenstand fest.
Ich bin nicht wütend auf Basti. Ich finde es rührend, dass er einen Weg sucht, um weiter mit mir zusammen zu sein, auch wenn das alles ein wenig ruppig rüberkommt. Aber ich bin wütend auf eine Welt, in der es ein Riesenproblem darstellt, wenn eine Frau mit dem Überleben ihrer Firma beschäftigt ist. Ich weiß, dass Basti glaubt, ich würde nur an mich selbst denken. Aber das Gegenteil ist der Fall. Ich denke ständig an ihn und die Jungs. Ich fühle mich die ganze Zeit schuldig. Wenn ich ein Mann wäre und Basti die Frau, hätte ich vermutlich nicht den Hauch eines schlechten Gewissens. Ich würde rausgehen und meinen Kampf kämpfen und mich wie ein echter Kerl fühlen. Die Basti-Frau würde mir manchmal Vorwürfe machen, aber in Wahrheit wäre sie stolz auf mich. Das wünsche ich mir: Stolz statt Schuldgefühle. Darum könntet ihr Schreibtisch-Feministen euch doch mal kümmern.
Wie wäre es, wenn wir mal tauschen? Ich sitze in deiner Bulthaup-Küche und trinke guten Rotwein, und du war-

test auf Basti im Kimono. Danach sprechen wir uns wieder.

Theresa

21:53 Uhr, Stefan per E-Mail:

Hey,

ich bin heute nach der Arbeit noch mit dem Fahrrad unterwegs gewesen, ganz spontan, an der Außenalster entlang. Dabei bin ich an unserer Bank vorbeigekommen und habe mich gefragt, ob wir beide jetzt auch noch so viel Kontakt hätten, wenn das Treffen im Februar total harmonisch verlaufen wäre. Ich glaube fast: nein. Kann es sein, dass diese ganzen zeitgeistigen Konflikte, die überall brodeln, auch ihr Gutes haben? Immerhin halten sie uns zusammen. Jahrhundertealte Probleme werden endlich schonungslos ausdiskutiert. Vielleicht müssen wir das tun. Vielleicht ist es die Aufgabe unserer Generation. Eine ganz charmante Theorie, oder?
Eventuell versuche ich auch nur, ein bisschen was fürs Karma zu tun, nachdem ich heute Nachmittag eine ziemliche Überraschung erlebt habe. Ich hatte einen längeren Zoom-Call mit Carla wegen einer geplanten Veranstaltung in Berlin, und als wir mit dem Thema durch waren, sagte sie plötzlich: »Ich will dir übrigens noch eine neue Online-Redakteurin vorstellen, eine alte Bekannte, du wirst dich bestimmt freuen.«
Und plötzlich erschien Leonies Gesicht bildschirmfüllend auf meinem Rechner. Ich habe mich so erschrocken, dass ich fast meinen Chai Latte über die Tastatur gekippt hätte. Am liebsten hätte ich sofort den Stecker gezogen.
Leonie: Hey, Steffy, schön dich zu sehen. Alles optimal?

War doch mega, unsere Ausgabe!
Ich: In der Tat. Die Ausgabe war ein schöner Erfolg.
Leonie: Voll nice, Redakteurin zu sein. Vielleicht arbeiten wir beide ja auch mal wieder zusammen.
Ich: Wow.
Leonie: Weißt du, warum Carla mich geholt hat? Damit der BOTE so richtig green wird!
Ich: Klar. Du bist ja auch ein Greenhorn.
Und dann war sie schon wieder verschwunden. Während Carlas lachendes Gesicht wieder erschien und wir noch ein bisschen plauderten, fragte ich mich, warum sie das getan hat. Sie weiß genau, wie Leonie und Justin sich hier aufgeführt haben. Sie weiß auch, dass ich mit Leonie massiv aneinandergeraten bin. Und an fachlichen Kriterien kann es wohl kaum gelegen haben. Bestimmt hat sie die Personalie nicht mit Sota abgeklärt. Formell muss sie das auch nicht – die Berliner treffen ihre Personalentscheidungen selbst. Aber irgendwie fühlt sich das Manöver bedrohlich an. Wie unerwartete Truppenbewegungen. Entschuldige den Vergleich.
Vielleicht sollte ich noch eine weitere Runde an der Alster fahren. Oder ich übe schon einmal mit dem Kimono.

Stefan

Dienstag, 17. Mai

09:11 Uhr, Stefan per WhatsApp: Gerade entdeckt: »Wer die Ukraine nicht unterstützt, zwingt sie zur Kapitulation« – von Balthasar Taylor. Tolle Analyse von US-amerikanischem Politikbeobachter im WEEKLY. Dringend lesen!

09:49 Uhr, Theresa per WhatsApp: Erst höre ich eine Woche nichts von dir, und dann schickst du mir so etwas? Was soll das, Stefan?

09:53 Uhr, Theresa per WhatsApp: Glaubst du, die AfD-Wählerin aus Brandenburg muss noch ein bisschen auf Kurs gebracht werden?

10:03 Uhr, Theresa per WhatsApp: Mich regt das auf. Nicht der Essay (der übrigens ziemlich schlecht ist), sondern die Tatsache, dass du ihn mir schickst.

10:55 Uhr, Stefan per WhatsApp: Diese Nachricht wurde gelöscht

11:01 Uhr, Stefan per WhatsApp: Diese Nachricht wurde gelöscht

11:24 Uhr, Theresa per WhatsApp: Was soll das jetzt, bitte? Wieso löschst du deine eigenen Nachrichten? Wenn du mir etwas sagen willst, dann sag es gefälligst!

11:36 Uhr, Stefan per WhatsApp: Das bringt nichts.

12:25 Uhr, Theresa per WhatsApp: Was bringt nichts? Mit mir über die Ukraine zu reden?

12:36 Uhr, Stefan per WhatsApp: Wir hatten doch beschlossen, keine WhatsApp mehr zu schicken.

12:45 Uhr, Theresa per WhatsApp: Hä? Du hast doch angefangen!

12:56 Uhr, Stefan per WhatsApp: Mann, die Nachricht war gar nicht für dich. Das war ein Versehen. Reg dich ab.

13:40 Uhr, Theresa per WhatsApp: Gott, und das war jetzt so schwierig? Zu sagen, dass es ein Versehen war? Für jemanden, der so viel Bock auf Krieg hat, besitzt du ziemlich wenig Rückgrat. Ich dachte, ihr wollt jetzt alle wieder echte Männer werden.

13:42 Uhr, Stefan per WhatsApp: Das klingt ziemlich schlimm, Theresa. Dein Männerbild hängt definitiv im Museum. Für mittelalterliche Geschichte.

14:51 Uhr, Theresa per WhatsApp: Haha, und du benennst es dann um in »Personenbild«.

15:29 Uhr, Stefan per WhatsApp: Ich glaube, dir fehlt einfach der Horizont für solche Diskussionen. Ukraine, Gender-Problematik, Klima, Rassismus – du bist zu lange raus. Ich beschäftige mich beruflich mit diesen Themen. Du nicht. Wie soll da ein Gespräch auf Augenhöhe gelingen?

15:44 Uhr, Theresa per WhatsApp: Genau so geht das: Sprecherposition entziehen. Ich bin dann eben einfach zu dumm, um mit dir zu reden. Genau wie alle anderen, die etwas sagen, das dir und deinen Leuten nicht passt. Die werden denunziert oder zu öffentlichen Entschuldigungen oder sogar zum Rücktritt gezwungen. So breitet die Cancel Culture sich aus.

15:49 Uhr, Stefan per WhatsApp: Es gibt keine Cancel Culture, verdammt noch mal!! Alle dürfen mitreden. Aber wenn sie Schwachsinn erzählen, darf man es ihnen auch sagen.

16:51 Uhr, Theresa per WhatsApp: Jeder darf mitreden, solange er das sagt, was du hören willst. Wie sagtest du so schön? Ein Gespräch mit Klima-Leugnern, Corona-Leugnern oder Putin-Verstehern hat keinen Sinn. Und du entscheidest, wer zu welcher Gruppe gehört.

16:54 Uhr, Stefan per WhatsApp: Ich benutze das Wort Putin-Versteher*in nicht leichtfertig. Das Wort Idiot*in schon eher.

16:59 Uhr, Stefan per WhatsApp: Deine Ignoranz gegenüber Veränderungen ist wirklich atemberaubend. Ich glaube, du würdest am liebsten noch in den Neunzigern leben. Ohne Klimawandel, ohne Putin, ohne Corona. Weißt du was? Das würde ich auch am liebsten. Aber es ist unmöglich. Ich stelle mich den Herausforderungen.

17:03 Uhr, Theresa per WhatsApp: Du stellst dich überhaupt nicht. Du sitzt in deinem Glaskasten und erzählst anderen Leuten, was sie zu denken und zu fühlen haben. Du fühlst dich gnadenlos im Recht und merkst gar nicht, dass du nur um dich selbst kreist. Du produzierst Luftblasen und versuchst, dich darin zu Hause zu fühlen.

17:11 Uhr, Theresa per WhatsApp: Langsam durchschaue ich das psychologische Muster. Nicht mein Männerbild hängt im Museum, sondern deine Männlichkeit. Du hast dich einfach selbst abgeschafft, bevor es die anderen tun. Jetzt hast du zwar keine Eier mehr, kannst dich aber brüsten, auf der richtigen Seite zu stehen.

17:53 Uhr, Stefan per WhatsApp: Ziemlicher Eiersalat! Eben war ich noch ein toxischer Kriegsheld. Jetzt bin ich ein

Kastrat. Irgendwie musst du ziemlich viel über Eier sprechen. Vielleicht hättest du selbst gern welche. Wahrscheinlich betest du deshalb die überkommenen Positionen der alten weißen Männer an und bist dabei so progressiv wie ein Dieselmotor.

18:11 Uhr, Theresa per WhatsApp: Lass mich doch in Ruhe. Ich habe überhaupt keine Zeit für deinen Unsinn. Bin seit heute früh beim Heumachen. Das Zeug muss runter, bevor es komplett vertrocknet. Am besten, du hältst dich ab jetzt an unsere WhatsApp-Regel und passt auf, dass dir keine weiteren »Versehen« unterlaufen.

18:20 Uhr, Theresa per WhatsApp: Aber eins noch, Stevie: Besser eine Frau mit Penisneid als ein Waschlappen mit Heldenphantasien. Lass dir gesagt sein: Du bist kein Held. Du bist nicht mutig, nicht hart im Nehmen, du bist nicht einmal loyal. Du glaubst, dich durch Selbstverleugnung und Anbiederung beim Zeitgeist auf der moralisch richtigen Seite einkaufen zu können. Aber das ist ein Irrtum. Am Ende werden dich deine supermoralischen Freunde kannibalisieren. Denk an meine Worte.

18:58 Uhr, Stefan per WhatsApp: Danke für die Lehrstunde in Ramsch-Rhetorik. Deine Geistesverwirrung kommt wahrscheinlich vom Traktorfahren. Ich habe nie behauptet, mutig zu sein. Mutig sind Ukrainer*innen, die ihr Land gegen Putin verteidigen. Oder Schwarze, die in den USA gegen Polizeigewalt demonstrieren. Mutig sind linke Aktivist*innen, die in Brandenburg gegen deine braunen Freunde kämpfen.

19:02 Uhr, Stefan per WhatsApp: Dieser Nazi-Landstrich hat dich indoktriniert, Theresa! Du bist umgeben von geschichtsvergessenen Egoisten, frustrierten Alkoholikern und bildungsfernen Dorfdeppen, die vielleicht nette Nachbarn zum Biersaufen sind, die aber vom Erhalt der westlichen Demokratie so viel Ahnung haben wie ich von Melkmaschinen.

19:44 Uhr, Theresa per WhatsApp: Würdest du mich eigentlich auch derart beleidigen, meine Person, meine Freunde und gleich mein ganzes Bundesland, wenn ich schwarz wäre? Oder würde meine Identität dann mehr Respekt verdienen?

19:50 Uhr, Stefan per WhatsApp: Was soll das jetzt sein? Der Gipfel der kulturellen Aneignung? Opfer-Mimikry? Come on, Theresa. Mach dich nicht lächerlich.

19:54 Uhr, Theresa per WhatsApp: Du bist in Wahrheit rassistischer und sexistischer als jeder meiner Nachbarn. Du unterscheidest die Menschen nach Rasse und Geschlecht und hältst dich dabei auch noch für fortschrittlich. Massiver Realitätsverlust gepaart mit moralischer Hybris. Ich weiß gar nicht, wie ich damit umgehen soll, Stefan. Wenn ich dich gerade erst kennengelernt hätte, würde ich mich keine zehn Minuten mit dir abgeben. Ich würde dir einen Vogel zeigen und dich stehen lassen. Du bist so irrsinnig selbstgerecht.

20:36 Uhr, Stefan per WhatsApp: Seien wir ehrlich, Theresa: Wir hätten uns gar nicht erst kennengelernt. Drei Sätze über Politik aus deinem Mund, und ich wäre schreiend weggerannt.

20:50 Uhr, Theresa per WhatsApp: Weißt du was, dann renn doch! Am besten jetzt gleich. Du gehst mir den ganzen Tag mit deinem Scheiß auf die Nerven, ich kann nicht mehr. Lass mich einfach in Ruhe. Tu so, als hättest du mich niemals kennengelernt. Auf Nimmerwiedersehen.

20:57 Uhr, Stefan per WhatsApp: Du bist echt eine Soziopathin. Wenn du so weitermachst, hast du bald überhaupt keine Freunde mehr. Nur noch Kühe.

21:10 Uhr, Theresa per WhatsApp: Fuck off.

Mittwoch, 18. Mai

10:23 Uhr, Stefan per WhatsApp: Theresa. Sollen wir wirklich so weitermachen?

13:38 Uhr, Stefan per WhatsApp: Sag was. Komm.

14:01 Uhr, Theresa per WhatsApp: Nee. Sollen wir nicht.

14:02 Uhr, Stefan per WhatsApp: Find ich auch.

14:04 Uhr, Theresa per WhatsApp: Jetzt ist kurz nach vierzehn Uhr. Ich kann in drei Stunden ins Auto steigen. Bin dann gegen sieben in HH, und wir reden.

14:05 Uhr, Stefan per WhatsApp: Wow. Okay. Du bist krass.

14:21 Uhr, Stefan per WhatsApp: Außenalster?

14:27 Uhr, Theresa per WhatsApp: Yes.

17:52 Uhr, Theresa per WhatsApp: Bin auf der A24.

18:01 Uhr, Stefan per WhatsApp: Fahr vorsichtig!

19:35 Uhr, Theresa per WhatsApp: Bin in fünf Minuten da.

TEIL II

4. Juli bis 24. August

Montag, 4. Juli

21:53 Uhr, Theresa per E-Mail:

Lieber Stefan,

ich kann kaum glauben, dass ich mich wirklich gerade an den Rechner gesetzt habe, um dir zu schreiben. Nach sechs Wochen Funkstille. Glaub mir, das hatte ich nicht vor. Ich würde mich nicht melden, wenn ich einen anderen Rat wüsste. Wir wissen beide, dass es vorbei ist mit uns. So etwas wie diese unselige zweite Begegnung an der Außenalster will ich nie wieder erleben. Ich schließe noch immer die Augen und balle die Fäuste, wenn ich daran denke. Ich spüre die Peinlichkeit, als wäre das alles eben erst passiert. Manchmal frage ich mich, ob dieses Gefühl jemals wieder verschwindet. Oder ob die Scham zum festen Bestandteil meiner Existenz geworden ist. Wie eine Narbe, die man bis ans Lebensende sieht.
Offensichtlich liegt ein Fluch über uns. Seit wir uns wiedergetroffen haben, geht alles den Bach runter. Wir haben nicht nur unsere Freundschaft, sondern vermutlich auch noch meine Ehe auf dem Gewissen. Basti ist ausgezogen und hat die Kinder mitgenommen, gleich am nächsten Morgen, nachdem ich aus Hamburg zurückgekehrt war. Ich hatte ihm nur eine kurze SMS geschickt, als ich zu dir gefahren bin – dass ich spontan wegmuss und dass es spät werden wird. Offensichtlich war das ein Fehler. Ich wollte ihm gar nichts verschweigen. Ich hatte nur keine Lust auf lange Erklärungen. Natürlich weiß er von dir, dass du ein

alter Studienfreund bist und dass wir uns in letzter Zeit gelegentlich geschrieben haben. Vielleicht habe ich die Sache ein wenig heruntergespielt. Von unserem Hickhack habe ich nichts erzählt, das hätte er sowieso nicht verstanden. Ich versteh's ja selbst nicht. Zwei Menschen, die behaupten, einander zu mögen, machen sich gegenseitig auf WhatsApp fertig? Bekloppter geht's nicht.
Basti war noch wach, als ich gegen Mitternacht nach Hause kam. Er saß auf der Couch und hatte offensichtlich auf mich gewartet. Er fragte, wo ich gewesen sei, und als ich sagte: »Bei Stefan«, ist er sofort ausgerastet. Er wollte wissen, ob ich eine Affäre mit dir habe. Ich hätte sofort »nein« sagen sollen, in voller Überzeugung, aber nach dem, was an der Außenalster passiert ist, habe ich kurz gezögert. Ich habe eine Sekunde überlegt – und das war für Basti schon zu viel. Dazu meine verdreckten Haare und die Flecken im Gesicht. Ich hatte versucht, mich an einer Raststätte in Ordnung zu bringen, aber man sah es immer noch. Er schrie mich an, und weil ich mich schämte, habe ich rumgestammelt, dass ich zu dir gefahren sei, um etwas zu klären, und dass das Ganze dann irgendwie aus dem Ruder gelaufen sei, aber das machte alles nur noch schlimmer. Basti war plötzlich sicher, dass ich ihn betrüge. Und zwar mit dir. Er behauptete sogar, das würde schon länger so gehen. Als ob ich zwischen einem kaputten Traktor und der nächsten Kälbergeburt mal eben nach Hamburg fahren könnte, um mit dir in die Kiste zu springen. Aber jetzt hatte er eine Erklärung für alles, was in den letzten Monaten zwischen ihm und mir schiefgelaufen ist. Typisch Mann. Sex ist die Antwort. Auf alle Fragen, alle Probleme. Da hast du es wieder, mein veraltetes Männerbild. Leider entspricht es der verdammten Realität. Wahrscheinlich gibst du mir da inzwischen sogar Recht.
Jedenfalls ist Basti erst einmal zu seinen Eltern nach Unter-

leuten gezogen. Nicht weit von hier. Wir sehen uns regelmäßig und reden auch ziemlich normal miteinander. Jonas und Phil sind unter der Woche bei ihm und an den Wochenenden bei mir. Sie tun so, als würde ihnen das nichts ausmachen. Ihre Tapferkeit zerreißt mir das Herz. Als ich sie fragte, ob ich ihnen fehle, haben sie nur mit den Schultern gezuckt. Jonas sagte: Du bist doch sowieso nie da.
Natürlich wird sich das Ganze wieder einrenken, auf jeden Fall. Aber ich bin noch nicht so weit. Und Basti auch nicht. Wir brauchen Abstand. Es klingt schrecklich, aber ich habe ihn in den letzten sechs Wochen überhaupt nicht vermisst. Nicht, weil ich ihn nicht mehr will. Ich glaube schon, dass ich ihn noch liebe. Aber es ist nicht immer leicht, das zu fühlen. Momentan sehnen sich mein Geist und mein Körper so sehr nach Ruhe, dass ich nichts anderes empfinden kann als Erleichterung. Jetzt merke ich, wie abartig die Anspannung in letzter Zeit gewesen ist. Es ist herrlich, nach der Arbeit in dieses große leere Haus zu kommen, wo niemand wartet, der mir Vorwürfe macht. Kein nervöses Kribbeln im Bauch beim Umdrehen des Schlüssels. Kein Verstecken im Arbeitszimmer. Kein Schlafen auf der Couch. Kein schlechtes Gewissen, weil ich wieder nicht gekocht habe, nicht eingekauft und keine Wäsche gemacht. Stattdessen jeden Abend Ravioli, Bier und das Fernsehprogramm. Das soll gewiss nicht für immer so bleiben, aber im Augenblick ist es das Paradies. Unter der Woche kann ich mich voll auf die Arbeit konzentrieren, und an den Wochenenden habe ich Zeit und Kraft für die Kinder. Wir machen Ausflüge ins Schwimmbad, in den Wildpark, einmal sogar ins Technische Museum nach Berlin. Im Auto stelle ich Fragen, sie erzählen, ich höre zu. Als ich sie letzten Sonntag nach Unterleuten zurückbrachte und Basti hörte, dass wir im Dino-Park waren, sagte er: »Geht doch.«

Dich vermisse ich übrigens auch nicht. Im Gegenteil. Schön, dass du weg bist. Kein piepsendes Handy mehr, kein pubertäres Warten auf die nächste WhatsApp, den nächsten Adrenalinstoß, die nächste Beleidigung. Das braucht kein Mensch. Der Grund, aus dem ich mich heute bei dir melde, ist rein beruflich. Wenn es jemand anderen gäbe, den ich fragen könnte, würde ich es tun.
Ich glaube, ich kann es kurz machen. Es geht um ein landwirtschaftliches Problem, und du bist ja mittlerweile ein halber Experte. Du weißt, wie sehr die regionalen Höfe unter Druck stehen. Nun haben sich bei uns die Schweinepest-Fälle bestätigt. Der Landkreis hat eine Tierseuchenverfügung erlassen. Bei Lars liegen fast hundert Hektar im Sperrgebiet, bei mir sind es immerhin rund zwanzig Hektar. Nutzungsverbot für zwei Monate. Die Flächen dürfen weder bearbeitet noch abgeerntet werden. Das ist der Super-GAU.
Verstehst du, was das bedeutet, Stefan? Biogasanlagen und Kühe haben eins gemeinsam: Sie gehen kaputt, wenn man sie nicht füttert. Weder Lars noch ich können den fehlenden Mais zukaufen. Selbst wenn es jemanden gäbe, der so viel Mais verlangt, wären die Transportkosten nicht zu bezahlen. Schon gar nicht von uns. Die Allgemeinverfügung muss aufgehoben werden. Oder wir brauchen Sofortzahlungen in beträchtlicher Höhe. Andernfalls sind wir geliefert.
Du musst etwas darüber schreiben, Stefan, im Boten, in der wichtigsten Wochenzeitung Deutschlands. Eine große Seite mit Fotos. Dann werden sie im Ministerium endlich aufwachen. Die Öffentlichkeit wird endlich kapieren, was in diesem Land geschieht. Vielleicht könntet ihr ein Agrar-Heft machen, eine ganze Ausgabe zum Thema: der Land-Bote. Eva könnte euch zuliefern und ich natürlich auch. Ihr könntet die Entwicklung der ganzen Problematik dar-

stellen, die verfehlten EU-Subventionen, das »Land Grabbing« durch internationale Investoren, die unfassbare Bürokratie, mit Papierkram zu jedem einzelnen Quadratmeter, jeder einzelnen Kuh. Die Politik, die uns mit Öko-Ideen und Energiewende hin und her schubst und uns dann wieder vergisst. Die Weigerung des Verbrauchers, sein Essen angemessen zu bezahlen. Du könntest darüber schreiben, wie sehr wir uns hier bemühen, wie wir versuchen, alles richtig zu machen, Biomilch, grüner Strom, das ganze Programm, und wie man uns trotzdem Stück für Stück die Luft abdreht. Vielleicht könntest du auch fordern, dass die Zukunftskommission endlich einen Termin mit dem Minister bekommt. Und als Sofortmaßnahme müsste das Ernteverbot aufgehoben werden. Oder Ausgleichszahlungen, aber in angemessener Höhe, unbürokratisch und schnell. Na ja, ich muss dir nicht sagen, wie man das macht, du bist schließlich Profi. Journalismus mit Haltung ist dein Spezialgebiet. Die Agrar-Ausgabe wäre eine logische Folge eurer Klima-Ausgabe. Landwirtschaft und Klima gehören untrennbar zusammen, regional wie global. Du sagst doch immer, dass du die Welt retten willst. Jetzt könntest du uns retten, Stefan. Es fällt mir wirklich schwer, dich um etwas zu bitten, aber Lars hat seit zwei Tagen kein Wort mehr gesprochen, meine Bilanzen können sich nicht die geringste weitere Belastung erlauben, und ich weiß mir einfach keinen anderen Rat. Der Schatten, über den ich gerade springe, hat die Größe des gesamten Bundeslandes.

Theresa

Dienstag, 5. Juli

13:08 Uhr, Stefan per E-Mail:

Liebe Theresa,

ich habe gestern deine Mail im Posteingang gesehen, und meine erste Reaktion war Angst. Es hat bestimmt eine halbe Stunde gedauert, bis ich mich getraut habe, sie anzuklicken. Dann, in dieser Reihenfolge: Überraschung, Erleichterung, Scham, Glück. Überraschung, weil ich mit dieser Bitte natürlich überhaupt nicht gerechnet hatte. Erleichterung und Glück, weil du mich nicht mit Anschuldigungen bombardierst und weil unser Kontakt aus heiterem Himmel wieder da ist. Scham – das wirst du dir denken können.
Ich mache mir keine Illusionen: Du schreibst mir, weil du verzweifelt bist und meine Hilfe brauchst. Wäre bei dir alles super, hättest du dich nie wieder gemeldet. Das wäre es dann gewesen mit uns, nach all den Jahren. Dieser Gedanke hat mich in den letzten Wochen gequält. Manchmal habe ich es kaum ausgehalten. Im Gegensatz zu dir habe ich unseren Kontakt vermisst. Ganz alte Erkenntnis: Man weiß immer erst, was man hatte, wenn es nicht mehr da ist.
Dass unser katastrophales Treffen eine Krise mit Basti ausgelöst hat, tut mir sehr leid. Ich hoffe, dass sich alles wieder einrenkt zwischen euch. Dafür drücke ich die Daumen, ganz ehrlich.
Wie unsere Begegnung dermaßen entgleisen konnte, wird wahrscheinlich für immer ein Rätsel bleiben. Der schlimmste Abend meines Lebens. Dabei hatte ich mich so auf dich gefreut, trotz der heftigen Streitereien im Vorfeld! Du kamst über die Wiese gelaufen, in Jeans, Turnschuhen und mit offenen Locken (das hattest du extra für mich gemacht,

gib's zu!), und als du die Sonnenbrille abnahmst, musstest du gegen deinen Willen lächeln (glaub mir, das erkenne ich bei dir genau). Plötzlich schien alles zusammenzupassen. Unsere gemeinsame Vergangenheit. Das Wiedersehen. Die Anziehung, die Abstoßung. Ich schwöre, ich war ohne Hintergedanken zu unserem Treffen gekommen. Aber als du vor mir standest und wir uns zur Begrüßung umarmten, ich meine Hände vorsichtig unter deine Haare schob (du bist so klein, Theresa, bei all deiner Power), durchfuhr mich eine Art Stromstoß. Ich dachte immer, so etwas gäbe es nur in deutschen Schlagern. Und es hat »zoom« gemacht. Auf einmal war da kein Streit mehr, keine WhatsApp, keine Polarisierung und der ganze Quatsch. Es gab nur noch dich und mich. Den Jungen und das Mädchen von früher.

Ich musste dich die ganze Zeit anschauen. Du hast geredet. Wie ein Wasserfall. Aber du sahst glücklich aus. Plötzlich dachte ich, unser wochenlanger Streit wäre im Grunde eine Art Flirt gewesen. Gibt es nicht Tiere, die sich beißen bei der Balz? Gott, ich war so verblendet. Ich kann das nur auf die Hormone schieben. Du sprachst von »metrosexueller Großstadtdekadenz«, davon, dass sich Typen wie ich heutzutage »exzessiv assimilieren«, sich dem Feminismus unterwerfen, ja, ihm vorauseilen, um Teil des Spiels bleiben zu dürfen. Falls ich das richtig verstanden habe. Du wolltest noch einmal deine Position klären und wahrscheinlich von mir hören, dass du Recht hast. Wie immer hast du deine Argumentation mit diversen Beleidigungen gewürzt. Ich glaube, du hast mich einen »kastrierten Bettvorleger« genannt. Dabei hast du mir die Hand auf den Arm gelegt, als wäre das nur ein liebevoller Witz. Da wurde es mir zu bunt. Ich habe dich mitten in deinen Tiraden gepackt und geküsst, weil ich nicht anders konnte. Klar, das war übergriffig. Aber ich war sicher, dass du es auch wolltest. Ich

dachte, dass du mich als Kastraten beleidigt hast, damit ich dir das Gegenteil beweise.
Sex in freier Wildbahn ist normalerweise nicht mein Ding. Und ganz sicher nicht auf einer Alsterwiese. Zumal es noch hell war. Die Großstadt hat ihre Augen überall, und es gibt viel zu viele Hunde. Dass ich keine Sekunde darüber nachgedacht habe, den Standort zu wechseln, dass ich bereit war, an Ort und Stelle alles zu tun, sagt eine Menge über deine Wirkung auf mich. Ich glaube, wir waren eher Ringkämpfer als Liebende, aber das passt ja irgendwie zu uns.
Und dann ... Was weiß ich, warum es nicht ging. Wahrscheinlich wollte ich es zu sehr. Da war so viel zwischen uns, die ganze Anspannung der letzten Wochen. Dazu Wut, Lust, Zuneigung, Abneigung, Hoffnung, Enttäuschung, eine Menge Aggression. Es ist nicht so, dass mir das öfter passiert. Ich bin eigentlich ziemlich »standfest«, wenn ich das mal so toxisch sagen darf. Aber als ich deine Hand in meiner Hose spürte, war der Ofen plötzlich aus.
Aber war das wirklich so schlimm, Theresa? Hast du es persönlich genommen? Oder macht es dir einfach irrsinnigen Spaß, anderen Menschen weh zu tun? Versteh mich nicht falsch, ich will dir nicht die Schuld für diesen Abend in die Schuhe schieben. Die Schuld liegt allein bei mir. Aber dein Spruch war wirklich das Allerletzte. »Siehst du, Steffy: kastrierter Bettvorleger.« Eiskalt lächelnd. Als ob unser ganzes Treffen nur dazu gedient hätte, diesen Beweis zu erbringen. Als hättest du jetzt gewonnen. Das ist schon ziemlich gestört.
Mir sind die Lichter ausgegangen. Ich habe mich nicht entschieden, dich zu schlagen. Es ist einfach passiert. Ein Reflex. Gewissermaßen Notwehr. Damit will ich nichts entschuldigen. Was ich getan habe, ist unentschuldbar. Für mich vielleicht noch mehr als für jeden anderen. Ich kämpfe

seit Jahren für Frauenrechte, für Gleichberechtigung, für die Verbannung von Gewalt aus allen menschlichen Beziehungen. Ich hätte bei meinem Leben geschworen, dass ich niemals jemanden schlagen würde. Und ganz sicher keine Frau. Aber es ist passiert, ausgerechnet bei dir. Meiner besten Freundin. Ich habe dir eine runtergehauen, mit der flachen Hand ins Gesicht. Ich habe gegen alles verstoßen, woran ich glaube. Und war nicht mal besoffen, weil wir ja noch gar nicht zum Trinken gekommen waren.
Falls du dich wegen des Tritts schlecht fühlst: Brauchst du nicht. Ich weiß, dass du reagiert hast, ohne nachzudenken. Letztlich genau wie ich. Purer Reflex. Außerdem hatte ich es verdient. Die Schmerzen im Unterleib sind allerdings ziemlich lange geblieben. Kein Wunder, du hast mit dem Knie voll durchgezogen. Aber ich habe die Schmerzen als das akzeptiert, was sie waren: eine Mahnung, dass ich nicht der Mann bin, der ich zu sein glaubte. Dass ich mich jahrelang selbst betrogen habe. Dass ich noch viel an mir arbeiten muss.
Inzwischen geht es mir wieder gut. Körperlich, meine ich. Schuld und Scham – die bleiben. Tut mir leid, dass ich dich damit vollquatsche, Theresa. Es war mir ein unendliches Bedürfnis, dir zu erzählen, wie ich mich fühle. Mich zu entschuldigen, alles zu erklären. Am meisten habe ich in den letzten Wochen unter deinem Schweigen gelitten. Du hast die Ruhe genossen – mich hat sie die ganze Zeit gequält.
Jetzt komme ich endlich zu deiner Bitte. Ich bin der Afrikanischen Schweinepest dankbar dafür, dass sie dich dazu gebracht hat, mir zu schreiben. Und ich kann in voller Lautstärke rufen: Natürlich helfe ich dir! Ein ganzes Agrar-Blatt kann ich dir nicht versprechen. Wobei die Idee schon ihre Berechtigung hat – ich werde versuchen, bei passender Gelegenheit einen Vorschlag in die Redaktionskonferenz ein-

zubringen. Aber jetzt geht es ja erst mal um die schnelle Eingreiftruppe. Ich werde morgen früh mit den Kolleg*innen aus Umwelt und Politik sprechen und sie bitten, dein Thema zügig aufzugreifen. Vielleicht schaffen wir eine ganze Seite mit Foto plus prominenter Online-Platzierung. Ich tue, was ich kann. Wenn wir laut genug sind, bringt es vielleicht wirklich etwas. Ich melde mich, sobald ich weiß, womit du rechnen kannst.
Was ich eigentlich sagen will: Verzeih mir. Bitte. Wenn das irgendwie geht.

Stefan

18:42 Uhr, Theresa per E-Mail:

Mann, Stefan, du bist so ein Idiot.

Dass du dich im Selbstmitleid suhlst und es richtig genießt, an allem schuld zu sein, überrascht mich natürlich nicht. Es passt zu dir und deiner besonderen Form von masochistischem Narzissmus. Aber dass du nicht mal in der Lage bist, ein einfaches Geschehen korrekt wahrzunehmen und wiederzugeben – das finde ich schon bedenklich. Vor allem für einen Journalisten. Ich will nicht länger als nötig auf diesem unseligen Abend herumhacken, aber ein paar Sachen muss ich klarstellen. Das kann ich so nicht stehen lassen.
Erstens: Wir haben uns getroffen, um miteinander zu reden. Um unsere Freundschaft zu retten, oder das, was davon übrig war. Nichts anderes habe ich versucht. Deshalb habe ich die Themen angesprochen, über die wir uns die ganze Zeit gestritten haben – das war doch Sinn und Zweck meines Spontanbesuchs! Mir ist dann auch aufgefallen, dass du mich die ganze Zeit komisch angeschaut hast. Als ob ich ein seltsames Referat halten würde, komplette Thema-

verfehlung, ohne es zu merken. Du hast nicht richtig zugehört und nichts gesagt zu den Argumenten, die dich sonst so aggressiv machen. Zwischendurch habe ich mich gefragt, ob du vor unserem Treffen etwas geraucht hast. Worauf ich nie gekommen wäre: dass in deinem Kopf ein Porno lief! Dass du ernsthaft glaubtest, ich wäre Hals über Kopf nach Hamburg gefahren, um mit dir einen Quickie an der Außenalster zu machen. Bei Tageslicht. Im Stehen. Um auf so eine Idee zu kommen, muss man nicht nur ein Mann sein, sondern komplett irre. Falls du wirklich an dir arbeiten willst, empfehle ich als Erstes ein Training gegen Realitätsverlust.

Zweitens: Dass du mich auf einmal gepackt und geküsst hast, war so ziemlich das Überraschendste, was mir in letzter Zeit passiert ist. Und mir sind jüngst eine Menge überraschender Dinge passiert. Erst war ich einfach nur starr vor Schreck. Dann fand ich es sogar ganz schön. Als Nächstes fand ich es, na ja, schon ziemlich sexy und dann möglicherweise auch richtig geil. Ich gebe es zu, Stefan, auch wenn ich mich furchtbar schäme (nicht vor dir oder vor der Welt, sondern ausschließlich vor mir selbst): Für ein paar Sekunden habe ich es genossen, von dir gehalten zu werden. Du fühlst dich gut an, und du weißt, wo du hinfassen musst. Vielleicht ist unsere Vertrautheit immer noch so groß. Vielleicht hat mich auch einfach zu lange niemand mehr richtig in den Arm genommen. Egal. Ich bin verheiratet, und das fiel mir dann auch bald wieder ein. Ich habe dich weggedrückt, du hast dich festgeklammert. Ich habe mich gewunden, du wurdest immer wilder. So ging das eine Weile. Das war nicht *wie* ein Ringkampf, du Idiot. Das *war* ein Ringkampf. Bei dem ganzen Rumgegrabsche fiel mir plötzlich auf, dass du gar nicht bereit warst. Ich habe noch einmal nach dir gegriffen, um mich zu überzeugen, und dann musste ich lachen. Die ganze Situation war so absurd. Unser bescheuerter Streit, das pubertäre Handgemenge, am Ende eine Pointe wie aus einem schlechten Comic. Seit Wochen werfe ich dir vor, kein richtiger Mann zu sein – und dann das. Du musst zugeben, dass das ziemlich lustig ist. Ich habe gelacht, du hast mir eine geklatscht. Vielleicht hatte ich es sogar verdient, vielleicht auch nicht. Wen interessiert das. Was blieb, waren zerzauste Haare und Flecken im Gesicht.

Drittens: Dass ich dir mit voller Wucht gezielt zwischen die Beine getreten haben soll, ist kompletter Unsinn. Überleg doch mal selbst: Wir standen in dem Moment schon einen Meter voneinander entfernt. Wie soll das denn gehen, hä? Ich bin kein Kickboxer. Nach der Ohrfeige habe ich dich mit beiden Armen weggestoßen und gerufen, dass du ein Arschloch bist, das weiß ich noch. Vielleicht habe ich dich zusätzlich mit dem Knie abgewehrt. Wenn du dich dabei verletzt haben solltest, tut es mir leid. Aber ich glaube eher, dass du mal wieder maßlos übertreibst.

Viertens: Weißt du, was das Alleridiotischste ist? Dass du mir diese Mail von deiner Arbeitsadresse schreibst: Stefan-Jordan@bote.de. Unverschlüsselt. Von einem Server, auf den jeder mit Admin-Rechten in deiner Firma Zugriff hat. Kleiner Tipp: Wenn du das nächste Mal richtig ausführlich von deiner Sexualität erzählen willst, machst du das vielleicht lieber bei Yahoo oder GMX. Am besten verschlüsselt mit PGP. Wenn überhaupt.

So, jetzt habe ich ein paar Dinge gerade gerückt, vielleicht hilft dir das bei der Traumabewältigung. Abgesehen davon will ich vor allem *danke* sagen. Unterwürfigst. Demütigst. Du siehst mich auf den Knien (kein Blowjob, du Schwein). Danke, dass du mir hilfst. Es ist wirklich wichtig. Du hättest mir auch den Stinkefinger zeigen können, statt etwas für mich zu tun. Offensichtlich kriegen wir es nicht hin, wie normale Menschen zu kommunizieren, und auch ein würdiges Treffen schaffen wir nicht, jedenfalls nicht an der Außenalster. Aber zwischendurch machen wir dann auch wieder etwas richtig. Du zumindest. Man könnte sagen: Wenn es drauf ankommt. Dafür hast du meinen Respekt. Kastrierter Bettvorleger hin oder her.

Theresa

Mittwoch, 6. Juli

14:40 Uhr, Stefan per E-Mail:

Liebe Theresa,

in einem Punkt gebe ich dir Recht: Es ist idiotisch, private Mails vom Firmenserver zu verschicken. Ich war vorhin bei Tobi von der IT und habe gebeten, meine Mail an dich von gestern Mittag zu löschen. Hab eine Geschichte erzählt von einem Versehen und irgendetwas mit Quellenschutz – das war dann gar kein Problem. Also alles im Lack. Ab jetzt GMX. Sicher ist sicher. Danke für den Hinweis.
Ansonsten, was deine Version von unserem Treffen angeht … Da kann ich nur sagen: Jeder lebt in seiner Welt, und du ganz besonders, Theresa. Meine Schmerzen waren jedenfalls (leider) real.
Um deine Bitte kümmere ich mich asap. Melde mich, sobald ich etwas weiß.

Stefan

Freitag, 15. Juli

19:44 Uhr, Stefan per E-Mail:

Hallo Theresa,

sorry, dass ich dir jetzt erst schreibe. Ich weiß, du sitzt auf glühenden Kohlen. Aber es ist etwas passiert. Etwas – Großartiges? Oder Grauenvolles? Ich kann es noch gar nicht richtig fassen und schon gar nicht einordnen. Ich erzähle es einfach im Ganzen.

Ich habe dein Thema wie versprochen in der Montagskonferenz gepitcht, wo wir die Blattplanung machen. Für das Agrar-Thema bräuchte ich die Kolleg*innen aus Wirtschaft oder Politik, weil so etwas bei mir im Feuilleton nicht erscheinen kann. Also habe ich deine Geschichte vorgetragen, ziemlich ausführlich und mit aller Brisanz – und danach war Stille im Raum. Die Kolleg*innen haben mich angeguckt, als hätte ich selbst die Schweinepest. Irgendetwas stimmte nicht. Schließlich sagte Arndt aus der Wirtschaft ein paar Worte. Ziemlich unklares Gestammel, nach dem Motto, das kommt jetzt ungelegen, passt gerade nicht, schöne Idee, aber legen wir erst mal auf Eis.

Ich war total perplex. Normalerweise ist es durchaus möglich, einem anderen Ressort eine Geschichte vorzuschlagen. Es klappt nicht immer, aber oft kann man sich einigen. Jetzt hingegen schwiegen alle gereizt, während ich weiter erklärte, warum das Sterben der Landwirtschaft ein Skandal ist und was der Klimaschutz mit alldem zu tun hat. Sota hat auf seine Hände geguckt und irgendwann gesagt, dass wir jetzt zum nächsten Tagesordnungspunkt übergehen. Ich saß da wie der Vollidiot, für den du mich immer hältst.

Die nächsten Tage bin ich mit Argusaugen durch die Re-

daktion gelaufen. Was in der Konferenz passiert ist, hat mir keine Ruhe gelassen. Prompt sind mir gewisse Veränderungen aufgefallen. Klar – selektive Wahrnehmung, dachte ich. Wenn man glaubt, dass etwas nicht stimmt, findet man auch Beweise dafür. Auf den Fluren wurde weniger gelacht und gequatscht als sonst. Überhaupt herrschte seltsame Stille, auch in den Workspaces. Dafür wirkte plötzlich jedes Gespräch, das zwei oder drei Kolleg*innen zwischen den Schreibtischen oder im Treppenhaus miteinander führten, konspirativ. Sotas Tür, die meistens offen steht, war die ganze Zeit geschlossen, und man sah durch die Scheibe, dass er ständig telefonierte. Ab und zu gestikulierte er mit dem Arm, den er eigentlich niemandem zeigen will, was ein eindeutiges Anzeichen von Stress ist. Wenn ich eine/n der Kolleg*innen fragte, was los sei, wurden nur die Achseln gezuckt.
Am auffälligsten war, dass sich die Sitzordnung in der Kantine verschob. Immer mehr Ältere zogen in den Wintergarten um und setzten sich zu den Jungen an die Salatbar. Darunter Arndt aus der Wirtschaft. Seit Neuestem scheint er sich pudelwohl zu fühlen zwischen den jungen Aktivist*innen. Die Empore wirkt ziemlich verlassen; dafür lässt sich Sota jetzt öfter dort blicken. Ich kam mir vor wie in der Truman-Show – der einzige Kasper, der nicht kapiert, dass ein ganz großes Ding gedreht wird.
Und was soll ich sagen, dieses Gefühl war korrekt. Gestern bin ich zu Sota ins Büro und habe ihn direkt gefragt, was vor sich geht. Er atmete hörbar aus, nahm die Brille ab und rieb sich mit beiden Händen das Gesicht, eine Geste, die ich noch nie bei ihm gesehen hatte. Er schien tatsächlich leicht zu schwitzen, auch das war vollkommen neu.
Er: Erstaunlich, dass du erst jetzt kommst. Hat dich die Gerüchteküche nicht mitkochen lassen?
Ich: Als stellvertretender Chefredakteur sitzt man zwi-

schen den Stühlen. Die Belegschaft sagt einem nichts und der Chefredakteur offensichtlich auch nicht.

Sota: Noch ist nichts passiert.

Ich: Sag es einfach.

Er: Setz dich mal besser.

Und es war wirklich besser, dass ich saß. Sota hat mir erzählt, dass der Verlag überlege, den BOTEN völlig neu aufzustellen. Ein »Big Relaunch«, noch in diesem Jahr. Der Zeitungsmarkt schrumpft seit Jahren, quer durch alle Segmente. Unsere Klima-Ausgabe war der größte Erfolg seit Ewigkeiten. Auflagensteigerung um 138 Prozent. Seitdem stehen die Anzeigenkunden Schlange und fragen, wann so etwas wieder kommt. Das hat den Verlag auf die Idee gebracht, aus der Aktivismus-Ausgabe eine Dauereinrichtung zu machen. Gerade junge Leser*innen wollen, dass man Position bezieht. Seit der Irre aus Moskau die Ukraine verwüstet, hat der aufgeklärte Journalismus noch einmal mächtig Rückenwind bekommen. Keine Zeitung, keine Talkshow, kein Nachrichtenformat, die nicht Flagge zeigen. So langsam kapiert (fast) jede/r, dass wir in einer Epoche leben, die Haltung verlangt. Für den BOTEN würde das heißen: Journalismus goes Aktivismus. Angesichts der riesigen Herausforderungen ist Neutralität endgültig passé.

So weit die Theorie. In der Praxis wäre es eine Neuorganisation des Blatts und der Zeitungsstruktur. Neue Rubriken, neues Layout, neue Themenschwerpunkte. Intern ist eine Verjüngung des Personals angestrebt. Die Berliner Online-Redaktion soll stärker eingebunden werden, ein paar Leute von dort sollen zu uns wechseln, um für die nötige Frische zu sorgen. Möglichst jung, paritätisch, divers. Sie überlegen sogar, ein spezielles Gremium zu gründen, das jeden einzelnen Beitrag auf Themenwahl, verwendete Sprache und Haltung der/s Autor*in überprüft.

Aber da habe ich schon nicht mehr richtig zugehört. Als mich Sota nach meiner Meinung fragte, hatte ich keine. Mein Kopf fühlte sich an wie eine Druckkammer. Statt zu antworten, wollte ich wissen, ob das alles schon feststehe. Sota sagte: »wahrscheinlich« und »so ziemlich« und dass er das kommen gesehen habe. Die Klima-Ausgabe sei der Anfang vom Ende gewesen. Ich fragte: Ende von was? Und er: Das Ende von dem, was wir unter Journalismus verstehen. Er sagte »wir«. Aber ich war gar nicht sicher, ob es noch ein »wir« gab. Ich fand die Idee auf den ersten Blick ziemlich aufregend, andererseits sehe ich natürlich auch die Gefahren. Für Sota hingegen stellt das Ganze eine Katastrophe in Reinkultur dar. Er gab sich Mühe, gefasst zu erscheinen, wirkte aber wie das Standbild einer Implosion. Während er mich zur Tür seines Büros brachte, legte er mir eine Hand auf die Schulter, und es fühlte sich beinahe an, als würde er sich auf mir abstützen. Zum Abschied sagte er, dass Carla für den Big Relaunch dauerhaft nach Hamburg kommen werde und dass mich das doch eigentlich freuen müsste. Ich glaube tatsächlich, er wollte irgendwie nett sein. Mir Mut machen. Sagen, dass alles auch sein Gutes hätte, jedenfalls für mich.

Tessa, ich weiß nicht, was ich denken soll. Du wirst vielleicht sagen, dass es doch genau das ist, was ich wollte: der Kampf für die gute Sache. Einerseits stimmt das. Andererseits ist der Bote fast siebzig Jahre alt, eine Institution, ein Stück bundesrepublikanischer Zeitungsgeschichte. Wir waren immer stolz auf unsere Qualität. Was im Boten erscheint, ist gründlich recherchiert, auch wenn die goldenen Zeiten vorbei sind, in denen man wochenlang auf Geschichtensuche ging. Nach wie vor hat jeder Beitrag den Anspruch, sich auf eine objektive Faktengrundlage zu stützen, und dafür wird ausgiebig diskutiert, korrigiert, lektoriert und am Ende noch einmal redigiert. Bevor ein Wort gedruckt wird, arbeitet im Hintergrund ein ganzer Apparat aus schlauen Köpfen. Wir wollten die Leser*innen immer in die Lage versetzen, sich selbst eine Meinung zu bilden. Und das soll jetzt alles durch eine Fabrik ersetzt werden, die Meinungshäppchen produziert und mundfertig über die Theke reicht? Zum sofortigen Verzehr? Anders gefragt: Ist es verwerflich, Leser*innen eine Haltung vorzuleben, oder ist das einfach nur zeitgemäß?

Auf der anderen Seite bin ich nicht sicher, ob mein Bild vom Journalismus überhaupt richtig ist. Vielleicht bin ich hoffnungslos romantisch und idealisiere die gute alte Zeit. War Journalismus überhaupt jemals objektiv? Oder haben Zeitungen schon immer für bestimmte Lager gestritten? Eigentlich wusste man doch auch schon vor fünfzig Jahren, welches Blatt auf welcher Seite steht, oder? Dann wäre der Big Relaunch keine ganz so große Sache. Eher alter Wein im neuen Schlauch.

Ich muss mich erst einmal sammeln. Mir darüber klar werden, was das alles heißt. Ich bin nicht sicher, ob ich mein Versprechen dir gegenüber halten kann. Das tut mir wahnsinnig leid. Aber hier sind jetzt erst einmal alle Ressorts mit der Selbstverteidigung beschäftigt. Beziehungsweise mit der Frage, wie sie ihren Platz im neuen Blatt finden könnten. Natürlich gibt es noch nichts Offizielles, aber die Gerüchte sind mächtiger als jede Ankündigung. Dass mich keiner eingeweiht hat, fühlt sich an wie eine Verschwörung. Wie beginnendes Mobbing. Andererseits hatte ich nie enge Freund*innen in der Redaktion – dazu ist meine Position zu schillernd. Ich gelte als Sotas Lieblingskind, gleichzeitig bin ich der Erfinder von HEFTIG und jetzt auch noch Urheber der Klima-Ausgabe. Einer, der sich beim Chef einschleimt und die Erfolge für sich verbucht. Ich bin halb Empore, halb Wintergarten – ein schlechter Verbündeter in unsicheren Zeiten. Wahrscheinlich ist die Zurückhaltung normal. Trotzdem fühle ich mich wie der Junge mit Zahnspange, mit dem auf dem Schulhof keiner spielen will.

Dein Stefan

Montag, 18. Juli

09:12 Uhr, Theresa per E-Mail:

Hey Stefan,

ist doch super: Da hast du wieder etwas, an dem du schuld sein kannst. Dein Themenheft Klima hat den Verlag auf die Idee gebracht, gleich die ganze Zeitung in eine Heimstätte des Gutmenschentums zu verwandeln. Wenn demnächst alle, die nicht die Grünen wählen, gekündigt werden, kannst du jede Nacht mit deinem schlechten Gewissen kuscheln.
Andererseits: Deine hübsch inszenierten Zweifel sind in Wahrheit ziemlich heuchlerisch, oder? Wenn du ehrlich bist, ist der Big Reset, ach nein, Big Relaunch voll dein Ding. Nur weil Flori Sota traurig guckt, musst du nicht so tun, als hättest du ein Problem damit. Ich habe extra noch einmal durch unsere alten Mails gescrollt, um ein Zitat zu suchen. Hier ist es. Du schreibst:
Sota hat panische Angst vor einer hochriskanten Vermischung *von Journalismus und Aktivismus, was ich extrem altmodisch finde. Als ob man es sich heutzutage als Journalist noch leisten könnte, keine Haltung zu haben!*
Bitte sehr. Deine Worte. Klassischer Journalismus geht

nicht mehr. Das hast du doch die ganze Zeit vertreten. Die Welt soll durch Volkspädagogik gerettet werden, und ihr Journalisten seid in der Besserungsanstalt Bundesrepublik die obersten Erzieher. Apropos »Gremium, das Themen, Sprache und Haltung kontrolliert«: So ein Gremium bist du selbst. Lies mal deine eigenen WhatsApp-Nachrichten. Du hast immer versucht, meine Themen, Sprache und Haltung zu kontrollieren. Vielleicht bin ich nur die Einzige in deinem Umfeld, die sich wehrt.

Jetzt noch ein kleiner Tipp vom Theresa Lebenshilfe e.V. (bin da wirklich hochqualifiziert): Frag dich mal, was du eigentlich willst. Solltest du doch noch zu dem Ergebnis kommen, dass Demokratie mündige Bürger voraussetzt und dass man mündigen Bürgern schon zutrauen kann, selbst zu denken, weshalb Journalisten keine Vorsänger im Meinungskonzert, sondern Aufklärer und Faktenlieferanten sein sollten – dann tu gefälligst etwas! Fall dem Zeitgeist in den Arm und verhindere diesen Relaunch-Quatsch! In Flori Sota hast du gewiss einen starken Verbündeten.

Solltest du hingegen tatsächlich glauben, dass es eine gute Idee ist, jede Woche eine komplette Zeitung mit dem eigenen Weltbild vollzuschreiben – dann sieh zu, dass du die Pole-Position belegst. Sonst kommt Carla aus Berlin und klaut dir den Job. Denn um nichts anderes geht es bei solchen Revolutionen. Nicht darum, was gemacht wird. Sondern darum, *wer* es macht. Wer ganz vorn an der Spitze mit dabei ist.

Was mich betrifft: Ich hätte mir schon denken können, dass es den großen BOTE-Artikel über die Probleme der Landwirtschaft nicht geben wird. Trotz deiner vollmundigen Versprechen. Wenn es solche Artikel geben sollte, gäbe es sie längst, nicht nur bei euch, sondern in allen großen Blättern des Landes. Wenn jemand diesen galoppierenden

Wahnsinn aufhalten wollte, wäre das schon passiert. Wichtige Dinge werden nicht zufällig übersehen. Das Weggucken ist planmäßig. Insofern bist auch du nur ein kleines Rädchen im Getriebe. Ich glaube, die Zeit des Fragens, Bittens und Redens geht langsam zu Ende. Nicht nur bei euch. Die ganze Nation schaltet in den Kampfmodus, und wer (wie ich) immer glaubt, dass am Ende nicht der Stärkere, sondern die Vernunft siegt, der guckt halt einfach in die Röhre. Bestes Beispiel: Letzte Woche war ich in Berlin, zusammen mit Thorsten Rüther, dem Gründer und Vorsitzenden unserer Zukunftskommission. Er hat so lange im Landwirtschaftsministerium angerufen, bis sie ihm doch noch einen Termin gegeben haben, und mich gefragt, ob ich mitkommen würde. Klar habe ich das gemacht. Die Inhalte unserer Agrarreform kann ich hoch und runter singen. Außerdem wollte ich unbedingt die Schweinepest-Verfügung erwähnen und dem Minister klarmachen, dass Höfe in die Pleite getrieben werden, wenn das Ernteverbot bestehen bleibt. Rüther wollte auch um Unterstützung für sein Flüchtlingsprojekt bitten. Er hat inzwischen mehr als dreißigtausend Euro Spendengelder gesammelt und über hundert Flüchtlinge untergebracht. Zu uns nach Schütte ist niemand gekommen, obwohl wir uns mit dem Ausbau des Hühnerstalls solche Mühe gegeben haben. Aber die Flüchtlinge wollen halt lieber in Rüthers Gegend oder gleich nach Berlin, wo es Einkaufsmöglichkeiten, Ärzte und Apotheken gibt. Mit anderen Worten: Die Infrastruktur ist so beschissen, dass sich nicht einmal Kriegsflüchtlinge vorstellen können, hier zu leben. Auch ein Thema für den Minister.
In der Regionalbahn war ich ziemlich aufgeregt. Ich hatte mich schick gemacht, offene Haare, hohe Schuhe und ein Hosenanzug aus Leinen, den ich seit irgendeiner Jugendweihefeier vor fünf Jahren nicht mehr getragen habe. Ich

kam mir ziemlich verkleidet vor. Erst als wir unsere Stichpunkte noch mal durchgegangen sind, habe ich mich beruhigt. Wir waren wirklich gut vorbereitet und haben uns auf den Termin gefreut. Im Ministerium ließ man uns in der Lobby eine halbe Stunde warten – da haben wir uns noch nichts gedacht. Aber dann kam eine junge Frau in Caprihosen und buntem T-Shirt und brachte uns in einen Raum, der für ein Ministertreffen zu klein war. Ganz kurz dachte ich noch, es handelte sich um das nächste Wartezimmer, aber die junge Frau fragte, ob wir Kaffee wollten, setzte sich uns gegenüber und sagte, sie sei ganz Ohr. Rüther ist sofort explodiert. Er hat die junge Dame angeschnauzt und darauf bestanden, den Minister persönlich zu sprechen. Ich war auch wütend, habe mich aber zurückgehalten, weil das Ganze zwar eine echte Unverschämtheit war, aber natürlich nicht ihre Schuld. Die junge Frau blieb erstaunlich gelassen, beteuerte immer wieder, dass es eine unvorhergesehene und hochwichtige Terminänderung gegeben habe, einen Notfall gewissermaßen, und dass alles, was wir zu sagen hätten, selbstverständlich die Ohren des Ministers erreichen werde. Sie machte das gut, vielleicht ist sie extra dafür eingestellt worden, um Typen wie uns abzuwimmeln. Wir sind dann einfach aufgestanden und gegangen. Während der Rückfahrt haben wir geschwiegen. Mir war zum Heulen zumute. Wir hatten uns solche Arbeit gemacht. Die Kommission hat sich fünfzehn Mal getroffen, wir haben gestritten, uns vertragen und einen Kompromiss entwickelt. Die Probleme sind riesig, unsere Lösungsvorschläge sind gut. Alles Eigeninitiative. Aber das ist in diesem Land nicht erwünscht. Keiner hört uns zu. Ich hätte am liebsten den Nothammer aus der Verankerung genommen und ein paar Scheiben eingeschlagen.

So viel zum Thema In-die-Röhre-Gucken. Anscheinend ist

das mein Lieblingsausblick. Als ich Eva davon erzählte, hat sie mich ausgelacht. Sie meinte nur, vielleicht sehe ich jetzt endlich ein, dass meine Kaffeeklatschrunden nichts brächten, dass Politik heutzutage nur noch Verarsche sei und dass ich endlich rauskommen müsse aus meiner Komfortzone. Wenn ich mit ihr rede, habe ich manchmal das Gefühl, sie sei älter als ich, dabei ist sie mit ihren 21 Jahren noch ein richtiges Babyface. Ihre Augen stehen ein bisschen zu weit auseinander, dazu diese langen hellblonden Haare und die schwarzen Klamotten ... Eigentlich sieht sie aus wie eine Animation, wie die Protagonistin eines Ego-Shooter-Spiels, die mit der AK47 durch kaputte Fabrikhallen rennt. So etwas Ähnliches ist sie ja vielleicht auch. Nur dass die Fabrikhallen der politisch-mediale Komplex sind und die AK47 ein Instagram-Channel.

Sie ist ziemlich viel bei mir auf dem Hof in letzter Zeit, kommt immer unangekündigt mit dem Fahrrad vorbei und wirft sich auf die Couch in meinem Büro. Dann schenke ich ihr Kaffee ein und lasse sie reden. Sie geht kaum noch zur Uni, weil sie sich Sorgen um Lars macht. Ihm geht's nicht gut, und Eva sagt ständig, dass wir etwas tun müssen. Endlich handeln. Auch Lars zuliebe. Um ihm den Lebensmut zurückzugeben. Wenn ich sie frage, was sie mit »Handeln« meint, wird sie allerdings unscharf. Ihre These lautet, dass Brüssel und die Globalisierung an allem schuld sind, an Wirtschaftskrisen, Kriegen und dem Klimawandel, und dass die Politik schon lange nicht mehr in der Lage ist, dem globalisierten Raubtierkapitalismus das Handwerk zu legen. Irgendwie kommt mir das alles bekannt vor. Nur dass früher nicht Brüssel, sondern Washington an allem schuld war. Eva sagt, es braucht eine Bewegung von unten, einen landesweiten Widerstand nach dem Vorbild der Gelbwesten, aber was das genau heißen soll und was das mit

Lars zu tun hat, habe ich immer noch nicht verstanden. Sie will unbedingt, dass ich einmal mitkomme zu der Gruppe in Berlin, die sich Green Redemption nennt. Leider kriege ich schon von dem Namen Brechreiz oder Lachkrampf, je nach Tagesform. Ich finde es ja wirklich toll, wie sich die jungen Leute engagieren, das kann man nur unterstützen. Aber ich wäre da ziemlich fehl am Platz. Außerdem habe ich für so etwas einfach keine Zeit.
Ansonsten ist hier alles wie immer. Basti ist mit Jonas und Phil seit einer Woche an der Müritz, sie kommen nächsten Freitag zurück. Er schickt mir die ganze Zeit Fotos, um zu beweisen, wie glücklich die Kinder sind, was mich total traurig macht. Wenn es weiterhin nicht regnet, brauchen wir keine Schweinepest mehr, um nicht ernten zu können. Ich melke drei Frühschichten zusätzlich zur restlichen Arbeit, und gestern war Ronny mal wieder auf dem Hof. Im sauberen Hemd, mit nass zurückgekämmten Haaren und fast nüchtern. Er hat mich gefragt, ob er nicht in die leerstehenden Flüchtlingsunterkünfte einziehen könnte und ob ich nicht doch vielleicht Arbeit für ihn hätte. Ich habe ihn freundlich gebeten zu gehen. Christian hatte die Mistgabel schon in der Hand. Nichts Neues also von der Farm des Grauens.

Liebe Grüße, Theresa

Mittwoch, 20. Juli

16:56 Uhr, Stefan per E-Mail:

Hallo Theresa,

du gibst mir zu denken, in vielerlei Hinsicht. Ich wusste, dass du sagen wirst, ich soll den Relaunch gut finden. Natürlich sagst du es mit Schadenfreude, mit einem gewissen gehässigen Triumph (er sei dir vergönnt!), aber ich frage mich trotzdem, ob ich dich nicht einfach beim Wort nehmen sollte. Weil es gut *ist*, den Journalismus in den Dienst einer guten Sache zu stellen. Stärker gesprochen: Es geht nicht anders. Die Herausforderungen des 21. Jahrhunderts sind zu groß. Es war richtig, sich journalistisch gegen Trump zu positionieren, es ist richtig, journalistisch für Klimapolitik, für Gendergerechtigkeit und für die Unterstützung der Ukraine zu streiten. Oder etwa nicht? Die Klima-Ausgabe war das wichtigste berufliche Projekt meines Lebens und ein Meilenstein in der Geschichte unserer Zeitung. Es hat wahnsinnig viel Positives bewirkt. Der Print-Journalismus ist nicht tot, wenn man sich etwas traut und einen Nerv trifft.

Warum fühle ich mich trotzdem so unwohl? Vielleicht nur, weil ich nicht selbst auf die Idee mit dem Relaunch gekommen bin? Komplett neue Zeitung statt nur einer Ausgabe, think big, the sky is the limit – wäre das Ganze auf meinem Mist gewachsen, könnte ich wahrscheinlich demnächst einen Anspruch auf Sotas Chefsessel geltend machen. Was ich natürlich gar nicht will.

Nein, auch wenn ich mir (so wie du es immer tust) die schlechtestmöglichen Motive unterstelle – mein Unbehagen reicht tiefer. Wahrscheinlich hat es mit Sota zu tun.

Ich bewundere diesen Mann und verdanke ihm viel. Der geplante Relaunch trifft ihn hart, und das schmerzt mich. Deswegen muss der Relaunch aber noch lange kein Fehler sein. Vielleicht ist es an der Zeit, mich innerlich von Sota zu trennen. Ihn entlassen – nicht als Freund, aber als Mentor. Vielleicht ist Sota Vergangenheit und meine Liebe zu ihm reine Nostalgie.

Ich weiß, was du sagen wirst. Alles Kokolores, alles Pipifax. Du siehst spöttisch zu, wie ich mit mir ringe, und wirst mir deine Verachtung unverblümt mitteilen. Erstaunlich, dass ich mich darauf freue. Vielleicht bin ich wirklich ein Masochist. Aber ich glaube eher, dass ich es genieße, an dir zu wachsen. Mit deinem notorischen Stefan-Bashing bist du die perfekte Sparringspartnerin. Rücksichtslos, effizient, motiviert. Jetzt schreibe ich dir schon wieder lange Briefe, was ich nach unserem zweiten Treffen an der Außenalster nicht für möglich gehalten hätte.

Inzwischen glaube ich übrigens, dass der Messenger schuld ist an unseren giftigen Streitereien. Meine Theorie: Der Grund für das Eskalieren der Kommunikation liegt darin, dass wir bei Social-Media-Debatten als Person hinter der Position verschwinden. Am Ende streiten nicht Menschen miteinander, sondern Avatare. Digital personifizierte Extremstandpunkte, die von den Beteiligten ursprünglich gar nicht vertreten wurden. Das Gefecht zwingt sie, mit »ihrem« Standpunkt zu verschmelzen. Kaum ist das passiert, mutiert der Meinungs-Avatar auf die nächste Eskalationsstufe. Anders gesagt: Ich hatte bei unseren WhatsApp-Streitereien ständig den Gedanken, dass das nicht Theresa ist, die mir da schreibt, und, schlimmer noch, dass es gar nicht Stefan ist, *an den* sie schreibt. Dieses Gefühl, nicht gesehen zu werden, absichtlich missverstanden zu werden, in eine Ecke gedrängt zu werden, das Wort im Mund herum-

gedreht zu bekommen … Und dabei zu merken, wie man sich selbst radikalisiert … Das lässt einen immer aggressiver um sich schlagen.
Wirklich, Tessa, ich will dich nicht verlieren. Du bist meine älteste Freundin und die einzige Person in meinem Leben, die den ganzen Stefan sieht. Lass uns unsere Beziehung unter Artenschutz stellen. Lass uns dafür Sorge tragen, dass sie nicht krepiert, nur weil in diesem Land ein grausamer Meinungskrieg tobt. Lass uns die Überlebenden sein.

Dein Stefan

Donnerstag, 21. Juli

14:05 Uhr, Stefan per E-Mail:

Kurzer Nachtrag: Du hattest wieder mal Recht. Ich kann mir die ganzen Zweifel am Big Relaunch (mit deinen Worten: das Suhlen im Selbstmitleid) auch sparen, weil seit heute Mittag sowieso feststeht, was als Nächstes passiert. DvB und der Rest des Vorstands haben einen großen Empfang in Hamburg angekündigt, in gut vier Wochen, am letzten Freitagabend im August. Festliches Event im Hauptsaal der Joschka-Fischer-Stiftung am Sandtorkai. Teilnahme obligatorisch, die ganze Belegschaft wird erwartet, inklusive Volontär*innen und freiberuflichen Mitarbeiter*innen, dazu reist die Online-Redaktion aus Berlin geschlossen an. Das Happening ist nicht öffentlich, vor allem ohne Presse. Aber natürlich wird das, was DvB an diesem Abend zu verkünden hat, durchgestochen werden. Vielleicht leaken sie es sogar selbst. Eine Veranstaltung dieses Kalibers stellt keine Fragen, sondern schafft Tatsachen. In dem Moment,

in dem sie den Relaunch in einem solchen Rahmen präsentieren, hat er bereits stattgefunden. Dann gibt es kein Zurück mehr. Falls Sota vorhat, die Sache irgendwie aufzuhalten, muss er sich beeilen.
Zu deiner AK47-Aktivistin sage ich ein andermal etwas, ich war auf ihrem Insta-Account und hätte da ein paar Fragen. Jedenfalls ist Green Redemption kein Computerspiel, scheint mir, auch wenn es so klingt.

Viele Grüße von der *Titanic*, Stefan

Freitag, 22. Juli

20:10 Uhr, Theresa per WhatsApp: Ich lade dich hiermit auf eine Fortbildung ein: Nettsein per WhatsApp für Anfänger. Kursbeginn: sofort. Lektion eins: Freundlich guten Abend sagen. Guten Abend, lieber S., Basti und die Kinder sind von der Müritz zurück, und ich freue mich darauf, die beiden Jungs morgen zu mir zu holen. Ich habe gerade einen Cabernet aufgemacht und trinke in Gedanken ein Glas mit dir. Arbeite nicht so lang, hab einen schönen Abend und später dann eine gute Nacht. Deine Freundin Tessa

22:42 Uhr, Stefan per WhatsApp: »Meine Freundin Tessa«. Klingt irgendwie gut. Ich glaube, ich mag den Kurs. Bis morgen.

Samstag, 23. Juli

23:07 Uhr, Stefan per WhatsApp: Guten Abend, liebe T., bin heute mal zu Hause geblieben. Cabernet hatte ich nicht da, dafür einen Rioja. Im Hintergrund die feinen Klänge von Maxence Cyrin. Ich muss nachdenken, und du hilfst mir dabei. Schlaf gut, dein Freund S.

Sonntag, 24. Juli

00:31 Uhr, Theresa per WhatsApp: Zu heiß zum Schlafen. Was macht man mit der überflüssigen Zeit? Fingernägel kauen, wenn man noch welche hat. Es müsste endlich regnen. Waldbrandstufe 4. Wir brauchen Regen, Regen, Regen. Am besten genau jetzt. 28 Grad nachts um halb eins. Das ist doch nicht normal.

01:01 Uhr, Theresa per WhatsApp: Ich weiß nicht, was du am Nachdenken immer so toll findest. Ich kriege schlechte Laune davon. Vielleicht helfe ich dir beim Nachdenken und du mir beim Nicht-Nachdenken und deshalb kleben wir so aneinander, obwohl wir uns eigentlich hassen.

07:43 Uhr, Theresa per WhatsApp: Lektion zwei: Freundlich guten Morgen sagen. Guten Morgen, S., Milch und Zucker? Hoffe, du hast besser geschlafen als ich, und wünsche dir einen erfolgreichen Tag. Deine Freundin Tessa

10:16 Uhr, Stefan per WhatsApp: Guten Morgen, liebe Freundin. Ich mache dir noch einen Macchiato. Heute ist

Sonntag, schon bemerkt? Nachher gehen wir an der Außenalster spazieren, ohne uns anzuschreien. It's such a perfect day / I'm glad I spend it with you.

12:27 Uhr, Theresa per WhatsApp: Deine Note für Lektion eins und zwei: voll befriedigend. Gratuliere.

12:45 Uhr, Stefan per WhatsApp: Toll. Eine Drei plus. Da bin ich aber stolz. Was muss ich tun, um eine Zwei minus zu kriegen?

12:50 Uhr, Theresa per WhatsApp: Dich anstrengen.

16:04 Uhr, Theresa per E-Mail:

Lieber S.,

gestern Nacht hätte ich dir fast noch einen Link geschickt zu einem Artikel, in dem erklärt wird, warum Cancel Culture rassistische Tendenzen in der Gesellschaft verstärkt und damit das Gegenteil von dem erreicht, was du dir wünschst. Aber ich hab's mir verkniffen. Der WhatsApp-Kurs wirkt. Kein Wunder, war ja auch meine Idee.
Ich schulde dir noch eine Antwort auf deine Mail. Also: Sehr lieb, dass du mich als Sparringspartner schätzt. Welche Frau wäre da nicht begeistert? Bei der Gelegenheit habe ich gleich einmal überlegt, was mir an dir gefällt. Lass mal sehen. Du fühlst dich immer im Recht, du schlägst Frauen, und wenn du geil bist, kriegst du keinen hoch. Nein, warte, das war es nicht. Du hältst dich und deine Zeitung für den Mittelpunkt der Universums, glaubst, als Einziger die Zukunft zu verstehen, und willst anderen Menschen vorschreiben, was sie zu denken und zu sagen haben. Nein, das war's auch nicht. Hm. Spätestens seit dem letzten Außenalster-

Desaster wäre es nur logisch, den Kontakt abzubrechen. Stattdessen schreiben wir uns schon wieder Mails. Ganz ehrlich – ich habe keine Ahnung, warum.
Vielleicht interessiere ich mich gar nicht für dich, sondern für eine jüngere Version meiner selbst, die du für mich bewahrst. Vielleicht spiegelt sich in deinen Augen noch immer die 21-jährige Theresa, die mit der Kraft ihres Geistes die Welt aus den Angeln heben wollte. Wenn ich wegen der Hitze nicht schlafen kann (was zurzeit ziemlich häufig der Fall ist), frage ich mich, ob ich etwas bereue. Ob ich, wenn ich in der Zeit zurückreisen könnte, noch einmal das Studium abbrechen, Münster verlassen und den Hof meines Vaters übernehmen würde. Weißt du, was erschreckend ist? Wenn es den Hof nicht gäbe, hätte ich auch Basti und die Kinder nicht, aber der jungen Frau von damals würde ich trotzdem raten: Lass bloß die Finger davon. Bleib in Münster, bleib bei der Literatur und deinem brüderlichen Freund, verriegele Tür und Fenster, damit nicht die kleinste Kuh hereinkommt. Gleichzeitig will die heutige Theresa nichts so sehr wie die Rettung dieses Hofs. Geht das zusammen? Wahrscheinlich nicht. Ist wohl die ganz normale Schizophrenie der menschlichen Natur.
Apropos Schizophrenie: Die Social-Media-Avatare sind eine hübsche Metapher, aber ich glaube, hinter dem Meinungskrieg in den sozialen Medien steckt etwas anderes. Ich glaube, wir versuchen in Wahrheit alle, uns gegenseitig zu retten. Als wäre der jeweils andere in den Fängen einer feindlichen Macht, die ihm einen Chip ins Gehirn gepflanzt hat, weshalb er plötzlich merkwürdige Auffassungen vertritt. Du denkst, ich hätte mich verändert, ich wäre nicht mehr dieselbe wie früher, und du musst mich jetzt der dunklen Seite entreißen und in dein Lager ziehen. Und ich denke dasselbe von dir. Deshalb werden wir so schnell persönlich,

sind ständig verletzend und verletzt. Wahrscheinlich haben wir alle Angst, nicht nur du und ich, sondern wir alle, die ganze Gesellschaft, Angst davor, einander zu verlieren. Als wäre Gleichheit im Denken der letzte Klebstoff, der uns zusammenhalten kann.
Wie geht dieser Konfuzius-Spruch? Was du liebst, lass frei, kehrt es zu dir zurück, darfst du es behalten ... oder so ähnlich. Das Zitat solltest du dir über deinen Schreibtisch hängen (der wahrscheinlich bald im Keller steht, wenn Carla dich erst aus der Ressortleitung vertrieben hat). Und ich hänge ihn mir ins Büro. Jedenfalls im Geiste, sonst ruft Christian den Psycho-Notdienst für Landwirte an.
Genug gequatscht. Offensichtlich will ich dir schreiben, obwohl ich dich überhaupt nicht leiden kann. Dann ist es eben so.

Freundlich und zugewandt wie immer, deine Theresa

22:04 Uhr, Stefan per WhatsApp: Ich weiß nicht ... Polarisierung und Hate Speech nur ein gesamtgesellschaftlicher Familienkrach? Sweet dreams are made of this / Who am I to disagree ... Gute Nacht, träum süß!

Montag, 25. Juli

06:59 Uhr, Theresa per E-Mail:

Lieber Stefan,

ich schon wieder. Zum Thema »Was du liebst, lass frei, dann kommt es zu dir zurück« hatte ich gestern Abend noch einen erstaunlichen Moment mit Basti. Eigentlich hatte ich dir den Spruch ja nur geschrieben, damit du mich für eine überlegene Intelligenz hältst. Aber vielleicht ist tatsächlich etwas Wahres dran.

Gegen 21:30 Uhr hab ich die Kinder zurück zu Bastis Eltern nach Unterleuten gebracht. Basti kam vor die Tür, um sie in Empfang zu nehmen, aber sie rannten gleich an ihm vorbei ins Haus, um Oma und Opa zu suchen. Plötzlich standen Basti und ich allein im Vorgarten, und es wurde ganz still. Um uns herum die Felder und Wiesen gelb vertrocknet bis zum Horizont, hier und da kleine Staubwindhosen, die wie bewegliche Skulpturen in der Landschaft stehen, dazu das elektrische Surren der Zikaden. Eine Szenerie wie aus einem Endzeitfilm. Der Himmel färbte sich rosa zu einem dieser brandenburger Mega-Sonnenuntergänge, bei denen man denkt, hinterm Horizont sei irgendetwas Buntes explodiert. Wir schauten gemeinsam zu, als würde das Farbspektakel extra für uns inszeniert, und plötzlich griff Basti mir fest in die Haare, wie er es immer macht, wenn er Lust auf mich hat, zog mich zu sich heran und sagte: »Lass uns das wieder auf die Reihe kriegen, Tessa«, und ich sagte: »Ja klar«, und legte die Arme um seine Taille und drückte mich an ihn. Ich hatte fast vergessen, wie gut er riecht und wie stark er sich anfühlt, irgendwie unerschütterlich, als wäre er aus einem ganz anderen Material gemacht als ich. Wir redeten noch darüber, wie schön der Urlaub an der Müritz war und dass in Sachsen schon wieder der Wald brennt und wie es mit Bastis Meisterprüfungen weitergeht. Ich erzählte, dass Jonas im Auto zu mir gesagt hatte: »Mama, ich finde es toll, dass wir uns jetzt wieder so gut verstehen«, und dass mich das ziemlich schockiert hat, denn es klang, als hätten die Kinder die ganze Zeit gedacht, dass ich irgendwie sauer auf sie bin. Basti sagte, dass Jonas und Phil einfach unheimlich glücklich darüber seien, dass ich mir jetzt so viel Zeit

für sie nehme. Als ich mich von ihm losmachte, dachte ich kurz, er fragt mich, ob ich noch mit reinkomme. Aber er strich mir nur noch einmal über die Haare und sagte, dass wir uns mal verabreden sollten, um über alles zu reden. Auf der kurzen Fahrt zurück nach Schütte habe ich ziemlich auf die Tube gedrückt. Als müsste ich vor irgendetwas fliehen. Ich merkte, dass mir das zu schnell ging. Ich will wieder mit Basti zusammenleben, auf jeden Fall, aber jetzt noch nicht. Erst einmal muss der Hof aus dem Gröbsten raus sein. Sonst sind wir binnen kürzester Zeit wieder am selben Punkt. Für mich ist es gut so, wie es gerade läuft. Ich habe kein schlechtes Gewissen mehr und leide nicht mehr unter dem Gefühl, zwischen den Fronten zerrieben zu werden. Was ich jetzt noch brauche, ist Regen, eine einstweilige Anordnung des Verwaltungsgerichts gegen die Schweinepest-Verfügung und keine weiteren Katastrophen. Dann überlebe ich dieses Jahr, und wir können nach Weihnachten in Ruhe weitersehen.
Vielleicht fange ich mit Basti einfach noch einmal ganz von vorn an. Schön langsam, als hätten wir uns gerade erst kennengelernt. Wir könnten zum Beispiel ins Kino gehen. Dann teilen wir uns eine Tüte Popcorn und knutschen im Dunkeln. Und denken dabei an Konfuzius.

T.

PS: Das mit den Songtexten ist ganz okay, wirkt aber auch ein bisschen hilflos. Drei minus.

08:01 Uhr, Stefan per WhatsApp: Kann ich eigentlich niemals etwas richtig machen?

08:10 Uhr, Theresa per WhatsApp: Keine Ahnung. Kannst du?

Mittwoch, 27. Juli

01:34 Uhr, Stefan per WhatsApp: Bist du wach? Ich dreh grad am Rad.

01:49 Uhr, Stefan per WhatsApp: Scheiße, Theresa, ich dachte, du kannst nicht schlafen wegen der Hitze. Dann antworte gefälligst auch.

03:07 Uhr, Stefan per E-Mail:

Hallo Tessa,

sorry für die WhatsApp gerade. Kann nicht pennen, hab Kopfkino, außerdem zu viel Rotwein intus. Bevor ich jetzt gleich in den polierten Beton meiner Küchenarbeitsplatte beiße, schreibe ich dir lieber, was mich umtreibt.
Ich hatte mich heute auf einen perfekten Single-Abend gefreut: Carbonara, eine Flasche 2016er *Barolo Prunotto* und endlich die letzte Folge *House of Cards* in der Badewanne. Leider hat das alles nicht funktioniert. Die Eigelbsoße ist gestockt, der Wein war nicht mein Fall, und die Idioten, die das Finale von *House of Cards* verbockt haben, gehören geteert und gefedert.
Dann hab ich mich im Bett herumgewälzt und konnte nicht einschlafen. Was nicht an der verunglückten Carbonara lag, sondern am Big Relaunch. Ich muss das Ganze noch einmal neu überdenken.
Ich war heute Abend – oder eigentlich muss es schon heißen: gestern Abend – bei einer Veranstaltung, die mich ziemlich mitgenommen hat. Vor allem, weil sie am Ende gar nicht stattfand. Hast du von dieser Biologin gehört, Julia Enthe? Sie ist total umstritten, weil sie öffentlich an der

Überzeugung festhält, dass es zwei biologische Geschlechter gibt, ein männliches und ein weibliches. Deshalb wird sie auf Twitter und in vielen Zeitungen als »transfeindlich« und »menschenverachtend« bezeichnet. Sie sollte gestern Abend an der Uni Hamburg einen Vortrag halten. Es gab schon im Vorfeld Querelen – Student*innenverbände hatten gegen die Veranstaltung protestiert, und Julia Enthe hatte ihren Kritiker*innen eine sachliche Aussprache angeboten, die aber mit dem Hinweis abgelehnt wurde, dass es in ihrer Gegenwart keinen »Safe Space« gebe und man deshalb nur ohne sie über das Thema reden könne.

Als ich ankam, dachte ich, wir wären in den USA bei der Abstimmung über ein neues Abtreibungsgesetz. Flugblätter, Transparente, Taschenkontrolle (!) am Eingang. Sicherheitsleute der Uni und sogar uniformierte Polizei vor der Tür und im Saal. Im Audimax flatterten schon die Flugblätter von den Rängen. »Kein Platz für Queerfeindlichkeit«, »Wir sehen uns auf der Straße!«, »Ideologie der Zweigeschlechtlichkeit ist Gewalt« und so weiter. Kaum machte sich Enthe auf den Weg in Richtung Mikrofon, setzte ein ohrenbetäubendes Trillerpfeifenkonzert ein, dann stürmten zwölf Aktivist*innen auf die Bühne und entrollten ein Transparent mit der Aufschrift »ENTHE Gelände – keine Plattform für transfeindliche Faschist*innen!« Enthe stand etwas hilflos herum, der Weg zum Rednerpult war versperrt, niemand sprang ihr bei, niemand räumte die Bühne, also setzte sie sich wieder hin. Die Aktivist*innen blieben, wo sie waren, machten einfach weiter Lärm und grölten zwischendurch Parolen. Ein paar Zuschauer*innen regten sich auf und schrien wütend, sie wollten den Vortrag hören. Alle anderen wirkten vor allem verstört.

Krass fand ich, dass in der ersten Reihe einige der mächtigsten Personen der Hamburger Wissenschaftsszene hockten. Ich erkannte die Universitätspräsidentin und die Senatorin für Wissenschaft und Forschung. Der Dekan der biologischen Fakultät war zugegen, und ich glaube, auch der Uni-Kanzler. Die saßen alle seelenruhig da, als wären sie im Thalia Theater und bestaunten eine experimentelle Performance zur Protestkultur. Niemand stand auf und unternahm etwas, niemand erteilte den Ordner*innen Anweisungen. Die lehnten in ihren roten Westen mit Uni-Logo an den Wänden und quatschten miteinander, als wären sie Aufpasser*innen beim Justin-Bieber-Konzert. Auch die Polizist*innen taten nichts, außer ab und zu in ihre Funkgeräte zu sprechen. Währenddessen schmerzten die Trillerpfeifen weiter in den Ohren. Die Aktivist*innen hatten fraglos ihr Ziel erreicht – maximale Aufmerksamkeit. Aber sie hörten trotzdem nicht auf. Minute um Minute verstrich. Der Lärm, die feindselige Stimmung, die ungläubigen Gesichter – das alles erinnerte mich an eine Veranstaltung in der Uni Duisburg vor über zwanzig Jahren, kurz bevor wir beide uns kennenlernten. Ich hatte gerade mit dem Germanistikstudium in Münster angefangen und bin nach Duisburg gefahren, um Martin Walser bei seinem ersten Auftritt nach dem Paulskirchen-Skandal zu erleben. Er hatte damals in seiner Rede ja von Auschwitz als Drohroutine, Einschüchterungsmittel und Moralkeule gesprochen und damit einen Sturm der Kritik ausgelöst. Im Hörsaal in Duisburg herrschte eine ähnliche Stimmung wie gestern an der Uni Hamburg. Flugblätter mit Schmähungen segelten durch die Luft, Student*innen brüllten ihre Wut im Chor heraus – es ging darum, Walser nicht zu Wort kommen zu lassen. Er sollte sich nicht erklären dürfen, nicht Stellung beziehen zu seinen Äußerungen in der Paulskirche. Auch ich fand problematisch, was er gesagt hatte, aber ich konnte einfach nicht begreifen, warum er sich jetzt nicht rechtfertigen durfte. Das war so furchtbar. Niemand trat für ihn und sein Rederecht ein. Als er es dann doch schaffte, etwas zu sagen, klatschte ich so besessen Beifall, dass meine Handflächen brannten. Ein bulliger Antifa-Typ, der vor mir stand, drehte sich zu mir um, und meine applaudierenden Hände sausten im schnellen Takt direkt vor seiner Nase zusammen, wieder und wieder, ich konnte einfach nicht aufhören, und der Typ wusste wahrscheinlich, dass die Kraft, die ich in meinen Applaus legte, eigentlich seinem Gesicht galt. Wir starrten uns hasserfüllt in die Augen, irgendwann wandte er sich ab. So nah kam ich einer Schlägerei nie wieder.

Anders als Walser schaffte es Julia Enthe gestern Abend nicht, zu Wort zu kommen. Sie schaffte es nicht einmal auf die Bühne. Nach einer Viertelstunde stand sie ein zweites Mal auf, ging nach vorn und versuchte, mit den Student*innen, die ihr den Weg versperrten, ins Gespräch zu kommen. Natürlich konnte ich nicht hören, was gesprochen wurde. Aber ich sah, wie sie Enthe direkt ins Gesicht schrien und auch ihre Trillerpfeifen benutzten, um sie zurückzutreiben. Danach verließ Enthe den Saal, die Student*innen auf der Bühne jubelten, das Publikum war perplex, manche empörten sich über den abgebrochenen Abend. Als der Lärmpegel absank, ging der Dekan ans Mikro, entschuldigte sich für das Chaos und verlor ein paar windelweiche Worte zu polarisierten Zeiten und der Notwendigkeit von Safe Spaces und wie man die Freiheit der Lehre mit den berechtigten Ängsten von Minderheiten in Einklang bringen könne. Diskurs müsse jedenfalls stattfinden, aber eben so, dass alle einverstanden seien. Was natürlich völliger Quatsch ist, weil man Diskurs nur braucht, wenn *nicht* alle einverstanden sind, und weil dieser Mann außerdem soeben seine Chance, einen Diskurs stattfinden zu lassen, grandios vertan hatte, indem er einfach nur in der ersten Reihe gesessen und geschwiegen hatte. Offensichtlich gab es im Audimax keine Instanz, die bereit war, sich mit den Störer*innen anzulegen. Niemand wollte riskieren, in den sozialen Medien als Faschist*in beschimpft oder auf viralen Fotos im Netz dabei gezeigt zu werden, wie er/sie aufgebrachte Transmenschen von der Bühne zerrt. Einerseits verständlich. Aber das Ergebnis ist fatal: Keine/r nutzt seine/ihre Macht, um die Universität als das zu verteidigen, was sie ist, nämlich ein Ort der freien Rede.

Das ist es, was mich so erschreckt hat: das Einknicken der Institution. Es erinnert mich daran, wie die älteren Kolleg*innen beim BOTEN (inklusive meiner selbst!) betreten schweigen, wenn die Jüngeren von BOTE ONLINE in den Zoom-Konferenzen steil gehen. Wenn sie mit ganzer Härte fordern, ein Schriftsteller oder eine Ärztin dürften beim BOTEN nicht mehr veröffentlicht werden, weil der eine für Verhandlungen mit Putin eintritt und die andere gegen Geschlechtsumwandlungen bei Vierzehnjährigen ist. Welche Verachtung sie Menschen entgegenbringen, die etwas anderes denken als sie selbst! Sie lehnen den Individualismus genauso ab wie den Universalismus, und damit alles, was die Grundlage einer liberalen Gesellschaftsordnung bildet. Für sie gibt es nur noch Gruppenzugehörigkeiten. Und wer zur Gruppe »alter weißer Mann« gehört, ist sowieso im Unrecht, und zwar immer. Strukturell. Auch ich habe in solchen Situationen den Mund gehalten und mich gefreut, dass es im Print noch nicht ganz so extrem ist wie bei den Onliner*innen. Mir immer wieder gesagt, dass die Anliegen doch richtig sind und die jungen Leute eben etwas übers Ziel hinausschießen, was ein Vorrecht der Jugend ist. Ich wollte Ärger vermeiden, und ich weiß, dass es viele Kolleg*innen genauso machen. Selbst Sota, vermute ich. Statt den offenen Diskurs zu verteidigen, ziehen sich die

Institutionen zurück und überlassen das Feld einer lauten Minderheit. Das kann nicht sein. Ich glaube nach wie vor daran, dass eine liberale Gesellschaft trotz aller Fehler und Rückschläge den größten Fortschritt ermöglicht, und zwar gerade auch für das Empowerment unterdrückter Gruppen. Die Social-Justice-Bewegung kritisiert Herrschaftsdiskurse und arbeitet selbst mit aller Kraft daran, einen solchen zu errichten. Dadurch ist nichts gewonnen. Was, wenn die Wissenschaftsfeindlichkeit jener wütenden jungen Menschen, die Enthes biologischen Ansatz verdammen, sich eines Tages gegen die Erkenntnisse zum menschengemachten Klimawandel richten? Weil die Prognosen zur globalen Erwärmung von überwiegend weißen, vielleicht auch noch männlichen, heterosexuellen und cis-normativen Forschern erstellt wurden?

Liebe Tessa, vielleicht könntest du es dir an dieser Stelle verkneifen, »Siehste!« zu schreien. Es ist nämlich keineswegs so, dass ich vorhabe, auf »deine Seite« überzulaufen – falls es überhaupt irgendwelche Seiten gibt. Ich finde deine rücksichtslose Art zu sprechen nach wie vor unmöglich und glaube, dass du aufpassen musst, nicht aufgrund deiner beruflichen Probleme in die geistige Gesellschaft von Leuten zu geraten, deren Weltbild du in Wahrheit genauso ablehnst wie ich. Aber eins ist mir heute wirklich klar geworden: Auch wenn die junge Bewegung gute Ideen hat, muss jede Ansicht immer kritisierbar und diskutierbar bleiben. Dafür braucht es Institutionen, die sich nicht zurückziehen, sondern darauf beharren, eine Plattform für konstruktive Auseinandersetzung zu sein. Und der Bote ist eine solche Institution.

Um halb zwei war es mit meinen Schlafversuchen endgültig vorbei. Ich habe das Licht angemacht, mir noch ein Glas Barolo eingegossen, mich in Boxershorts ans offene Fenster

gesetzt und beschlossen, schonungslos ehrlich zu mir selbst zu sein. Die ultimative Bestandsaufnahme. Fazit: Ich will den Big Relaunch nicht, wenn er bedeutet, dass Leute wie Julia Enthe dann nicht mehr im BOTEN schreiben dürfen. Ich mag die alten weißen Männer nicht, die sich gegen alles wehren, was Veränderung bedeutet und ihre Privilegien gefährdet. Aber ich mag auch die mega-woken Student*innen nicht, die Hassmails an eine Professorin schicken, weil sie gesagt hat, dass es einen biologischen Unterschied zwischen den Geschlechtern gibt. Als Journalist gehöre ich keiner Seite an, sondern sitze planmäßig zwischen den Stühlen. Oder, besser gesagt, meine Aufgabe besteht darin, möglichst viele verschiedene Stühle in einen möglichst großen Raum zu stellen. Der Big Relaunch wäre eine Verkleinerung des Raums und der Anzahl von Stühlen. Und damit ein fataler Verlust.
Sorry für die miese Metapher. Es ist spät. Ich bin auch gleich fertig, versprochen.
Um kurz vor zwei habe ich Flori Sota angerufen. Spontane Eingebung, mitten in der Nacht, ohne Hoffnung, ihn tatsächlich zu kriegen. Aber, was soll ich sagen – er ging sofort dran. Als hätte er schon seit Tagen auf meinen Anruf gewartet.
Ich fing sofort an zu reden: von Stühlen und Biologinnen und davon, dass wir den Relaunch verhindern müssen. Sota hat geschwiegen, also habe ich immer weitergeredet. Dass mir durchaus klar sei, wie spät ich mit dieser Erkenntnis um die Ecke komme. Dass ich mit meinem Einsatz für die Klima-Ausgabe dem Big Relaunch den Weg geebnet habe und es verstehe, wenn er wütend auf mich sei. Dass wir unsere Kräfte jetzt aber trotzdem bündeln müssen und so weiter und so fort.
Er sagte nur: Bist du bald fertig mit deiner Selbstkasteiung? Ich glaube nicht, dass uns das weiterbringt.

Ich hielt den Mund und bekam ein Update von ihm. Leonie und Justin werden auf Carlas Vorschlag als Jungredakteur*innen nach Hamburg ins Blatt geholt, um den Relaunch zu begleiten. Zwei Neunzehnjährige. Angeblich von DvB persönlich gewünscht. Die beiden hätten ja schon bei der Klima-Ausgabe »herausragende Arbeit« geleistet. Studium? Volontariat? Journalist*innenschule? Gutes Benehmen? Alles nicht mehr nötig. Die richtige »Haltung« und ein paar zehntausend Follower*innen reichen.
So sieht's aus, sagte Sota. Komm morgen Abend ins *Nagel*, dann reden wir.
Typisch für ihn. Keine Vorwürfe, keine Anschuldigungen. Stattdessen ein konspiratives Treffen. Er hat mit Sicherheit einen Plan, und er braucht mich dafür. Statt zu versuchen, mich auf seine Seite zu holen, hat er einfach gewartet, bis mir von selbst ein Licht aufgeht und ich zu ihm komme. Ich bin verdammt gespannt, was er in petto hat.
Jetzt ist es schon nach drei. Wenn ich nicht noch ein paar Stunden schlafe, werde ich verrückt.
Gute Nacht, Tessa. Danke, dass du mir zuhörst. Ich hab dich sehr lieb.

Dein Stefan

04:04 Uhr, Theresa per WhatsApp: Du gehst ins Bett, ich stehe gerade auf. Guten Morgen und gute Nacht. Schlaf gut, Stefan, mach dir nicht so viele Sorgen. Alles wird gut.

04:07 Uhr, Stefan per WhatsApp: Du bist wach! Es tut so gut, deine Stimme zu hören. Also, in meinem Kopf. Ich hab das Gefühl, hier geht gerade alles den Bach runter. Vor die Hunde. In die Binsen.

04:11 Uhr, Theresa per WhatsApp: Der Bach-Hunde-Binsen e.V.! Da bin ich Vorsitzende. Willkommen im Club.

04:15 Uhr, Stefan per WhatsApp: Vielen Dank. Ich hau mich jetzt noch kurz aufs Ohr. Viel Spaß beim Melken.

04:15 Uhr, Theresa per WhatsApp: Du mich auch.

11:44 Uhr, Theresa per E-Mail:

Lieber Stefan,

mit dem Gefühl, keiner Seite anzugehören, bin ich bestens vertraut. Allerdings ging es bei mir nie um »liberal oder progressiv« (falls das der Gegensatz ist, von dem du sprichst), sondern eher um »Ost oder West«. Während ihr Wessis in den Neunzigern Ecstasy eingeworfen habt und zum Rave gegangen seid, waren wir im Osten gerade erst fertig mit »Wir sind das Volk«. 1989 war ich zehn, und in den Jahren danach gerieten gemeinsam mit mir mehrere »neue« Bundesländer in die Pubertät. Auf der Suche nach der verlorenen Identität. Alles war existenziell. Es ging nicht darum, möglichst viel Spaß zu haben und die große Freiheit zu leben, sondern vor allem darum, sich im neuen Zeitalter überhaupt zurechtzufinden. Es war schlimm zu sehen, wie meine Eltern die Welt nicht mehr verstanden. In den Dörfern ringsum rissen sich ortsansässige Obermacker mithilfe von schlauen Anwälten aus dem Westen die ehemaligen LPGs unter den Nagel. LPG-Vorstände wurden zu Großgrundbesitzern, schneller, als du bis drei zählen kannst. Den Rest der Flächen kassierte die Treuhand ein. In den Folgejahren verloren drei Viertel der landwirtschaftlich Beschäftigten ihre Jobs. Im Schnellverfahren lernten wir, dass es wahrlich Grund gibt, an allem zu zweifeln. An den

Versprechen der Politik sowieso. Aber auch an dem, was man Freiheit nennt. An dem, was die Zeitungen schreiben, und an dem, was Richter entscheiden – und letztlich auch an Nachbarn, die im Moment der Krise nichts Besseres zu tun haben, als so schnell wie möglich ihre Claims abzustecken. Ich wollte so gern an die Zukunft glauben, an den Westen, an Fortschritt und Freiheit und Fremdsprachen und das ganze neue System, aber gleichzeitig sah ich meinen Vater, der mit seiner kleinen Genossenschaft »Vergangenheit« spielte und versuchte, die kapitalistischen Realitäten zu ignorieren. Der sich nach außen stoisch gab und innerlich zerbrach – an der grinsenden Heuchelei der BRD. Die Vorgänge von damals sind der Grund, warum ich heute meinen Hof auf Pachtland führen muss, dessen Preise ich mir nicht mehr leisten kann. Weißt du, ich bin wirklich eine Patriotin. Ich liebe das wiedervereinigte Deutschland. Aber ich weiß, dass es auf einem Betrug errichtet wurde. Mehr »zwischen den Stühlen« geht nicht.

Ich erzähle das, damit du begreifst, dass dein Gefühl, an der Stimmung im Land zu verzweifeln, auch deiner persönlichen Biographie geschuldet ist. Du hast enorme Erwartungen an die Politik, den Journalismus, die Öffentlichkeit. Als kämst du aus einem Paradiesgarten und wärst beleidigt, dass man dich hinausgeworfen hat. Jetzt willst du dafür kämpfen, das Paradies zurückzuholen. Das ist süß, aber aus meiner Sicht ein weiteres Mal ziemlich traumtänzerisch. Deine Kämpfe, deine Leiden – sie finden auf der Meta-Ebene statt. Es geht dir nicht um greifbare Probleme, nicht um die Bedrohung deiner Existenz oder der von anderen Leuten. Es geht dir um die Frage, wer was sagen oder schreiben darf, wer auf einer Bühne stehen darf, wer wo arbeitet, wie eine Zeitung heißt. Vielleicht solltest du nicht die Welt ändern, sondern erst einmal deine

Weltsicht. Du hast einmal geschrieben, ich wäre dir früher immer so sicher und überzeugt erschienen, ernsthaft und weniger oberflächlich als du selbst. In Wahrheit habe ich den Großteil meines Lebens mit Zweifeln verbracht. Ich habe an meinem Vater gezweifelt, der weder kämpfen noch aufgeben wollte, ich habe am Studium der Germanistik gezweifelt und genauso an meiner Entscheidung, den Hof zu übernehmen. Ich zweifle vor allem ständig an mir selbst. Das kostet viel Kraft. Und ist doch letztlich nur ein Schutzwall gegen die Angst zu versagen. Wenn man alles gleichzeitig für richtig und für falsch hält, kann man wenigstens hinterher sagen, man hätte es von Anfang an gewusst. Ich glaube, ich bin gerade dabei, das Zweifeln zu beenden. Vielleicht liegt das nicht nur an mir. Vielleicht kann man in diesen Zeiten nur für oder gegen das System sein. Die Plätze zwischen den Stühlen werden gerade mit Macht eliminiert. Grauzonen werden trocken gelegt, Ambivalenzen ausradiert. Möglicherweise können wir uns alle demnächst die Zweifel nicht mehr leisten.
Aber, hey, damit ist nicht gemeint, dass du wieder ein Fanatiker werden sollst, okay? Du gefällst mir besser so. Der nachdenkliche Stefan ist wesentlich umgänglicher. Selbst deine Gendersternchen stören mich kaum noch. Sie haben jetzt einen milderen Glanz. Ein Hoch auf die Stühle, zwischen denen du seit Neuestem sitzt.

Deine Tessa

Donnerstag, 28. Juli

08:13 Uhr, Theresa per E-Mail:

Guten Morgen, Stefan,

eine kleine Anekdote zum Frühstück: Kurz nachdem ich gestern die Mail an dich abgeschickt hatte, marschierte plötzlich Eva in mein Büro und sagte: »Theresa, heute Abend gehen wir etwas trinken.« Erst habe ich gelacht. Etwas trinken! Wer macht denn sowas! Als ob es hier Kneipen gäbe! Aber die Kleine meinte es ernst. Es war auch gar kein Vorschlag, sondern ein Befehl: Du musst mal raus, du bist total abgestumpft, ich hole dich um sechs, zieh anständige Schuhe an und wasch dir die Haare. Aha. Okay. Keine weiteren Fragen. Um sechs hatte ich die Gummistiefel gegen Sandalen (Höchsttemperatur heute 36 Grad!) getauscht, ein frisches T-Shirt angezogen und es immerhin geschafft, mir die Haare zu einem dicken Zopf zu flechten. Schon brauste ein pinker E-Smart auf den Hof. Pink! Bislang war Eva immer mit dem Fahrrad gekommen. Während der Fahrt klammerte ich mich am Haltegriff fest, während dieses Elektro-Ding um die Kurven schoss wie eine Flipperkugel. Ich dachte darüber nach, woher Eva die Kohle für einen Smart mit Sonderlackierung haben mochte. Anscheinend war mir das Fragezeichen anzusehen – jedenfalls erzählte sie, während sie lässig mit einer Hand steuerte, von ihrem Podcast, der sich mit Globalisierungskritik beschäftigt, zur Abschaffung sämtlicher internationaler Organisationen aufruft und gerade die Grenze von hunderttausend Abonnenten überschritten hat (nicht genug für einen Smart). Außerdem werde sie seit April von einem amerikanischen Thinktank finanziert (daher der Smart). Aber warum bitte schön sollte ein amerikanischer Thinktank einer deutschen Studentin Geld geben? Mache ich irgendetwas falsch? Müsste ich einen Kuh-Podcast ausstrahlen und auf Zahlungen aus dem Ausland warten, um meine Finanzprobleme zu lösen? Bevor ich diese Fragen stellen konnte, hatten wir das Ziel erreicht.

Eigentlich gab es in Plausitz traditionell immer nur Eiscafés und Spätis mit Tischen vor der Tür, aber jetzt hielten wir vor einem neuen Laden, den ich noch nicht kannte. Eine Art Irish Pub, Ledervorhang vor dem Eingang, Fernsehbildschirme über der Bar, *Guiness*-Zapfanlage und schummrige Beleuchtung. Mir gefiel das Ambiente, und ich wollte gleich an die Bar, aber Eva zog mich weiter in ein Nebenzimmer, wo nur zwei Tische standen, und zu meiner Überraschung wurden wir dort erwartet. Drei Personen erhoben sich, als wir eintraten. Die Frau, ein bisschen älter als ich, hennarot gefärbte Haare, stellte sich als Polly vor; der Mann neben ihr, in ähnlichem Alter und mit Fischermütze trotz der Hitze, hieß Yven. Die beiden wirkten verheiratet; wahrscheinlich waren die Kinder aus dem Haus, und man wandte sich neuen Aufgaben zu. Der Dritte im Bunde murmelte etwas von »Alex«, war jung, lang und dünn, bestimmt Student wie Eva, mit glatten Haaren, die ihm lang ins Gesicht hingen. Alle schüttelten mir die Hand und grinsten mich an, als wären wir Freunde.

Ich dachte nur: Eva, du kleines Schlitzohr. Immer im Dienst. Aber sauer war ich nicht. Ich fand es sogar interessant. Mehr als das. Es war … *nice.* Vielleicht nicht *epic,* aber auf jeden Fall *flattering*. Nie zuvor hat mir jemand so aufmerksam zugehört wie die Führungsriege von Green Redemption. Sie wollten alles wissen. Wie mein Betrieb funktioniere. Wie viele Angestellte (wenig), wie viele Kühe (mittel) und wie viele Schulden (viel) ich hätte. Ich erzählte von

Flächenprämien, Land-Grabbing und Schweinepest, und sie bedauerten mich ausgiebig. Sie sagten: Das ist nicht deine Schuld. Und: Du machst alles richtig. Sie sagten: Die Globalisierung erdrosselt jede ehrliche Arbeit, und: Im Turbokapitalismus wird es weder Energiewende noch Agrarwende geben, und: Das kapieren diese Idioten in Brüssel nicht. Sie sagten: Theresa, du bist nicht allein.
Mir ging das alles runter wie Öl. Keiner von denen ist Landwirt, aber sie vernetzen sich mit Bauern und nehmen die Gesamtlage in den Blick. Ich glaube, sie fühlen der Basis den Puls, um das Potenzial für eine neue Occupy-Bewegung oder vielleicht eher einen Gelbwesten-Aufstand zu checken, und sie vermuten das Potenzial für echte Revolution in der Landwirtschaft. Vielleicht, weil bei uns der Leidensdruck am höchsten ist. Oder weil wir in der Provinz noch nicht so gehirngewaschen vom Mainstream sind wie ihr Filterblasenbewohner in den Städten.
Sie erzählten von ihren jüngsten Aktionen und erklärten, dass man viele Nadelstiche ausführen müsse, um eines Tages ein Wespennest zu treffen. Letztes Jahr haben sie nachts im Tiergarten ein Feld aus grünen Kreuzen errichtet, 3.500 Quadratmeter, dicht an dicht, ein Mahnmal für die sterbende Landwirtschaft. Ein paar Wochen später haben sie den Fußweg vor dem EU-Parlament in Straßburg mit Butter bestrichen und daneben Transparente entrollt: Billiger als Bohnerwachs. Dafür gab es wohl einiges an Presse und sogar eine Strafanzeige, weil jemand hätte ausrutschen können. Am besten fand ich den Nachbau eines kleinen Supermarkts unter dem Brandenburger Tor, in dem die Lebensmittelpackungen und Getränkeflaschen mit Jauche gefüllt waren. Der Slogan für die Aktion: Wer einen Dreck bezahlt, bekommt auch Dreck. Auch wenn Polizei und Ordnungsamt den Laden binnen anderthalb Stunden beseitigt

hatten, mit Platzverweis und allem Drum und Dran, sind doch ein paar nette Bilder entstanden, die sich in den sozialen Medien verbreiten konnten. Insgesamt eine gute Aktion, um auf die Dumpingpreise für Lebensmittel hinzuweisen.

Nach den ersten drei *Guinness* wurde es allgemeiner, es ging um die Grünen (Renegaten-Partei), Fridays for Future (Kleinkinder ohne Ahnung von den globalen Zusammenhängen), den Ukraine-Krieg (alles Schuld von NATO, WTO und G7) und Corona (verpasste Chance zur Systemwende). Am lautesten redete der Junge in Evas Alter, der, wie ich dann merkte, in Wahrheit auch ein Mädchen war oder sein wollte und außerdem ziemlich sicher bis über beide Ohren in Eva verknallt, die auch wirklich ganz allerliebst ihr Haar über die Schultern warf, während sie etwas vom prometheischen Gefälle zwischen Organisations- und Bewusstseinsfrage erzählte. Das Ehepaar trank mindestens so viel *Guinness* wie ich und sagte etwas von »Radikalvernunft, die man erzwingen muss«, aber da konnten sie den Begriff schon nicht mehr klar aussprechen, und ich war nicht sicher, ob ich noch richtig hörte. Gegen 23 Uhr war ich sturzbetrunken, und Eva fuhr mich nach Hause.

Alles in allem ein netter Abend. Du hattest Recht: Green Redemption ist kein Computerspiel. Und es sind definitiv keine Leute, die zu Zweifeln neigen.

Noch nicht ganz nüchtern: deine T.

19:16 Uhr, Stefan per WhatsApp: Radikalvernunft? Ist das nicht ein Oxymoron?

19:18 Uhr, Theresa per WhatsApp: Das sagt der Richtige.

19:22 Uhr, Stefan per WhatsApp: Bin auf dem Weg ins *Nagel.* Treffen mit Sota. Nicht nur du gehst zu konspirativen Gesprächen in schummrigen Hinterzimmern! Anscheinend werden wir uns immer ähnlicher. Auch wenn ich es ziemlich erschreckend finde, was deine neuen Freund*innen so erzählen.

19:35 Uhr, Stefan per WhatsApp: Für mich hättest du jedenfalls keine Sandalen anziehen müssen. Ich wette, du siehst in Gummistiefeln toll aus.

Freitag, 29. Juli

11:42 Uhr, Stefan per E-Mail:

Hallo Tessa,

hier kommt mein Hinterzimmerbericht vom Treffen mit Sota. Auf einen Begriff gebracht: elektrisierend. Dabei fing der Abend eher deprimierend an. Ich gehe ja schon länger ins *Nagel*, aber gestern kam ich mir vor wie ein Dinosaurier auf dem Weg zum Aussterben. Diese Pinte von anno dazumal mit ihren Gardinen, holzvertäfelten Wänden voller Ölgemälden und der Speisekarte von 1980 … Ausgerechnet an diesem Ort treffen sich zwei weiße Männer, um zu besprechen, dass sie beruflich nicht mit der Zeit gehen wollen. Herzlichen Glückwunsch. Hätte nur noch gefehlt, dass Helmut Schmidt reinkommt und sich eine Mentholzigarette anzündet.
Sota saß schon auf seiner Bank hinten rechts in der Ecke und wirkte genauso entspannt wie am Telefon. Wir begrüßten uns per Faustoß, ein übrig gebliebenes Corona-Ritual,

das im *Nagel* deplatziert wirkte. Während wir auf die erste Runde warteten, blieben wir stumm, als ließe sich unser Gespräch nur mithilfe von zwei großen Krügen *Nagelbräu* führen. Was vermutlich den Tatsachen entsprach.
Dass Sota nicht ohne Ass im Ärmel zum Treffen kam, hatte ich mir am Telefon schon gedacht. Aber ich wäre nie im Leben darauf gekommen, was er sich ausgedacht hat. Eine ziemlich geniale Idee: Er plant die Gründung eines topaktuellen Medienprojekts mit Namen *Lighthouse*. Rein digital, ausgeklügeltes Bezahlsystem und vor allem: höchste inhaltliche Qualität. Sein Ziel: dem klassischen Journalismus ins 21. Jahrhundert helfen. Sota will mit modernsten Mitteln beweisen, dass Neutralität, Objektivität und sorgfältige Recherche nicht ausgedient haben. Im Gegenteil, dass sie in verwirrten Zeiten wichtiger sind denn je. Ausführliche Interviews, lange Reportagereisen, unerschütterliche Berichterstattung. Keine Skandalisierung. Kein Click-Baiting. Keine Kolumnen, Glossen, Meinungsspalten, Zwischenrufe, Streiflichter oder anderen Kinderkram. Stattdessen spannende Beiträge ohne moralische Bevormundung, ohne belehrenden Unterton, »ohne Telos«, wie er sich ausdrückte. Keine Dauerpräsenz von Mode-Prominenten, ganz egal, wie stark sie gerade trenden. Weniger Hype, mehr Inhalt. Mit anderen Worten: jene Art von Journalismus, für die wir alle mal angetreten sind.
Sota ist vielleicht ein alter weißer Mann, aber er gehört definitiv nicht zum alten Eisen. Er weiß, was abgeht, und er weiß, wie man Leute überzeugt. Er hat schon mehrere interessierte Investor*innen an der Hand und dazu eine spektakuläre Location in Aussicht: den alten Leuchtturm auf der Insel Neuwerk. Weit weg von der Metropole, außerhalb der Reichweite von Blasen, Moden, Illusionen, Politik und Lobbyismus. Also in größtmöglicher Distanz zu jeder

Einflussnahme. Ein journalistisches Exil, eine Exklave der Neutralität.

Ich war baff. Es klang, als erzählte er aus dem Journalist*-innen-Märchen-Wunderland. Aber er meinte es ernst. Auch ökonomisch. Er sagte: Seit Jahrzehnten erzählt man uns, dass die Aufmerksamkeitsspanne der Leser immer weiter sinkt. Dass sie sich nur noch zwei Minuten auf ein Thema konzentrieren können. Und was machen die Leute? Ziehen sich neunstündige Podcasts rein, gehen in Kompaniestärke zu philosophischen Vorträgen, lesen sechshundertseitige Romane. Er sagte: Die Leute brauchen nicht noch mehr Zerstreuung, sie brauchen Orientierung. Und sie sind bereit, dafür zu bezahlen. Als Konsumenten oder als Investoren. Sota nannte ein großes Verlagshaus, einen prominenten Showmaster, eine Tech-Managerin und zwei schwerreiche Unternehmer aus dem Einzelhandel, die sofort bereit wären, hohe Summen in die Gründung von *Lighthouse* zu investieren. Nicht, weil sie auf Rendite hofften. Sondern aus Überzeugung.

Ich dachte sofort: Er hat Recht. Die Zielgruppe für ein solches Projekt muss gigantisch sein. Weißt du, Tessa, ich habe jahrelang für mehr Gerechtigkeit in der Welt gekämpft und gedacht, der Journalismus sei ein probates Mittel dafür. Das denke ich auch immer noch. Aber während Sota sprach, wurde mir klar, dass ein Baustein gefehlt hat: die wahre Bedeutung von Neutralität. Sie ist nicht einfach nur ein ethisches Bekenntnis, sie ist zwingende Voraussetzung der Gerechtigkeit. Unser Auftrag besteht darin, beim Weg anzusetzen, nicht beim Ziel. Sonst wird aus Journalismus Pädagogik. Jetzt verstand ich, warum ich seit Tagen um den Begriff »zwischen den Stühlen« kreise: Es ist ein Sinnbild der neutralen Position und damit der angestammte Ort des Journalisten. Da gehöre ich hin. Und ich bin fest überzeugt,

dass die Menschen Sehnsucht danach haben. Nach einer erwachsenen Art der Weltwahrnehmung.
Das in etwa erklärte ich Sota. Er sah mich mit diesem ironischen Grinsen an, das gleichzeitig so vernichtend und so einnehmend ist. Er sagte schließlich, dass er mich dabeihaben wolle. Weil ich einer der Besten sei. Weil ich kapiere, worum es ihm gehe. Weil ich trotz meiner aktivistischen Anwandlungen insgeheim wisse, wie zentral unsere Rolle für die Gesellschaft sei. Er sagte: »Wenn der Diskurs vor die Hunde geht, reißt er die Demokratie mit sich. Es ist höchste Zeit, Verantwortung zu übernehmen.«
Mir wurde warm von innen. Kein Vorwurf, dass ich mit der Klima-Ausgabe einer kompletten Umwandlung des BOTEN Vorschub geleistet hatte. Kein Spott, keine Kritik. Nur feine Ironie, weit ausgebreitete Arme und ernsthafter Kampf für die Sache. Ich wusste genauer denn je, warum ich Flori Sota seit zwanzig Jahren verehre. An die menschliche Größe dieses kleinen Mannes reichen die wenigsten heran. Er musterte mich eingehend, als versuchte er, meine Gedanken zu lesen, und fragte: Machst du mit?
Ich ging aufs Klo. Ich musste mich sammeln. *Lighthouse* ist eine geniale Idee. Aber DER BOTE ist eine Zeitung mit siebzigjähriger Tradition, und er ist mein Leben. Den BOTEN zu verlassen, kam mir völlig absurd, ja, regelrecht unmöglich vor. Ich wusch mir lange die Hände und schaute dabei in den fleckigen Spiegel. Dann wusste ich, was ich Sota sagen musste. Sein Angebot war mehr als verführerisch, es war ein Ruf zum Abenteuer – vielleicht der Gründungsmoment eines historischen Projekts. Die Neuerfindung des klassischen Journalismus unter digitalen Bedingungen. Aber es gibt auch Loyalitäten. Und ich stand – dazwischen. Ich würde mit »ja, aber« antworten. Nicht Hurra schreien, sondern eine Bedingung stellen.

Als ich an den Tisch zurückkehrte, sah mir Sota entgegen, und plötzlich entdeckte ich in seinen Augen ein kleines Flackern von Unsicherheit. Er brannte auf meine Antwort. Er hatte Angst, dass ich absagen würde. Er wollte mich wirklich dabeihaben. Er tat mir keinen Gefallen, nein, er brauchte mich. Und dafür liebte ich ihn noch mehr.
So lautete mein Vorschlag: Wir werden zu DvB gehen und ihr von *Lighthouse* erzählen. *Lighthouse* ist das, was wir machen, wenn sie den Relaunch durchzieht. Ihr renommierter Chefredakteur und sein Stellvertreter werden die Zeitung verlassen und ein Konkurrenzprodukt gründen, und es ist ziemlich wahrscheinlich, dass sie einen Haufen wichtiger Leute mitnehmen können. Das würde der BOTE nicht so einfach wegstecken. DvB muss sich gut überlegen, ob sie bereit ist, diesen Preis zu zahlen.
Erpressung? Keine Erpressung. Ich grinste. Maximale Transparenz in Bezug auf unsere Beweggründe. Außerdem können wir DvB die Möglichkeit geben, den Relaunch gesichtswahrend abzusagen. Wir können ihr anbieten, ein neues Aktivismus-Ressort zu gründen, »Haltung« oder Ähnliches, und sonst alles beim Alten zu lassen. Andernfalls wird *Lighthouse* aus der Taufe gehoben.
Sota sah mich an, und ich bildete mir ein, dass in seinem Blick so etwas wie Bewunderung lag. Er dachte nach und sagte schließlich: »Okay.«
So sieht es aus, liebe Tessa: Reingegangen bin ich ins *Nagel* mit der Aussicht, meine Zeitung zu verlieren. Rausgekommen mit zwei wunderbaren Optionen: Entweder der BOTE lebt weiter, oder ich gründe mit Flori Sota ein aufregendes neues Projekt. Wenn ich ein Emoji wäre, hätte ich das *Nagel* mit schwarzer Wolke über dem Kopf betreten und wäre mit einem Grinsen wieder herausgekommen.
Weißt du was, Tessa? Du bist meine gute Fee. Wir lösen

den Bach-Hunde-Binsen-Verein auf und gründen den Startblock-Ziellinie-Siegertreppchen-Club. Du wirst wieder Vorsitzende, ich schwör's.
Sorry, aber ich bin gerade so glücklich, und das möchte ich, ja, mit dir *teilen*.

Dein Stefan

Montag, 1. August

17:02 Uhr, Theresa per E-Mail:

Lieber Stefan,

da hast du also wieder eine Flagge, unter der du segeln kannst ... Die Insel Neuwerk, eine Exklave der Neutralität, das Journalist*innen-Märchen-Wunderland. Woo-hooo. Bei jedem anderen würde mich die neu entflammte Begeisterung für den Begriff »Neutralität« vielleicht nicht stutzig machen. Aber bei dir ... Lässt sich »Neutralität« radikalisieren? Kann man fanatisch neutral sein? Wenn das einer kann, dann wahrscheinlich du.
Ich glaube, ich verstehe langsam, was dein Problem ist. Du bist einerseits verantwortungsscheu und hast andererseits panische Angst vor der Mittelmäßigkeit. Bei dir müssen die Weine immer extra-lecker, die Carbonara extra-sämig, die Welt extra-gerecht und die Neutralität extra-neutral sein. Alles ist entweder »unfassbar« oder »total aufregend«. Du *bist* ein Emoji, Steffy. Eins mit ständig wechselndem Gesichtsausdruck. Du sitzt gar nicht zwischen den Stühlen, sondern schwankst hin und her wie ein Pendel. Ich kenne das von früher: Du bist schon nervös geworden, wenn

wir zwei Tage in Folge nicht ausgegangen sind. Und wenn wir ausgegangen sind, bist du nervös geworden, wenn der Kneipenabend nicht »sensationell« war. Keine sensationellen Leute, kein sensationelles Essen, keine sensationelle Musik oder wenigstens ein sensationell heftiges Besäufnis. Manchmal hast du dann Streit mit mir angefangen, nur damit etwas passiert. Oder darauf bestanden, dass wir auf dem Nachhauseweg noch im Freibad einsteigen und eine Runde schwimmen. In Klamotten. Im Oktober. Dann war die Nacht gerettet.

Kann es sein, dass du deshalb mit deiner letzten Freundin Schluss gemacht und seitdem auch keine neue findest? Wie hieß sie noch – Renée? Weil sie Kinder wollte, eine Familie, ein geregeltes Leben? Vielleicht hattest du Angst, dass du eines Tages nicht mehr die gefeierte Künstlerin in ihr siehst, sondern nur noch eine ganz normale Frau, die sich morgens und abends die Zähne putzt, im Winter warme Socken trägt und nur einmal pro Woche Lust auf Sex hat.

Ich denke, du fühlst dich irgendwie leer und musst deshalb ständig Besonderheit in dich reinstopfen. Erst HEFTIG, dann Wokeness, jetzt *Lighthouse*. Hauptsache, es ist etwas los. Hauptsache, du bist ganz vorn dabei und immer derjenige, der am schnellsten rennt und alles richtig macht. Wie ein Kleinkind kommst du mir manchmal vor, das durchdreht, wenn es zehn Minuten still sitzen soll. Wenn es sich selbst aushalten muss. Die eigenen Gedanken hören, den eigenen Körper spüren, erleben, dass es wirklich auf der Welt ist.

Zumal ich nicht sicher bin, ob die Neutralität, von der du sprichst, überhaupt existiert. Ob das nicht eine reine Abstraktion ist. Du hast es neulich selbst geschrieben: Wann war die Presse schon jemals neutral? Es gab doch immer die rechtspopulistischen Scharfmacher aus dem Boulevard und die hochnäsigen Linksintellektuellen von den großen Wochenzeitungen. Jetzt verschieben sich die Fronten, und ihr bekommt von der eigenen Mannschaft regelmäßig eins auf die Mütze, weshalb einige von euch überlegen, die Flucht nach vorn anzutreten. Ich glaube nicht, dass man stattdessen einfach stehen bleiben und »Neutralität!« rufen kann. Ich sage es mal plakativ: Im Krieg musst du deine Seite wählen. Seit Neuestem gilt das nicht nur im metaphorischen Sinn. Erzähl mal deinen Kollegen, dass du im Ukraine-Krieg eine neutrale Position beziehst. Sie werden Hackschnitzel aus dir machen. Und dich als Putin-Versteher brandmarken. Merkst du was? Wenn du deine Seite nicht wählst, tun es die anderen für dich. Sie schieben dich in ein Lager, ob du willst oder nicht. Oder du gerätst zwischen die Fronten und wirst von beiden Seiten plattgemacht. Which side are you on? Das meinte ich in meiner vorletzten Mail: Eine Antwort zu finden, bedeutet, Verantwortung zu übernehmen. Für sich selbst und für andere. Erwachsen werden. Grow up, Steffy-Boy! Wenn du mit Sota eine Firma gründen willst, dann mach das doch einfach. Aber dann lass deine Kollegen das Ding beim BOTEN in Frieden durchziehen, ohne bei der Verlegerin zu intrigieren. Und wenn du doch lieber weiter bei deiner Zeitung arbeiten willst, dann gib Sota einen Korb. Ganz deutlich. Kein »ja, aber«. Neutralität heißt nicht, alles gleichzeitig zu kriegen. Du kannst nicht Vorreiter *und* Traditionalist sein, woke *und* liberal. Entscheide dich und gib dich zufrieden mit dem, was du hast, denn sonst

Moment, jetzt hat's geklingelt. Ich schick das hier mal eben ab …

17:49 Uhr, Theresa per E-Mail:

Okay, das war jetzt allen Ernstes Ronny. Er war noch nie bei mir zu Hause. Stand plötzlich vor der Tür und hat rumgejammert, dass er Schulden hat und den Unterhalt für seine Kinder nicht bezahlen kann und dass seine Ex-Frau-die-Schlampe ihn fertigmacht. Ich habe ihn natürlich nicht reingelassen. Habe ihm gesagt, dass er gehen soll. Er stank nach Alkohol. Es ging dann noch eine Weile so weiter – dass er und ich doch immer Freunde gewesen seien, dass ich ein feiner Kerl (!) sei, und das sei er auch, obwohl er natürlich Fehler habe und so weiter. Abgedampft ist er erst, als ich ihm die Tür vor der Nase zudrückte. Auf dem Weg zur Straße hat er meinen Briefkasten vom Gartenzaun getreten. Ich frag mich langsam, ob man nicht
Es klingelt schon wieder. Wenn er das noch mal ist, ruf ich die Polizei.

18:21 Uhr, Stefan per WhatsApp: ??? Theresa? Alles okay?

18:43 Uhr, Stefan per WhatsApp: Sei bloß vorsichtig mit diesem Ronny! Der Typ macht mir Sorgen. Ansonsten danke für die Gratis-Psychoanalyse. Therapieplätze in HH sind rar. Nett, dass du das übernimmst.

20:34 Uhr, Theresa per E-Mail:

Lieber Stefan,

dritter Versuch. Eigentlich wollte ich ein bisschen vom Milchhof des Grauens berichten. Die Dürre hat die Ostprignitz in eine Trockensavanne verwandelt, und inzwischen würde man sich kaum noch wundern, wenn plötzlich eine Elefantenherde um die Ecke biegt. Rehe, Hasen und

Störche kommen auf meine Weiden, um aus den Wasserbottichen der Kühe zu trinken. Mein Weizen steht so kümmerlich, dass ich die Ernte bald abschreiben kann. Zu allem Überfluss konnte Christian letzte Woche nur mit gutem Zureden und einer Sondergratifikation (die ich mir eigentlich nicht leisten kann) verhindern, dass mein Melker Denis die Brocken hinschmeißt. Denis hat die Schnauze voll von Doppelschichten, was ich ihm nicht verdenken kann, aber wenn er geht, kann ich zumachen. Wir suchen mit verstärkter Anstrengung eine weitere Fachkraft (die ich mir eigentlich nicht leisten kann). Also, falls dir in Hamburg ein Melker über den Weg läuft, sag Bescheid.
Aber jetzt habe ich etwas viel Interessanteres zu erzählen. Als es vorhin zum zweiten Mal geklingelt hat, stand Basti vor der Tür. Sagte, dass er dringend mit mir reden müsse. Ich dachte, er will vielleicht einfach mit mir ins Bett, und muss zugeben, dass ich enttäuscht war, als ich merkte, dass es um etwas anderes ging. Ich bat ihn in die Küche, kochte Kaffee und beobachtete ihn, wie er am Küchentisch saß, leicht gebeugt, weil er so groß ist. Er drehte an seinem Ehering. Er sah aus wie ein Gast. Als wäre er fremd hier. Wir versuchten es gar nicht erst mit Small Talk. Darin waren wir noch nie besonders gut. Er wartete auf den Kaffee und kam zur Sache. Das heißt: Er fing sofort an, von Geld zu sprechen. Er machte viele Worte, jedenfalls für seine Verhältnisse. Je länger er redete, desto trauriger wurde ich. Ich dachte: Nimm mich doch einfach in den Arm. Oder geh mit mir ins Kino. Oder wirf mich auf die Couch. Alles besser, als mir Geld anzubieten.
Denn das tat er. Genauer gesagt, das Geld seiner Eltern. Sie haben ihm 80.000 Euro als Starthilfe geschenkt, damit er sich nach der Meisterprüfung mit einer Autowerkstatt selbständig machen kann. Sie sind wirklich gute Menschen.

Und Basti, der auch ein guter Mensch ist, kommt damit zu mir, um es mir weiterzuschenken. Er sagte: »Du brauchst es nötiger als ich.« Und: »Es geht schließlich darum, euer Familienerbe zu retten.« Kein Wort mehr von Energiemais und meiner Unfähigkeit, einen Betrieb zu führen. Stattdessen treuherzige Blicke und ein schüchternes Lächeln. Das Geld ist ein Versöhnungsangebot. Es ist Bastis Art, mir zu zeigen, dass es ihm leidtut und dass er mich wiederhaben will. Ich wollte ihm gerade sagen, wie gerührt ich bin, da klingelte das Telefon. Ich dachte, es sei Christian. Ich dachte, Ronny sei auf dem Hof aufgetaucht oder der Streit mit Denis sei in die nächste Runde gegangen. Aber es war die Feuerwehr. Feldbrand auf Flur 213, direkt an der Landstraße nach Plausitz.

Ich rannte an Basti vorbei, sprang in die Gummistiefel und lief aus der Tür. Ich hörte, wie er mir hinterherrief: Was ist denn los? Du kannst jetzt nicht einfach weglaufen! Bleib verdammt noch mal stehen und rede mit mir!

Aber ich blieb nicht stehen, sondern sprang ins Auto und raste die Dorfstraße hinunter. Der Qualm war sofort zu sehen. Kurz darauf sah ich auch die Jungs von der Feuerwehr. Christian war natürlich dabei, auch meine beiden Traktoristen, die ich trotz der Schutzanzüge erkannte. Die Lage war unter Kontrolle, ich hatte hier eigentlich nichts zu tun. Ich dachte, dass es das Beste wäre, gleich wieder umzukehren. Zurück zu Basti. Mit ihm reden. Ihm erklären, wie großzügig ich sein Angebot finde, und dass ich es trotzdem nicht annehmen kann. Ihn fragen, ob wir nicht einfach mal ins Kino gehen.

Aber ich bin nicht umgekehrt. Immerhin sind das meine Männer, mein Feuer, mein Feld. Ich bin ausgestiegen und hin und her gelaufen, habe mit allen geredet, tausendmal »danke« gesagt und beteuert, wie toll alle sind. Am Feldrand stand ein Polizeiwagen. Der Polizist redete mit Jürgen, dem Gruppenführer der Feuerwehr. Der August, die Dürre, Waldbrandwarnstufe 4. Da reicht eine weggeworfene Kippe oder eine Scherbe, die als Brennglas wirkt. In Treuenbrietzen brennt schon wieder seit Tagen der Wald. Ich hörte zu und dachte, dass es trotzdem auch Brandstiftung gewesen sein könnte. Zum Beispiel von Ronny, der sich rächen will. Aber es interessierte mich nicht. Es war mir tatsächlich egal. Anscheinend bin ich nicht mehr in der Lage, mich zu fürchten. Ich sehe nur noch die Gegenwart. Und in der Gegenwart sind nicht mehr als drei Hektar kümmerlicher Weizen betroffen. Keine Scheune, kein Futter, keine Kuh. Den Schaden zahlt die Versicherung. Scheiß auf Flur 213. Ich rief Britta an, damit sie einen Kasten Bier aufs Feld bringt, für die Feuerwehr.

Eben bin ich nach Hause gekommen, eine gute Stunde später. Basti war nicht mehr da. Auf dem Tisch die beiden Kaffeetassen, meine ausgetrunken, seine halb voll. Unter seiner Tasse ein Zettel. Darauf steht: »Das du dich auch nie änderst.« Er schreibt »dass« mit einfachem »s«. Macht er immer.

Er ist wütend auf mich. Schon wieder. Aber was soll ich machen? Er hat einfach Recht: Ich ändere mich nicht. Und ich habe auch keine Lust mehr, mich deshalb schuldig zu fühlen. Entweder er nimmt mich so, wie ich bin, oder er lässt es bleiben. Käuflich bin ich nicht. Wenn's brennt, dann renne ich, und so wird es immer sein.

Ich habe ihm gerade eine WhatsApp geschickt: Samstagabend Kino, hole dich um neunzehn Uhr ab.

Die Eva-Taktik. Vollendete Tatsachen. Mal sehen, ob's funktioniert.

Theresa

Donnerstag, 4. August

20:58 Uhr, Stefan per E-Mail:

Hallo Tessa,

ich sitze gerade zu Hause im goldenen Licht der untergehenden Sonne und höre *Shiny Happy People* von R.E.M. Dieser Song ist lächerlich und großartig zugleich. Schade, dass du jetzt nicht hier bist. Wie wäre wohl so ein Abend mit dir in der Stadt, wenn wir zufällig mal beide gleichzeitig gute Laune hätten und du mir nicht in die Eier treten würdest? Stelle ich mir, ehrlich gesagt, ziemlich schön vor. Vielleicht würde es sich anfühlen wie früher ... Oder gerade überhaupt nicht wie früher, Schwesterherz.
Hamburg im Sommer ist fantastisch. Wir könnten auf einem Ausflugsdampfer durch den Hafen schippern, Falco hören und dabei genießen, dass es uns beide noch gibt. Kein Exklusivitätswettbewerb, einfach nur eine gute Zeit. Also, falls du mal vor allem fliehen möchtest, was dir da drüben im Osten so widerfährt, würde ich mich über einen spontanen Besuch von dir freuen. Nur nicht an der Außenalster.
Deine Psychoanalyse habe ich mit Interesse gelesen. Ob du damit richtig liegst, kann ich nicht sagen, schließlich bin ich der Patient. Den Wunsch, das Beste aus allem herauszuholen, ob beruflich oder privat, habe ich sicherlich. Eine Art Lebensperfektionismus von Carbonara bis Karriere. Ist das so schlimm? Wenn der Mensch nicht gut sein will, wenn er sich selbst und die Welt nicht besser machen will, dann bleibt doch wenig Sinnvolles übrig, was er wollen kann.
Um mal ein bisschen Gegen-Psychoanalyse zu machen: Du leidest dafür am Anglerfisch-Syndrom (habe ich eben erfunden, extra für dich). Du hast deine eigene Laterne vor

dem Kopf hängen und folgst diesem selbstinstallierten Fixstern stur und unbeirrbar durch die Dunkelheit. Vom eingeschlagenen Weg abzuweichen, und sei es auch nur um einen Zentimeter, ist dir nicht möglich. Dein Pfad ist vorgezeichnet, deine Entscheidungsfreiheit eine Illusion. Du triffst keine Entscheidungen, sie treffen dich. Ein Mathematiker könnte vermutlich exakt ausrechnen, zu welchem Punkt dich das in den nächsten Jahren führt. Schicksalsarithmetik. Während ich offenbar permanent rechts und links vom Weg nach Exklusivität Ausschau halten muss, trägst du Scheuklappen, Augen immer geradeaus. Du nimmst unbeirrt Konfrontationskurs auf dein Schicksal. Könnte es sein, dass wir deshalb so gut zueinanderpassen, weil wir total verschieden sind?
So. Cut.
Jetzt mal zu etwas Schönem, denn ich habe wirklich gute Laune. Das Treffen mit DvB lief hervorragend, noch viel besser als erwartet. Wir waren bei der Grande Dame zu Hause. Die Wohnung musst du dir vorstellen wie eine Art Museum, überall hängt oder steht Kunst herum. Ihr verstorbener Gatte Fridtjof von Bargen war ein leidenschaftlicher Sammler, vor allem von Künstler*innen des *Informel*. Sota und ich hatten zwanzig Minuten Zeit, uns Originale von Wilhelm Wessel und Fritz Harnest anzusehen, dann kam DvB dazu, holte uns in ihr Arbeitszimmer und hörte sich an, was wir zu sagen hatten. Natürlich führte Sota das Wort. Er hat das Talent, einen Erpressungsversuch wie einen Flirt klingen zu lassen, und DvB besitzt genug Klasse, um so zu tun, als würde sie das nicht durchschauen. Am Ende fragte sie nur: »Wie viel Bedenkzeit habe ich?« Wir haben uns auf drei Tage geeinigt. Dann saßen wir noch eine halbe Stunde auf ihrer Terrasse mit Blick über Blankenese und haben sensationellen (!) Riesling von *Rettig* getrunken,

als wäre nichts gewesen. Feindliche Generäle, die sich am Rande des Schlachtfelds die Ehre erweisen.
Unglaublich ist, dass mich kurz darauf die ersten Kolleg*innen in der Redaktion auf *Lighthouse* angesprochen haben. Dabei gibt es selbstverständlich nichts Offizielles. Während DvBs Bedenkzeit haben wir strengstes Stillschweigen vereinbart. Trotzdem kam gestern Kay auf mich zu, Ressortleiter Wirtschaft und definitiv einer der alten weißen Männer, und wollte wissen, ob es stimme, dass Sota eine Redaktion auf einem Schiff in Berlin namens *News Ferry* gründen wolle. Ich habe geantwortet, das Projekt trage den Namen »Spreewald-Cucumber« und solle nicht von einem Schiff, sondern von einer Kolonne Trabis senden, die permanent durch Berlin fahren werde. Er hat mich stehen lassen.
Die Gerüchteküche beim BOTEN war schon immer ein Phänomen, aber so etwas hätte ich trotzdem nicht erwartet. Mir war klar, dass DvB mit dem Vorstand spricht, aber nicht, dass der Vorstand ein Sieb ist, durch das vertrauliche Infos in Sekundenschnelle abfließen. Gestern wusste es gefühlt schon der halbe Laden. Vier weitere Leute haben mich mit glänzenden Augen angesprochen, alle auf dem Kultur-Klo im dritten Stock. Eine junge Kollegin hat mir im Aufzug zugezwinkert. Glaube ich zumindest. Überhaupt schien die Stimmung besser zu sein als sonst. Als ob die Belegschaft Morgenluft wittere, wieder optimistisch in die Zukunft blicke. Bilde ich mir das ein? Ich glaube nicht. Ich glaube eher, dass Sota einen Nerv getroffen hat. Dass viele Kolleg*innen, auch jüngere, eben doch nicht bereit sind, dem alten BOTEN den Garaus zu machen. Und dass sie, im Gegensatz zu dir, an so etwas wie Neutralität glauben. Es wird eng werden auf der Insel Neuwerk, so viel steht jetzt schon fest.

Heute Mittag dann die latest news: In der Kantine hat irgendwer erzählt, dass DvB den Relaunch abbläst. Angeblich komme die Info von »ganz oben«. Das hat sich verbreitet wie ein Lauffeuer. Sota hing den halben Tag am Telefon, um allen zu versichern, dass er von nichts wisse. Wenn das jetzt wirklich klappt … Das wäre der Hammer! *Lighthouse* heben wir uns für später auf. Den BOTEN zu retten – das ist historisch. Und ich bin ganz vorn dabei. Ich bastele mir eine Medaille und trage sie mit Stolz. Egal, was du sagst.

Dein shiny happy Stefan

PS: Lass die Finger vom Geld deines Mannes. So etwas geht nie gut aus.

Freitag, 5. August

08:20 Uhr, Stefan per WhatsApp: Guten Morgen, schöne Frau. Lust auf Kaffee?

08:23 Uhr, Stefan per WhatsApp: Wahrscheinlich bist du schon längst im Stall, während ich mich gerade aus dem Bett quäle. Bin gestern Abend noch mit meinem Kumpel Roger Ross (kein Künstlername) um die Häuser gezogen.

08:38 Uhr, Stefan per WhatsApp: Wie geht's dir? Bist du sauer? Wenn ja, weshalb? Weil ich dich Anglerfisch genannt habe?

08:49 Uhr, Theresa per WhatsApp: Nerv nicht, Stefan!! Ich hab zu tun!!

09:02 Uhr, Stefan per WhatsApp: Okay, okay, Heldin der Realwirtschaft. Ich gebe Ruhe. Verlange aber eine Mail in der Mittagspause.

09:10 Uhr, Theresa per WhatsApp: Hat dir schon mal jemand gesagt, wie penetrant du bist?

09:15 Uhr, Stefan per WhatsApp: Klar. Ich dachte immer, das sei ein Kompliment.

12:22 Uhr, Theresa per E-Mail:

Du bist echt eine Nervensäge, aber immerhin kriegst du auf diese Weise, was du willst. Hier hast du deine Mail. Allerdings ohne Mittagspause. Sitze auf dem Mähdrescher und diktiere ins Handy. Wir machen einen Probedrusch am Raps, Kornfeuchte ist bei acht Prozent, aber das heißt nicht unbedingt, dass alles schon durchgereift ist. Zur Sicherheit sind die Dreschwerke auf Schwad umgestellt, damit wir gucken können, ob noch zu viele Gummischoten durchlaufen. Egal, das kapierst du eh nicht.

Hast du mal einen Anglerfisch gesehen? Wahrscheinlich nicht. Du hast ja grundsätzlich von nichts Ahnung außer von Sachen, die du dir selbst ausdenkst. Außerdem hast du keine Kinder, mit denen du Tierfilme gucken könntest. Dicker brauner Körper, blinde Augen und ein riesiges Maul voll spitzer Zähne. Wie ein Wesen aus einem Alien-Film. Das Weibchen ist sechzigmal größer als das Männchen, welches am Weibchen dranhängt wie ein Wurmfortsatz und sich ernähren lässt.

Das ist es also, was du vor dir siehst, wenn du an mich denkst. Interessant.

Aber mal abgesehen vom ästhetischen Gehalt dieses Bil-

des – eins wollen wir festhalten: Der Anglerfisch *hat* immerhin ein Licht. Während alle anderen orientierungslos in der Dunkelheit umherirren und versuchen, ihr Überleben durch die Heftigkeit zufälliger Reaktionen zu sichern, schwimmt er gepflegt mit seiner Lampe herum und guckt, was es zu essen gibt. Vielleicht habe ich keine Scheuklappen, Stefan, sondern einfach eine Idee davon, was ich will. Deshalb brauche ich keine theoretischen Krücken, keinen ausgedachten Begriff von Gerechtigkeit oder von Neutralität, um meinen Weg gehen zu können. Ich bin der Fisch *mit* der Angel, und du bist der Fisch *an* der Angel. Muss dann jeder selbst sehen, was er besser findet.
Das war das Wort zum Freitag, jetzt trink schön weiter Kaffee und halt die Klappe.

Theresa

13:33 Uhr, Stefan per WhatsApp: Oui, mon général.

13:42 Uhr, Stefan per WhatsApp: Eins noch. Weißt du, was ich toll finde am Anglerfisch? Er verbindet in seinem Namen Täter und Opfer zu einem einzigen Wort. Angler und Fisch. Wie eine Pumagazelle. Oder ein Wolfskaninchen. Die perfekte Synthese. Sind wir nicht alle Anglerfische? Jäger und Gejagte zugleich?

19:10 Uhr, Theresa per WhatsApp: Stefan! Guten Abend! Schau aus dem Fenster! Ist das bei euch auch so? Unglaublich!

19:15 Uhr, Stefan per WhatsApp: Ich schau die ganze Zeit aus dem Fenster. Was soll sein?

19:16 Uhr, Theresa per WhatsApp: Es regnet!!!

19:29 Uhr, Stefan per WhatsApp: Äh ja. Kommt vor. Allerdings regnet es hier nicht von oben nach unten, sondern von vorn nach hinten. Sitze im ICE auf dem Weg nach Köln. Hab morgen früh ein Interview mit Robert Littel, dem Soziologen.

19:35 Uhr, Theresa per WhatsApp: Stimmt: Für dich bedeutet Regen ja gar nix. Wenn du Wasser brauchst, drehst du den Hahn auf. Oder nimmst einen Schluck aus deiner Syltquelle-Flasche. Für mich entscheidet Regen über Sein oder Nichtsein.

19:38 Uhr, Stefan per WhatsApp: Dann mal Glückwunsch zum schlechten Wetter!

19:49 Uhr, Theresa per WhatsApp: Danke. Weißt du was? Dein Spott in allen Ehren. Aber ich bin glücklich über meine Wetterabhängigkeit. Eine stärkere Verbindung mit dem Eigentlichen gibt es nicht.

19:52 Uhr, Theresa per WhatsApp: Wenn ich länger darüber nachdenke, erklärt das doch eigentlich den ganzen Zeitgeist: Wer existenziell lebt (ich), muss nicht sensationell leben (du). Wer das Existenzielle verloren hat (du), braucht die Sensation. Das unterscheidet dich und mich. Es unterscheidet Stadt und Land. Existenz will »sein«. Sie ist angewiesen auf Kreisläufe und Nachhaltigkeit. Sensation will »werden«. Sie ist angewiesen auf Wachstum und Steigerung. Auf Dauer destruktiv. Das sind antagonistische Prinzipien.

20:12 Uhr, Theresa per WhatsApp: Hach. Weltformel gefunden. Schön.

20:31 Uhr, Stefan per WhatsApp: Du spinnst wohl. Seit wann bist du die Expertin für Nachhaltigkeit??

20:33 Uhr, Theresa per WhatsApp: Schon immer. Ich bin Landwirtin. Da ist Nachhaltigkeit immanent.

20:35 Uhr, Stefan per WhatsApp: Okay. Jetzt pack ich den Laptop aus. Draußen gerade Bielefeld. Gibt es anscheinend doch. Jedenfalls im Regen.

21:01 Uhr, Stefan per E-Mail:

Liebe Theresa,

beschimpf mich nur. Ich habe ein dickes Fell, und das nutzt du gern aus. Aber den Wachstumsideologen kann ich nicht stehen lassen. Es ist genau andersherum! Du behauptest, wer den Kontakt zum Existenziellen verloren habe, flüchte sich in die Sensation. Das Existenzielle hingegen sei eine Art Schutzwall gegen den Fanatismus. Aber du gehst von falschen Prämissen aus. Alles existenziell zu nehmen, ist gerade die Wurzel der Radikalität (huch, Tautologie). Nicht ich bin radikal oder fanatisch. Radikal und fanatisch sind Leute, die Zuwanderung oder den Namen Gottes oder das russische Reich für eine existenzielle Angelegenheit halten. Wer sich existenziell betroffen fühlt, ist bereit zur Gewalt, vielleicht sogar zum Töten. Auf einmal werden ganz normale Fragen – wo komme ich her, wie viel Anerkennung erfahre ich, werde ich bei der Verteilung von Pfründen angemessen berücksichtigt – zum eskalierenden Thema.

Das nur zur Klarstellung. Jetzt hole ich mir einen überteuerten Filterkaffee im Bordbistro, kippe zehn Mini-Plastikdöschen Kondensmilch rein (nicht nachhaltig!), weil es in den Augen der DB offenbar ein unverantwortliches Sicherheitsrisiko wäre, den Fahrgästen einfach eine Tüte Hafermilch auf den Tresen zu stellen, und widme mich weiter Littels Thesen. Lass uns ein andermal weiterdiskutieren. Spannendes Thema übrigens!

Dein S.

21:09 Uhr, Theresa per WhatsApp: Eine Frage noch, bevor du dich mit Kondensmilchkaffee besäufst: Redest du in puncto Fanatismus über Nazis, islamistische Terroristen, Putin – oder über Landwirte?

21:14 Uhr, Stefan per WhatsApp: Vielleicht über alle zusammen. Vielleicht rede ich darüber, dass jeder Mensch das Recht auf ein Leben hat, in dem es nicht mehr existenziell ist, was ein anderer glaubt. Oder ob es regnet oder nicht.

21:16 Uhr, Theresa per WhatsApp: Gerade für dich ist es doch super-existenziell, was andere glauben. Merkst du das gar nicht? Aber auf das mit dem Regen können wir uns einigen.

Sonntag, 7. August

20:59 Uhr, Theresa per E-Mail:

Lieber Stefan,

life sucks and then you die. Falls es einen Gott gibt, ist er Satiriker mit einer sadistischen Ader. Wer sonst würde das, was man sich wünscht, gewähren, nur, um es gleich darauf in sein Gegenteil zu verwandeln?
Nach meinen glücklichen Nachrichten am Freitagabend hat es wie verrückt weitergeregnet. In der Nacht auf Samstag hat sich das zu Starkregen gesteigert, da sind mehr als dreißig Liter in einer halben Stunde gefallen. Als ich kurz nach Mitternacht aufgestanden und in den Keller gegangen bin, stand ich schon bis zu den Knöcheln im Wasser. Morgens dann fast bis zum Knie. So ist das halt, wenn man vergisst, die blühenden Landschaften mit Kanalisation zu versorgen.
Aber der Keller ist nicht das Hauptproblem. In den frühen Morgenstunden gab es auch noch Gewitter und starken Wind. Auf den Feldern hat sich der Weizen hingelegt, er wird nicht abtrocknen, und, wenn ich Pech habe, überhaupt nicht zu ernten sein. Ich hätte den Weizen rechtzeitig einbringen sollen, klar. Nur, wer fängt schon an zu dreschen, wenn das Zeug so kümmerlich steht? Die ersten Unwetterwarnungen kamen rein, als draußen schon das Inferno tobte. Angekündigt war ergiebiger Regen. So kann man es auch ausdrücken.
Also kein Weizen. Was soll's. Der stand ohnehin – genau: kümmerlich. Nicht viel verloren. Hoffe ich. Nachgerechnet habe ich noch nicht. Letzte Woche kam auch noch der Beschluss des Verwaltungsgerichts: Zurückweisung unseres

Eilantrags gegen die Schweinepest-Verfügung. Was soll's. Es gibt ja noch eine zweite Instanz.
Hoffentlich war das genug Verharmlosungsrhetorik, damit du dich nicht abwendest, dein Antlitz verhüllst und rufst: Weiche von mir, Unglückselige, auf dass mich dein Fluch nicht treffe! Sag vor allem nicht »selber schuld«. Das wäre das Schlimmste. Wer selber schuld ist, verdient keine Hilfe und keine menschliche Anteilnahme mehr. Ich bin nicht selber schuld. Ich habe alles richtig gemacht. Wenn ich auf dich und Basti gehört und nur noch Energiemais angepflanzt hätte, wäre mir zwar kein Weizen kaputtgegangen, aber dafür hätte mich die Schweine-Verfügung noch viel stärker getroffen. So wie Lars. In seiner Haut will ich wirklich nicht stecken.
Jetzt von etwas Schönerem: Ich war gestern Abend mit Basti im Kino. Beinahe jedenfalls. Ich habe ihn abgeholt wie angedroht, und er ist widerstandslos ins Auto gestiegen. Die Kinder blieben bei Oma und Opa und winkten am Fenster. Das wirkte fast feierlich. Auf der Fahrt haben wir uns angeschwiegen. Wie zwei Teenager, die im entscheidenden Moment den Mund nicht aufkriegen. Wir waren einfach viel zu lange nicht mehr zusammen aus.
Kurz vor Plausitz blieb dann mein Caddy liegen. Tank leer. Ich hatte gedacht, es müsste locker reichen. Falsch gedacht. Mit dem Ersatzkanister hatte ich am Morgen noch den kleinen John Deer befüllt – der Kanister war also auch leer. Basti hat sich ausgeschüttet vor Lachen. Er hat sich buchstäblich gekrümmt. Mit seinem ganzen Gewicht hat er sich an mir festgehalten und immer wieder gerufen, dass ich unbezahlbar sei.
Dann sind wir losgegangen, im Regen, am Straßenrand, mit dem Kanister in der Hand. Dabei kamen wir ins Reden. Nicht über uns und unsere Beziehung. Auch nicht

über Milchpreise oder Schweinepest. Sondern einfach über dies und das. Ein Kumpel von Basti hat ihn gefragt, ob er in seiner Oldtimer-Schrauberbude mitarbeitet, was Basti sehr freut, obwohl er sich eigentlich auf E-Autos konzentrieren will. Seine Eltern planen im Spätsommer eine Paddeltour durch Schweden und sind aufgeregt wie kleine Kinder. Phil hat einen schulinternen Kunstpreis gewonnen, für ein Plakat, das er zu den Lebensgewohnheiten der Röhrenspinne gestaltet hat. Jonas hat im Regionalturnier gegen Chemie Plausitz fünf Tore geschossen und steigt jetzt in die E-Jugend auf, obwohl er dafür eigentlich noch zu klein ist. Wir haben lange darüber gesprochen, wie unterschiedlich unsere Jungs sind und wie gut geraten, jeder auf seine Weise. Mir wurde bei alldem ganz warm im Bauch. Auf einmal wirkte die Welt so normal, voll kleiner Freuden und Beschwernisse, aber immer mit der Chance auf Glück. Zweimal wurden wir aus vorbeifahrenden Autos gefragt, ob wir mitgenommen werden wollten, und beide Male haben wir abgelehnt, obwohl der Regen schon wieder stärker wurde. Nach einer Stunde erreichten wir die Tankstelle, wo wir erst mal Bockwurst und Kaffee bestellten, und weil es so gemütlich war, blieben wir gleich dort, lehnten am Stehtisch und redeten. Basti bestellte noch mehr Bockwürste und ich noch mehr Kaffee. Während unsere Klamotten langsam trockneten, sprachen wir weiter über alles Mögliche, zum Beispiel über *Squid Games* und die Frage, ob es okay ist, eine Serie über arme Menschen zu machen, die zur Belustigung von reichen Menschen erschossen werden (Basti: nicht okay, aber die Serie ist trotzdem gut; ich: keine Ahnung, habe die Serie nicht gesehen). Wir redeten über den Starkregen und darüber, dass ich nächstes Mal auf keinen Fall in den Keller gehen darf, weil da die Waschmaschine steht, die theoretisch alles unter Strom setzen kann. Wir sprachen über die freiwillige Feuerwehr, bei der sich Basti in Zukunft stärker engagieren will. Über Politik (schlecht), ein neues Fischrestaurant am Quersee (gut), mögliche Urlaubsziele (utopisch) und über Eva (die Basti ein bisschen komisch findet). Das herrliche Gefühl, eine normale Frau zu sein, die mit ihrem normalen Ehemann an einem relativ normalen Ort über normale Sachen redet, hielt an. Ich hätte ewig da stehen können, bei schlechtem Kaffee und lauwarmen Würsten, aber der Film, den wir nicht guckten, ging langsam zu Ende, und Basti hatte seinen Eltern versprochen, gleich nach dem Kino nach Hause zu kommen und die Kinder zu übernehmen. Wir kauften noch zwei Flaschen Bier. Fast hätten wir vergessen, den Kanister zu füllen. Auf dem Rückweg schwiegen wir wieder, aber auf andere Weise. Da war keine Peinlichkeit mehr. Jeder hing einfach seinen Gedanken nach. Ich dachte an den kaputten Weizen, die anstehende Bestandsimpfung und die September-Gehälter meiner Belegschaft, aber all das lag hinter einem dämpfenden Nebel, obwohl meine Bierflasche noch nicht einmal halb leer war. Als wir das Auto erreichten, schenkte ich Basti den Rest Bier und sagte, dass ich mich entschieden hätte, das Geld seiner Eltern anzunehmen, falls das Angebot noch stehe. Keine Ahnung, wo das herkam. Eigentlich hatte ich ja das Gegenteil beschlossen und gar nicht mehr viel an das Geld gedacht, und jetzt kam ich plötzlich damit um die Ecke. Wahrscheinlich wollte ich einfach etwas sagen, das Basti freute. Weil der Abend schön gewesen war und weil ich seine Nähe genoss. Basti sah mich einen Augenblick verwundert an, dann schloss er mich in die Arme, wiegte mich hin und her und sagte, dass er riesig stolz auf mich sei, was ich nicht ganz verstand.

Anschließend haben wir im Caddy einen Quickie gemacht, einen Very-Quickie, genau genommen, ich sogar noch ein bisschen quicker als er (was ja irgendwie auch kein Wunder ist). Mir kam es vor, als würden wir einen Pakt besiegeln, nur dass ich nicht wusste, mit welchem Inhalt. Plötzlich hatte ich Hunger auf saure Gummischlangen und musste außerdem daran denken, was Christian sagen würde, wenn er jetzt zufällig mit seinem Pick-up vorbeikäme. Basti fragte mich, was es zu lachen gebe; dann fuhr ich ihn nach Hause. Ein schöner Abend, ich bin noch ganz erfüllt, was du daran erkennst, dass ich dich noch kein einziges Mal beleidigt habe.

Schönen Sonntagabend, Stevie,
deine T.

Montag, 8. August

00:14 Uhr, Stefan per WhatsApp: Hey, guten Abend, bist du noch wach?

00:20 Uhr, Stefan per WhatsApp: Hab gerade deine Mail gelesen. Echt toll, dass du mit Basti wieder zusammengekommen bist. Freut mich voll.

00:23 Uhr, Stefan per WhatsApp: Kann irgendwie nicht pennen … Hast du dich auch schon mal gefragt, wie unser zweiter Abend an der Außenalster ausgegangen wäre, wenn wir beide anders reagiert hätten?

00:49 Uhr, Stefan per WhatsApp: Willst du wissen, was ich glaube?

00:51 Uhr, Stefan per WhatsApp: Diese Nachricht wurde gelöscht

00:53 Uhr, Stefan per WhatsApp: Diese Nachricht wurde gelöscht

06:19 Uhr, Theresa per WhatsApp: Schönen guten Morgen. Na, hat dich die Eifersucht noch die ganze Nacht wach gehalten?

09:04 Uhr, Stefan per WhatsApp: Ja, klar. Eifersucht. Tu mir das nie wieder an! Schlaf nicht mit deinem Ehegatten! Sonst sterbe ich. Aaaargh … Ich bin schließlich auch nur ein Mann.

09:11 Uhr, Theresa per WhatsApp: Was noch zu beweisen wäre!

09:29 Uhr, Stefan per WhatsApp: Haha. Wait and see.

09:31 Uhr, Stefan per WhatsApp: Aber mal im Ernst. Glaubst du, dass unser letztes Treffen auch anders hätte ausgehen können?

09:37 Uhr, Theresa per WhatsApp: Klar. Ich hätte *dir* eine reinhauen können, und dann hättest du *mir* zwischen die Beine getreten.

09:50 Uhr, Stefan per WhatsApp: Ah ja. Das wäre super gewesen. Sorry, muss jetzt erst mal in die Konferenz.

Dienstag, 9. August

11:36 Uhr, Stefan per E-Mail:

Tessa,

es ist etwas passiert. Ich kann es noch nicht richtig einordnen, es ging alles furchtbar schnell. Aber jedenfalls ist die Kacke am Dampfen, wie sie noch nie gedampft hat.
Du hast es vermutlich mitbekommen, oder? Es ist seit gestern Abend überall, Social Media, Nachrichtenplattformen, heute früh sogar im *ZDF Morgenmagazin*. Aktuell trendet der Hashtag #byebyebote bei Twitter auf Platz sechs mit 129k Tweets, und es geht rasant nach oben. Für heute Abend hat Sota schon drei Talkshow-Einladungen, unter anderem zu Tina Wollner. Ob er sich rechtfertigen will, sich entschuldigen, irgendwas erklären ... Es ist eine Katastrophe.
Aber ich erzähle mal von Anfang an. Vorgestern hat sich Sota noch einmal mit DvB getroffen. DvB hat ihm ein Angebot gemacht. Titel: der »modifizierte Relaunch«. Im Klartext: gesichtswahrende Kapitulation. Bedingungen: Sota, ich und die ganze potenzielle Leuchtturm-Truppe (die inzwischen ziemlich groß geworden ist) bleiben beim Blatt. Dafür gibt es statt einer aktivistischen Ausrichtung der gesamten Zeitung nur ein neues Aktivismus-Ressort im erweiterten Meinungs-Teil (Arbeitstitel: BOTE *aktiv*). Journalismus und Haltung bleiben also im gesamten Rest der Zeitung getrennt. Zweitens: Carla kommt nach Hamburg und wird Leiterin des neuen Ressorts.
Gestern kurz vor der Konferenz hat mich Sota darüber informiert. Wir haben uns abgeklatscht wie Schuljungen. Sieg auf der ganzen Linie. Wir haben dem ehrwürdigen BOTEN

ein modernes Lifting verpasst und ihn im Kern bewahrt. Die perfekte Synthese von gestern und heute. Aus meiner Sicht ist das nicht mal eine Notlösung, sondern eine verbesserte Version des alten Konzepts. Ich freute mich auf Carla und das neue Ressort. Die Morgensonne schien durch die großen Fensterscheiben, wir klopften uns noch einmal gegenseitig auf die Schultern – dann gingen wir in die Konferenz.

Erster Tagesordnungspunkt war die offizielle Ankündigung von Carlas Aufnahme in die Hamburger Redaktion. Sie war über Zoom zugeschaltet. Als ihr Gesicht auf dem Bildschirm erschien, dachte ich spontan: So sieht jemand aus, der gewonnen hat. Ihr Lächeln war nicht unsympathisch, weder arrogant noch eitel. Es kam von Herzen. Carla strahlte, als hätte sie irgendeinen Hauptpreis gewonnen. Noch vor einer halben Stunde hatte Sota auf dem Flur zu mir gesagt: Für eine Nachwuchsredakteurin wie Carla ist das eine großartige Chance. Ein eigenes progressives Ressort im Blatt – was, bitte schön, kann eine junge Onlinerin mehr wollen?

In diesem Augenblick dachte ich plötzlich: viel mehr. Sie kann noch viel mehr wollen.

Aber es war keine Zeit, solchen Gedanken nachzuhängen. Sota hielt eine Rede auf Carla, die auch als Heiligsprechung getaugt hätte. Carla, das leuchtende Beispiel für Fleiß, Engagement, Intelligenz, fachliche Kompetenz und genutzte Aufstiegschancen. Jahrgangsbeste der Münchner Journalist*innenschule. Jüngste Chefin aller Zeiten bei Bote Online, jetzt jüngste Frau an der Spitze eines Hamburger Ressorts.

Auf dem Screen kommentierte Carla mit einem Lächeln: »Jüngste und *erste schwarze* Frau an der Spitze eines Hamburger Ressorts.«

Großer Applaus, Woohoo-Rufe der Jüngeren.
Sota mit Siegerlächeln: »Selbstverständlich: jüngste und erste schwarze Frau!«
Dann ging es weiter mit der Lobpreisung: Carlas Social-Media-Aktivitäten, Carlas Insta-Live-Kanal, Carlas 289.000 Follower*innen auf Twitter. Wenn Carla etwas Redaktionelles postet, beschert uns das automatisch massenweise Clicks.
Eine Redakteurin rief: »Carla ist Quote!«
Großer Applaus vor allem der Jüngeren.
Sota: »Es wird also höchste Zeit: Wir berufen unsere …«
Und jetzt kommt's. Er hob die Hände in die Luft und malte Anführungszeichen mit den Fingern. Er lächelte Carla verliebt an. Er wollte einen Witz machen, immerhin hielt er eine launige Rede zu einem fröhlichen Anlass und sprach wie immer frei. Er griff den Zuruf der Jungredakteurin auf und sagte: »Wir berufen unsere …« – Anführungszeichen – »verehrte *Quoten-Schwarze* in die Chefredaktion. Herzlich willkommen, Carla al-Saed!«
Man hörte, wie einige der Anwesenden die Luft durch die Zähne zogen. Als hätten sie sich den großen Zeh gestoßen. Ich dachte nur: »Mann, Sota! Bist du wahnsinnig geworden!« Wir schauten zum Screen. Carla lachte, bedankte sich bei Flori und sagte, wie sehr sie sich auf Hamburg freue. Alle entspannten sich.
Danach Blattkritik der letzten Woche und Besprechung der neuen Ausgabe.
Den Big Relaunch hatte niemand angesprochen – es hat ihn ja auch offiziell niemals gegeben. Trotzdem stand ein Fragezeichen im Raum. Die jüngeren Redakteur*innen tippten unter dem Tisch auf ihren Handys, die Leuchtturm-Truppe *in spe* warf Sota und mir scharfe Blicke zu. Vermutlich ahnten beide Seiten, dass wir sie gegeneinander ausgespielt hat-

ten. Sota schaute hartnäckig in seine Unterlagen, der Rest der Besprechung verlief ungewöhnlich ruhig.

Ein paar Stunden später standen wir auf der Dachterrasse des Verlagsgebäudes zum monatlichen Chill & Grill. Vegetarische Currywurst und Biolimonade. Man blickt von da oben über die Hafencity und die Speicherstadt bis zur Elbphilharmonie. Sota nippte an seinem Glas, den Blick Richtung Elbe gewandt. Wir sprachen nicht miteinander, und auch sonst wollte niemand mit uns reden. Die Belegschaft hatte sich in verschiedene Grüppchen sortiert, die eins gemeinsam hatten: Sie hielten demonstrativ Abstand zu Sota und mir. Die gute Laune war mir gründlich vergangen. Es war nicht zu übersehen, dass sämtliche Kolleg*innen sauer auf uns waren. Die Jungen fühlten sich um den Relaunch betrogen, und die Alten glaubten, wir hätten sie mit der Leuchtturm-Idee verarscht. Statt uns als Retter des BOTEN zu feiern, behandelte man uns wie Verräter.

Um 19:09 Uhr platzte die Bombe.

Ich war kurz runter in die Kulturredaktion gegangen, um eine komplizierte Mail von Littel zu beantworten, als mein Kollege Gerrit reinstürmte und mir sein Handy mit einem Twitter-Post unter die Nase hielt: »Chefredakteur des BOTEN nennt PoC-Kollegin »Quoten-Schwarze«. Happy Alltagsrassismus in Germany. #byebyebote #alltagsrassismus #carlaalsaed #rassistencanceln #blacklivesmatter und so weiter. Dazu der Link zu einem fünfsekündigen Video, in dem man Sota vor der versammelten Redaktion des BOTEN stehen sieht: »Wir berufen unsere verehrte Quoten-Schwarze in die Chefredaktion. Herzlich willkommen, Carla al-Saed!«

Absender: Leo_The_Lion, Status »Wer sauber tickt, braucht nicht zu putzen«.

Das ist Leonies Privataccount. Leonie war bei der Konferenz am Vormittag überhaupt nicht anwesend. Ich schaute den Clip zehnmal an, dann war ich sicher, dass er von einem Bildschirm abgefilmt wurde. Vielleicht war Leonie in der Berliner Online-Redaktion stumm zugeschaltet gewesen. Oder hatte in Carlas Büro gestanden. Floris Anführungszeichen waren auf dem Video zu sehen. Aber es war ziemlich klar, dass ihm das nicht helfen würde.

Ich bin sofort zurück aufs Dach. Alle Kolleg*innen hingen bereits über ihren Smartphones, fassungslose Gesichter. Von Sota keine Spur. In seinem Büro war er auch nicht. Dann kamen die ersten Retweets mit teils drastischer Reichweite, der Hasthtag fing an zu trenden wie verrückt. Ich habe versucht, Sota anzurufen. Teilnehmer nicht erreichbar. Ich wollte ihm eine Nachricht schreiben, aber meine Finger zitterten so heftig, dass ich nur »Meld dich! Dringend!« hingekriegt habe. Dann bin ich in Sotas Büro gegangen und habe mir erst mal einen doppelten *Absolut* reingekippt. Auf der Dachterrasse ließ ich mich nicht mehr blicken.

Eine knappe Stunde später rief Sota zurück. Er war joggen gegangen und gab sich betont lässig. »Anscheinend hat Leonie noch eine Rechnung mit uns offen«, sagte er. »Aber damit kommt sie nicht durch. Jeder im Land weiß, dass ich kein Rassist bin.«

Ich wollte ihm von meiner Angst erzählen, von der speziellen Dynamik eines Shitstorms und von meiner Sorge, dass mehr dahintersteckt. Wenn Leonie zugeschaltet war, muss Carla das gewusst haben. Sie hat Leonies Tweet zumindest nicht verhindert.

Aber Sota hatte schon aufgelegt, und seitdem ist sein Handy konsequent ausgeschaltet. Kein Wunder, da ploppen wahrscheinlich im Sekundentakt die Nachrichten hoch.

Jetzt, sechzehn Stunden später, ist die Lage weiter eskaliert. Während ich dir schreibe, schiele ich dauernd aufs Twitter-

Ranking – #byebyebote ist gerade auf Platz fünf gestiegen, aktuell mit 136k Tweets.
Heute früh war Sota kurz in der Redaktion und ist gleich darauf wieder weg. Ich habe ihn angefleht, in keine Talkshow zu gehen, die Füße still zu halten, mit DvB zu sprechen, eine Strategie zu entwickeln. Er sagte: »Stefan, zügle deine Angstlust.« Einer von uns beiden hat den Verstand verloren. Ich hoffe, das bin ich.
Tessa, ich weiß, ich habe immer gesagt: Cancel Culture gibt es nicht. Dabei bleibe ich. Aber es gibt Shitstorms in Orkanstärke, und das hier ist einer von der ganz bitteren Sorte. Natürlich war Sotas Witz dämlich, und vielleicht sollte er sich bei Carla entschuldigen – okay. Aber jeder in der Konferenz wusste, wie die Anführungszeichen gemeint waren. Alle sind kurz zusammengezuckt und waren erleichtert, als Carla nichts dazu gesagt hat. Jeder hier weiß, dass Flori ein guter Chef ist und vor allem Antirassist. Er hat doch selbst Migrationshintergrund! Natürlich kann das Internet trotzdem durchdrehen – geschenkt. Wenn alle mitreden dürfen, geht es eben nicht immer rational und gesittet zu. Das Erschreckende ist, dass jetzt Printmedien und Fernsehformate die Sache aufgreifen. Gute Kolleg*innen bei den Öffentlich-Rechtlichen stellen lautstark die Frage, ob Flori Sota noch »haltbar« sei. Das klingt, als wäre sein Verfallsdatum abgelaufen. Sie bezeichnen ihn als alten weißen Mann, und manche setzen das »weiß« in Anführungszeichen – vielleicht als Retourkutsche oder weil sie nicht sicher sind, ob man einen Albaner »weiß« nennen darf. Das tut richtig weh. Der ganze Betrieb kennt Sota, viele Kolleg*innen bezeichnen sich als seine Freund*innen. Was soll das Ganze also? Hoffentlich geht Sota nicht zu Tina Wollner.

Erschöpft, dein S.

13:21 Uhr, Theresa per WhatsApp: Es ist unerträglich heiß. 38 Grad. Der heißeste Tag des Jahres. Man hat das Gefühl, der Wald fängt Feuer, wenn man ihn nur zu scharf anguckt. Bin vorhin fast vom Trecker gekippt. Christian hat einen Wasserwagen vors Büro gestellt. Jetzt geh ich alle zwanzig Minuten raus und nehme eine kalte Dusche.

13:24 Uhr, Stefan per WhatsApp: Hast du meine Mail nicht bekommen?

13:28 Uhr, Theresa per WhatsApp: Doch, klar.

13:30 Uhr, Stefan per WhatsApp: Was erzählst du mir dann vom verdammten Wetter??

13:33 Uhr, Theresa per WhatsApp: Booah, Stevie, wie kann man sich bei der Hitze so aufregen? Ein Girlie postet etwas auf Twitter, ein alter Mann geht vielleicht in eine Talkshow. WTF? Du machst mal wieder ’ne schöne Welle. Bringt nur leider keine Abkühlung.

13:38 Uhr, Stefan per WhatsApp: Mit Verlaub, Tessa, aber das verstehst du nicht. Wirklich nicht. So etwas kann übel ausgehen. Wie wenn … Wie wenn eine Herde durchgeht. Alle Kühe hauen ab und rasen durchs Dorf.

13:40 Uhr, Theresa per WhatsApp: Ich verstehe nicht, was du hast. F.S. macht einen rassistischen Spruch und kriegt dafür auf die Mütze. Ist doch ganz nach deinem Geschmack.

13:40 Uhr, Stefan per WhatsApp: Das hier ist etwas anderes!!

13:41 Uhr, Theresa per WhatsApp: Ach ja, ganz plötzlich. Weil es einen Kumpel betrifft.

13:44 Uhr, Stefan per WhatsApp: Sota ist nicht mein Kumpel, und es geht gar nicht darum, was er gesagt hat! In der Konferenz hat sich keiner aufgeregt, auch Carla nicht. Das ist pure Politik! Machtkampf!

13:45 Uhr, Theresa per WhatsApp: Na sowas! Ganz neue Erkenntnis!

13:46 Uhr, Theresa per WhatsApp: Ich glaube, Stevie, du brauchst vor allem eine Entspannungsmassage. Mit ganz viel Öl. Du bist einfach zu oft allein.

13:47 Uhr, Stefan per WhatsApp: Du machst mich fertig, Tessa. Fix und fertig.

14:01 Uhr, Stefan per WhatsApp: Scheiße. Sota ist bei Wollner angekündigt. Der Idiot will einfach nicht auf mich hören.

Mittwoch, 10. August

00:46 Uhr, Theresa per E-Mail:

Lieber Stefan,

ich hab mir gerade die Wollner-Talkshow mit Sota angeguckt. Er hat das gut gemacht, finde ich. Ruhig und geradezu heiter. Hat sich nicht provozieren lassen, auch wenn es die Moderatorin pausenlos versuchte.

»Haben Sie nicht das Gefühl, sich entschuldigen zu müssen?« – »Gewiss nicht bei Ihnen, liebe Frau Wollner, bei allem Respekt.«
Total entlarvend. Stark.
Dass er bereit ist, Carla al-Saed um Verzeihung zu bitten, wenn sie das möchte, habe ich ihm geglaubt. Auch, dass er Carla längst ein Gespräch angeboten hat und noch auf Antwort wartet. »Carla ist eine gute Kollegin und eine starke Frau. Keiner von uns ist auf Schützenhilfe aus dem Internet angewiesen, um unsere internen Angelegenheiten zu regeln.« Damit müsste die Sache beendet sein. Ich wüsste nicht, was es dem noch hinzuzufügen gäbe.
Übrigens saß ich nicht allein vor der Glotze. Neben mir auf der Couch hockte Eva, nach vorn gebeugt, Ellbogen auf den Knien. Wie immer ein Bild strahlender Jugend. Kurze Shorts, braun gebrannte Beine, die Haare zu einem Kunstwerk aus Zöpfen geflochten. Sie fand Flori Sota scheiße und Carla, von der zwischendurch ein Foto eingeblendet wurde, ziemlich cool. Ansonsten sagte sie nur: Keine anderen Sorgen, oder was?
Sie selbst hat definitiv andere Sorgen, wollte aber nicht sagen, worum es geht (ziemlich sicher um Lars). Sie will hier pennen und keine Fragen beantworten. Okay. Von mir aus. Hab ja seit Neuestem ziemlich viel Platz im Haus.
Dein Sota hat die Sache im Griff, Stevie. Atme durch die Hose. Deine Aufregung ist schon ziemlich bizarr. Ich will jetzt nicht »Siehste!« rufen, das wäre kindisch (na gut, ein Mal: *Siehste!*). Aber eins ist doch klar: Sotas Witz war bescheuert. Ich will auch nicht als »Quotenfrau« bezeichnet werden, auch nicht im Spaß. Und ausgerechnet du empörst dich jetzt über Gegenwind? Mit Evas Worten: Mach dich ehrlich, Digga.
Nach der Talkshow stellte Eva eine spannende These auf:

Was man an der al-Saed-Affäre sehen könne, ist, dass moralische Forderungen in unserem Diskurs die interessengeleiteten Forderungen immer stärker verdrängten. Einfacher gesagt: Die Leute regen sich nicht mehr darüber auf, dass sie nicht bekommen, was sie wollen, sondern darüber, was jemand anderes gesagt hat. Und das widerspricht dem Grundgedanken der Demokratie. Die Moral sagt: Du sollst! Das Interesse sagt: Ich will! Eva meint, die Demokratie sei ihrem Wesen nach keine moralische Ordnung. Vielmehr verlange sie, dass jeder für sich selbst einsteht und die eigenen Interessen vertritt.
Clever, die Kleine. Ich habe das ja selbst erlebt. Wenn du heute versuchst, die Interessen der Bauern zu vertreten, dann heißt es: Egoismus! Lobbyismus! Die blöden Bauern heulen wieder rum, obwohl sie Subventionen aus Brüssel kriegen! Und im Ministerium bekommt man nicht mal einen Termin. Ganz anders, wenn du mehr Diversität oder ein drittes Klo oder Safe Spaces forderst. Dann hört dir jeder zu, und du bist ein guter Mensch.
Eva will die Menschen wieder ermächtigen, ihre wahren Anliegen auszudrücken. Sie sagt: Das Volk ist die Vernunft. Das Volk will nicht gendern, es will keine Cancel Culture, keine Lastenfahrräder und keine Pseudoskandale um kulturelle Aneignung oder Mikroaggressionen im Universitätsalltag. Es will auch keine unkontrollierte Zuwanderung, keinen eskalierenden Finanzkapitalismus, keine unsinnigen Gesetze aus Brüssel und keinen Krieg mit Putin. Das Volk will anständigen Lohn für anständige Arbeit, gute Schulen, befahrbare Straßen, bezahlbare Energie, angemessene Renten, eine funktionierende Landwirtschaft. Keine Schnickschnack-Politik, sondern ehrliches Einstehen für das nationale Interesse. Weil sich Wohlstand und Sicherheit eben nur national und nicht global organisieren lassen. Da ist

das Volk meistens klüger als die Politiker. Weshalb man der Straße wieder eine Stimme geben muss. So Eva.
Natürlich ist es kindisch, der Globalisierung und Brüssel die Schuld für die Übel der Welt in die Schuhe zu schieben. »Germany first« wird unsere Probleme gewiss nicht lösen. Aber Eva ist halt auch erst Anfang zwanzig. Die Grundidee finde ich trotzdem interessant. Vielleicht müssen wir wirklich wieder anfangen, lautstark die eigenen Interessen zu vertreten. Statt ständig zu moralisieren und so zu tun, als würden wir uns für andere starkmachen. Interessenausgleich ist das Kerngeschäft der Demokratie – wie soll das gehen, wenn sich keiner mehr traut, seine Anliegen zu formulieren?
Jedenfalls hat es Spaß gemacht, auf der Couch vor dem ausgeschalteten Fernseher zu sitzen, Rotwein zu trinken und sich die Köpfe heiß zu reden. Es hat mich an früher erinnert, an uns beide, wie wir in der WG-Küche jeden Abend eine neue Weltformel entdeckten.
Jetzt pennt Eva auf der Couch, in einem alten Guns-n'-Roses-T-Shirt von Basti, das ihr verdammt gut steht. Die Jugend braucht ihren Schlaf. Ich sitze im Arbeitszimmer und trinke den restlichen Wein.
Und habe das Gefühl, mir dämmert gerade, was zu tun ist. Schlaf gut, ich muss noch ein bisschen nachdenken.

Theresa

02:09 Uhr, Theresa per E-Mail:

Noch mal ich! Guten Morgen und Prost!

Bin schon ziemlich betrunken. Habe eine weitere Flasche aufgemacht und verspüre mächtige Erkenntnisschübe. In vino veritas!

Weißt du, was ich erkannt habe? Ich habe erkannt, was mein Fehler ist. Oder war. Ich konnte das System nicht verlassen. Nicht mal in Gedanken. Ich habe immer versucht, das Spiel mitzuspielen und dabei möglichst erfolgreich zu sein. Wieder und wieder habe ich meine Anliegen erläutert, bei den Ämtern, im Gemeinderat, auf Kreisebene, im Landwirtschaftsministerium, in der Zukunftskommission. Hat nichts gebracht. Stattdessen zieht man die Schlinge um meinen Hals immer enger. Alle anderen sehen tatenlos zu, wie wir hier draußen röcheln. Wie uns langsam, aber sicher die Luft ausgeht.

Eva liegt richtig, wenn sie sagt, dass meine Bemühungen gar nichts bringen *konnten*. Das System hat sich geändert, Interessenvertretung ist nicht mehr vorgesehen. Entweder stehst du moralisch auf der richtigen Seite oder eben nicht. Und im Kampf um Moral haben wir Bauern keine Chance, egal, wie öko wir sind. Wir stehen im Abseits, wir sind die Peripherie, die Dummen, die nichts verstehen. Unsere politischen Anliegen sind altmodisch, vielleicht sogar reaktionär. Gesunde ökonomische Bedingungen für überlebensfähige Betriebe? Lebenslange Jobs, menschenwürdige Bezahlung, Respekt vor harter körperlicher Arbeit? Das ist doch alles von vorgestern! Heute interessiert der schöne Schein. Es gibt Tourismus-Bauernhöfe, die zur Ergötzung von Großstadtneurotikern Subsistenzwirtschaft simulieren. Das sind die Guten. Wir anderen können uns anstrengen, wie wir wollen. Wir können uns die Haut von den Händen arbeiten und nachts schlaflos im Bett liegen – wir bleiben peinliche Holzköpfe mit unseren ganzen Dieselmaschinen und großen Viehherden und riesigen Feldern, die die Artenvielfalt bedrohen.

Mein Kollege Rüther in Frankfurt/Oder betreibt jetzt einen kleinen Teil seines Großbetriebs als Super-Ökowirtschaft mit Hofladen, Erdbeerpflückfeldern und Streichelzoo. Dahinter

liegen über tausend Hektar intensiver Landwirtschaft. Er sagt: Ökohöfe sind in Wahrheit das Allerschlimmste für den Klimaschutz. Viel zu wenig Ertrag pro Hektar. Trotzdem wollen die Leute das sehen: kleine, ungedüngte Felder mit viel Kornblume und Klatschmohn, Bauminseln und Hecken darin. Am besten noch ein Ochse vor dem Pflug. Das schaut dann aus wie eine Oase der Nachhaltigkeit. Agrarwüsten bis zum Horizont hingegen – kann doch nicht gesund sein! Rüther sagt: vorne Schein, hinten Sein. Wie willst du einer derart irrationalen Welt mit Argumenten kommen?
Also heißt die Lösung: raus aus dem Spiel. Zurück zu den berechtigten Interessen. Sein statt Schein. Am Ende ist dadurch der Demokratie am besten gedient. Es braucht neue Wege, die Stimme zu erheben. Außerhalb des Systems. Was auch immer das heißen soll. Darüber muss ich noch nachdenken. Sobald ich wieder nüchtern bin.
In diesem Sinne noch mal: Prost!

Theresa

07:03 Uhr, Stefan per WhatsApp: Twitter: »Weißer alter Mann erklärt live im TV, was junge PoC-Frau zu fühlen hat« #byebyebote #carlaalsaed #nocountryforwhitemen

07:04 Uhr, Stefan per WhatsApp: »Lasst diesen sackdummen Sota einfach Zeitungen austragen. Problem gelöst.« #byebyebote

07:05 Uhr, Stefan per WhatsApp: »Viele denken ja, dass in deutsche Talkshows nur Dumpfbacken eingeladen werden. Dann kommt BOTE-Sota und zeigt: stimmt nicht! Es werden auch rassistische Dumpfbacken eingeladen.« #byebyebote #rassismuscanceln #ciaosota

07:10 Uhr, Theresa per WhatsApp: Guten Morgen! Na, ausnahmsweise mal früh wach?

07:11 Uhr, Stefan per WhatsApp: Facebook: »Zwei Menschen reden in scheußlichen Frisuren Stuss. Chefredakteur in frisurmäßiger Softporno-Ästhetik der 70er. Moderatorin mit Vokuhila-Vogelnest plus Ossi-Strähnchen. Und in demselben Jumpsuit wie vorletzte Woche.« #leererkleiderschrank #fris_urangst #byebyebote

07:20 Uhr, Theresa per WhatsApp: Gnade!

07:25 Uhr, Theresa per WhatsApp: Aber du nimmst das doch nicht ernst, oder, Stevie? Das sind nur Menschen in rhetorischer Hard-boiled-Ästhetik, die in scheußlichen Medien Stuss reden.

11:39 Uhr, Stefan per WhatsApp: Twitter: »Es fuckt mich komplett ab, wie so eine Weißwurst mit abgelaufenem Verfallsdatum ihr verzerrtes Weltbild live bei Wollner verbreiten darf. WTF?!?« #ciaosota #byebyebote #weissweissnichts

11:39 Uhr, Stefan per WhatsApp: Facebook: »weird, hab gestern ne wollner-sendung live aus den 50ern gesehen.« #keinewiederholungen #byebyebote #carlaalsaed

11:47 Uhr, Stefan per WhatsApp: Twitter: »Deutsch-TV ist so impotent. Immer nur faltige alte Säcke, deren Argumente sich nicht erhärten.«

11:49 Uhr, Stefan per WhatsApp: Twitter: »Wer nicht verstanden hat, was Rassismus ist, sollte in diesem Land keine Zeitung leiten dürfen.« #byebyebote

12:20 Uhr, Theresa per WhatsApp: Okay, okay, ich geb's zu: Das ist schlimm. Was sind das bloß für Leute? Das ganze Internet ist voll mit diesem Sprachmüll, Gedankenmüll ... Hoffentlich liest Sota das nicht.

13:31 Uhr, Stefan per WhatsApp: Twitter: »Zu müde für die nächste dümmliche #rassismusdebatte. Gibt's die vielleicht schon als Hörbuch?«

13:37 Uhr, Stefan per WhatsApp: Facebook: »Ob ich im Stehen oder im Sitzen pinkle – DAS ist privat. Witze über Minderheiten, erst recht im Job, sind keine Privatsache. Nie. Scheint jeder zu wissen außer diesem Typen, von dem ich vorher noch nie gehört hatte.«

13:38 Uhr, Stefan per WhatsApp: Twitter: »Diesen Rassisten kenn ich noch gar nicht. Wo hat der BOTE den Typ bislang versteckt?«

13:39 Uhr, Stefan per WhatsApp: Twitter: »Das kommt davon wenn man 1 Albaner 1 deutsche Zeitung leiten lässt.«

13:41 Uhr, Stefan per WhatsApp: Twitter: »Wieso ertrinken dauernd unschuldige Flüchtlinge im Mittelmeer und dieser Rassist darf leben? Einfach zehn Kilometer vor ital. Küste aussetzen, den kranken ******lutscher!!!«

13:44 Uhr, Stefan per WhatsApp: Facebook: »Gute Nachricht: Jemand hat Zeitreisen erfunden. Schlechte Nachricht: Sie haben uns einen eitlen Balkanesen aus der Kolonialzeit geschickt.«

13:50 Uhr, Theresa per WhatsApp: Hör auf! Bitte!

13:52 Uhr, Theresa per WhatsApp: Wirklich jetzt, Stevie. Das ist nicht gesund. Man muss das ignorieren.

14:05 Uhr, Stefan per WhatsApp: Wie soll man es ignorieren, wenn ein guter Freund von der Meute geschlachtet wird?!

14:07 Uhr, Stefan per WhatsApp: Twitter: »Hey Schwarm, weiß jemand wo der Arsch wohnt – freut sich bestimmt über paar liebe Gäste die ihm das Restbrain wieder einrenken.«

14:10 Uhr, Stefan per WhatsApp: Ich bin total fertig, Theresa. Wirklich. Flori Sota ist ein feiner Mensch. Jetzt darf jeder Idiot seinen Dreck über ihm auskippen.

14:14 Uhr, Theresa per WhatsApp: Komm, setz dich zu mir. Kopf an meine Schulter. Ich streiche dir übers Haar.

14:20 Uhr, Stefan per WhatsApp: Wenn du jetzt hier wärst, würde ich das tun. Liebend gern. Nimmst du mich in den Arm?

14:29 Uhr, Theresa per WhatsApp: Na klar. Mach ich. Du wirst dich gleich beruhigen.

14:30 Uhr, Stefan per WhatsApp: Ich kann deine Hand spüren. In meinen Haaren.

14:35 Uhr, Theresa per WhatsApp: Mach jetzt dein Handy aus. Over and out.

14:38 Uhr, Stefan per WhatsApp: Gut, dass du so diszipliniert bist. Das rettet mich vor einer Menge peinlicher Dinge, die ich sonst geschrieben hätte.

15:10 Uhr, Stefan per WhatsApp: Hast du wirklich abgeschaltet?

22:19 Uhr, Stefan per WhatsApp: Huhu, was machst du gerade? Denke an dich.

22:40 Uhr, Theresa per WhatsApp: Sitze mit Eva. Wir trinken schon wieder, reden schon wieder. Schade, dass du nicht hier bist.

22:42 Uhr, Stefan per WhatsApp: Sag es Eva nicht, aber ich beneide sie gerade sehr.

22:46 Uhr, Theresa per WhatsApp: Sie ist hier, weil ihr Vater durchdreht. Hat beschlossen, heimlich den Mais reinzuholen. Vor dem Beschluss des Oberverwaltungsgerichts. Trotz Ernteverbot. Sie haben sich dermaßen gestritten, irgendwann hat er ihr eine geknallt.

22:48 Uhr, Stefan per WhatsApp: Ach, du Scheiße.

22:50 Uhr, Theresa per WhatsApp: Eva bleibt erst mal hier. Hat Semesterferien und keinen Bock auf Hochsommer in Berlin.

23:01 Uhr, Stefan per WhatsApp: Okay, Süße. Jetzt bin ich es, der *dich* in den Arm nimmt. Ganz fest. Wir haben es beide nicht leicht, aber dafür haben wir uns. Schlaf gut. Grüß Eva. Ich küsse dich.

Freitag, 12. August

23:44 Uhr, Stefan per E-Mail:

Hallo Tessa,

normalerweise stört es mich nicht, dass ich allein lebe – alleine *bin*, muss man wohl sagen. Aber jetzt fällt mir plötzlich auf, dass da niemand ist, wenn ich nach Hause komme. Niemand, dem/der ich Herz und Hirn ausschütten könnte. Ich sitze mit dem dritten Gin Tonic am Fenster und starre raus zum Wasserturm. In meinem Kopf ein Gedanken-Stausee, und niemand da, um den Stöpsel zu ziehen. Die Stille in der Wohnung ist aufdringlich. Ich habe es mit lauter Musik versucht. Aber man kann die Einsamkeit nicht per Spotify abschalten. Dadurch wird sie nur noch größer. Auf Bücher kann ich mich momentan nicht konzentrieren, dabei müsste ich für die Arbeit noch zwanzig Titel lesen, darunter *Darmstadt wird Weltmacht* von Christian Kreis. Gutes Zeug, witziger Typ, aber ich habe einfach keinen Kopf dafür. Es ist immer ein schlechtes Zeichen, wenn mir Wein und Cocktails nicht mehr reichen, um die Welt zu ertragen.

Es gibt acht Milliarden Menschen, aber nur dich will ich hier haben. Darf ich das schreiben? Als Halbbruder im Geiste? Ex-Mitbewohner? Brieffreund? Ex-Feind? Oder was auch immer ich für dich bin. Ich will dich an meiner Seite haben, auf meiner viel zu großen Couch mit viel zu vielen Kissen, mein Kopf in deinem Schoß, deinen Geruch in der Nase, der mir immer noch so vertraut ist, nach all den Jahren. Mit dir würde ich mich sicher fühlen. Keine Frau, die ich kenne, ist so stark wie du.

Ich mache mir wirklich Sorgen, Tessa. Der Shitstorm gegen Sota geht immer weiter, die Beschimpfungen werden immer aggressiver, und Sota tut weiterhin so, als wäre das alles nicht so schlimm. Ich bin immer noch wütend auf ihn, weil er zu Wollner gegangen ist. Dieser eitle Trottel! Erst der dämliche Spruch, dann der überflüssige TV-Auftritt. Und jetzt hat er eine noch größere Dummheit begangen, den strategischen Super-GAU: Er hat Leonie gekündigt, und zwar über Carlas Kopf hinweg. Wegen geschäftsschädigenden Verhaltens gegenüber dem gesamten Verlag. Sie war noch in der Probezeit. Aufforderung zur Abgabe der Schlüsselkarten und des Laptops binnen 24 Stunden, sonst Anzeige. Die Online-Redaktion wird schäumen vor Wut.

Er wollte wieder nicht auf mich hören. Ich soll mich mal abregen und mich um meinen eigenen Kram kümmern, schließlich hätten wir auch noch ein Blatt zu machen usw. Redet er überhaupt noch mit irgendwem über solche Entscheidungen? Mit der Chefredaktion? Mit Carla? Oder wenigstens seiner Frau? Man kann viel Gutes über Flori Sota sagen, aber wenn es darauf ankommt, ist er stur bis zum Realitätsverlust. Es ist ja nicht so, dass er nicht Recht hätte – was Leonie getan hat, ist ein No-Go. Sie hat eine illegale Aufzeichnung angefertigt, sie hat vertrauliches Material geleakt, sie hat dem Ansehen der gesamten Zeitung geschadet. Der Videoschnipsel, in dem Sota »Quoten-Schwarze« sagt, wird nie wieder aus dem Netz zu entfernen sein. Leonie hat die Kündigung verdient. Auch wenn manch eine/r in der Online-Redaktion sie wahrscheinlich als Whistleblowerin feiert.

Aber das ist der falsche Zeitpunkt für eine Kündigung. Der Schuss wird nicht nur nach hinten losgehen, er wird sich in ein Dauerfeuer aus den Tiefen des Internets verwandeln – Postings, Hashtags, Memes, Kommentare, Blogbeiträge, YouTube-Filmchen und Petitionen. Das ganze Arsenal. Doch der große Sota fürchtet dieses »infantile Gedöns«

nicht, weil er ja im Recht ist. Aha. Als würde es den Mob interessieren, wer Recht hat. Weißt du, was er noch gesagt hat? »Wenn Männer wie wir vor hysterischen Kids kuschen, ist das Abendland am Ende.« So etwas hatte ich noch nie von ihm gehört. »Männer wie wir«, »das Abendland«. Als hätte er sich morgens auf dem Klo eine große Portion Oswald Spengler reingezogen.
Am schlimmsten finde ich diese unglaubliche Naivität. Ich habe ihn immer bewundert, aber mit solchen Aussagen demontiert er sich selbst. Vielleicht ist es die unerbittliche Wahrheit: Der Chef der größten Wochenzeitung des Landes hat die Mechanismen des digitalen Diskurses nicht ansatzweise verstanden. Er hat so dermaßen keine Ahnung und ist gleichzeitig so beratungsresistent, dass er sich mit wohligem Grunzen ins offene Messer stürzt. Zwischendurch denke ich voller Grausamkeit: Dann muss das wohl so sein. Dann ist das eben kulturgeschichtlicher Darwinismus – die Selbstabschaffung derer, die nichts mehr mitbekommen.
Aber das gestehe ich nur dir, und natürlich meine ich es nicht wirklich ernst. Sota ist und bleibt einer der wichtigsten und besten Journalist*innen im Land, und er ist mein Freund. Die Zeitung braucht ihn, ich brauche ihn, und (Achtung, Pathos!) Deutschland braucht ihn auch. Es tut mir unsäglich weh, diesem anschwellenden Shit-Hurrikan zuzusehen, und es gibt absolut nichts, was ich tun kann, um das Ganze aufzuhalten.
Natürlich hat Leonie sofort reagiert. Sie hat die Kündigung über ihren Twitter-Account verbreitet und als schlimmsten bekannten Fall von Cancel Culture gebrandmarkt. Sie ist mutig dem strukturellen Rassismus entgegengetreten, und dafür wird sie jetzt gelöscht. Oder, mit Leo_The_Lions eigenen Worten auf Twitter:
Because you all ask. #Sotagohome hat mich soeben ge-

kickt wegen #byebyebote #carlaalsaed #quotengate. Ich so: You're racist! Bote *so: You're successfully deleted!*
Nichts davon stimmt, aber das ist natürlich vollkommen egal. Zwei Stunden später gab es die erste Petition im Internet. »Flori Sota annullieren«. Dazu Leonie auf Twitter:
*Hey, Lieblingsmenschen out there! So grateful to have your wholehearted support. Racists always lose in the end!!! Thanks to the power of our great community!!! Spread this good news and share our petition. Sad today, happy again soon ***Leo #byebyebote #carlaalsaed #quotengate*
Die Petition wird von linken Gruppierungen auf allen Kanälen verbreitet, und jetzt geht auch noch André Hennen steil. Er nennt die Kündigung der Klima-Aktivistin Leonie einen Fall von Cancel Culture, fordert zu Widerstand und Solidarität auf und teilt die Petition. Mit 2,5 Millionen Follower*innen.
Wahrscheinlich holst du gerade wieder dein SIEHSTE-Schild aus der Schublade, aber ich sage es trotzdem ganz ehrlich: Das hätte ich Hennen nicht zugetraut. Der Text der Petition polemisiert so krass, dass ich ihn kaum zu Ende lesen kann. Beim Boten herrsche massiver Rassismus, der BIPoC täglich unmenschlicher Diskriminierung aussetze. Sota stelle den »Prototypen des lupenreinen Rassisten« dar, der unfähig sei, seinen eigenen Rassismus zu erkennen. Er habe mit seiner kalkulierten Beleidigung unzählige BIPoC in Deutschland und der Welt zutiefst verletzt. Dieser Mann übe in seinem Job bereits seit Jahrzehnten »hemmungslose Gewalt« aus und verstehe deshalb auch nur die Sprache der Gewalt. Man fordere den Verlag auf, ihn fristlos zu entlassen und ihm sämtliche Abfindungsansprüche wegen geschäftsschädigenden Verhaltens abzuerkennen. Sonst drohten »digitale Anti-Bote-Kampagnen ohne Ende«, »kreative Proteste des zivilen Ungehorsams im Umfeld des

Verlags« sowie in letzter Konsequenz »kostspielige Sabotage des Geschäftsbetriebs«.
Heute Vormittag hatte dieser Schwachsinn schon unglaubliche 107.000 Unterschriften. Sechsstellig! Über Nacht! Tessa, ich hab schon einige Petitionen verfolgt, aber so etwas habe ich noch nicht erlebt. Das ist einfach nur Wahnsinn. Das komplette linke Netz rennt hier gegen uns an. #byebyebote rangiert bei Twitter seit heute früh auf Platz eins, #carlaalsaed auf vier, #quotengate auf neun. Drei Hashtags zu einem Topic in den Top Ten – größer kann eine Vollkatastrophe im digitalen Zeitalter nicht ausfallen. So viel zu der Frage, ob man die ganze Quotenwitz-Geschichte mit einem guten Talkshow-Auftritt aus der Welt schaffen könnte ...
Heute kam es dann, wie es wohl kommen musste. Am frühen Nachmittag klingelte bei Sota das Handy. Ich war gerade bei ihm im Büro wegen des großen Aufmachers im Literaturteil für nächste Woche (hochaktuell: das Motiv des Verzichts in der Weltliteratur), und als ich auf seinem Display den Namen »D. von Bargen mobil« sah, wusste ich sofort, was die Stunde geschlagen hatte. Das Gespräch dauerte keine drei Minuten. DvB hat verlangt, dass sich Sota öffentlich entschuldigt. Bei Carla und vor allem bei der globalen Gemeinschaft von BIPoC, die er mit seinem Witz verletzt hat. Sota hat gesagt, das mache er nicht, und dabei heftig genickt. Eine Entschuldigung könne sie vergessen. Niemals. Das sei moralisch falsch und strategisch unklug. Er werde keinen Millimeter weichen, und er verlange vom Verlag, das Gleiche zu tun. Nur so komme man aus der Sache wieder raus.
Und während ich ihm zuhörte bei diesem kurzen Gespräch, war plötzlich alles wieder da: meine Bewunderung für Sota, mein Respekt vor seiner Stärke. Er sagte: Ab jetzt können

wir nur noch Fenster und Türen schließen und warten, bis das Schlimmste vorbei ist. Klappe halten und Kurs halten. Ein gutes nächstes Blatt machen. Die Reihen schließen, den inneren Frieden wahren. Entschuldigungen funktionieren nicht, sie machen die Sache schlimmer. Das kann man immer wieder beobachten.

Auf einmal dachte ich: Vielleicht hat er ja doch Recht? Vielleicht bin ich es, der die Mechanismen des digitalen Diskurses nicht begriffen hat? Oder vielleicht habe ich Ahnung von Digitalität und Sota von massenpsychologischer Dynamik? Zumal er noch einen Trumpf aus dem Ärmel zog: Er bot DvB an, zusätzlich zum neuen Aktivismus-Ressort ein BIPoC-Ressort ins Leben zu rufen, in dem es speziell um schwarze Lebenswirklichkeiten geht. Die Idee finde ich so gut, dass ich sogar dachte: Vielleicht kommt am Ende aus der ganzen Misere noch etwas Positives raus.

Trotzdem ist die Lage brenzlig. Niemand weiß, wie lange sich DvB das Ganze noch anschauen wird, wenn der Druck nicht bald nachlässt. Sie will morgen mit dem Vorstand sprechen. Vielleicht lässt man ihr keine Wahl. Dann wird sie erneut eine Entschuldigung verlangen, und wenn Sota nicht klein beigibt, wird er seinen Sessel räumen müssen. Oder man stellt sich hinter ihn, der Shitstorm geht vorüber, der Bote wird reformiert, und in sechs Monaten lachen wir über den ganzen Wahnsinn. Ich weiß es nicht, und ich kann nichts tun.

Jetzt fühle ich mich ruhiger. Es tut gut, dir das alles zu erzählen, wenn auch nur schriftlich, ohne deine Nähe, deinen Geruch, deine Hände in meinem Haar. Nach dem vierten Gin Tonic kann ich es ein bisschen sehen wie du: Was soll schon passieren? Mach keine Welle, Stevie. Am Ende werden wir alle noch da sein.

Trotz der ganzen Scheiße hier habe ich immer wieder über

Eva nachgedacht. Es tut mir unendlich leid, dass die Lage mit ihrem Vater so eskaliert. Gut, dass sie bei dir Schutz gefunden hat. Bitte erzähl mir noch, was das alles für dich heißt. Das Ernteverbot, und auch, dass Eva jetzt bei dir wohnt. Ich rede so viel von mir ... Aber das heißt nicht, dass ich nicht wissen will, wie es *dir* die ganze Zeit geht! Dass du neulich meintest, du wolltest »außerhalb des Systems« die Stimme erheben, hat mich ein bisschen erschreckt. Was soll das heißen? Das war ein alkoholisierter Witz, oder? Sprich mit mir, Tessa. Erzähl mir, was dich bewegt und was du denkst. Sei mir nicht böse, wenn ich mich manchmal so breitmache.

Hab dich verdammt lieb, dein S.

Samstag, 13. August

10:05 Uhr, Theresa per WhatsApp: Hallo Stevie_the_Wimp! Kuhschwester79 hat dich zu Telegram eingeladen. Klicke hier, um die Einladung anzunehmen.

10:11 Uhr, Stefan per WhatsApp: ???

10:56 Uhr, Theresa per WhatsApp: Hallo Stevie_the_Wimp! Kuhschwester79 hat dich zu Telegram eingeladen. Klicke hier, um die Einladung anzunehmen.

11:02 Uhr, Stefan per WhatsApp: Theresa? Wechselst du gerade den Messenger?? Du gehst nicht ernsthaft zu Telegram, oder?

11:08 Uhr, Stefan per WhatsApp: Du weißt schon, dass das ein Tummelplatz für Klimaleugner und andere Verschwörungstheoretiker ist?

13:21 Uhr, Theresa per WhatsApp: Auf jeden! Gleich kommen die Verschwörungstheoretiker aus dem bösen Messenger und packen dich, waaah! Chill mal, du Wimp!

13:24 Uhr, Theresa per WhatsApp: Ich hab mich wegen einer bestimmten Sache bei Telegram angemeldet. Sie bieten echte Privatsphäre. Solltest du dir vielleicht auch mal überlegen. Aber wir können natürlich auch weiter auf WhatsApp schreiben.

13:27 Uhr, Stefan per WhatsApp: Was für eine Sache?

13:30 Uhr, Theresa per WhatsApp: Weißt du, was Eva heute früh gemacht hat? Sie war melken! Um vier Uhr früh! Und ich hab bis neun Uhr geschlafen. Bis neun Uhr!! Jetzt spielt sie gerade mit den Kindern. Die Jungs lieben sie. So do I.

13:33 Uhr, Stefan per WhatsApp: Wegen welcher bestimmten Sache hast du dich auf Telegram angemeldet?

13:46 Uhr, Theresa per WhatsApp: Hier steigt später noch eine verrückte Aktion. Aber jetzt mache ich erst mal Limonade für alle. Frische Minze, Ingwer, Limette. Möchtest du auch? Wir legen uns im Garten unter die Linde und schlafen noch eine Runde auf Vorrat. Heute Nacht kommen wir wahrscheinlich nicht dazu. Nach der Siesta dann Badesee mit den Kindern. Das würde dir gefallen, Stevie. Eva und ich nebeneinander im Bikini … Geballte Kampfkraft!

14:00 Uhr, Stefan per WhatsApp: Was für eine verrückte Aktion, und wieso könnt ihr heute Nacht nicht schlafen?

14:10 Uhr, Theresa per WhatsApp: Nur Geduld, ich erzähl's dir dann schon. Eva braucht Hilfe bei einem Projekt, und ich helfe ihr.

Sonntag, 14. August

11:01 Uhr, Theresa per E-Mail:

Ahoi Stevie,

puh, das war etwas! Großes Abenteuer im kleinen Schütte. Da sage einer, so ein Landwirtleben sei langweilig. Bin total übermüdet, will aber trotzdem nicht schlafen. Fühlt sich an, als hätten wir letzte Nacht eine Koks-Party gefeiert.
Keine Sorge, das haben wir nicht. Hier kommt der versprochene Bericht.
Gegen 21 Uhr gestern Abend haben Eva und ich die Kinder ins Bett gebracht. Sie haben kaum Widerstand geleistet, wir hatten sie am Badesee ordentlich ausgepowert. Zur Sicherheit haben wir Walkie-Talkies im Kinderzimmer installiert, als Babyphone. Dann sind wir mit den Fahrrädern rüber zum Hof gefahren.
Ein schwarzer Sprinter stand schon mit laufendem Motor in der Einfahrt, Yven am Steuer, mit Fischermütze, trotz der Wärme, und ich muss zugeben, dass mir in diesem Augenblick das Adrenalin ins Blut geschossen ist. Die Szene wirkte, als wären wir dabei, einen Bankraub vorzubereiten. Der zweite Adrenalinstoß kam, als ich die Ladung sah. Der halbe Lieferwagen war voll mit Kartons. Irgendwie hatte

ich mir das Ganze weniger groß vorgestellt, oder vielleicht hatte ich es mir auch gar nicht vorgestellt. Kurz dachte ich, dass mir die Sache über den Kopf wachsen würde. Dass es gar nicht zu schaffen oder vielleicht sowieso keine gute Idee sei.
Aber da sprangen Yven, Polly und Alex schon aus der Fahrerkabine, umarmten mich mit viel »Danke schön« und »Toll, dass wir hier sein dürfen«, und alles fühlte sich wieder ganz normal an. Yven und Polly begannen sofort, die Kartons aus dem Wagen zu holen. Währenddessen bauten Eva und ich vier Biertische im leeren Kälberstall auf, während Alex sich daranmachte, die Kartons auszupacken und den Inhalt zu sortieren. Kein Zweifel, Green Redemption hatte sich die Sache genau überlegt. Binnen einer Stunde verwandelte sich der Kälberstall in eine gut organisierte Fertigungsstraße. Auf drei Tischen verteilt standen eine halbautomatische Dosenverschließmaschine, ein Vakuumierer und ein Folienschweißgerät, alles beleuchtet von großen LED-Flutern, die aus meinen Beständen stammten. Dazu unzählige Kartons mit leeren Dosen in verschiedenen Größen. Stolz zeigte Yven mir die Etiketten, die er selbst entworfen und professionell ausgedruckt hatte. Ich bekam noch einmal viel Lob für meinen Rat, das Augenmerk auf Eigenmarken von Einzelhandelsketten mit brutaler Preispolitik zu konzentrieren, deren Namen jeder Landwirt im Schlaf herausschreien kann.
Yven hatte ganze Arbeit geleistet. Die Etiketten sahen täuschend echt aus. Nur auf der Rückseite, klein gedruckt unter den Hinweisen zu den Inhaltsstoffen, war der Warnhinweis zu finden: »Wer einen Dreck bezahlt, bekommt auch Dreck.« Die meisten Verbraucher werden das übersehen, und die anderen werden es für eine weitere unverständliche Werbebotschaft halten, die man am besten

ignoriert. Sie werden den gefälschten Artikel in den Einkaufswagen legen. An der Kasse wird es wegen des beschädigten Strichcodes ein bisschen Verwirrung geben, die Kassiererin wird den Preis von Hand eingeben müssen, und die Kunden werden das Produkt nach Hause tragen, im Kühlschrank oder in der Schublade verstauen und irgendwann öffnen. Sie werden etwas vorfinden, dessen Wert dem Preis entspricht, den sie bezahlt haben.

Das Konzept ist von Alex, und ich finde es nach wie vor genial. Der nachgebaute Supermarkt am Brandenburger Tor war zu offensichtlich, zu schnell als Politkunst-Aktion erkennbar und von den Behörden leicht zu entfernen. Mit Gülle gefüllte Fake-Produkte sind subversiver. Green Redemption will sie auf Filialen im ganzen Bundesland verteilen. Sie werden jeweils immer nur eine kleine Anzahl in die Regale schmuggeln, so dass es Tage dauern kann, bis sich die Fälle häufen und das Ausmaß der Aktion bekannt wird. Die Aufmerksamkeit wird gewaltig sein. Nicht zu vergleichen mit früheren Protesten, vielleicht nicht einmal mit den großen Sternfahrten der Traktoren nach Berlin.

Mit Schöpfkelle und Trichter füllte Alex die Gülle in Dosen, Eva und Polly bedienten die Maschinen, Yven und ich klebten die Etiketten und verstauten alles wieder in den Kartons. Am Anfang wurde viel gelacht und geredet, irgendwann arbeiteten wir schweigend, gleichmäßig, routiniert. Vermutlich verstehst du das nicht, aber ich habe diese Stunden genossen. Die Gemeinschaft. Das Zusammenspiel. Das klare Ziel vor Augen. Zu wissen, dass man endlich etwas tut.

Einmal pro Stunde machten wir Pause und traten aus dem Kälberstall unter den sternklaren Sommerhimmel. Yven und Polly rauchten jeweils zwei Zigaretten. Eva nahm meine Hand und drückte sie, als wäre ich ihre Mutter, und

Alex schaute so beseelt, als hätte sie eine große Bong geraucht. Niemand verspürte die geringste Müdigkeit. Nach zehn Minuten gingen wir zurück an die Arbeit. Eva summte am Dosenverschließer vor sich hin.
Gegen vier hatten wir zwei Drittel der Arbeit geschafft. Eva und ich gingen zum Melken, während die anderen weiterbastelten. Um sieben schlossen wir das Tor zum Kälberstall, weil drinnen noch ein paar Handgriffe auszuführen waren, während draußen schon die Arbeiter der Sonntagsschicht erschienen, um mit dem Misten und Befüllen der Biogasanlage anzufangen. Ich kochte eine große Kanne Kaffee und schickte Eva mit dem Fahrrad zum Bäcker ins Nachbardorf. Wir trugen die Kartons zurück zum Sprinter und die Biertische hinaus auf den Hof, und als alles erledigt war, frühstückten wir gemeinsam in der Morgensonne, ein bisschen blass um die Nasen, aber glücklich. Alle zwei Minuten bat einer, ihm eine Dose Dreck-bezahlt-Aprikosen aufzumachen, und jedes Mal kicherten wir wie übernächtigte Schulkinder auf Klassenfahrt. Dann musste ich mich beeilen, nach Hause zu kommen, wegen der Jungs, die am Sonntag gern ausschlafen, aber selten länger als bis neun. Der Abschied fiel kurz aus, der Sprinter fuhr vom Hof, Eva und ich schwangen uns auf die Fahrräder, und irgendwie fühlte es sich surreal an, nach dieser seltsamen Nacht durchs Dorf zu radeln. Plötzliche Sonntagsstille nach Stunden der Betriebsamkeit. Als hätten wir alles nur geträumt.
Jetzt hat sich Eva ein bisschen hingelegt, die Jungs spielen draußen Fußball, und ich wollte dir schreiben, bevor gleich die Wochenendaktivitäten weitergehen.
Ich habe jetzt auch meinen Shitstorm, Stefan. Einen Shitstorm in Dosen. Bin stolz darauf. Vielleicht solltest du das auch mal versuchen. Laberland verlassen und die Ärmel hochkrempeln. In mir breitet sich Ruhe aus wie ein fried-

licher See. Als hätte ich eine seit Langem anstehende Aufgabe erfüllt. Einer Bestimmung gehorcht. Meinen Platz eingenommen. Müsste ich das mit einem Wort beschreiben, würde ich sagen: ENDLICH!!!
In Großbuchstaben mit sehr vielen Ausrufungszeichen.
Tritt doch auch mal einen Schritt raus aus dem System, Stevie.
Love,

Theresa

14:23 Uhr, Stefan per WhatsApp: Was hast du gemacht???

14:51 Uhr, Stefan per WhatsApp: Du hast nicht wirklich nachts in einem Stall gesessen und Lebensmittel manipuliert? Wie eine Terroristin?

15:12 Uhr, Stefan per WhatsApp: Sag mir, dass du mich verarschst.

16:31 Uhr, Stefan per WhatsApp: HEY!! TESSA!

16:45 Uhr, Theresa per WhatsApp: Schrei doch nicht so … Muss auch mal schlafen …

16:45 Uhr, Stefan per WhatsApp: Ich hab deine Mail gelesen. Ich mache mir Sorgen.

16:46 Uhr, Theresa per WhatsApp: Nicht schon wieder, Stevie. Nicht wieder Sorgen machen. In deiner Welt ist das der nächste hysterische Anfall.

16:46 Uhr, Stefan per WhatsApp: Du bist doch nicht ganz dicht.

16:52 Uhr, Theresa per WhatsApp: Natürlich bin ich nicht ganz dicht. Ich betreibe im Deutschland des 21. Jahrhunderts einen landwirtschaftlichen Betrieb. Da muss man einen Dachschaden haben, das ist die Qualifikation für den Job.

16:53 Uhr, Stefan per WhatsApp: Ich weiß nicht, was ich sagen soll.

16:55 Uhr, Theresa per WhatsApp: Dann halt am besten die Klappe.

21:12 Uhr, Stefan per E-Mail:

Hallo Theresa,

du bist der seltsamste Mensch, den ich kenne. Du bist so klug, so voller Kraft und Durchhaltevermögen – und gleichzeitig so stur und, sorry, manchmal auch wahnsinnig naiv. Dass du nachts mit irgendwelchen obskuren Typen, die du kaum kennst, auf deinem eigenen Hof (!) Gülle (!) in Lebensmitteldosen (!!!) füllst, die ich dann vielleicht demnächst hier im City-REWE an der Weidenallee kaufe, ist schwer zu glauben. Es ist mir schleierhaft, warum du meinst, damit irgendetwas Positives zu erreichen. Die Leute werden einfach nur angewidert sein. Mir kommt das plump vor und irgendwie – ja, du wirst mich auslachen – gefährlich. Ich muss an Leute denken, die in Supermärkten Marmeladengläser vergiften. Das bist doch nicht du!
Ich verstehe, dass du frustriert bist. Kein Wunder bei dem Job, den du machst. Ich verstehe deine Wut. Auf die Politiker*innen, die dir Steine in den Weg legen. Auf die Verbraucher*innen, die für Lebensmittel nicht anständig bezahlen wollen. Auf die Ämter, auf die EU und aufs Wetter.

Jetzt hast du eine junge Frau kennengelernt, die dich mitreißt. Ich kenne diese Anziehungskraft, wir haben auch solche Stürmer*innen und Dränger*innen in der Redaktion. Halb beneidet man sie, halb hasst man sie für ihre Power. Sie sind selbstbewusst bis zur Schmerzgrenze und haben eine mitreißende Energie. Benutzt man ihre Sprache nicht, ist man alt und peinlich. Benutzt man sie, ist man alt und noch peinlicher. Und dann diese verdammte Attraktivität, diese äußere Makellosigkeit, vor der wir gut abgehangenen Mid-Ager uns nur verstecken können. Waren wir eigentlich auch mal so? Wie lange ist das bloß her?
Ich kann das alles verstehen, aber ich muss dir trotzdem sagen: Pass auf. Nur, weil jemand jung ist, hat er nicht automatisch Recht. Das muss ich selbst in diesen Tagen schmerzlich erfahren, und ich gebe zu, dass ich gerade dabei bin, meine Ansichten ein bisschen zu korrigieren. Nicht in Bezug auf meine politischen Ziele, aber in Bezug auf die Methoden. Gerade, was Jugend und Radikalität betrifft. Diese Eva hab ich mir vorhin noch mal im Internet angeguckt. Tessa, das ist eine wirklich ambivalente Figur. Hast du ihr Impulsreferat bei diesem amerikanischen Thinktank gesehen? Eine junge blonde Frau, die vor libertären alten Männern in Anzügen spricht, den Brexit glorifiziert und dem blanken Nationalismus das Wort redet. America first, Britain first, Germany first. Nieder mit der Globalisierung. NATO auflösen, Ukraine-Krieg beenden. Der begeisterte Applaus, den sie in dieser Runde bekommt, spricht für sich. Ich kann mir sogar vorstellen, dass die Dosen-Aktion Spaß gemacht hat. Ich kenne das Gefühl – endlich etwas tun, endlich anpacken, mit anderen gemeinsam, während sonst ständig nur gejammert wird! Das ist wie eine Energiedusche, wie der berühmte Jungbrunnen. Aber irgendetwas stört mich an dem Bild, wie du mit dieser Eva und den

anderen Typen nachts im Kuhstall sitzt. Es stört mich so massiv, dass ich in den letzten Stunden intensiv darüber nachgedacht habe, *was* mich daran stört. Man könnte ja auch sagen: Cooles Projekt, eindeutig politische Kunst. Genauso muss man es machen – eingefahrene Kommunikationsbahnen verlassen, aufrütteln, die Aufmerksamkeitsökonomie der sozialen Medien bedienen. Nur so geht etwas voran. Weißt du, ich bin nach wie vor davon überzeugt, dass Greta Thunberg den Friedensnobelpreis verdient und auch bekommen wird. Wenn dieses Mädchen sich nicht auf die kalte Straße gehockt hätte, würde heute weltweit immer noch eine deutlich schwächere Klimapolitik gemacht. Die Politik braucht hin und wieder Einmischung von außen. Diese Form von Aktivismus ist das Salz in der politischen Suppe. Aber was ungenießbar wird, ist ein Fass Salz mit einem Teelöffel Suppe darin.

Ich habe auf der BOTE-Website zum Spaß mal nach dem Stichwort »Aktivist*innen« und »Aktivismus« gesucht. Die Trefferzahl übersteigt »Bundestrainer«, »Ampel-Koalition«, »Helene Fischer« und sogar »Merkel«.

Bis vor Kurzem hätte ich jede Form von Aktivismus verteidigt, solange er der richtigen Sache dient (worüber ich mir bei deiner Eva nicht sicher bin). Aber inzwischen sehe ich das insgesamt differenzierter. Klar wirst du sagen: »Wenn dein geliebter Chef zur Zielscheibe wird, gefällt dir das plötzlich alles nicht mehr.« Und du hast Recht. Es hat mit Sota zu tun, dass ich ins Nachdenken komme. Man versteht einen Shitstorm anders, wenn er einen (beinahe) selbst betrifft. Früher habe ich in solchen Fällen gedacht: Wer sich aus dem Fenster lehnt, muss damit leben, dass ihm der Wind ins Gesicht weht. Heute verfolge ich zwanghaft die Kommentare, Blogposts und Videos zu #byebebote, rund um die Uhr, sogar auf dem Klo. Ich schlafe nicht und esse wenig, um bloß nichts zu verpassen. Ich war noch nie einem derartigen Tsunami aus Beleidigungen, Demütigungen, Dummheit und Zynismus ausgesetzt. Mehr als achthundert User*innen wünschen Sota den Tod, und täglich kommen neue dazu. Viele schildern anschaulich, auf welche Weise er umgebracht werden soll. Weil er einen schlechten Witz gemacht hat.

Das Verrückte ist – niemand hält ihn ernsthaft für einen Rassisten. Darum geht es überhaupt nicht. Niemand interessiert sich dafür, wer Sota ist, was er denkt und was er in seinem Leben geleistet hat. Es geht um Rufmord als Event. Aus der digitalen Spaßgesellschaft ist eine Hassgesellschaft geworden. Hass macht Spaß. Eine traurige Erkenntnis.

Und dann ist da die quälende Frage, ob mich eine Mitschuld trifft. Wir beim BOTEN haben Protestbewegungen hemmungslos supportet, sofern uns die Ziele wünschenswert erschienen. Als Teil der vierten Gewalt haben wir eine fünfte Gewalt geschaffen, und die lässt sich – Überraschung! – nun nicht mehr einfangen. Jahrzehntelang hatten wir mit der alten, männlichen, anzugtragenden Politiker-Kaste zu tun, da waren wir glücklich, endlich junge, attraktive politische Protagonist*innen zu haben. Wir haben sie gefeatured, ihnen Zulauf, Likes und Fame gesichert. Wir haben die Stars der Szene selbst erschaffen, zeigen ihre Gesichter täglich auf Titelseiten, zitieren ihre Botschaften in Livetickern. Schließlich vertreten sie unsere Ziele, die *richtigen* Ziele, und – hurra! Endlich interessiert sich die Jugend für Politik.

Zu spät haben wir gemerkt, dass in den Tiefen des Netzes eine Meute wächst, die sich an der moralischen Überlegenheit der gehypten Protagonist*innen bedient, sich ihre Beute aussucht und erbarmungslos zuschlägt, wenn es ihr gefällt. Jetzt erleben wir, was passiert, wenn einer Gruppe übermäßige Aufmerksamkeit bei gleichzeitiger Abwesenheit jeglicher Kritik zuteil wird. Inzwischen müssen wir alle darunter leiden – die Mehrheitsgesellschaft, die Politik und exponierte Einzelpersonen wie Flori Sota. Am Ende auch die Demokratie.

Versteh mich nicht falsch, ich will nicht dem Aktivismus abschwören. Ein konstruktiver Aktivismus, der seine Kraft aus sich selbst schöpft, wird immer ein Gewinn für die Gesellschaft sein. Aber Übermaß schadet. Für eine recht einfache Erkenntnis habe ich ziemlich lange gebraucht: Es hat schon seinen Grund, warum Demokratie versucht, Politik zu institutionalisieren und das Private zu entpolitisieren. Warum politische Auseinandersetzungen hauptsächlich im gewählten Parlament und in redaktionell betreuten Medien stattfinden sollen und nicht auf der Straße (und vielleicht auch nicht im Netz). Die politischen Institutionen sind (unter anderem) gerade dazu da, die Bürger*innen zu entlasten. Sie sollen nicht auf Schritt und Tritt wegen politischer Fragen zanken müssen. Es schützt Freundschaften und Familienbeziehungen, wenn man den Streit um Klimawandel, Impfpflicht oder Waffenlieferungen an die gewählten Vertreter*innen delegiert, statt ihn am Küchentisch zu führen. Demokratische Politik ist eine Bühne, auf der wir den Kämpfen zuschauen können, statt sie selbst auszufechten. Jetzt sehen wir, was passiert, wenn das Vertrauen in die Politik schwindet und Nichtgewählte versuchen, die Sache selbst in die Hand zu nehmen: Eine durchmoralisierte, hasserfüllte, zutiefst zerstrittene Gesellschaft entsteht. Statt konstruktiven Kompromissen blüht erbarmungsloser Vernichtungswille. Wir beide sind doch das beste Beispiel! Es hätte nicht viel gefehlt, und wir hätten einander verloren, weil wir uns nicht mehr als Menschen begegnen konnten, sondern nur noch als Sprechpuppen für

bestimmte politische Haltungen. Nicht auszudenken, wenn das passiert wäre!
Davon müssen wir weg. Wir beide, jeder für sich, die Gesellschaft im Ganzen. Wir müssen aufhören, Scheiße in Dosen oder ins Internet zu füllen. Nicht außerhalb des Systems kämpfen, Theresa, im Gegenteil! Das System stärken, die Bedeutung von demokratischer Politik zurückerobern, Veränderung innerhalb der Strukturen bewirken – das ist unsere Aufgabe! Wenn du mal raus willst aus deiner kleinen Provinzwelt, das Abenteuer suchst, was Krasses erleben willst – komm mich einfach in Hamburg besuchen. Dann verbringen wir eine Nacht auf St. Pauli, trinken Bier im *Goldenen Handschuh*, nehmen Drogen oder was auch immer. Aber lass die Finger von der Gülle. Scheiße bleibt Scheiße, das habe ich jetzt kapiert. Egal, ob in Dosen oder als Sturm.

Dein S.

Montag, 15. August

01:21 Uhr, Stefan per WhatsApp: Gerade kommt noch eine Nachricht von Sota. Anscheinend hat eine Gruppe Mitarbeiter*innen einen offenen Brief verfasst, mit dem sie sich in dem Konflikt positionieren. Weil ich zwischen den Fronten stehe, hat man mich natürlich nicht informiert. Geschweige denn gefragt, ob ich mitmachen will. Ich merke gerade, wie erschöpft ich bin. Ich will einfach nur, dass das alles aufhört. Schlaf gut, Tessa.

08:05 Uhr, Theresa per WhatsApp: Alles klar, Stefan. Du kannst die Dosen-Aktion nicht verstehen, und damit kann ich leben. Du hast einfach nicht durchgemacht, was ich hier seit Jahren durchmache. Vielleicht hast du auch einfach genug vom Aktivismus, und ich fange gerade erst damit an. Hab dich trotzdem lieb.

10:10 Uhr, Stefan per WhatsApp: Ich dich auch.

12:47 Uhr, Theresa per WhatsApp: Was Eva betrifft: Ich muss nicht in allem mit ihr einer Meinung sein. Bin ich auch nicht. Sie hat mich um Hilfe gebeten, und ich habe »ja« gesagt. Weil ich das Anliegen wichtig finde.

13:19 Uhr, Stefan per WhatsApp: Okay. Du wolltest einer Freundin helfen. Vielleicht hat sie dich auch ein bisschen damit überrumpelt. Das kann ich nachvollziehen. Das bedeutet ja auch, dass es bei dieser Aktion bleibt und dein Hof jetzt nicht zum Protest-Hauptquartier wird.

13:33 Uhr, Stefan per WhatsApp: So ist es doch, Theresa?

13:36 Uhr, Stefan per WhatsApp: Wann sollen die Dosen eigentlich in die Supermärkte kommen?

13:54 Uhr, Theresa per WhatsApp: Keine Ahnung. Irgendwann die Tage.

14:50 Uhr, Stefan per WhatsApp: Pass auf, ich sage dir, was du jetzt machst. Du rufst Eva an, sagst ihr, dass du es dir anders überlegt hast und dass die Konservendosen auf keinen Fall in irgendeinem Supermarkt auftauchen dürfen. Dass sie die Aktion abblasen müssen.

15:24 Uhr, Theresa per WhatsApp: Du bist so naiv, Stevie, das ist fast schon wieder süß.

15:29 Uhr, Stefan per WhatsApp: Soll ich sie anrufen? Ich könnte auch leichten Druck ausüben, so nach dem Motto: Ich bin von der Presse, ich habe da etwas läuten hören, und wenn sie die Sache durchzieht …

15:44 Uhr, Theresa per WhatsApp: Stefan! Wenn du dich einmischst, sind wir geschiedene Leute! Das ist mein Ernst! Hast du das kapiert?

16:01 Uhr, Stefan per WhatsApp: Ich will dir helfen. Wirklich.

20:24 Uhr, Theresa per WhatsApp: Ich glaube, wir reden lieber wieder über deinen Kram. Ist der offene Brief an Sota schon raus? Ich konnte im Netz nichts finden.

20:51 Uhr, Stefan per E-Mail:

Ich habe ihn eben bekommen, du Hellseherin! Veröffentlicht wird er um Mitternacht auf unserer Website. Und was soll ich sagen – ich könnte meine Kolleg*innen umarmen. Der Ton ist sehr ruhig und sachlich. Sie schreiben, dass Sota über jeden rassistischen Verdacht erhaben ist und dass sich Rückschlüsse von einem missglückten Witz auf die politische Gesinnung verbieten. Er soll sich in einer öffentlichen Stellungnahme bei Carla und der BIPoC-Gemeinschaft entschuldigen, dann ist die Sache aus Redaktionssicht vom Tisch. Bin stolz auf unsere Truppe. Jetzt bleibt die Frage, ob Sota die ausgestreckte Hand ergreift. DvB gegenüber hat er eine Entschuldigung kategorisch abgelehnt. Aber vielleicht macht der Ton die Musik. Und immerhin geht es jetzt um den Hausfrieden.

20:59 Uhr, Theresa per WhatsApp: Super! Ich drücke die Daumen!

Dienstag, 16. August

07:55 Uhr, Theresa per E-Mail:

Hey du,

ich schulde dir noch eine Antwort auf deine lange Mail vom Sonntag. Aber zuerst will ich dir sagen, wie stolz ich bin. Auf dich und mich. Ich finde es großartig, dass wir gelernt haben, über empfindliche Themen zu sprechen, ohne uns digital anzuschreien. Der Schmerz in der Brust ist weg, wenn ich mich vor den Rechner setze, um dir zu antworten. Wenn ich das Smartphone aus der Tasche nehme, habe ich keine Angst vor deiner nächsten Attacke, sondern freue mich, von dir zu hören. Plötzlich bringen mich unsere Gespräche zurück an den Küchentisch in Münster und nicht in den Schützengraben. Ist das nicht irre? Wir sind noch dieselben Personen mit derselben Geschichte und denselben Leben. Was ist passiert?
Meine Theorie: Das Ganze ist nur eskaliert, weil du mir so viel bedeutest. Vielleicht sind Freunde heutzutage sogar wichtiger als Familie und Herkunft. Vielleicht führt die moderne Wurzellosigkeit dazu, dass wir uns umso verzweifelter aneinander festhalten. Wir glauben, stets einer Meinung sein zu müssen, um einander nicht zu verlieren. Als könnte Konformität eine gemeinsame Kindheit erset-

zen. Wir sind Liebende, die Angst haben, verlassen zu werden. Aus Liebe wird Angst, aus Angst wird Wut. Vielleicht gilt das ja sogar für das ganze Land. Habe ich irgendwann einmal zu dir gesagt, dass man loslassen muss, was man besitzen will? Ich fange langsam an, meine eigenen Ratschläge zu verstehen.

Ist dir übrigens aufgefallen, dass wir in puncto Aktivismus plötzlich mit vertauschten Rollen argumentieren? Ich bin dafür und du dagegen. Sehr spannend. Als hätten sich die Vorzeichen geändert. Das muss bedeuten, dass es sich in Wahrheit um oberflächliche Differenzen handelt, während wir uns in den tieferen Schichten einig sind. Du meinst, entscheidend sei, mit welchen Methoden man arbeite. Ich glaube, es geht vielmehr darum, *wer* sich politisch engagiert. Einem Journalisten steht das nicht zu. Von Haus aus ist er Beobachter, nicht Betroffener. Es ist so, wie du sagst: Aktivismus ist das Gegenteil von Neutralität und damit das Gegenteil des journalistischen Auftrags.

Aber wenn man als Betroffener zu aktivistischen Mitteln greift, ist das anders. Wenn man sich zutiefst missachtet fühlt. Wenn man als minderwertig behandelt wird in dem, was man ist und was man tut. Wenn man langsam erdrückt wird von einer Politik, die übergeordneten Interessen oder medialen Launen folgt, statt sich für die Lage vor Ort zu interessieren.

Mein Vater hat oft erzählt, wie es zu DDR-Zeiten war, als man Planvorgaben von SED-Funktionären bekommen hat, die von Landwirtschaft überhaupt keine Ahnung hatten. Heute sind wir wieder in einer ähnlichen Situation, auch wenn die Steuerungsvorgaben jetzt aus Brüssel kommen. Hatten meine Leute im Jahr 1989 nicht das Recht, sich zu wehren? Hättest du ihnen gesagt, dass Politik zur Entlastung der Bürger auf der Volkskammerbühne stattfinden

muss und nicht auf der Straße? Sicher nicht. Wer in die Enge getrieben wird, schlägt irgendwann um sich.
Ich glaube, wir sind uns im Grunde einig, Stevie, und die Unterschiede in den Details halten wir aus. Auf die Gefahr hin, mich zu wiederholen: Das ist großartig. Küchentisch forever.

Love, Tessa

08:39 Uhr, Stefan per WhatsApp: Äh, räusper. Du willst nicht wirklich die Demonstrationen in der DDR mit den Protesten von bundesrepublikanischen Landwirt*innen vergleichen, oder? Das ist doch wohl etwas weit hergeholt.

08:41 Uhr, Theresa per WhatsApp: Ach ja, inwiefern?

08:43 Uhr, Stefan per WhatsApp: Die DDR war ein Unrechtssystem, die BRD ist ein Rechtsstaat.

08:49 Uhr, Theresa per WhatsApp: Das sind doch nur Begriffe. Damit kann man leicht jonglieren, wenn man wie du zu den Profiteuren des aktuellen Systems gehört. Mit deinem Job, deiner Identität, deinem Wohnort, deinem ganzen Umfeld. Du verdankst deinen Erfolg, dein Ansehen, dein Geld dem aktuellen Zuschnitt der Machtverhältnisse. Ein SED-Funktionär hätte meinem Vater damals auch gesagt, dass Widerstand illegitim ist!

08:50 Uhr, Theresa per WhatsApp: Was überflüssig gewesen wäre, weil sich mein Vater sowieso nie gewehrt hat. Gegen niemanden.

08:55 Uhr, Stefan per WhatsApp: Die Journalist*innen von heute sind also die SED-Funktionär*innen von damals?? Come on, Theresa! Das bereden wir aber noch mal in Ruhe, okay? Küchentisch forever!

09:01 Uhr, Stefan per WhatsApp: Was anderes – ich wollte dich die ganze Zeit schon fragen: Hast du eigentlich das Geld von Bastis Eltern bekommen?

09:29 Uhr, Theresa per WhatsApp: Ist das Geld ein Problem?

09:40 Uhr, Stefan per WhatsApp: Geld ist immer ein Problem.

09:42 Uhr, Theresa per WhatsApp: Nicht, wenn es dazu dient, anderen zu helfen. Aber damit kennst du dich nicht so aus.

18:23 Uhr, Stefan per E-Mail:

Tessa,

ich bin etwas gehetzt, weil ich gleich zu einer Vernissage von Vicky Jacob-Ebbinghaus in die Kunsthalle muss – aber ich will dir kurz erzählen, wie durcheinander ich bin. Schon wieder. Ich habe die ganze Zeit darauf gewartet, dass sich Sota wegen des offenen Briefs bei mir meldet und wir eine gemeinsame Strategie entwickeln. Stattdessen seit zwei Tagen keine Nachricht, und heute Vormittag fehlte er ohne Erklärung in der Konferenz. Alle total baff. Man hatte damit gerechnet, dass er sich bei der Redaktion für ihre Loyalität bedankt und die geforderte Entschuldigung ankündigt. Dementsprechend groß war die Enttäuschung. Einige jüngere Kolleg*innen sind mit diesem offenen Brief über ihren Schatten gesprungen, um Schaden von der Zeitung abzuwenden, das konnte man merken. Die waren regelrecht fassungslos über seine Abwesenheit. Ich habe alles getan, damit die Stimmung nicht kippt, mich an seiner Stelle artig bedankt und allen eine LKW-Ladung Biohonig um die Mäuler geschmiert, aber der Frust wegen Sotas Verhalten blieb.

Als ich dann mittags in sein Büro komme, sitzt er seelenruhig da und schreibt einen Leitartikel mit dem Titel »Gruppenreise nach Canossa – über den pathologischen Entschuldigungskult der digitalen Gesellschaft«. Alles klar. Ich habe ihm erklärt, dass die Mannschaft gerade unter Schmerzen eine goldene Brücke gebaut habe, über die er nur mit einem Caffè Latte in der Hand schlendern müsse. Ein kleines Schuldeingeständnis im Editorial – und damit sei die Sache erledigt. Es lohne sich wirklich nicht, an dieser Stelle aufs Prinzip zu pochen. Schließlich gehe es hier nicht um sein Ego, sondern um das Wohl der Zeitung. Ich habe ihm noch einmal gesagt, dass er einen Fehler gemacht habe und dass er den jetzt ausbügeln müsse. Er solle Verantwortung übernehmen und den Mannschaftsfrieden wahren. Und so weiter und so weiter.

Sota hat sich das alles in Ruhe angehört, genickt und gesagt, dass er mich sehr gut verstehe. Ich solle aber bitte schön auch versuchen, die Angelegenheit durch seine Augen zu sehen. Er bot mir einen Stuhl an und gab mir seinen Leitartikel zu lesen.

Die Kernthese lautet: Unsere Gesellschaft wird einerseits immer säkularer, pflegt aber andererseits einen immer drastischeren Moralkult. Man glaube heute nicht mehr an das unfehlbare Urteil Gottes, sondern an das der vermeintlich integren Digitalgesellschaft. Wo früher der Priester die Absolution erteilt habe, täten dies heute die Hohepriester unter den Bloggern, YouTubern & Co. Aus der christli-

chen Gemeinde sei die Netzgemeinde geworden. Der moralische Absolutheitsanspruch habe den Wirt gewechselt und sei zum säkularen Wiedergänger geworden, mächtiger denn je, weil er heute in der Öffentlichkeit des Internets jederzeit und durch alle implementierbar sei. Deshalb sei es umso wichtiger, diesen »Kreuzrittern mit Internetanschluss« eine neue Aufklärung entgegenzusetzen. Er, Sota, werde sich dem öffentlichen Druck deshalb *nicht* beugen. Eine Entschuldigung sei nur Carla al-Saed gegenüber notwendig, und die wolle keine. Niemand anderes habe das Recht, ein Mea culpa von ihm zu verlangen.
Ich muss sagen, Tessa, ich war sprachlos. Sota ist sich im Klaren darüber, was dieser Text bewirken wird. Er sagte, ich solle mich schon mal um eine Schatten-Redaktion für die *Lighthouse*-Gründung kümmern. Mein Leben ist eine Achterbahn mit unzähligen Loopings. Mir ist entsprechend übel.
Muss los, umarme dich lang und fest. Wie schön, dass es dich in diesem ganzen Chaos gibt.

S.

Mittwoch, 17. August

07:20 Uhr, Theresa per WhatsApp: Gemeingefährlicher Giftanschlag? Raubüberfall? Rechtsterroristisch??? What the fuck???

07:41 Uhr, Theresa per WhatsApp: Du liest die *Ostprignitzer Rundschau* mit Sicherheit nicht. Besser so. Ich kopiere dir den Mist in eine Mail.

07:48 Uhr, Theresa per WhatsApp: Jesus, jetzt bin ich schon dreimal ins Büro und wieder hinausgegangen, weil ich solche Widerstände habe, den Rechner hochzufahren. Als wäre das Endgerät schuld am Internet. An diesem ganzen verbalen Dreck, der zum Himmel stinkt, schlimmer als Gülle, schlimmer als Jauche, schlimmer als alles, was man in eine Dose füllen kann! Brechreiz.

07:55 Uhr, Theresa per E-Mail:

Hier der Text aus der OPR:
Wenn Rücksichtslosigkeit und Gier aufeinandertreffen – der Terror von rechts erobert die Landwirtschaft
Ein Kommentar von Mario Schneidermann
Wer in den vergangenen Tagen bei REWE *eine Dose Tomaten der Eigenmarke* ja! *gekauft hat, musste unter Umständen eine böse Überraschung erleben. Falls er beim Öffnen der Konserve nicht genau hingeschaut hat, ist möglicherweise ein Schwung Jauche im Kochtopf gelandet. Kein skandalöses Versehen des Herstellers. Sondern die gemeingefährliche Aktion einer Gruppe, die sich Green Redemption nennt und in ihrem Bekennerschreiben behauptet, für eine »gesunde« (sic!) Landwirtschaft in Deutschland zu kämpfen.*
Paragraph 314 des Strafgesetzbuchs besagt: Wer Gegenstände, die zum öffentlichen Verkauf oder Verbrauch bestimmt sind, vergiftet oder ihnen gesundheitsschädliche Stoffe beimischt, wird mit Freiheitsstrafe von einem Jahr bis zu zehn Jahren bestraft. Das entspricht der Strafandrohung eines Raubüberfalls, und genau so ist die entgleiste »Protestaktion« von Green Redemption zu bewerten: als Raubüberfall auf die friedliche Gemeinschaft der Konsumenten und Konsumentinnen.
Wie die Staatsanwaltschaft mitteilt, hat die Gruppe in vier-

zehn verschiedenen Filialen der Einzelhandelsketten REWE, LIDL *und* ALDI *einzelne Produkte gegen äußerlich ähnliche Verpackungen ausgetauscht. Darin befanden sich die Ausscheidungen von Kühen. Betroffen sind Tomatenkonserven, Fertigsuppen, Linsen, eingelegte Aprikosen sowie Ravioli in Dosen. In den meisten Läden wurde der Anschlag aufgrund gefälschter Strichcodes sofort entdeckt und die falschen Lebensmittel aus den Regalen entfernt. Mutmaßlich sind nur wenige Waren tatsächlich zu den Verbrauchern und Verbraucherinnen gelangt. Die Polizei ruft dennoch dazu auf, kürzlich gekaufte Produkte vor der Verwendung genau zu prüfen.*

Was ist los mit unserem Land? Bauern kassieren Subventionen in Milliardenhöhe, verüben einen Giftanschlag auf die Bevölkerung und verwechseln das mit politischem Protest. Das klingt wie ein Bericht aus Absurdistan. Wieder einmal muss das Internet als Erklärung herhalten, wo sich Menschen mit verengtem Erkenntnishorizont in verschwörungstheoretischen Filterblasen weiter radikalisieren. Aus Ermittlerkreisen ist zu hören, dass die bereits polizeibekannte Eva T. zu den Drahtziehern des Anschlags gehören könnte. In ihren Internetkanälen wettert die junge Frau gegen die Globalisierung, gegen die »Eliten« in Berlin und Brüssel und gegen das Heraufziehen einer totalitären Gutmenschen-Diktatur. Als gesichert gilt, dass das »Fräulein Thunberg der Rechtspopulisten« von US-amerikanischen Lobbyisten aus dem Umfeld der ehemaligen Trump-Administration bezahlt wird.

Ein Fall von international agierendem, gewaltbereitem Widerstand von Anti-Demokraten? Das wird der Verfassungsschutz zu klären haben. Fest steht bereits, dass auch regionale Kräfte in die Vorbereitung des Anschlags verwickelt sind. Hinweise haben ergeben, dass das Präparieren

der verunreinigten Lebensmittel auf dem Hof einer Landwirtin in der Umgebung von Plausitz durchgeführt wurde.
»Für uns alle hier ist das ein Schock«, sagt Bauer W., der seinen Hof ebenfalls in der Nähe von Plausitz betreibt. »Wir Landwirte sind Teil des gesellschaftlichen Wandels und wollen zu einer besseren Zukunft beitragen. Wir sind keine Terroristen.«
Das mag für die Mehrheit zutreffen. Aber die aktuellen Vorgänge zeigen wieder einmal, dass sich in unserem Land politische Kräfte mobilisieren, die den demokratischen Konsens weit hinter sich gelassen haben. Green Redemption ist nur ein Beispiel für das Aufflammen eines narzisstischen Politikverständnisses, das eigene Belange über das Gemeinwohl stellt und für die Durchsetzung persönlicher Wünsche zu allen Mitteln greift. Selbst durch weitreichende Subventionen, wie Landwirte und Landwirtinnen sie kassieren, können solche Auswüchse von Unersättlichkeit offensichtlich nicht befriedet werden.
Dagegen hilft nur eins: klare Kante zeigen. Der Rechtsstaat muss durchgreifen. Schluss mit dem Blockieren von Autobahnen durch Traktor-Demos, Schluss mit dem Abkippen von Biomüll auf den Parkplätzen der Discounter! Es ist höchste Zeit, dass die Landwirtschaft in den friedlichen Diskurs zurückkehrt. Gewiss, Fortschritt bedeutet Verteilungskampf. Es kann aber nicht sein, dass sich eine gesellschaftliche Gruppe mit schrillen Forderungen und terroristischen Methoden in die vorderste Reihe spielt. Demokratie ist kein Selbstbedienungsladen. Die freie Gesellschaft ist nicht erpressbar.
Auf den Gülle-Dosen steht ein klein gedruckter Satz: »Wer einen Dreck bezahlt, bekommt auch Dreck.« Vielleicht sollten die hochsubventionierten Täterinnen diesen Satz zunächst einmal auf sich selbst anwenden.

08:10 Uhr, Theresa per WhatsApp: Scheiße, Stefan, ich schäme mich so. Nicht für das, was ich gemacht habe, sondern für das, was in der Zeitung steht. Eine Landwirtin in der Nähe von Plausitz! Es gibt hier nur einen Hof, der von einer Frau geführt wird! Jeder hat das gelesen. Christian. Basti. Meine Angestellten.

08:22 Uhr, Theresa per WhatsApp: Hochsubventioniert … rücksichtslos … gierig … Terroristen! Raubüberfall! Als wären wir der letzte Dreck. Und so fühle ich mich auch. Beschmutzt. Ich könnte tagelang duschen, es würde nicht helfen.

08:24 Uhr, Theresa per WhatsApp: Dusche – Schwachsinn. Ich brauche eine andere Form der Reinigung. Ich gehe jetzt auf den Dachboden und hole die Doppelbüchse meines Vaters. Dann warte ich im Morgengrauen auf Mario Schneidermann und schaffe ein brauchbares Loch für den Schweißaustritt, was für die Nachsuche wichtig ist.

08:28 Uhr, Stefan per WhatsApp: Tessa! Ich hab gerade erst das Handy angemacht … Ich lese jetzt den Artikel, okay? Bleib ganz ruhig, ich melde mich gleich wieder.

08:45 Uhr, Stefan per WhatsApp: Alles klar, Theresa, ich hab's jetzt gelesen. Geh bitte ans Telefon!

08:50 Uhr, Theresa per WhatsApp: Verschwörungstheoretiker. Radikalisiert. Polizeibekannt. Gewaltbereit. Narzisstisch. Demokratischen Konsens weit hinter sich gelassen.

08:59 Uhr, Stefan per WhatsApp: Theresa! Hör auf damit. Geh ans Telefon.

09:02 Uhr, Theresa per WhatsApp: International agierend. Terroristen. Bezahlter Dreck. Strafgesetzbuch.

09:11 Uhr, Stefan per WhatsApp: Theresa, hör mir zu. Anscheinend willst du nicht telefonieren. Okay. Dann machst du jetzt das Folgende: Pack ein paar Sachen zusammen, setz dich ins Auto und fahr nach Hamburg. Du bleibst ein paar Tage hier. Du regst dich ab. Wir reden. Alles klar? Küchentisch! Du erinnerst dich? Komm an den Küchentisch, Theresa!

09:32 Uhr, Theresa per WhatsApp: Okay, okay, ich ruf dich an, heute Abend, 20 Uhr.

09:41 Uhr, Stefan per WhatsApp: Deal. Bis dahin Finger weg von irgendwelchen Doppelbüchsen.

Donnerstag, 18. August

12:38 Uhr, Theresa per E-Mail:

Lieber Stefan,

ich muss mich bei dir bedanken. Ganz ohne Ironie, ohne Wenn und Aber. Unser Gespräch gestern Abend war toll, auch wenn es nur am Telefon stattgefunden hat. So ruhig. Vertraut. Geradezu intim. Du hast dich perfekt verhalten, mindestens wie ein Gentleman, auf jeden Fall wie ein echter Freund. Keine Vorwürfe, keine Anschuldigungen, kein Zeigefinger. Einfach nur starke Schulter. Küchentisch at its best. Normalerweise bin ich ja nicht gerade der Prototypus des hysterischen Frauenzimmers. Aber gestern war es mir ein-

fach zu viel. Alles. Heute bin ich immer noch entsetzt darüber, was in diesem Artikel steht, wie mit wenigen Worten eine komplette Verdrehung der Tatsachen bewirkt werden kann. Ihr Journalisten seid wie Kinder, die mit scharfen Sprengsätzen herumspielen, sich über das laute Krachen freuen und gar nicht merken, welchen Schaden sie anrichten. Das wird Konsequenzen haben – Eva ist seit gestern in Berlin, um mit Green Redemption das weitere Vorgehen zu beraten. Aber immerhin denke ich nicht mehr über die Doppelbüchse meines Vaters nach. Ich bin heute früh ziemlich normal zur Arbeit gegangen, wo alle so tun, als wäre nichts passiert, und ich zucke nicht mehr zusammen, wenn ein Auto vorbeifährt, weil ich fürchte, vom Verfassungsschutz abgeholt zu werden.
Inzwischen hat auch dein Gerichtsreporter-Kumpel Gerald angerufen und mich darüber aufgeklärt, dass wir keine gemeingefährliche Vergiftung begangen haben, weil Gülle nicht »giftig« im Sinne der Norm ist, und dass die Staatsanwaltschaft in solchen Fällen rein routinemäßig ermittelt. Es tut gut, das zu wissen. Alles andere hätte meinen Restglauben an den gesunden Menschenverstand endgültig in Schutt und Asche gelegt.
Was allerdings bleibt, ist das Gefühl öffentlicher Schande, und ich muss sagen, es gehört zum Schlimmsten, was ich jemals empfunden habe. Nun weiß ich, wie man auf die Idee kam, Menschen an den Pranger zu stellen. Es wirkt. Es ist seelische Folter. In gewisser Weise schlimmer als körperlicher Schmerz. Ich will nicht wissen, was Flori Sota in den letzten Wochen durchgemacht hat. Mir reichen schon die »Beiträge« in der *Ostprignitzer Rundschau*, die kurzen Notizen auf den Online-Portalen der großen Zeitungen sowie die übliche Häme auf Twitter. Ich wollte für meine legitimen Rechte eintreten, und man hat mich öffentlich

Dreck genannt und wie eine Verbrecherin behandelt. Ich spüre, dass das etwas mit mir macht. Ich weiß nur noch nicht, was.
Es gibt einen weiteren Grund, warum mich der Zeitungsartikel so aus der Bahn geworfen hat. »Bauer W.«, der von diesem unsäglichen Schneidermann zitiert wird, ist Lars Waigelt. Mein Freund und Kollege, Evas Vater. Anscheinend hat die *Ostprignitzer Rundschau* ihn angerufen und gerade noch genug Anstand besessen, seine Verbindung zur »polizeibekannten Eva T.« nicht zu erwähnen. Oder sie waren blöd genug, es gar nicht zu kapieren, weil Eva den Nachnamen ihrer Mutter trägt. Wie auch immer – im ersten Moment dachte ich, Lars sei uns gnadenlos in den Rücken gefallen. Dabei führen wir doch auch seinen Kampf! Man könnte sogar sagen: *gerade* seinen Kampf. Seine Äußerung wirkte auf mich wie der ultimative Verrat.
Inzwischen verstehe ich, dass Lars natürlich falsch zitiert wurde. »Wir Landwirte sind Teil des gesellschaftlichen Wandels« – so redet Lars überhaupt nicht. Wahrscheinlich hat er gesagt, dass er von nichts weiß und dass Bauern keine Terroristen sind. Was definitiv stimmt. Außerdem hat er natürlich Angst. Davor, was Eva getan haben könnte. Davor, was mit ihm selbst passiert.
Warum ich darauf so heftig reagiere: Lars hat Bastis Geld. Du hast mich ja neulich danach gefragt. Ich habe Lars die 80.000 geliehen, damit er den Eigenkapitalanteil für die Flexibilisierung seiner Biogasanlage aufbringen kann. Die Umrüstung ist seine einzige Chance. Carbon Farming ist eine Schnapsidee, und ansonsten hat er ja alles abgeschafft, was man nicht in einen Fermenter werfen kann. Für ihn heißt es: alles oder nichts. Wenn die Anlage wieder Geld abwirft, zahlt er mir alles zurück. Eva hat mich minutenlang umarmt, als ich ihr davon erzählt habe.

Jetzt weißt du's. Im Gegensatz zu Basti. Er darf es auf keinen Fall erfahren. Er würde das niemals verstehen. Wahrscheinlich würde er denken, dass ich mit Bauer W. ein Verhältnis habe. Offensichtlich ist mir ja alles zuzutrauen.

Love, Theresa

12:39 Uhr, Stefan per E-Mail:

Tessa,

das Telefonat gestern Abend war ... wahnsinnig intensiv. Ich kam mir vor wie in einem Film. Giftanschlag, Gerichtsreporter, Staatsanwaltschaft, Gefängnis. Bonnie und Clyde. Partners in crime. Ich habe mir vorgestellt, wie wir in einem alten Mercedes 230 gemeinsam vor der Polizei fliehen. Du als Terroristin, ich als dein Sympathisant. Wie wir in leerstehenden Scheunen in Brandenburg schlafen, wie ich dich nachts schützend in die Arme schließe, während draußen das Blaulicht über die dunklen Straßen zuckt (den Rest erspare ich dir). Wir würden gut aussehen auf den schwarzweißen Fahndungsplakaten.
Ziemlich kindische Vorstellung, ich weiß. Eigentlich habe ich zurzeit genug Abenteuer in meinem Leben, und eure Dreck-in-Dosen-Aktion finde ich nach wie vor bescheuert. Aber du löst wirklich seltsame Sehnsüchte in mir aus ... Sämtliche Möbel an die Straße stellen, die Riesterrente kündigen und mit einem Schweizer Taschenmesser ins Unbekannte aufbrechen. Solche Wünsche habe ich noch nie im Leben verspürt. Das liegt an dir, Theresa. An unserer Vertrautheit. An deiner Verwegenheit. An meiner Ver... Hier bitte ergänzen: ein weiteres Substantiv auf -heit. Du warst immer meine Schwester. Tausendmal berührt und so weiter. Gestern am Telefon hast du es auch gemerkt. Da bin ich

sicher. Erst warst du so aufgeregt und dann so ruhig und sanft. Das kann nicht nur an deiner Angst gelegen haben. Es lag an uns. Komm, Theresa, sag, dass du weißt, wovon ich spreche. Sag es, nur einmal.
Ich vermisse dich. Sehr.

Dein Stefan

12:44 Uhr, Stefan per WhatsApp: Wir haben uns gerade zeitgleich gemailt – Gedankenübertragung?

12:46 Uhr, Stefan per WhatsApp: Das mit Lars ist krass. Zeigt aber auch, was für ein Mensch du bist. Love zurück!

12:50 Uhr, Theresa per WhatsApp: Ein dummer Mensch.

12:51 Uhr, Stefan per WhatsApp: Ein großzügiger Mensch.

12:52 Uhr, Theresa per WhatsApp: Großkotzig.

12:54 Uhr, Stefan per WhatsApp: Großartig.

12:59 Uhr, Theresa per WhatsApp: Grenzwertig geisteskrank. Galoppierend gaga.

13:02 Uhr, Stefan per WhatsApp: Ich fühl mich gerade so glücklich.

13:30 Uhr, Theresa per WhatsApp: Ich weiß es.

13:31 Uhr, Stefan per WhatsApp: ???

13:42 Uhr, Theresa per WhatsApp: Du hast gesagt, ich soll sagen, dass ich weiß, wovon du sprichst. Ich weiß es.

13:44 Uhr, Stefan per WhatsApp: Großer Gott! Geniales Geschehen! Gigantischer Genuss! Ich muss kurz raus. Schreien vor Glück.

Freitag, 19. August

08:57 Uhr, Stefan per WhatsApp: Guten Morgen, Theresa. Was hältst du hiervon?

08:59 Uhr, Theresa per WhatsApp: Ich weiß nicht. Das Foto ist unscharf. Was soll das sein? Eine Statue? Admiral Nelson? Der hält den einen Arm so komisch.

09:01 Uhr, Stefan per WhatsApp: Ich schicke gleich ein besseres Bild.

09:05 Uhr, Theresa per WhatsApp: Ist das bei euch vor dem Verlagshaus? Das ist Sota, oder?

09:08 Uhr, Stefan per WhatsApp: Bingo. Es ist Sota. Er hat jetzt sein eigenes Denkmal, gut zwei Meter hoch. Stand heute Morgen plötzlich vor der Tür, als wir zur Arbeit kamen. Man muss ehrlich sagen: verdammt gut gemacht. Sogar an die Rolex wurde gedacht.

09:13 Uhr, Theresa per WhatsApp: Okay, ich wusste immer, dass du ihn toll findest, aber … Ist das nicht übertrieben?

09:15 Uhr, Stefan per WhatsApp: Haha. Ich bin unschuldig. Ich habe keine Ahnung, wer das war und was das soll. Es ist einfach nur bizarr. Aber künstlerisch wertvoll.

09:22 Uhr, Theresa per WhatsApp: Vielleicht ist man heutzutage ein Held, wenn man einem Shitstorm trotzt? Ich will auch ein Denkmal. Reiterstandbild, Theresa auf Milchkuh.

11:36 Uhr, Stefan per WhatsApp: Hey, bist du online? Hier tut sich gerade etwas … Eine Truppe Bauarbeiterinnen ist aufmarschiert. Mit Presslufthämmern.

11:38 Uhr, Stefan per WhatsApp: Wir hängen alle an den Fenstern. Keiner hat eine Idee, was das Ganze soll. Sieht nach Zerstörung aus. Schicke dir gleich ein Video.

11:42 Uhr, Theresa per WhatsApp: Sie reißen die Statue wieder ab? Ich kapier's nicht.

11:44 Uhr, Stefan per WhatsApp: Es geht irre schnell. Und ist ziemlich makaber. Als würde man einem Mord beiwohnen.

11:59 Uhr, Stefan per WhatsApp: Jetzt ist er weg. Nur noch Geröll. Die ganze Aktion wurde gefilmt, da unten sind Leute mit Kameras.

Samstag, 20. August

22:31 Uhr, Theresa per WhatsApp: Stefan! Mach den Fernseher an! Schnell! Drittes Programm, das Pennen-Journal.

22:33 Uhr, Stefan per WhatsApp: Wer pennt? Stehe gerade am Tankstellenschalter.

22:34 Uhr, Theresa per WhatsApp: Hennen-Journal sollte das heißen! Geh in den Livestream. Mach einfach! Es ist schrecklich. Ich kriege die Krise, dabei kenne ich Sota nicht einmal.

22:35 Uhr, Stefan per WhatsApp: Fuck

22:35 Uhr, Stefan per WhatsApp: So eine infame Scheiße

22:36 Uhr, Stefan per WhatsApp: Ich kann Sota nicht erreichen.

22:37 Uhr, Theresa per WhatsApp: Hoffentlich ist er abgetaucht. Am besten in irgendeinem Dschungel am Ende der Welt. Sie scheinen ihn wirklich zu hassen. Es ist, als wollten sie ihn umbringen. Buchstäblich!

22:40 Uhr, Stefan per WhatsApp: Ausgerechnet Sota. Der schon vor 25 Jahren gepredigt hat, dass der Journalismus weiblicher und diverser werden muss.

22:44 Uhr, Theresa per WhatsApp: Das ist denen doch egal. Das sind Raubtiere. Sota wurde angeschossen, sie riechen ihn, und jetzt reißen sie ihn.

22:48 Uhr, Stefan per WhatsApp: Zitat: »Einen weiteren weißen Gipskopf vom Sockel geholt.« Ich mach jetzt aus. Mir ist schlecht. Ich geh nach Hause und betrinke mich. Warum bist du nicht bei mir?

22:52 Uhr, Stefan per WhatsApp: Können wir telefonieren?

Montag, 22. August

10:01 Uhr, Theresa per E-Mail:

Sorry, Stevie,

am Wochenende habe ich es nicht mehr ans Telefon geschafft. Dabei hast du mir neulich so toll beigestanden, und ich hätte gern das Gleiche für dich getan. Aber ich hatte die Kinder hier, musste trotzdem jeden Tag früh raus und auf den Hof, weil Eva noch nicht zurück ist und das Melken weiterhin viermal die Woche an mir hängen bleibt, und bin gestern Abend dann um 20 Uhr wie tot ins Bett gefallen. Ich hoffe, du verzeihst mir.
Dafür habe ich heute den ganzen Morgen im Internet Zeitung gelesen, alles, was ich über die Hennen-Aktion finden konnte, während jeder einzelnen Melkphase. Als könnte ich dir helfen, indem ich diesen ganzen Verbalmüll in mich hineinfresse. Als könnte man das Internet leer lesen.
Mich haben vor allem die »seriösen« Formate interessiert. Dass Hennens brutaler Witz auf Twitter abgefeiert wird, ist ja kein Wunder. Aber verstörend ist, dass sogenannte Qualitätsmedien wie ECHO in dieselbe Bresche schlagen. Hast du den »Beitrag« auf ECHO ONLINE gesehen? Falls nicht, hier der Kommentar eines gewissen Wolfgang Kattel:

Hamburg. An den Nietzsche-Höfen. In der Hafen-City herrscht Freitagmorgen-Betrieb. Menschen fahren auf ihren Fahrrädern zur Arbeit oder joggen am Wasser entlang. Nur vor dem Verlagsgebäude der renommierten Wochenzeitung BOTE *steht eine kleine Menschenansammlung und wirkt irritiert. Mittelpunkt des Interesses ist eine Statue auf dem Vorplatz, weiß wie Schnee, hoch aufragend, herrschaftlich. Sie zeigt einen älteren Mann in Rollkragenpullover und Anzughose, den Feldherrenblick auf den Horizont gerichtet. Der eine Arm ist deutlich kürzer als der andere. Ohne Zweifel ist das Flori Sota, Chefredakteur vom* BOTEN *und einer der einflussreichsten Publizisten im Land.*

Das Sonderbare ist: Einen Tag zuvor war der Vorplatz noch leer. Die Statue ist aus dem Nichts aufgetaucht. Sie steht da wie vom Himmel gefallen. Haben die BOTE-*Redakteur*innen ihrem Chef über Nacht ein Denkmal gesetzt? Das kann als unwahrscheinlich gelten, zumal Sota in jüngster Zeit zu einer problematischen Figur geworden ist. Vor zwei Wochen hat er ein neues Mitglied der Redaktion als »Quoten-Schwarze« beleidigt. Seitdem werden Rücktrittsforderungen immer lauter. Zuletzt hatten 27 Mitarbeiter*innen in einem offenen Brief eine Entschuldigung gefordert, was Sota in einem scharfen Leitartikel zurückwies. Darin schreibt er vom »pathologischen Entschuldigungskult der digitalen Gesellschaft« und von »Kreuzrittern mit Internetanschluss«.*

Samstagabend, 22:30 Uhr, drittes Programm, das André-Hennen-Journal. Der berüchtigte TV-Satiriker und investigative Aufklärer zeigt einen Beitrag. Wir sehen eine glitzernde Fassade in der Hafen-City, davor die hoch aufragende Statue aus Gips. Es nähert sich eine Gruppe weiblicher Bauarbeiterinnen, bewaffnet mit Helmen, Sicherheitswesten, Schlagbohrern und Presslufthämmern. Sie rücken dem Gips-Sota zu Leibe, reißen ihn buchstäblich in

Stücke. Der Lärm ist ohrenbetäubend. Gliedmaßen stürzen zu Boden und zerspringen, Risse fressen sich durch den Torso, schließlich rollt der Kopf. Es ist schauerlich, dieser lustvollen Hinrichtung zuzusehen, auch wenn es sich nur um einen Gipskameraden handelt. Sollte an den Lehren des Voodoo etwas Wahres dran sein, müsste sich Sota unter dieser Misshandlung wohl heftig krümmen.
Hennen, bekannt für provokante Politkunst, hat sich wieder einmal selbst übertroffen. Die vielfältigen Konnotationen der Aktion sind unübersehbar. Hennen verweist auf den Bildersturz im Zuge der Dekolonialisierung, er spielt mit der weißen Farbe des Gipses und mit der Gipsköpfigkeit alter weißer Herren, die immer noch glauben, ihr Platz in der Geschichte sei in Stein gemeißelt. Den Soundtrack zur Aktion leiht sich Hennen bei Wir sind Helden *mit Frontfrau Judith Holofernes, die zu harten Gitarrenriffs singt: »Hol den Vorschlaghammer / sie haben uns ein Denkmal gebaut.« Wir erinnern uns: Im Alten Testament schlägt Judith dem Holofernes den Kopf ab.*
Wer nach dieser öffentlichen Steinigung immer noch glaubt, man könne in unserem Land ungestraft schwarze Frauen beleidigen, ohne sich anschließend zu entschuldigen, ist stolzer Besitzer eines Gipskopfes, dem wir demnächst beim Rollen zusehen werden. Lieber André Hennen, wir haben zu danken. Im Namen all jener, die Herabwürdigungen aufgrund ihrer Identität ertragen mussten und müssen. Holt die alten Monumente vom Sockel! Macht den Vorschlaghammer zum Symbol einer neuen Zeit.
So weit Kollege Wolfgang Kattel. Ich habe nachgesehen, er ist Kulturchef bei ECHO und 58 Jahre alt. Natürlich weiß, mit Sicherheit weißer als Sota. Ich gehe davon aus, dass die beiden sich kennen. Vielleicht sogar befreundet sind. Bestimmt haben sie schon öfter ein Bier zusammen getrun-

ken. Und jetzt freut sich dieser Wolfgang Kattel von Herzen, weil Sota von einem TV-Clown erniedrigt wird. Hennen ist halb so alt wie Sota, höchstens halb so klug und hat sich nicht halb so sehr um dieses Land verdient gemacht. Warum sich Hennen so aufführt, ist klar: Das ist einfach seine Masche (die du übrigens früher ziemlich gut gefunden hast), damit hat er Erfolg. Aber was zum Teufel ist in Kattel gefahren? Schreibt da ein Renegat, halb verrückt vor Angst, weil er das nächste Opfer sein könnte?
Unsere Gülle-Dosen waren laut den Zeitungen eine gemeingefährliche Vergiftung und ein terroristischer Akt. Aber Sotas symbolische Abschlachtung soll geniale Politkunst sein. Mal ehrlich: Was hat denn größere Verletzungen zugefügt? Die sogenannten Qualitätsmedien haben ihren Kompass verloren. Das wird sich rächen. Die Menschen merken das. Sie werden ihre Lehren daraus ziehen. Ich habe meine bereits gezogen.
Sag Bescheid, wenn ich etwas für dich tun kann. Bin in Gedanken bei dir, auch wenn ich den ganzen Tag auf dem Traktor sitze.

Theresa

Mittwoch, 24. August

00:38 Uhr, Stefan per E-Mail:

Liebe Freundin,

ich war heute bei den Sotas zu Hause. Sota hat mich angerufen und mich gebeten zu kommen, und ich saß quasi schon auf dem Rad, bevor er seine Frage zu Ende gestellt hatte. Seit dem Hennen-Magazin hatte ich nichts mehr von ihm gehört. Er ist nicht in der Redaktion erschienen, und sein Handy war die ganze Zeit ausgeschaltet. Tessa, ich hatte keine Ahnung! Natürlich war mir klar, dass man unter einem Shitstorm von diesem Ausmaß leidet. Dass man eine öffentliche Hinrichtung nicht einfach wegsteckt. Dass das etwas mit einem macht. Aber was das wirklich heißt, habe ich heute mit eigenen Augen gesehen.

Die Sotas leben in einer Wahnsinnswohnung in Eppendorf. Sanierter Altbau im Jugendstil, 260 Quadratmeter, drei Meter fünfzig hohe Decken, Fischgrätparkett. Der Stuck dezent, aber deutlich vorhanden. Die Flügeltüren mit filigraner Holzsprosse, Originalverglasung und allerliebsten Buntglas-Ecken. In jedem Raum ein extravaganter Art-déco-Lüster. Die spärlichen handverlesenen Möbel geschickt in den Räumen verteilt, antik und modern gemischt, durchdacht genug, um eine Einheit zu bilden, ohne wirklich »eingerichtet« zu wirken. Dazu Bücher an allen Wänden. Na ja, du weißt schon. Eine Wohnung für Leute mit einer Menge Geld und einer Menge Geschmack. Ich war schon ein paarmal dort, zuletzt an Silvester im vergangenen Jahr, als Teil eines kleinen Kreises von Freund*innen und Kolleg*innen. Der Champagner war von *Krug*, das Catering von *Matsumi*. Irgendjemand saß am Flügel und spielte Stücke von Michael Gundlach. Später am Abend erfuhr ich, dass es Michael Gundlach war. Sotas Frau Rieke, gebürtig aus Belgien und Professorin für Wirtschaftswissenschaften an der Uni Hamburg, ging von Gruppe zu Gruppe und unterhielt die Gäste, groß, blond, aufrecht und stets mit einem schockierenden Spruch auf den Lippen, weil sie es liebt, andere Menschen ohne Vorwarnung aus der Fassung zu bringen. (»Was halten Sie vom Kinderführerschein? Ich finde, nicht jeder sollte einfach so Kinder zur Welt bringen dürfen.«) Tami und Baltasar, die beiden Sprösslinge von Sota und Rieke, wirbelten den ganzen Abend durch die Räume, tranken heimlich vom Champagner und ärgerten die Gäste mit einer Respektlosigkeit, die sie nur von ihrer Mutter geerbt haben können. Tami müsste etwa elf sein, Baltasar neun. Beide sprechen natürlich Französisch und Albanisch, dazu Englisch und, wer weiß, vielleicht auch noch Mandarin. Aber sie haben einen so übersprudelnden, gnadenlosen, glockenhellen Humor, dass man niemals auf die Idee käme, sie für kleine Streber*innen zu halten. Im Gegenteil, man muss sie einfach gernhaben (»Alter, Stefan, wenn du eines Tages auch Kinder haben willst, besorg dir mal 'ne andere Frisur.«)

Entschuldige, jetzt bin ich ein bisschen auf Abwege geraten in Erinnerung an alte Zeiten (die eigentlich gar nicht so alt sind, gefühlt aber in einer völlig anderen Epoche liegen). Heute musste ich dreimal bei Sotas klingeln, bis der Türöffner summte. An der Wohnungstür im ersten Stock erwartete mich Tami, ungewöhnlich blass und ohne das gewohnte Lächeln auf den Lippen. Ich wollte sie umarmen, aber sie hat sich einfach weggedreht. Ich fragte, wie es in der Schule laufe, und ihr Blick huschte einmal durch den Flur, als könnte sich irgendwo ein Verfolger verbergen, bevor sie »gut« murmelte und mir durch die Zimmerfluchten voranging.

Die Wohnung kam mir seltsam ruhig vor, fast wie erstarrt, obwohl auf den ersten Blick alles in Ordnung schien. Erst auf den zweiten Blick entdeckte ich Details, die eigentlich harmlos waren, im Sota-Universum aber verstörend wirkten. In der Bibliothek lag eine ganze Reihe Bücher am Boden, als hätte sie jemand mit einem Armschwung aus dem Regal gefegt und einfach liegen gelassen. An der Badezimmertür war ein Glasfeld gesprungen. Mitten im Flur entdeckte ich eine halbe Scheibe Butterbrot, als hätte jemand im Gehen gegessen und nicht gemerkt, dass ihm die Hälfte hinunterfiel. Vor allem war es still. Kein Reden, kein Lachen drang aus den Räumen, nicht einmal das Zischen der Espressomaschine.

Bevor ich Tami fragen konnte, was los sei, hatten wir das Wohnzimmer erreicht. Sota saß in einem Bauhaus-Ledersessel, von dem ich wusste, wie unbequem er war. Ohne zu lesen. Ohne zu telefonieren. Ohne überhaupt etwas zu tun. Plötzlich hatte ich eine Vision: Sota als alter Mann, ein Greis, der vor sich hin dämmernd im Sessel hockt, bis ihm die Pflegerin ein paar Bissen seines Abendessens aufdrängt. Ich atmete tief durch. Vielleicht war er nur eingedöst. Aber dann schob sich Tamis Hand in meine, und sie flüsterte: »Keine Sorge, wir schaffen das schon.«

Theresa, weißt du, wie schrecklich diese Worte aus dem Mund eines elfjährigen Mädchens klingen? Ein Kind, das glaubt, stärker sein zu müssen als die Erwachsenen? Sie drückte meine Hand, als müsste sie mich trösten.

»Baltasar geht seit Tagen nicht mehr in die Schule«, sagte Sota, und ich fühlte mich übertrieben erleichtert, weil er sprach, sich regte, sich mit beiden Händen das Gesicht rieb und aufstand. »Er will einfach nicht mehr. Schulverweigerung.«

»Stattdessen spielt er den ganzen Tag *Wolfenstein*«, ergänzte Tami.

»Ist vielleicht auch mal ganz schön«, sagte ich lahm und stellte mir vor, wie dieser freundliche Junge, der Klavier spielt und Tiere liebt und manchmal schon Gedichte schreibt, mit ausdruckslosem Gesicht auf Nazis schießt.

Wir setzten uns aufs Sofa, Tami dicht neben mir, als suchte sie meinen Schutz, oder, noch schlimmer, als müsste sie mich beschützen. Im Hintergrund sah ich, dass der Ess-

tisch nicht abgeräumt war. Sota bot mir keinen Wein an. Langsam bekam ich wirklich Angst. Er fing an zu sprechen, mehr zu sich selbst als zu mir oder zu Tami. Er sprach davon, was in den letzten Tagen passiert ist, nicht da draußen in der ach so großen Medienwelt, sondern hier drinnen, im Innersten der Familie. Dass sie alle schlecht schlafen. Abwechselnd Appetitlosigkeit oder Heißhunger verspüren. Dass Baltasar über Ohrensausen klagt und Tami über Kopfweh. (»Ist doch nicht so schlimm, Papa.«) Dass die Kinder in der Schule gemobbt werden (an dieser Stelle widersprach Tami nicht). Dass man Tami heute Morgen auf dem Schulweg »Gipskopf, Gipskopf« hinterhergerufen hatte und dass sie trotzdem darauf bestand, zum Unterricht zu gehen. Dass Sota pro Tag Hunderte Hass-Mails in seinem E-Mail-Account vorfindet, davon einige Todesdrohungen. Dass Student*innen der Uni Hamburg Riekes Veranstaltungen boykottieren, Seminarräume besetzen und sie vom Podium schreien, wenn sie versucht, eine Vorlesung zu halten. Dass sie seit drei Tagen nicht mehr aus dem Haus geht, weil man sie an der Supermarktkasse gefragt hat, wie es sich anfühle, mit einem Nazi verheiratet zu sein. Alle anderen Kund*innen haben sie angestarrt. Inzwischen bekommt sie Angstzustände beim bloßen Gedanken daran, einen Fuß vor die Tür zu setzen.
Ich hätte mir am liebsten die Ohren zugehalten. Wie furchtbar für die Kinder! Sota redete weiter. Wie sehr er sich schäme, Tami und Baltasar in diese Situation gebracht zu haben. »Ich hätte mich entschuldigen müssen. Wenn es das ist, was die Meute will, eine beschissene Entschuldigung – ich hätte es ihnen geben müssen. Warum habe ich das nicht einfach gemacht?« (Tami: »Papa, lass doch.«) Sota hat das Gespräch mit der Schuldirektion gesucht, um Unterstützung gebeten, und man hat ihn bloß aufgefordert, ein wenig

Verständnis für die Vorgänge zu zeigen, da immerhin auch schwarze Kinder auf der Schule seien. Er hat beim Schulamt eine Beurlaubung für Tami und Baltasar beantragt und wartet nun auf Antwort. Deutsche Gründlichkeit, deutsche Gnadenlosigkeit. Die Hennen-Sache hat jetzt alles noch einmal schlimmer gemacht.

Während er sprach, ging eine Tür, und ich merkte, dass die ganze Zeit eine entscheidende Frage im Raum gestanden hatte: Wo ist Rieke? Nun kam sie herein, und der Fall war klar: Die Sotas hatten verloren. In einem Spiel, in dem es nichts zu gewinnen gibt. In dem man nur darum kämpfen kann, einen Anschein von Normalität aufrechtzuerhalten. Rieke hielt sich aufrecht, das schon, aber ich sah das Zittern ihrer Hände, die tiefen Augenringe, das ungekämmte Haar, ihr ungeschminktes Gesicht. Als wäre sie krank, und vielleicht ist sie das auch. Offensichtlich war sie seit meiner Ankunft im Badezimmer gewesen. Als sie an mir vorbeiging, um sich neben Sota zu setzen, roch ich, dass sie sich übergeben hatte.

Ich wollte nur noch weg. Fast wäre ich gegangen, ohne zu erfahren, warum ich überhaupt hergekommen war. Sota bemerkte meine Unruhe und zeigte kurz sein gewohntes zynisches Lächeln, als wollte er sagen: Na, Stefan, das Unglück ist keine gute Gesellschaft, was? Mir zuliebe fasste er sich kurz. Er werde die Geschäfte niederlegen, vorübergehend, das sei er seiner Familie schuldig, und er habe es im Übrigen auch seiner Frau versprochen. Zwei Wochen, vielleicht vier, bis sich der Rauch verzogen habe. Er bitte mich, in der Zwischenzeit die Geschäfte des BOTEN in der Funktion eines leitenden Chefredakteurs zu führen. Ich nickte. Er entschuldigte sich, dass er mir den Laden in keinem besseren Zustand übergeben könne. Fast hätte ich gelacht.

Sota brachte mich noch zur Tür, Tami blieb bei ihrer Mut-

ter zurück. Beim Abschied nahm er meine Hand in seine beiden und drückte sie warm, fast, als wäre es das letzte Mal.
»Sei vorsichtig, Stefan«, sagte er. »Da draußen ist ein Monster.«
Auf dem Weg durchs Treppenhaus bin ich gerannt. Jetzt sitze ich hier, allein. Frischgebackener Chefredakteur einer der mächtigsten Zeitungen im Land. Die ganze Zeit sehe ich Tamis Gesicht. »Keine Sorge, wir schaffen das schon.«
Ja? Tun wir das, Theresa?
Da draußen ist ein Monster.

Dein S.

09:55 Uhr, Theresa per E-Mail:

Mein lieber Freund,

ich glaube, es ist höchste Zeit, dass du dich bei Telegram anmeldest. Und PGP installierst. Ich helfe dir bei der Einrichtung und Schlüsselverwaltung, wenn du willst. Wir texten und mailen hier immer noch ungesichert hin und her, was in der heutigen Zeit einfach Wahnsinn ist. Außerdem ist nicht auszuschließen, dass ich abgehört werde.
Das ist keine Paranoia, glaub mir. Das ist reine Vernunft. Gestern Nachmittag, während du bei Sota warst, kam die Polizei auf den Hof. Sie haben nach Eva gefragt. Zwei Männer in Zivil mit dunkelblauem Passat und Dienstmarke. Ich habe gesagt, dass ich nicht wisse, von wem sie reden, und die beiden Ober-Sherlocks wollten wissen, ob sie sich in den Stallungen mal ein bisschen umschauen könnten. Da stand schon Christian neben mir und fragte zurück, ob wir mal ihren Durchsuchungsbefehl sehen dürften. Daraufhin sind die Typen knurrend verschwunden, und wir haben uns vor

lauter Erleichterung abgeklatscht. Auf einmal wurde mir klar, dass Christian die Dreck-in-Dosen-Aktion gut fand, und das fühlte sich an, als bräche an einem trüben Tag die Sonne durch die Wolken. Niemand auf dem Hof hat bislang ein einziges Wort dazu gesagt. Das Thema ist tabu. Seit der Artikel in der OPR erschienen ist, herrscht angestrengte Normalität. Nur Basti hat angerufen und gefragt, ob ich da in etwas hineingeraten sei und er sich Sorgen machen müsse. Ich erwiderte, dass ich keine Ahnung habe, wovon er rede, und wir verabredeten, um wie viel Uhr ich am Wochenende die Kinder hole.

Es ist einfach, den eigenen Mann anzulügen. Es ist auch einfach, die Polizei loszuwerden. Man braucht nur gute Nerven, ein paar läppische Sprüche und ein Pokerface. Ich hätte nie gedacht, dass ich das kann. Wie leicht sich die Rolle der braven Bürgerin überwinden lässt! Es gibt kein Geräusch, keinen Ruck. Man ist danach auch kein neuer Mensch. Nur um eine Erfahrung reicher und irgendwie ziemlich gut gelaunt. Das Gefühl, als die Beamten unverrichteter Dinge ins Auto stiegen und Christian lächelnd neben mir stand … Ich habe mich schon lange nicht mehr so stark gefühlt. Schade, dass du nicht da warst, Clyde!

Vor Polizei, Staatsanwaltschaft, Verfassungsschutz und diesen ganzen Heuchlern habe ich inzwischen keine Angst mehr. Sie vertreten genau die überdrehte Bürokratie, die mich seit Jahren mit ihren Anordnungen und Richtlinien und Grenzwerten und Genehmigungspflichten und Routinekontrollen und Verboten und Bußgeldandrohungen quält. Das System ist ein Witz, über den niemand mehr lacht. Es ist höchste Zeit, aus der Reihe zu tanzen. Kein Schaf in der Herde mehr zu sein. Erstaunliche Erkenntnis: Die Angst verschwindet, sobald man das Heer der Konformisten verlässt. Kaum streift man das Kostüm des Unter-

tanen ab, kehrt Seelenfrieden ein. Was erzählt das über unsere Welt? Eine Menge, fürchte ich.
Eva ist noch nicht wieder aufgetaucht, aber wir schreiben uns regelmäßig. Sie sagt nicht genau, was sie macht in Berlin. Es fallen Begriffe wie »Synergie-Bildung«, »Power Cluster«, »Prozess-Streamlining« und »targets definition«. Als hätte ich einen Telegram-Chat mit Herrn Puls.
Eine kleine absurde Episode noch. Als ich heute Morgen gegen sieben zur Arbeit kam, empfing mich Christian mit der Nachricht, der große Claas sei verschwunden, samt Ballenpresse. Ich dachte: Na klar, das ist die nächste Katastrophe. Jetzt werden uns die wichtigsten Maschinen geklaut und die Versicherung ersetzt nur den Zeitwert, für den keine Wiederbeschaffung möglich ist. Aber da kam schon Annette, die Traktoristin, angelaufen und rief: »Der Claas fährt auf Flur 3!« Ich sprang in meinen Caddy, Christian auf den Beifahrersitz. Flur 3 gehört uns, da machen wir gerade den zweiten Schnitt Heu. Tatsächlich sahen wir den Claas schon von Weitem seine Bahn ziehen. Ich fuhr mit dem Caddy direkt ins Feld, Christian und ich hüpften wie Flummis auf unseren Sitzen. Als wir den Claas erreichten, war sofort klar, wer am Steuer saß: Ronny. Die Ballenpresse arbeitete, zog das Heu ein, das wir erst vorgestern geschnitten hatten, noch nicht getrocknet, nicht gewendet, zu frisch zum Pressen. Sie spuckte Rundballen aus, die man gleich entsorgen kann. Wir fuhren neben dem Traktor her, hupten, winkten, riefen, aber Ronny hielt erst an, als Christian aus dem Caddy und auf das Trittbrett sprang und mit der Faust gegen das Türfenster hämmerte.
Ich glaube nicht, dass Ronny betrunken war. Aber er redete ziemlich wirr. Dass er für mich arbeiten wolle, auch für noch weniger Geld. Dass ich eine großartige Frau sei, seine einzige Rettung, und der Job doch alles, was er habe. Dass

er nicht wisse, wie er im Winter seine Heizkosten bezahlen solle, nachdem der Stromanbieter die Abschläge vervierfacht habe. Christian verfrachtete ihn auf die Rückbank des Caddys, und wir fuhren ihn zurück ins Dorf. Er hat auf dem ganzen Rückweg gebrabbelt und geweint. Vielleicht ist er dabei, den Verstand zu verlieren. Er tut mir wirklich leid, aber ich kann mich unmöglich um ihn kümmern. Der Kampf, den ich kämpfen werde, ist auch seiner. Das muss reichen. Wenn mein Hof nicht am Rand des Ruins stünde, hätte ich Ronny niemals gekündigt. Er ist ein Opfer der Verhältnisse, und ich gehe jetzt die Täter suchen.
Wir haben ihn vor seiner Haustür abgesetzt, einer Mietskaserne mit sechs Wohnungen, wie es sie in allen Dörfern gibt. Die Wohnungen werden meistens vom Amt bezahlt, und durch die offene Haustür riecht es nach Essen und feuchten Wänden. Wir haben nicht darauf gewartet, dass Ronny den Schlüssel herauskramt. Ich habe mir verboten, darüber nachzudenken, wie er sich gleich die Stufen hinaufschleppt, in welchem Zustand die Wohnung ist, die er betritt, und auf welche Weise er den restlichen Tag verbringen wird. Ich habe Christian angewiesen, den Claas zu bergen, und wir sind wieder an die Arbeit gegangen.
So weit die Nachrichten aus meiner kleinen Welt. Ich habe noch gar nichts zu Sota gesagt. Es ist schwer, darüber zu sprechen. Ich habe am eigenen Leib erfahren, wie es sich anfühlt, öffentlich herabgewürdigt zu werden. Mich hat schon die *Ostprignitzer Rundschau* aus der Bahn geworfen – lässt sich überhaupt hochrechnen, was Sota zu ertragen hat? Meine Jungs sind etwa so alt wie Tami und Baltasar. Mein Gott, ich glaube, ich weiß, was die Familie erleidet.
Sota hat Recht: Da draußen ist ein Monster. Wenn ich dir etwas raten darf, Stefan: Hol ihn da raus und dich selbst

auch. Verlasst den BOTEN, gründet euren *Leuchtturm*, eure private Medien-Oase, oder baut von mir aus Wein in der Provence an. Das Monster hat so viele Köpfe, dass man sie nicht mehr abschlagen kann. Es ist unbesiegbar. Flieht.

Deine Freundin T.

TEIL III

27. August bis 4. Oktober

Samstag, 27. August

08:05 Uhr, Theresa per WhatsApp: https://www.das.de/url=https%3A%2F%2Fbrandenburg-pachtpreise-anstieg-ackerland-landwirtschaft: Ackerpreise in Brandenburg haben sich in zehn Jahren verfünffacht. Für viele Bauern wird das zur Existenzfrage.

08:05 Uhr, Theresa per WhatsApp: Ich hab dir gerade einen Link geschickt. Ich freue mich total! Endlich sagt's mal einer! Vielleicht hat unsere Dosen-Aktion doch etwas gebracht?

Sonntag, 28. August

17:12 Uhr, Theresa per WhatsApp: Du hast viel Stress, oder? Hoffentlich geht's Sota nicht schlechter.

18:29 Uhr, Theresa per WhatsApp: Eva ist seit gestern wieder da. Mit der zweiten Heuernte sind wir auch fertig. Ich habe jetzt richtig viel Zeit. Wahrscheinlich fällt mir deshalb auf, dass ich dich vermisse. Sag doch mal etwas.

18:58 Uhr, Theresa per WhatsApp: Ans Telefon gehst du auch nicht … Du bist aber nicht sauer wegen irgendetwas, oder? Weil ich geschrieben habe, dass ich kein Untertan mehr sein will? Untertan*in?

19:11 Uhr, Theresa per WhatsApp: Ich könnte erklären, wie ich das gemeint habe. Ich denke viel nach zurzeit … Ist nicht ganz unkompliziert, hat mit Systemlegitimität zu tun und so. Wir könnten darüber sprechen, und du würdest es verstehen. Aber dafür müsstest du mal ans Telefon gehen!!

Montag, 29. August

06:01 Uhr, Theresa per WhatsApp: Mann, Stevie. Jetzt fange *ich* an, mir Sorgen zu machen. Eigentlich ist das doch dein Job, du Wimp. Stell dir vor, ich habe mich irgendwie an dich gewöhnt. Wenn du weg bist, fehlst du. Ich starre ständig aufs Smartphone. Melde dich doch mal kurz … Bittebitte! Ich will auch brav und artig sein und dich nie wieder Wimp nennen! Versprochen!

Dienstag, 30. August

08:28 Uhr, Theresa per WhatsApp: Ich drehe durch. Langsam drehe ich durch. Wenn das ein Spiel sein soll, hast du gewonnen. Hörst du, Stevie? Du hast gewonnen! Kannst rauskommen!

22:02 Uhr, Theresa per WhatsApp: Ich gebe dir jetzt noch 24 Stunden. Wenn du dich bis dahin nicht gemeldet hast, setze ich mich ins Auto, fahre nach HH und ziehe dich an den Ohren aus deinem Versteck. Das wolltest du doch die ganze Zeit, oder? Dass ich zu dir komme? Werde ich machen, mein Lieber. Aber dann erlebst du dein blaues

Wunder. Kann dir nur raten, tot zu sein, schwer krank oder wenigstens in Untersuchungshaft. Alles andere wird als Ausrede nicht taugen.

22:54 Uhr, Stefan per E-Mail:

Hallo Theresa,

entschuldige bitte, dass ich ein paar Tage verstummt war. Du hast nicht ganz Unrecht: Ich habe mich versteckt. Ich sitze seit gestern in einer Ferienwohnung in Niendorf an der Ostsee. Vorhin habe ich mir unten im Haus in Rühmlings Fischräucherei zwei Backfischbrötchen und vier eiskalte Dosen *Warsteiner* geholt – mein Abendbrot. Die Brötchen sind längst weg, das *Warsteiner* habe ich zur Hälfte geschafft. Die See ist ganz ruhig, sie liegt als dunkelgraue Masse vor den Fenstern. Der Sonnenuntergang war kitschig wie auf einer Fototapete. Ich habe Bilder mit dem Handy gemacht und sie wieder gelöscht. Sie fühlten sich falsch an. Ich mache keinen Urlaub. Es ist keine gute Zeit. Warst du schon mal an der Lübecker Bucht? Jetzt, gegen zehn am Abend, sind auch die allerletzten Touristen abgezogen. Der Strand ist leer, nur von den Laternen der Promenade beleuchtet. Ein paar Möwen gehen noch umher wie ein gefiederter Reinigungstrupp und suchen nach Pommes, die in den Sand gefallen sind.
Ich musste dringend raus aus Hamburg. Niendorf hatte schon immer eine beruhigende Wirkung auf mich. Hier lebt noch die spießig-gemütliche Badeort-Kultur der alten Bundesrepublik. Im Jahr 1952 hat sogar die Gruppe 47 einmal in Niendorf getagt, im wunderschönen Hotel Kasch (das leider nicht mehr steht und durch den üblichen modernen Mist ersetzt wurde). Bachmann, Böll, Aichinger, Lenz, Celan, Krolow und Jens waren neben vielen anderen dabei,

am Ende wurden fünfhundert *Osram*-Glühbirnen versteigert, um die Getränke der Abschlussparty zu finanzieren. Ernst Rowohlt bot am meisten, musste aber trotzdem noch neunhundert Mark drauflegen, damit die Rechnung beglichen werden konnte. Martin Walser fehlte, soweit ich weiß. Das war der angenehme Teil dieser Mail, jetzt beginnt der unangenehme. Es gibt einen konkreten Grund, aus dem ich hier bin, und der hat leider auch mit dir zu tun. Es fing damit an, dass DvB letzten Donnerstag sämtliche Kolleg*innen per Rundmail über Sotas »Sabbatical« informiert hat und natürlich auch darüber, dass ich während seiner Abwesenheit die Leitung der Zeitung übernehmen werde. Als ich am nächsten Morgen in der Redaktion erschien, den Workspace durchquerte und auf Sotas Tür zusteuerte, kam ich mir vor wie ein Model auf dem Catwalk. Nur dass mein Gang nicht signalisierte: »Seht mal, wie schön ich bin«, sondern: »Ruhe bitte, weitermachen, es gibt nichts zu sehen«. Tatsächlich grüßten alle nur beiläufig und taten so, als wäre es völlig normal, dass ich das Chefbüro bezog. Trotzdem spürte ich, wie sich sämtliche Gedanken im Raum auf mich richteten. Nicht nur wohlwollende. Ich schloss die Glastür hinter mir, sah mich kurz um, geräumig wie immer, aufgeräumt wie immer, absolut kein wahrnehmbarer Geruch. Es war, als wäre dieses Büro noch nie zuvor benutzt worden. Und dann kam's. Auf dem großen Schreibtisch lag etwas, das mich magisch anzog. Eine einzelne Papierseite, nur zwei Zeilen Text waren darauf gedruckt:

Mir sind die Lichter ausgegangen. Ich habe mich nicht entschieden, dich zu schlagen. Es ist einfach passiert.

Ich hab's ziemlich lange nicht kapiert. Erst dachte ich, das ist eine Idee für einen Beitrag im Gesellschaftsressort. Oder ein Zitat aus irgendeinem Roman, zumal mir die Zeilen vage bekannt vorkamen. Dann dachte ich, es ist eine Drohung. Jemand plant, mich zu schlagen, weil ich Sotas Platz eingenommen habe. Während ich noch den Zettel anstarrte und heftig grübelte, beschlich mich ein fürchterlicher Verdacht. Fürchterlicher als jede Tracht Prügel. Hastig zog ich das Smartphone aus der Tasche und loggte mich ein. Weißt du noch, wie du mir empfohlen hast, eine bestimmte Mail zu löschen? Diejenige, die ich dir nach unserem zweiten Treffen an der Außenalster geschrieben hatte? Ich war damals beim Admin und habe ihn darum gebeten, und er hat es vor meinen Augen gemacht. Aber ich archiviere unsere Korrespondenz auch auf dem Handy. Irgendwie ist es mir wichtig, dass nichts verloren geht. Deshalb konnte ich nachschauen. Und habe die beiden Sätze gefunden. Sie stammen aus jener Mail, die damals angeblich aus dem System entfernt wurde.

Mit Mitte vierzig glaubt man, alles, was ein Mensch empfinden kann, schon einmal empfunden zu haben. Falsch gedacht. Seit letzten Freitag weiß ich, was eine Panikattacke ist. Es ist nicht besonders erstrebenswert, diese Erfahrung zu machen. Ich war gleichzeitig in vollkommener Aufregung und total versteinert. Am Rand meines Gesichtsfelds zuckten weiße Blitze, meine Stirn wurde eiskalt, der Schweiß lief mir den Rücken hinunter. Ich atmete stoßweise und bekam trotzdem keine Luft. Ich rannte aufs Klo, weil ich dachte, ich müsste mich übergeben. Dort saß ich lange auf dem Klodeckel, mit geschlossenen Augen, darauf konzentriert, meinen Puls zu verlangsamen. Es gab keinen Zweifel: Ein/e Kolleg*in befindet sich im Besitz der »gelöschten« Mail. Vielleicht ist in der IT jemand neugierig geworden, gerade weil ich um die Vernichtung einer bestimmten Nachricht gebeten habe. Oder jemand war auf

dem Firmenserver und hat gezielt nach Belastungsmaterial gesucht. Wer weiß, was er/sie noch alles gelesen hat. Oh Gott, Theresa, ich krümme mich, wenn ich daran denke.
Die folgenden Stunden war ich wie in Trance. Ich habe den Freitag irgendwie durchgestanden und bin am Wochenende ziellos durch die Stadt gelaufen, um besser nachdenken zu können. Ich wurde bedroht. Höchstwahrscheinlich erpresst. So viel stand fest. Aber ob es um Geld ging oder darum, dass ich so schnell wie möglich Sotas Büro räumen sollte, blieb unklar. Vielleicht war ich auch Opfer eines perfiden Spiels, mit dem mir jemand seine Macht über mich vorführen wollte. Natürlich kam mir auch Leonie in den Sinn. Ihre nackten Füße auf meinem Schreibtisch. Vielleicht war sie des Öfteren in meinem Büro. Vielleicht hat sie den einen oder anderen Blick auf meinen Bildschirm geworfen. Ich vermutete, dass man mir übers Wochenende Zeit zum Grübeln geben würde, um mich mürbe zu machen. Am Montag würde eine Forderung folgen. Oder die Bombe würde einfach explodieren. Trotzdem habe ich die ganze Zeit darauf gewartet, dass das Handy klingelt und mir jemand aus der Redaktion erzählt, dass in den sozialen Medien eine Mail von mir aufgetaucht ist. Eine Mail, in der ich mich selbst als Frauenschläger entlarve. Die finale Vernichtung. Aber das Handy schwieg. Als warte man auf ein Todesurteil, das nicht kommt.
Ich war mehrmals drauf und dran, mich bei dir zu melden, Tessa. Aber ich konnte nicht. Der Gedanke, dich in eine so hässliche Geschichte hineingezogen zu haben, ist unerträglich. Ich schäme mich so, vor allem vor dir.
Mein Verstand verhakte sich immer wieder in der Frage, wer so etwas tut. Was er oder sie beabsichtigt. Gibt es ein Mastermind und einen Masterplan? Spekuliert Carla darauf, Sota zu beerben? Will sie verhindern, dass ich mich als

sein Nachfolger etabliere? Aber das passt nicht zu Carla. Sie ist eine Frau mit Prinzipien und hat es nicht nötig, sich mit schmutzigen Tricks nach oben zu spielen. Außerdem ist sie zu klug, um das Risiko einer solchen Aktion einzugehen. Wer dann? Der Zufall? Ein/e junge/r Volontär*in, der/die sich für Leonies Kündigung rächen will? Ich habe Leonies Accounts gecheckt, Insta, Twitter. Der letzte Post lautete auf sämtlichen Kanälen »Stop fake renewables«, es ging um fossiles Gas und Atomkraft. Kein Wort zum BOTEN. Kein Wort zu mir.

Die Grübelei führte zu nichts. Nur einer Sache war ich mir ziemlich sicher: Wenn ich auf der Stelle zurücktreten, mein Amt als Interims-Chefredakteur niederlegen würde, dann würde die kompromittierende Mail nicht veröffentlicht werden. Niemand hatte das gesagt, niemand hatte etwas Derartiges gefordert. Aber der Zeitpunkt sprach Bände. Die betreffende Mail an dich ist mehrere Wochen alt. Dass das Zitat am Tag meines Amtsantritts auf dem Schreibtisch lag, konnte kein Zufall sein.

Am Sonntagabend wurde ich etwas ruhiger. Ich saß am Fenster, genoss den warmen Spätsommerwind, der hereinwehte, und den Anblick der Fassaden mit ihren mild leuchtenden Fensterquadraten. Hinter jedem Fenster mindestens ein Leben, Probleme, Freude, Leidenschaften, Sorgen. Die ganze Stadt davon erfüllt.

Theresa, du weißt ja, dass in den letzten Monaten etwas in mir in Bewegung geraten ist. Du hast mir immer wieder Selbstbezogenheit vorgeworfen, obwohl ich glaubte, seit Jahren für eine höhere Sache unterwegs zu sein. Das war und bin ich auch. Aber du hattest in einer Hinsicht Recht: Das Engagement für allgemein anerkannte Ziele ist günstig zu haben. Im breiten Fahrwasser des Mainstreams kann man die gute Sache mühelos mit dem Ego-Trip verbin-

den. Inwieweit man tatsächlich bereit ist, für etwas anderes als sich selbst einzustehen, zeigt sich erst, wenn man dafür einen Preis zu zahlen hat.
Ich will dich nicht länger mit meinen Überlegungen langweilen. Ergebnis der Grübelei war jedenfalls, dass mehr auf dem Spiel steht als meine Karriere. Es geht um den BOTEN, um die Zukunft des Journalismus, also um die Frage, ob ein/e anonyme/r Einzelne/r in der Lage sein sollte, den Chefredakteur eines Leitmediums aus dem Amt zu mobben. Ob große Institutionen vor Partisanen-Taktiken in die Knie gehen dürfen. Ob es sein kann, dass sich Einzelne anmaßen, die Geschicke einer Gemeinschaft zu bestimmen. Du ahnst es – die Antwort auf diese Fragen lautet »nein«. Das kann nicht sein. Am Sonntagabend habe ich mich entschlossen, meine Stelle beim BOTEN nicht aufzugeben – falls es wirklich das war, was man von mir verlangte.
Draußen wird gerade die nächste Fototapete ausgerollt: funkelnde Sterne, ein Pärchen mit Hund auf der Promenade, ein kleines Feuer am Strand, der leuchtende Niendorf-Schriftzug über der illuminierten Seebrücke. Ich erzähle dir jetzt den Rest der Geschichte und versuche, es kurz zu machen.
Am Montagmorgen bin ich ganz normal zur Arbeit gegangen, habe die Konferenz geleitet und dabei sämtliche Tagesordnungspunkte im Rekordtempo abgearbeitet, weil es kaum Auseinandersetzung gab. Das ganze Meeting wirkte geisterhaft still. Sotas Rückzug war ein Schock für die ganze Belegschaft. Lähmende Erschöpfung lag über unserer Versammlung. Kein Wunder – erst zweieinhalb Jahre Corona, dann der Ukraine-Krieg, die ständigen Meinungskämpfe, die internen Spannungen, die Doppelschichten, der Stress mit der Klima-Sonderausgabe. Und dann der Skandal um Sota. Ich versuchte, zum Abschluss noch ein paar beruhi-

gende Worte zu finden, die allerdings ziemlich lahm gerieten. Ich hatte den Eindruck, man müsste das Damoklesschwert über meinem Kopf förmlich sehen können. In den folgenden Stunden tat ich weiterhin so, als wäre alles in Ordnung, und spielte die Rolle »Stefan Jordan der Chefredakteur« so gut ich konnte. War nett zu allen, führte Mitarbeiter*innen-Gespräche und versicherte immer wieder, dass meine Position nur eine Übergangslösung darstelle, weil Flori Sota auf alle Fälle zurückkommen werde. Am Abend gestattete ich mir zum ersten Mal den Gedanken, dass vielleicht alles gut gehen würde. Ich fuhr mit dem Fahrrad nach Hause, ließ mir den Wind um die Nase wehen und dachte, dass der Zettel auf meinem Schreibtisch vielleicht nur ein grausamer Scherz gewesen sei. Ein Warnschuss. Dass nichts daraus folgen würde. Für die Dauer der Heimfahrt fühlte ich mich beinahe in Sicherheit. In der Nacht konnte ich einigermaßen schlafen.

Beim Weckerklingeln heute früh war sofort klar, dass es sich bei diesem Anfall von Optimismus um eine traurige Form des Selbstbetrugs gehandelt hatte. Als ich das Smartphone zur Hand nahm und den Hinweis auf 31 neue E-Mails und siebzehn WhatsApp-Nachrichten sah, wusste ich sofort, dass es passiert war. Der Artikel dazu war um sechs Uhr früh erschienen, Headline: *Der* BOTE *kommt nicht zur Ruhe.* Unterzeile: *Neuer Chef, neue Vorwürfe.* Die entscheidenden Sätze kopiere ich dir mal hier rein:

Nachdem der langjährige Chefredakteur Flori Sota aktuell wegen Rassismus-Vorwürfen eine Auszeit nimmt, steht auch die Interims-Nachfolge durch Stefan Jordan unter keinem guten Stern. In einer privaten Mail vom 5. Juli diesen Jahres wendet sich Jordan an eine Frau, die er nach eigenen Worten geschlagen hat.

»Mir sind die Lichter ausgegangen«, heißt es in Jordans

Mail, die ECHO ONLINE *in Gänze vorliegt. »Ich habe mich nicht entschieden, dich zu schlagen. Es ist einfach passiert.« – Bislang wurde nach Recherche des* ECHO *bei der Staatsanwaltschaft Hamburg keine Anzeige gegen Jordan erstattet.*

Darauf folgt eine scheinheilige Meditation über die moralischen Anforderungen meines Postens sowie die Beteuerung der Authentizität der geleakten E-Mail (»IT-Forensiker«, »Serverprotokolle«). Am Ende noch eine Hymne auf die steigende Bedeutung von »Whistleblowern«. Natürlich kein Wort zu der Frage, inwieweit ethische oder datenschutzrechtliche Bedenken es vielleicht verbieten könnten, Auszüge aus einer privaten E-Mail zu veröffentlichen. Ich habe das alles gelesen und nichts gespürt. Ich kannte den Tonfall, die Haltung, die Textbausteine. Dieses Mal war ich das Ziel. Ich löschte sämtliche Nachrichten ungelesen, legte das Smartphone weg, ging unter die Dusche, zog mich an. Wie betäubt fuhr ich in die Redaktion. Die Blicke der Kolleg*innen waren fürchterlich, changierend zwischen Mitleid, Schadenfreude und echter Betroffenheit. Ich verschanzte mich in Sotas Büro, bis mich ein Anruf von DvB erreichte, die für dreizehn Uhr eine außerordentliche Sitzung der Chefredaktion angesetzt hatte. Sie selbst kam auch ins Verlagshaus und saß beherrscht und aufrecht am Kopf des Tischs im kleinen Konferenzsaal. Ich habe gleich zu Anfang erklärt, dass die Mail authentisch, aber privat ist. Dass ich an dem Abend Streit mit einer sehr guten Freundin hatte, der leider eskalierte. Dass wir den Vorfall inzwischen geklärt haben und es gewiss keinen Strafantrag von Seiten der Betroffenen geben wird (das ist doch so, oder?). Ich habe mich bei allen entschuldigt, die nun die Folgen meines Fehlverhaltens mit ausbaden müssen, und die Runde gebe-

ten, ganz offen zu äußern, ob es in diesem Kreis nun Zweifel an meiner Person gebe, vor allem in Bezug auf meine Einstellung zu Frauen. Es blieb still. DvB, die meinen Ausführungen schon die ganze Zeit ungeduldig zugehört hatte, nutzte die Gelegenheit, um mir das Wort zu entziehen.
Sie sagte, in der gegenwärtigen Lage sei es völlig egal, wer woran irgendwelche Zweifel hege, denn ein weiterer Wechsel in der Chefredaktion sei momentan völlig undenkbar. Man werde nach Möglichkeit versuchen, meine Suspendierung zu umgehen, jedenfalls solange keine weiteren belastenden Details ans Licht kämen. Ich solle mir zwei Tage frei nehmen, zur Ruhe kommen und sicherstellen, dass ich der Lage psychisch gewachsen sei. Danach würde man gemeinsam nach vorn schauen. Eine Presseerklärung in eigener Sache sei in Vorbereitung und werde noch vor fünfzehn Uhr über den Ticker gehen.
Ein paar Kolleg*innen klopften mir auf die Schulter, als sie den Raum verließen, die meisten hatten den Blick gesenkt. Das war der schlimmste Moment. Als verabschiedete sich die Herde von einen kranken Tier.
Dann war ich mit DvB allein im Konfi. Sie sah mich an und sagte: Unter normalen Umständen hätte ich Sie sofort gefeuert.
Ich: Das ist mir klar.
Sie: Ich mache das nicht für Sie. Ich tue es für die Zeitung.
Ich: Geht mir genauso.
Eine Stunde später hatte ich meine Tasche gepackt und saß im Auto Richtung Küste. Die Ferienwohnung habe ich schon häufig genutzt, sie war glücklicherweise frei. Hier fühle ich mich besser als in Hamburg. Ein bisschen, als wäre mein Leben beim BOTEN nicht ganz wahr. Nur ein überdrehtes Theaterstück, das man, wenn man es nicht mehr erträgt, noch vor der Pause verlassen kann.

Ich wünschte, wir könnten jetzt gemeinsam durch die Nacht spazieren, Theresa. Immer am Meer entlang, bis nach Boltenhagen, zu dem Denkmal des einzigen Schwimmers, der *in* die DDR geflohen ist.

Du fehlst mir so sehr. S.

Mittwoch, 31. August

08:01 Uhr, Theresa per WhatsApp: Liebster Stefan, ich will dir schnell antworten, obwohl echt keine Zeit. Überall Blaulicht. Nicht BKA, sondern Feuerwehr. Der zweite Brand. Bestimmt kein Zufall. Diesmal viel schlimmer: Trocknungsanlage. Müssen verhindern, dass Feuer übergreift. Kühe schreien. Wir können sie nicht rauslassen wegen Massenpanik. Dantes Inferno. Trotzdem ganz kurz: keine Angst wegen der Mail! Ich falle dir nicht in den Rücken. Wir haben das geklärt. Ich halte zu dir. Grauenvoll, dass jemand unsere Briefe liest. Deine T.

08:17 Uhr, Theresa per WhatsApp: Installier endlich Telegram!!

15:55 Uhr, Theresa per E-Mail:

Liebster Stefan,

ich schicke dir im Anhang eine Bestätigung, dass dir von meiner Seite keine Gefahr droht. Guck mal, ob das so passt. Den Satz mit der privaten Mail konnte ich mir nicht verkneifen. Wenn der wegmuss, sag Bescheid, dann schicke ich den Wisch noch mal.

Es wird nichts passieren. Die Mail war privat. Daraus kann dir keiner einen Strick drehen. Das ist nicht dasselbe wie der Quoten-Witz von Sota. Was zwischen uns passiert, geht nur dich und mich etwas an. Außerdem braucht dich der BOTE jetzt dringender als je zuvor. DvB hat es selbst gesagt: Sie können es sich nicht leisten, dich zu verlieren. Sie hatte Recht damit, dass es jetzt vor allem darum geht, ob du psychisch in der Lage bist, die kommende Zeit durchzustehen. Und das bist du. Ich habe dich immer einen Schwächling geschimpft, aber das war nur, um dich zu ärgern. In Wahrheit bist du stark. In letzter Zeit habe ich sogar das Gefühl, dass du immer stärker wirst.

Was ich von mir selbst nicht behaupten kann. Ich sitze am Schreibtisch und starre mehr vor mich hin, als dass ich tippe. Die Finger minutenlang ohne Regung auf der Tastatur. Meine Haare stinken, als hätte ich zwei Wochen lang am Lagerfeuer gesessen. Es war gegen fünf Uhr früh, als Christian mich anrief. Denis, der die Frühschicht machte, hatte Qualm bemerkt. Natürlich haben wir sofort die Feuerwehr gerufen, und die Jungs waren innerhalb einer Viertelstunde mit zwei Löschzügen da. Etwas später kam auch ein Drehleiterwagen aus Plausitz. Aber es war zu spät. Das Feuer hatte sich schon durch den Dachstuhl der Trocknungsanlage gefressen, wo die Gärreste vom Biogas lagern. Der Brand ließ sich nur noch begrenzen, nicht mehr aufhalten. Das waren die längsten Stunden meines Lebens. Die Hitze im Gesicht, der giftige Rauch, die schreienden Kühe in den Stallungen. Die Angst, dass die Flammen übergreifen – auf Fermenter, Silos, Gärbehälter, Blockheizkraftwerk … In Hessen kam es erst neulich wieder zu einer großen Methangas-Verpuffung. Explosionsgefahr. Ich durfte gar nicht daran denken. Ich stand nur im Weg, wurde von den Feuerwehrleuten herumgeschubst, erstickte fast unter der Gasmaske. Dreimal hat mich Christian weggebracht und mir im Büro einen Kaffee vorgesetzt, und jedes Mal stand ich fünf Minuten später schon wieder an der Brandstelle. Der reinste Alptraum.

Aber das war nicht das Schlimmste. Das Schlimmste war ein Anruf, der mich gegen Mittag auf dem Handy erreichte. Basti. Er war völlig außer sich. Er hat mich angeschrien. Das hätte ich jetzt davon. Ob es mir das wert sei. Ob ich wirklich Menschenleben riskieren wolle und dazu meinen ganzen Hof, für den Scheiß, den ich mit der geisteskranken Tochter von Lars und ein paar durchgedrehten Ökoterroristen aus Berlin anstelle.

Offensichtlich war er überzeugt davon, der Brand hätte irgendetwas mit Green Redemption zu tun. Ich fragte ihn, ob er allen Ernstes behaupten wolle, das Feuer sei eine Art Racheakt für die Dreck-in-Dosen-Aktion. Da schrie er noch lauter. Ob ich gar nichts mehr mitkriegen würde. Ob ich komplett taub und blind geworden sei. Die Spatzen pfiffen es von den Dächern, dass das Brandstiftung gewesen sei. Vielleicht von Eva, um Spuren am Tatort zu beseitigen.

Basti kennt sämtliche Jungs von der Feuerwehr. Mit Jürgen, dem Gruppenführer, ist er zur Schule gegangen. Vielleicht hat er mit ihm telefoniert und erfahren, dass die Brandursache unklar ist. Mir fällt da zuerst Ronny ein. Eva zu verdächtigen, übertrifft alles Bisherige an Absurdität. Auf so einen Schwachsinn muss man erst einmal kommen.

Bevor ich ihm das sagen konnte, folgte die nächste Breitseite: Unter diesen Umständen wisse er nicht, ob es eine gute Idee sei, wenn mich die Kinder am Wochenende besuchten. In meiner Nähe seien sie möglicherweise nicht sicher.

Danach legte er auf. Vielleicht war das besser so. Wer weiß, was ich ihm sonst an den Kopf geworfen hätte. Ich kochte vor Wut. Ich dachte eigentlich, wir wären uns wieder nähergekommen. Haben uns in letzter Zeit ganz gut verstanden. Und jetzt versucht er, die Kinder als Waffe gegen mich einzusetzen? Während ich zugucken muss, wie mein Hof brennt? Wie kann man so widerlich sein.

Gegen dreizehn Uhr ist die Feuerwehr abgerückt. Das ganze Gebäude, in dem die Trocknungsanlage stand, ist abgebrannt. Die Reste sehen aus wie ein schwarz verfaultes Gebiss. Wir haben gewartet, bis sich die Kühe so weit beruhigten, dass wir sie noch für ein paar Stunden auf die Weide lassen konnten. Hoffentlich hat keins der Tiere eine Rauchvergiftung. Christian hat mich nach Hause geschickt, und auf einmal war ich froh darüber. Jetzt wollte ich plötzlich weg. Am liebsten ganz weit weg, vielleicht ans andere Ende der Welt oder so.

Weißt du, Stefan, eigentlich ist das ja alles normal. Kranke Kühe, randalierende Ronnys, Dürre, Starkregen, auch mal ein Feldbrand und sogar eine abgefackelte Trocknungsanlage – im Grunde gehört das zum Geschäft. Seit die Menschheit beschlossen hat, nicht mehr zu jagen und zu sammeln, sondern ihr Essen selbst anzubauen, schlagen sich alle Beteiligten mit widrigen Umständen herum. »Ständig geht etwas schief« ist in der Landwirtschaft keine Problembeschreibung, sondern ein zynischer Werbetext.

Natürlich weiß ich das. Selbst du weißt es, seit wir uns schreiben. Und trotzdem rebelliert etwas in mir. Fast zwanzig Jahre hat mir das nichts ausgemacht. Aber plötzlich kann ich es nicht mehr hinnehmen. Warum habe ich eine solche Wut im Bauch? Während die Flammen meine Trocknungsanlage fraßen, habe ich es plötzlich begriffen. Das Problem ist nicht der Kampf gegen die Katastrophen. Das Problem ist, dass dieser Kampf keinen Wert mehr besitzt. Die Gesellschaft hat uns vergessen. Sie denkt, Essen gebe es überall, Essen sei eine Selbstverständlichkeit. Man muss ja nur in den Supermarkt gehen, und da gibt es mehr Essen, als ein Mensch in fünf Jahren verdrücken kann. Essen ist kein Zuwenig mehr, sondern ein Zuviel. Am Ende des Tages schmeißen wir das meiste weg. Aus dieser Perspektive sind Bauern ein lästiger Anachronismus. Wir sind nicht mehr diejenigen, die der Natur mit harter Arbeit die Lebensgrundlage der Gemeinschaft abtrotzen. Wir sind nicht die Welternährer, sondern nur eine nörgelnde Berufsgruppe am Rande der Wahrnehmungsschwelle. Das ist es, was die Krisenserie, die meinen Alltag ausmacht, so unerträglich werden lässt.

Es ist doch so: Niemand will für sich allein kämpfen. Jeder muss wissen, dass das, was er tut, etwas nützt. Je größer der Nutzen, desto mehr können wir aushalten. Ohne Nutzen keine Kraft. Deshalb bin ich so schwach. Deshalb will ich es herausschreien, der Welt ins Gesicht schreien: Seht her! Wir sind noch da! Wir tun das, was wir seit Beginn der Zivilisationsgeschichte tun! Mit Schmutz und Gestank, mit Schmerz und Gefahr, mit blutigen Händen und der Knute im Genick. Wir tun das für euch, und wir schaffen es nur, wenn ihr uns respektiert!

Na ja. Statt zu schreien, überschlage ich schon mal den Schaden. Mindestens 550.000 Euro, schätze ich. Die Plackerei, die uns bevorsteht, nicht mitgerechnet.

Jetzt mache ich mal weiter mit dem Ausfüllen der Formulare. Polizei, Feuerwehr, Bauamt, Versicherung. Kein Vorgang in Deutschland ohne ein Maximum an Papierkram. Geboren werden, sterben oder abbrennen – Hauptsache, ein paar neue Aktenordner werden voll. Für die Polizei soll ich die letzten Begegnungen mit Ronny haarklein dokumentieren. Wenn er es wirklich getan hat, kriege ich Probleme mit der Versicherung. Ebenso ist denkbar, dass sich

Gärreste von selbst entzünden. In dem Fall bekäme ich den Schaden ersetzt. Komischerweise interessiert mich das gar nicht besonders. Als ginge mich der Hof nur noch am Rande etwas an. Ich glaube, in mir löst sich etwas auf. Die ganzen Schläge und Tritte (»Die Kinder sind in deiner Nähe nicht mehr sicher!«) verursachen eine Abschottung. Ich spüre Wut, kaum noch Schmerz. Dazu ein Gefühl, als wäre ich nur vorübergehend hier. Als müsste ich bald gehen, irgendwohin.

Deine T.

ANHANG
Verzichtserklärung
Hiermit bestätige ich, Theresa Kallis, dass ich wegen der Vorgänge vom 18. Mai auf sämtliche Vorwürfe gegen Stefan Jordan verzichte. Insbesondere werde ich keinen Strafantrag wegen Körperverletzung stellen. Ich finde es unsäglich, dass eine private Mail, die offensichtlich illegal beschafft wurde, überhaupt als Belastungsbeweis gegen Herrn Jordan dienen soll.

Unterschrift

21:05 Uhr, Mercurius an Kuhschwester79 per Telegram: Huhu?

21:12 Uhr, Kuhschwester79 an Mercurius per Telegram: Na endlich! Hat dir Stevie_the_Wimp als Benutzername nicht gefallen?

21:13 Uhr, Mercurius per Telegram: Zu lang.

21:27 Uhr, Mercurius per Telegram: Puh, hier stinkt's. Das muss der Geruch der ganzen Fake News sein.

21:32 Uhr, Kuhschwester79 per Telegram: Willkommen in der Kanalisation des Diskurses! Verdammt notwendig, aber irrsinnig dreckig.

21:33 Uhr, Mercurius per Telegram: Süße, ich danke dir für deine Verzichtserklärung. Das ist supersüß von dir.

21:34 Uhr, Kuhschwester79 per Telegram: Gern geschehen. Nicht dafür. Versteht sich von selbst.

21:45 Uhr, Mercurius per Telegram: Hab im Internet nach Trocknungsanlagen gesucht. Was genau hat bei dir gebrannt?

21:55 Uhr, Kuhschwester79 per Telegram: Ich habe einen Bandtrockner mit vorgeschaltetem Pressschnecken-Separator, um die Gärreste aus der Biogasanlage in Dünger zu verwandeln. *Hatte* einen Bandtrockner. Große Anlage. Stand in der Scheune hinter dem BHKW.

21:56 Uhr, Kuhschwester79 per Telegram: Blockheizkraftwerk

21:59 Uhr, Kuhschwester79 per Telegram: Die ganze Scheune ist abgebrannt. Gott sei Dank nur die Scheune. Aber der Trockner ist natürlich futsch.

22:03 Uhr, Mercurius per Telegram: Gott sei Dank ist *dir* nichts passiert, Tessa. Ich denke die ganze Zeit an dich. Ist das normal?

22:17 Uhr, Kuhschwester79 per Telegram: Was ist schon normal. Wir sind wahrscheinlich beide ein bisschen einsam.

22:17 Uhr, Mercurius per Telegram: Denkst du denn auch an mich?

22:38 Uhr, Mercurius per Telegram: War klar, dass du darauf nicht antwortest. Du bist so herrlich berechenbar. Das finde ich süß.

22:41 Uhr, Kuhschwester79 per Telegram: Kannst du *bitte* aufhören, ständig »süß« zu sagen?

22:42 Uhr, Mercurius per Telegram: Wie wäre es, wenn du wirklich mal nach Hamburg kommst? Nicht an die Außenalster, die bringt uns kein Glück. Du kommst zu mir in die Schanze oder vielleicht hierher an die Ostsee, ein verlängertes Wochenende, du kannst die Kinder mitbringen. Wir machen uns eine richtig tolle Zeit. Hier gibt es auch einen Küchentisch, an dem wir reden können. Du hast selbst gesagt, dass du dich abkoppelst. Dass du mal rauswillst. Oder weg. Hier ist raus und weg. You're so very welcome!

23:03 Uhr, Kuhschwester79 per Telegram: Vielleicht mache ich das. Vielleicht besuche ich dich. An der Ostsee oder sonst wo.

23:07 Uhr, Kuhschwester79 per Telegram: Muss jetzt Schluss machen, Eva kommt heim. Sie ist zurzeit öfter in Hessen, um eine neue Großaktion zu besprechen. Gutenachtkuss!

23:08 Uhr, Mercurius per Telegram: Wieso Hessen? Und was für eine neue Großaktion?

Donnerstag, 1. September

21:22 Uhr, Stefan per E-Mail:

BEGIN PGP SIGNED MESSAGE

Hi Tessa,

ich bin zurück in Hamburg und denke an dich. Das ist nichts Neues, ich weiß. Aber seit deiner letzten Telegram-Nachricht hat das An-dich-Denken ein anderes Format. Ich will ehrlich sein, auch wenn es dich vielleicht ärgern wird: Eva und ihre geplante »Großaktion« machen mir Angst. Ich habe Angst, dich zu verlieren. Als könntest du sterben. Oder verschwinden. Als könnte es die Tessa, die ich kenne und, ja, liebe, bald nicht mehr geben.
Einen Hof kann man verkaufen, Scheidungen sind in unserer Gesellschaft der Normalfall, Gerätschaften werden von Versicherungen ersetzt oder gebraucht nachgekauft oder geleast, was weiß ich. Das sind alles keine existenziellen Bedrohungen. Niemand stirbt an einem abgebrannten Bandtrockner mit vorgeschaltetem Pressschnecken-Separator (es sei denn, irgendwelches Gas explodiert, Gott bewahre!). Wir alle sind Zufällen und Schicksalsschlägen unterworfen, niemand von uns kann die Außenwelt, die Mitmenschen wirklich beeinflussen. (Wenn ich in meinem Leben gerade etwas lerne, dann das.) Es gibt im Grunde nur eine einzige Sache, über die wir wirklich Gewalt haben – unseren eigenen Kopf, unser Denken und Handeln. Unsere

Entscheidungen für oder gegen etwas. Das ist unsere Bastion der Autonomie, der Freiheit. Diese Bastion dürfen wir niemals räumen, sonst sind wir unrettbar verloren. Ich kann mir nicht vorstellen, dass du das anders siehst. Deshalb musst du dich von »Großaktionen« jeder Art fernhalten. Unbedingt.

Ich ahne, wie es in dir aussieht. Deine Welt ist rau, siehe oben. Hinter deinen inneren Schutzmauern bist du verletzlich und wahrscheinlich ziemlich einsam. Außerdem wütend auf Ungerechtigkeit, Gleichgültigkeit und unqualifiziertes Gerede. Auf den ganzen Schwachsinn, mit dem man sich tagtäglich herumschlagen muss, dabei will man doch bloß in Frieden leben. Wut benötigt ein Ventil. Du willst etwas ändern, und zwar eigenhändig. Inzwischen willst du das um jeden Preis. Nicht nur der Sandsack sein, sondern diejenige, die zuschlägt. Die kämpft. Gewinnt. Wer von uns würde das nicht wollen?

Aber, Tessa, wir wissen beide, dass es so nicht funktioniert. Du kannst nicht aus dem Club austreten und ihn dann von außen ändern wollen. Vielleicht ging das irgendwann mal, aber heute gewiss nicht mehr. Die Verhältnisse sind zu komplex und in ihrer Komplexität zu monolithisch geworden. Anders gesagt: Die Wohlstandsgesellschaft will keine Revolution. Sie will bei LIDL Schnäppchen shoppen. Sie kann und wird keine Störung der etablierten Umstände akzeptieren. Es fällt mir nicht leicht, das zu schreiben. Ich will ja selbst etwas ändern. Ich setze auf Umdenken, auf Erneuerung und Hoffnung, auf die Plattitüde von der »besseren Zukunft«, eine Idee, die wir für absurd halten und auf die wir gleichzeitig angewiesen sind. Es hilft nichts, wir müssen der Realität ins Auge sehen: Das »System« ist nur von innen veränderbar oder gar nicht. Wer etwas anderes versucht, wird scheitern und alles verlieren. Vor allem sich selbst.

Ich träume schon lange davon, dass du zu mir kommst. Ich stelle mir vor, du könntest bei mir wohnen. Eine Auszeit nehmen. Über einen Neuanfang nachdenken. Du könntest so viel tun. Dein Studium zu Ende bringen. Ein Buch schreiben. Oder etwas ganz anderes machen. Deine Kraft, Ausdauer und Klugheit – du wirst erfolgreich sein, egal, was du tust. Während du dir darüber klar wirst, was du willst, werde ich für dich sorgen. Geld verdienen, die Wohnung aufräumen und abends Sushi mitbringen. Lach ruhig, ist mir egal. So sieht es aus, mein persönliches Wunschkonzert. Und ja, Tessa, ich will mit dir schlafen, dreimal am Tag. Manchmal kann ich kaum an etwas anderes denken. Wir hätten das damals in Münster schon tun sollen. Vielleicht war alles ein Riesenfehler: unsere Geschwisterbeziehung, deine Rückkehr nach Brandenburg, mein Blitzstart beim BOTEN und die Beziehung zu Renée. Vielleicht waren wir von Anfang an füreinander bestimmt, und alles hätte ganz anders kommen sollen. Ziemlich beknackte Gedanken, oder? Aber irgendwie tun sie mir gut.
Ich sag's noch einmal: Komm zu mir nach Hamburg! Es gibt eine Lösung, und sie besteht definitiv nicht in den illegalen Projekten, die deine Aktivist*innen planen, worum auch immer es diesmal geht. Was Eva und ihre Leute dir verkaufen, nutzt nur Eva und ihren Leuten. Und vielleicht nicht einmal das.

Stefan

END PGP SIGNATURE

Freitag, 2. September

00:38 Uhr, Stefan per E-Mail:

BEGIN PGP SIGNED MESSAGE

Ich schon wieder ... Kann nicht schlafen. Nachts entlädt sich der Stress. Herzrasen und Kopfkino im Bett sind der Preis dafür, dass ich den ganzen Tag so tue, als wäre alles okay. Dabei hält der Frauenschläger-Shitstorm unvermindert an. Ich versuche, so gut es geht, die mediale Erregung zu ignorieren. Seit ich von der Ostsee zurück bin, wird das immer schwieriger. Manchmal gelingt es mir für eine halbe Stunde, dann ploppt wieder eine Mail von irgendeinem/r Bekannten auf, der/die meint, mir mitteilen zu müssen, was der oder die gerade über mich schreibt. Gelegentlich bekomme ich auch Unterstützung, sogar von jüngeren Kolleg*innen, von denen ich es gar nicht erwartet hätte. Aber die Mehrheit schweigt. Alle haben Angst. Niemand will der/die Nächste sein, den/die es trifft. Die meisten meiden das private Gespräch. Alle sind sehr beschäftigt, wenn ich vorbeilaufe. Blickkontakt könnte Small Talk auslösen, dem geht man lieber aus dem Weg. Man starrt konzentriert auf seinen Monitor oder sein Butterbrot. Manchmal fühle ich mich regelrecht unsichtbar. Vielleicht sollte ich irgendwann darüber schreiben.
Wenn ich durch den Workspace gehe, stelle ich mir die Frage, ob mich die Kolleg*innen tatsächlich für einen Frauenschläger halten. Der Gedanke besitzt zerstörerische Kraft. Er ist die Keimzelle der Paranoia. Ich fange an, mich selbst zu zensieren. Wo darf ich hingucken, ohne dass es eine Belästigung ist? Was darf ich sagen? Wem darf ich die Tür aufhalten? Mit wem darf ich im Fahrstuhl stehen? Ich

ertappe mich dabei, meine Gedanken darauf zu überprüfen, ob sie missverständlich sein könnten. Das ist Wahnsinn, Tessa. Manchmal läuft mein Kopf so heiß, dass ich Angst habe, den Verstand zu verlieren.
Einmal am Tag google ich meinen Namen. Ich scrolle durch die Suchergebnisse, um zu sehen, welche Medien das Thema bedienen. Mittlerweile sind fast alle aufgesprungen. Die Snippets sind aussagekräftig genug, ich weiß sofort, was in den Artikeln steht, auch wenn ich sie nicht anklicke. »Gewalt gegen Frauen ist keine Privatsache«, »Causa Jordan – kommt es zur Anklage?« Und so weiter. Nach einer halben Stunde ist mir schlecht, und ich nehme mir vor, das in Zukunft zu lassen. Aber wenn ich im Bett liege, kommt alles zurück. Ich male mir aus, was gerade in den sozialen Medien geschrieben wird, und formuliere die hässlichsten Posts einfach selbst. Ein bisschen wie Arme-Ritzen, auch wenn ich das noch nie probiert habe.
Heute Morgen hat Sota angerufen, und ich habe mich für einen Moment gefreut, seine Stimme zu hören, auch wenn er hohl klang, als spräche er durch eine Dose. Die Frage, wie es ihm gehe, hat er beißend ironisch mit »hervorragend« beantwortet. Offensichtlich ist er der Meinung, ich hätte ihm etwas angetan. Er hat mich total runtergemacht. Ob ich nicht glaube, dass es langsam reiche? Ob er und seine Familie nicht schon genug zu ertragen hätten? – Ich fragte, ob sich mein Problem auf ihn auswirke und auch auf Rieke, Tami und Baltasar, aber er ließ mich nicht ausreden. Er wollte gar nicht mit mir sprechen. Er wollte mich nur beschimpfen. Wie bescheuert man sein könne, solche Mails auf dem Firmenserver zu schreiben. Wie dämlich, überhaupt so etwas zu schreiben! Als ich meinen üblichen Spruch anbrachte, es handele sich um eine Privatangelegenheit, die geklärt sei, wurde er noch schärfer. »Das Private

ist nicht mehr privat und wird es nie wieder sein«, sagte er. Wenn ich das nicht kapiere, sei ich auf meinem neuen Posten völlig falsch. Er legte auf, und ich saß minutenlang perplex auf seinem schicken Stuhl, ohne mich zu rühren. Bin ich wirklich schuld daran, dass es Sotas Familie noch schlechter geht? Es könnte doch auch sein, dass mein Fall von seinem ablenkt? Oder geht es um etwas ganz anderes, ist Sota so aggressiv, weil er glaubt, ich wolle ihn von seinem Posten verdrängen? Versteht er nicht, dass ich den Sessel nur für ihn warm halte? Dass ich versuche, den Laden zu retten? Manchmal glaube ich, niemand versteht mehr irgendetwas. Inklusive meiner selbst.
Vorhin war Carla hier, sie fängt in ein paar Tagen bei uns in Hamburg an und hat gefragt, ob sie fürs Erste mein altes Büro beziehen kann. Nun ja, ich bin nicht in der Position, ihr etwas abzuschlagen. Als ich eingewilligt hatte, trat sie auf mich zu und nahm mich in den Arm. Auf ihren hohen Absätzen ist sie fast so groß wie ich, und ich hatte plötzlich Lust, mich an ihrer Schulter auszuweinen. Das war mir so peinlich, dass ich mich abrupt losmachte (außerdem konnte man uns durch die Glasscheibe sehen), und sie lächelte, als wüsste sie genau, was in mir vorgeht. Dann sagte sie etwas, das ich in den letzten beiden Tagen kein einziges Mal gehört habe (außer von dir!) – nämlich, dass sie zu mir halten werde, bedingungslos, genau wie zu Sota. Sie kämpfe selbstverständlich gegen jede Form von Diskriminierung, aber solche kleinkarierten Hetzjagden seien Relativierungen des wahren Ernstes der Lage und schon deshalb kontraproduktiv. Die Verletzung des Postgeheimnisses und meiner Privatsphäre nannte sie »infam« (in der IT beteuern übrigens alle ihre Unschuld und sehen sich nicht in der Lage, einen Täter zu finden), die Reaktionen in Social Media »entlarvend«. Am Ende sagte sie: »Das geht vorbei,

Stefan, und wir werden hier noch eine Menge hervorragender Arbeit leisten.« Das tat so gut, ich hätte sie am liebsten noch einmal umarmt (und wäre dann wegen Sexual Harassment endgültig von der Bildfläche verschwunden). Diese Carla – was für eine Frau! Sie hat mehr Rückgrat als die ganzen Stiefellecker*innen, die in der Kaffeeküche nicht mehr mit mir reden, damit ich sie, falls ich stürze, nicht mit in den Abgrund reiße (trotz PGP verfolgt mich das Gefühl, dass mir jeder Satz, den ich hier schreibe, zum Verhängnis werden könnte).
Auf dem Männerklo zwei Stunden später dann das Gegenprogramm. Ein junger Kollege aus dem Wissensressort steht am Nachbarpissoir und fängt unvermittelt an, mir seine Meinung mitzuteilen. Wie schrecklich es sei, dass sich einer wie ich jahrelang als Kämpfer für Gleichberechtigung vermarktet habe. Jetzt ziehe ich mit meinem Verhalten die ganze Bewegung in den Dreck. Es sei ein Schlag ins Gesicht aller Frauen, dass einer wie ich nicht rausfliege, sondern im Gegenteil noch den Chefsessel untergeschoben bekomme. Aber die Gerechtigkeit werde sich durchsetzen, früher oder später. Ich sei gebrandmarkt, ich werde bald ganz allein dastehen, und wenn ich glaube, meine Karriere mit irgendeinem *Lighthouse*-Projekt retten zu können, dann solle ich sicher sein, dass kein/e einzige/r Kolleg*in beim BOTEN oder anderswo noch bereit sei, mit mir zusammenzuarbeiten. Er zog den Reißverschluss hoch und ging.
Das Schlimmste ist: Der Typ meinte das ernst. Bestimmt hatte er auch Spaß daran, mir eins reinzuwürgen, aber ich glaube, er war tatsächlich wütend. Er hat ausgesprochen, was viele denken und was ich vor ein paar Monaten selbst gedacht hätte, wenn die ganze Geschichte jemand anderen betroffen hätte.
Ein weiterer Tiefpunkt.

Bitte schreib mir. Ich kann sonst nicht schlafen. Ich glaube, ich verliere den Verstand.

S.

END PGP SIGNATURE

04:29 Uhr, Theresa per E-Mail:

BEGIN PGP SIGNED MESSAGE

Ah, Stevie, sind wir wieder so weit? Du brauchst Antwort (!!), sofort (!!!), sonst kannst du nicht schlafen, sonst verlierst du den Verstand oder stirbst vielleicht sogar! Natürlich, ich komme gerannt: Hier ist Antwort! Nur vier Stunden später. Ich hab mir extra das Notebook mit in die Melkmaschine genommen.
Zumal du mich wirklich zum Lachen gebracht hast, und das passiert selten in letzter Zeit. Genau, Liebster, du hast mich durchschaut: Ich stehe kurz davor, mit Eva eine Agrar-RAF zu gründen. Bomben bauen in Berliner Hinterzimmern, Minister entführen, konspirativ auf Sympathisanten-Sofas übernachten. Ich werde wieder mit dem Rauchen anfangen müssen. Herrlich. Genau mein Ding. Vielleicht gehe ich auch in den Nahen Osten für eine Ausbildung an der Waffe. Ich befinde mich längst auf der schiefen Ebene aus Radikalisierung, Illegalität und Untergrund, und da kommt Ritter Stefan angaloppiert, um mich im letzten Augenblick aufs Pferd zu ziehen.
Ziemlich lustig, was sich da für ein Rollenverständnis offenbart, oder? Jahrelang kämpfst du an vorderster Rhetorikfront für Gleichberechtigung, benutzt Gendersternchen noch und nöcher, und am Ende ist die Frau eben doch »verletzlich und wahrscheinlich ziemlich einsam«. Und außerdem auf dem Irrweg, so dass der starke Mann sie ret-

ten muss, um danach für sie zu sorgen und dreimal am Tag mit ihr zu schlafen, mindestens.
Du merkst es nicht einmal. Ich muss schon wieder lachen. Vielleicht kannst du vom aktuellen Shitstorm tatsächlich noch eine Menge lernen (nicht böse gemeint).
Aber Spaß beiseite und mal im Ernst: Ich habe lange darüber nachgedacht und bin inzwischen absolut überzeugt davon, dass wir Landwirte die volle Legitimation (und vielleicht sogar Obligation) besitzen, unsere Interessen zu vertreten, genau wie andere diskriminierte Gruppen auch. Wir haben ein Recht auf menschenwürdige Bedingungen für unsere Arbeit. Ökologie, Energiewende und Tierschutz liegen (zu großen Teilen) in unseren Händen. Es ist ein Irrsinn, dass man andauernd unsere Strategien sabotiert. Wir sind in der Lage, phantastische Arbeit zu leisten, wir können zu einer besseren Welt beitragen – wenn man uns lässt. Aktivismus, Protestkunst, ziviler Ungehorsam – angesichts der Verhältnisse ist das alles legitim. Und notwendig. Zu deiner Beruhigung: Ich habe nicht vor, in vorderster Reihe zu marschieren. Überhaupt liegt mir das Marschieren nicht besonders. Aber ich werde Aktionen, die ich für sinnvoll halte, mit meinen Möglichkeiten unterstützen. Green Redemption hat einen validen Partner gefunden, eine aktivistische Ökobewegung aus Hessen, die viel Erfahrung mit Protestaktionen besitzt. Sie haben ein überregionales logistisches Netzwerk und jede Menge Unterstützer. Gemeinsam sind Projekte mit ganz anderer Reichweite möglich.
Mehr will ich dazu nicht sagen. Keine Sorge, Stevie, ich muss nicht gerettet werden. Ich denke trotzdem darüber nach, dich für ein paar Tage zu besuchen. Vielleicht übernächstes Wochenende? Ich muss einfach mal raus.
Dein Bericht aus der Redaktion hat mir gefallen. Eine Topografie des Shitstorms. Schön, wie du inzwischen schreibst.

Abgeklärter. Mehr aus der Beobachterposition. Vielleicht kannst du eines Tages wirklich ein Buch darüber machen, einen Bestseller, wenn das alles vorbei ist. Es würde zu dir passen.
Zu mir allerdings nicht. Ich kann nicht »vieles machen«, weil ich nicht »vieles« will. Ich will nicht zu Ende studieren, ich will kein Buch schreiben. Ich muss mich (anders als du) nicht selbst finden, weil ich mich schon gefunden habe. Ich weiß, wo mein Platz ist. Während ich hier sitze und meine Kühe betrachte, die so friedlich zurückschauen, so vertrauensvoll, so tapfer, so unglaublich bereit, mir (und überhaupt allen Menschen) zu dienen, und die deshalb Anspruch darauf haben, respektvoll und gut behandelt, ja: geliebt zu werden – dann spüre ich mehr denn je, was meine Aufgabe ist. Ich werde meine Tiere und meine Leute hier nicht im Stich lassen. Ich brauche kein neues Leben. Ich will nur, dass man mir das alte nicht kaputtmacht. Ich verlange das Selbstverständliche, mehr nicht.

Deine Tessa

END PGP SIGNATURE

11:01 Uhr, Mercurius per Telegram: Ich habe recherchiert. Es gibt nicht unendlich viele Öko-Protestgruppen in Hessen, das ließ sich ganz gut eingrenzen. Theresa, sprichst du von »Free Gaia«?

11:05 Uhr, Mercurius per Telegram: Tessa, das sind völkische Radikale! Vielleicht sogar Rechtsextreme! Zumindest ist die Gruppe total unterwandert! Die stehen auf der Beobachtungsliste des Verfassungsschutzes, sie infiltrieren ganze Dörfer, es gibt Reportagen darüber im Internet.

11:06 Uhr, Mercurius per Telegram: Zum Beispiel hier: https://www.abc.de/dokumentation/abcinfo-doku/oeko-siedler-schattenwelten-auf-dem-land-402.html

11:38 Uhr, Mercurius per Telegram: Theresa! Ich will wissen, ob sich Eva mit einer völkischen Gruppe zusammentut!

Montag, 5. September

09:20 Uhr, Kuhschwester79 per Telegram: Post vom Oberverwaltungsgericht. Unser Eilantrag wurde auch in der nächsten Instanz zurückgewiesen.

09:28 Uhr, Kuhschwester79 per Telegram: Die Begründung ist nur zehn Zeilen lang. Durch das Ernteverbot droht uns kein schwerer unabwendbarer Nachteil, der das Gemeinwohl betreffen würde. Die (vage) Möglichkeit, dass sich die Afrikanische Schweinepest ausbreitet, wiegt schwerer als die berufliche Existenz von uns Bauern. Wir können ja Schadensersatz beantragen. Außerdem sei die Nutzungsbeschränkung nur vorübergehend.

09:30 Uhr, Mercurius per Telegram: Das tut mir wirklich leid für dich und Lars. So ein Pech.

09:32 Uhr, Kuhschwester79 per Telegram: Pech??? Das ist bürokratischer Irrsinn! Die zäunen uns ein, weil sich VIELLEICHT ein krankes Schwein irgendwo in unseren Feldern versteckt!

09:35 Uhr, Mercurius per Telegram: Mal kurz ein anderes Thema. Ich hab mich in letzter Zeit viel umgeschaut auf Telegram. Das sind Abgründe, in die man blickt. Rassismus, Sexismus, Antisemitismus, schamlose Hetze gegen Politiker*innen. Schon wenn ich Donald Trump dabei zusehe, wie er in seinem Channel Gift verspritzt, wird mir regelrecht übel.

09:37 Uhr, Kuhschwester79 per Telegram: Du hast Sorgen.

09:41 Uhr, Mercurius per Telegram: Wir sollten den Messenger wechseln. Ich fühle mich nicht wohl hier. Es gibt auch andere sichere Dienste.

09:45 Uhr, Kuhschwester79 per Telegram: Ob und wann wir Schadensersatz bekommen, steht komplett in den Sternen! Bis dahin sind wir längst pleite.

09:49 Uhr, Mercurius per Telegram: Bist du hier eigentlich in irgendwelchen privaten Gruppen? Folgst du irgendwelchen Aktivitäten?

10:01 Uhr, Kuhschwester79 per Telegram: Bei Lars liegen 130 Hektar Mais im Gefährdungsgebiet.

10:04 Uhr, Mercurius per Telegram: Es wäre mir wirklich wichtig, das zu wissen, Theresa. Bitte rede mit mir. Ich bin sicher, dass Free Gaia auf Telegram kommuniziert, ich finde aber keinen offiziellen Chanel.

10:12 Uhr, Kuhschwester79 per Telegram: Zitat aus der Urteilsbegründung: »Zäune sind zu dulden.« Aha, und was noch alles? Berufsverbote sind zu dulden. Verdienstausfälle sind zu dulden. Behördenschikane ist zu dulden. Rechtsschutzverweigerung ist zu dulden. Ignoranz und Indifferenz sind zu dulden. Insolvenz ist zu dulden. Zerstörung des Lebenswerks, Entlassung der Belegschaft und Notschlachtung von Tieren sind zu dulden. Jede denkbare Form von Demütigung ist zu dulden.

10:21 Uhr, Mercurius per Telegram: Manche Sachen sehen vielleicht auf den ersten Blick harmlos aus, sind es aber nicht.

10:24 Uhr, Kuhschwester79 per Telegram: Was redest du eigentlich die ganze Zeit für eine Scheiße?

10:29 Uhr, Mercurius per Telegram: Mir ist das wirklich wichtig, Theresa. Ich will mit dieser Plattform nichts zu tun haben, und ich will auch nicht, dass du dich hier herumtreibst.

10:37 Uhr, Kuhschwester79 per Telegram: Ich fasse es nicht. Ich erzähle dir davon, dass irgendein abgefucktes Oberverwaltungsgericht dem Betrieb von Lars den letzten Rest gibt, weil die Richter schlichtweg nicht kapieren, was in der echten Welt los ist, und du kommst mir mit Pädagogengeschwätz zum Thema »Falscher Messenger«?

10:43 Uhr, Mercurius per Telegram: Ich höre dir zu. Es tut mir auch wirklich sehr leid für Lars. Für dich auch. Aber ich möchte trotzdem, dass du meine Frage beantwortest. Oder dass wir einfach beschließen, uns hier abzumelden.

10:49 Uhr, Kuhschwester79 per Telegram: Irgendwann fliegt ihnen der ganze Laden um die Ohren, und ich sage dir, sie werden es verdient haben. Das Volk ist duldsam, aber alles hat seine Grenzen. Irgendwann ist das Maß voll. Bald. Vielleicht schon sehr bald.

10:55 Uhr, Mercurius per Telegram: Genau so etwas meine ich, Theresa. Wenn du solche Sätze in bestimmten Gruppen schreibst, wird man dir zujubeln. Aber das ist ein toxisches Umfeld, verstehst du? Es sind definitiv die falschen Leute.

11:05 Uhr, Mercurius per Telegram: Theresa?

Mittwoch, 7. September

20:02 Uhr, Stefan per E-Mail:

BEGIN PGP SIGNED MESSAGE

Hallo
Ich nutze Threema, den sicheren Instant Messenger, der die Privatsphäre schützt.
Meine Threema-ID: https://threema.id/WKU4UH9F
Lass uns über Threema kommunizieren!

Liebe Grüsse

END PGP SIGNATURE

Donnerstag, 8. September

09:40 Uhr, Mercurius per Telegram: Hallo! Lass uns sicher und datenschutzkonform über Threema kommunizieren! Meine Threema-ID: https://threema.id/WKU4UH9F

Freitag, 9. September

13:16 Uhr, Mercurius per Telegram: Scheiße, Theresa. Etwas Schlimmes ist passiert. Richtig schlimm. Tami hat sich etwas angetan.

13:16 Uhr, Mercurius per Telegram: Sotas Tochter. Ich dreh durch.

13:41 Uhr, Mercurius per Telegram: Hier kursieren lauter Gerüchte, niemand weiß etwas Genaues. Sotas Handy ist aus. Ich kann's nicht fassen. Ich kann es einfach nicht fassen.

13:56 Uhr, Mercurius per Telegram: Alle unter Schock. Ich habe furchtbare Angst um die Kleine, Tessa. Das darf doch nicht wahr sein!!!

16:49 Uhr, Mercurius per Telegram: Gerade endlich Rieke erreicht. Tami lebt, liegt im UKE. Ist irgendwo runtergesprungen. Offene Fraktur des rechten Oberschenkels. Keine Lebensgefahr. Oh Mann.

21:29 Uhr, Stefan per E-Mail:

BEGIN PGP SIGNED MESSAGE

Scheiße, Tessa,

ich habe solche Kopfschmerzen. Ich *bin* die Kopfschmerzen. Am liebsten würde ich mich selbst auslöschen. Eine Anti-Jordan-Tablette nehmen. Dann wäre endlich Ruhe, für immer.

Ich bin noch einmal bei den Sotas gewesen. Flori Sota selbst war nicht da, er schläft bis auf Weiteres bei Tami im Krankenhaus. Baltasar übernachtet bei einem Freund. Rieke hat mir aufgemacht. Ich hatte wirklich Angst vor diesem Moment. Was sagt man einer Mutter, deren Kind sich etwas angetan hat? »Oh, Rieke, es tut mir ja so leid?«

Aber dann war es gar nicht nötig, etwas zu sagen, weil sie es war, die sofort zu sprechen begann. Allerdings anders, als ich erwartet hatte: »Es ist nicht deine Schuld, Stefan. Es ist lieb, dass du hergekommen bist. Aber es ist nicht deine Schuld.«

Ich dachte, ich bin im falschen Film. Statt Gott und die Welt und vor allem mich anzuklagen, versuchte sie, mich zu beruhigen. Sie wusste, was Sota am Telefon zu mir gesagt hat. Dass der Frauenschläger-Aufruhr die Lage verschlechtere. Dass meine Dummheit für eine weitere Eskalation verantwortlich sei. Aber Flori habe das nicht so gemeint. Die ganze Geschichte sei dabei, ihn zu zerstören. Er sei nicht mehr derselbe. Sie habe ihn noch nie so erlebt. Reizbar, aggressiv.

»Aber jetzt wird alles gut.« Rieke lächelte mich an. »Tami war schon immer die Klügste von uns allen. Ich bin stolz auf sie.«

Ich verstand überhaupt nichts mehr. Rieke manövrierte mich auf den Balkon und zog den Servierwagen mit der Hausbar neben mich. Wir tranken Grappa. Es war schwül. Unten auf der Straße feierte der Spätsommer sich selbst. Braun gebrannte Paare Arm in Arm, Miniröcke und Flip-Flops, halbnackte Teenager auf Elektrorollern, die uns im Vorbeigleiten zuwinkten. Jedes Gesicht ein Spiegel des Glücks. Mir kam das zynisch vor. Ich hätte am liebsten vom Balkon geschrien, dass sie sich alle zum Teufel scheren sollen.

Rieke schien das alles nichts auszumachen. Sie war blass und abgezehrt, wirkte aber irgendwie heiter, fast gelöst. Mich verunsicherte das. Ihre Stimme war ruhig. Sie erzählte, was ihre Kinder während der letzten Wochen in der Schule zu erdulden hatten. Nazi-Kind, Nazi-Kind. Das Mobbing hatte sich nicht beruhigt, im Gegenteil, es hatte sich immer weiter hochgeschaukelt. Tami als die Ältere traf es härter als Baltasar. Sie war zum erklärten Opfer geworden und blieb es auch. Die anderen Kinder gewöhnten sich an, zwei Finger an die Oberlippe zu legen, wenn Tami vorbeiging. Kleine Kinder, die gar nicht wissen können, was die Geste bedeutet! Tami wurde von allen Spielen ausgeschlossen, niemand wollte im Klassenraum neben ihr sitzen. Sie warfen ihre Turnschuhe ins Klo, zogen sie an den Haaren, quälten sie so lange, bis sie um sich schlug und dafür den nächsten Klassenbucheintrag kassierte. Die Schulleitung unternahm nichts, bis zu dem Tag, als drei Jungen aus einer höheren Klasse Tami in eine Ecke drängten, sie »Nazi-Mädel« nannten und ihr zwischen die Beine fassten. Die Direktorin suspendierte alle drei Täter vom Unterricht, was sofort auf Twitter bekannt wurde, und danach ging es im Netz erst richtig ab. Morddrohungen, nicht nur gegen Sota, sondern auch gegen seine Tochter. Gegen ein elfjähriges Mädchen, Tessa! Das digitale Mittelalter – so wird man unsere Epoche einmal nennen.

Tami sei eine Kämpferin, sagte Rieke, sie habe lange durch-

gehalten und weiter darauf bestanden, zur Schule zu gehen. Bis eine Grenze erreicht war. Ihr Sprung sei eine Botschaft gewesen, ein unmissverständlicher Weckruf an die Eltern. Dass jetzt Schluss sein müsse. Es reicht. Endgültig.
Rieke erklärte mir, wie Sota und sie seit Wochen versucht hätten, optimistisch nach vorn zu blicken. Gehe es nicht immer irgendwie weiter? Man glaube immer, dass es noch etwas zu retten gäbe. Etwas zu reparieren. Dass am Ende das Gute siege, wie in Hollywood. Dass jemand, der nie etwas Falsches getan habe, nicht einfach zum Opfer einer gezielten Vernichtung werden könne. Dass man nur irgendetwas richtig machen müsse, durchhalten, schweigen, sich entschuldigen, eine Arbeitspause einlegen, einen Essay schreiben, sich erklären – und dann müsse das Übel enden, dann müsse alles wieder so werden, wie es einmal war. So laute doch schließlich die optimistische Gesetzmäßigkeit, die einem lebenslänglich eingetrichtert würde, von Eltern, Lehrern, Kinderbüchern, Fernsehserien.
»Aber so ist es nicht, Stefan. Unsere Kleine hat das verstanden, wir nicht. Niemand ist schuld, niemand hat etwas getan, man kann nichts richtig machen, nur alles falsch. Das große Kannibalisieren hat begonnen. Die einzige Option ist Flucht.«
Durch Tamis Tat sei ihr das klar geworden, und sie würde jetzt endlich die Konsequenzen ziehen. Das heißt konkret: Sota legt seinen Posten endgültig nieder, die Familie verlässt das Land. Sie gehen nach Belgien zu Riekes Eltern, schulen die Kinder dort ein, suchen sich Arbeit. Ein harter Schnitt und ein neuer Anfang. Au revoir und vaarwel.
»Endlich, Stefan! Ich bin so dankbar. Irgendwann – nicht auszudenken. Irgendwann wäre einem von uns etwas noch viel Schlimmeres zugestoßen. Jetzt hat das alles ein Ende.«
Nun verstand ich, warum sie so heiter wirkte. Sie war nicht

dabei, verrückt zu werden. Sie hatte für eine gewisse Zeitspanne, für die panischen Minuten, die sie nach dem Anruf der Polizei bis zum Unfallort brauchte, geglaubt, dass ihre Tochter tot sein könnte. Seitdem feiert sie die Tatsache, dass Tami noch lebt, und sie spürt endlich die Kraft zum Handeln. Sie wird ihre Familie unter den Arm klemmen und das Weite suchen. Ihnen allen das Leben retten. Was für eine Frau.

Später hat Rieke mir die Stelle gezeigt. Drei Straßen weiter, wo sie gerade den tausendsten Klinkerklotz mit 120-Quadratmeter-Wohnungen bauen, die alle zwei Tiefgaragenstellplätze haben, aber keine Kinderzimmer. Nachbarn hatten gegen 10:30 Uhr beobachtet, wie Tami auf die hochgestellte Schaufel eines riesigen Radladers geklettert ist, und sofort die Polizei gerufen. Tami ist im Turnverein, seit sie sechs ist. Ich konnte sie regelrecht vor mir sehen, wie sie über die Trittstufe des Radladers auf den wuchtigen Hinterreifen klettert, von dort auf den Motorblock, der wie ein gelber Buckel aus der Maschine wächst, dann auf das Dach der Fahrerkabine und schließlich über den hydraulischen Greifarm bis in die hoch aufragende Schaufel. Wie sie dort oben für ein paar Sekunden in ihrem rot-blau gestreiften Sommerkleid steht und hinunter in die Baugrube blickt, unter einem strahlend blauen Himmel, zwischen Gründerzeithäusern und Baugerüsten. Wie sie mit einem Fuß auf den Schaufelrand tritt, nach dem optimalen Stand sucht, den nötigen Kraftaufwand testet, leicht in die Knie geht, die Arme ausbreitet, noch ein paar Sekunden innehält und dann federnd abspringt. Wie sie schreit, obwohl sie sich so sehr vorgenommen hat, es nicht zu tun. Wie sie für den Bruchteil einer Sekunde in der Luft liegt und zu schweben scheint, während sich ein Krähenschwarm aus einer der alten Platanen löst und schimpfend aufsteigt.

Tami war bei Bewusstsein. Während sie auf den Rettungswagen warteten, hat sie immer wieder beteuert, dass sie sich nicht umbringen wollte. »Mama, du musst mir glauben. Ich wollte nur, dass es aufhört.«
Ja, »es« muss aufhören. Wird es aber nicht. »Es« wird immer weitergehen. »Es« wird sich das nächste Opfer suchen. Das große Kannibalisieren hat begonnen. Mir kommt es fast vor, als wäre bis hierhin alles ein Spiel gewesen. Ein schlimmes Spiel, klar, aber ein Spiel. Doch mit Tamis Sprung ist eine Grenze überschritten. Ich weiß nur noch nicht, was das bedeutet.
Rieke sagt, ich bin nicht schuld, aber ich glaube, sie hat Unrecht. Ich trage Schuld auf eine tiefere, komplexe Art. Ich würde das alles so gern verstehen. Kann man schuldig werden, indem man bei einer Zeitung arbeitet? Indem man sich Meinungen bildet und sie äußert, am Diskurs teilnimmt, sich im Internet bewegt? Ist Kommunikation zu einem kollektiven Verbrechen geworden, das jeden zum Täter macht, der sich daran beteiligt? Ist Unschuld heutzutage nur noch im Funkloch möglich – oder nachdem man alle Smartphones, Tablets und Notebooks in den Müll geworfen hat?
Ich würde gern abhauen. Mit Rieke und Flori nach Belgien. Oder nein, viel lieber mit dir nach Konstanz an den Bodensee. Noch lebt Martin Walser. Noch können wir nachholen, was wir damals versäumt haben.

S.

END PGP SIGNATURE

21:58 Uhr, Kuhschwester79 per Telegram: Ich weiß gar nicht, was ich sagen soll. Die Sache mit Tami verschlägt mir die Sprache. Ich fange dauernd Nachrichten an und lösche sie wieder.

22:02 Uhr, Kuhschwester79 per Telegram: Hoffentlich hat es sich gelohnt, was Tami getan hat. Hoffentlich kommt die Familie zur Ruhe. Und hoffentlich wird das Bein wieder gut.

22:04 Uhr, Kuhschwester79 per Telegram: Tami hat Recht. Es muss Schluss sein. Es kann so nicht weitergehen. Vielleicht verstehst du jetzt, was ich meine: Es gibt Situationen, da muss man raus aus dem System. Es ist *nicht* möglich, die Maschine von innen umzubauen. Wer dabeibleibt, macht sich schuldig. Egal, wie sehr er sich dagegenstemmt.

22:16 Uhr, Mercurius per Telegram: Ja, ich verstehe, was du meinst. Seit Tami verstehe ich es. Aber was soll das konkret heißen? Kriminell werden? In den Untergrund gehen? Zusammen mit Green Redemption einen Anschlag auf die Twitter-Zentrale planen?

22:20 Uhr, Kuhschwester79 per Telegram: Jetzt mal im Ernst, du Drama-Queen. Ich überlege, eine Auszeit zu nehmen. Mich ins Auto zu setzen und zu dir zu fahren.

22:20 Uhr, Mercurius per Telegram: Ist das dein Ernst, Theresa? Wirklich?

22:41 Uhr, Mercurius per Telegram: Theresa? Antworte!

22:45 Uhr, Kuhschwester79 per Telegram: Yes.

22:45 Uhr, Mercurius per Telegram: Das macht mich so glücklich.

23:00 Uhr, Kuhschwester79 per Telegram: Ich habe sowieso keinen Ehemann mehr. Ich habe einen Ex-Ehemann *in spe.*

23:45 Uhr, Mercurius per Telegram: Was ist passiert?

23:50 Uhr, Kuhschwester79 per Telegram: Viermal am Tag.

23:51 Uhr, Mercurius per Telegram: ??

23:54 Uhr, Kuhschwester79 per Telegram: Du sagtest: dreimal am Tag. Ich sage: viermal.

Samstag, 10. September

07:48 Uhr, Theresa per E-Mail:

BEGIN PGP SIGNED MESSAGE

Lieber Stefan,

ich denke die ganze Zeit an Sotas Frau. Die Familie unter den Arm klemmen und das Weite suchen. Manchmal ist Flucht nicht feige, sondern klug. Menschen fliehen vor Kriegen und Naturkatastrophen, aber vielleicht gibt es auch andere Vorgänge, vor denen man fliehen sollte. Diffuse Vorgänge, schlecht sichtbar, Nebel aus Ereignissen, die nicht den Körper bedrohen, aber die Seele zerrütten. Ich glaube, du hattest Recht: Ich muss hier erst mal raus. Ich würde gern zu dir kommen. Aber nicht nur für ein Wochenende, einen spontanen Abend oder eine wilde Nacht. Ich möchte eine Weile bleiben. Das heißt nicht, dass ich den Hof verkaufen, mich selbst finden und künftig in Hamburg Yogakurse geben werde. Aber ich will mein Leben neu durchdenken.

Jetzt muss ich wissen, ob du es ernst gemeint hast. Ob du mich wirklich in Hamburg haben willst. Kein digitales Traumbild, sondern die echte Theresa, mit allen Macken, mit zwei Kindern und 43 Jahren Lebenszeit auf dem Buckel. Ob wir wieder eine WG sein wollen, dieses Mal nicht in einer zugigen Münsteraner Altbaubude, sondern in deiner vermutlich unerträglich schicken Hamburger Wohnung.

Bitte denk in Ruhe darüber nach. Ich nehme es dir nicht übel, wenn du deine Meinung änderst. Wir haben uns angewöhnt, schonungslos ehrlich zueinander zu sein, und dabei müssen wir bleiben, wenn wir dieses Abenteuer wagen wollen. Ich sage dir ganz ehrlich, dass ich nicht weiß, was ich von dir will. Ich weiß, dass du mein bester Freund bist, heute sogar noch mehr als vor zwanzig Jahren. Was wir in den letzten Monaten zusammen erlebt haben, aneinander, miteinander, gegeneinander – das hat uns einander sehr nahe gebracht. Nie zuvor habe ich so offen mit jemandem gesprochen. Nicht mit meinen Eltern, nicht mit Basti, vielleicht nicht einmal mit mir selbst. Im Rückblick erscheinen mir die Höhen und Tiefen, die wir in den letzten Monaten durchwandert haben, geradezu unglaublich. Was ist alles passiert, was für ein unfassbar beschissenes Jahr! Und doch hat es dazu geführt, dass wir uns wiedergefunden haben, nicht als romantische Studenten, die auf den Schwingen ihrer Träume segeln, sondern als Erwachsene, die mit beiden Beinen im Geröllfeld des Lebens stehen. Vielleicht sagen wir eines Tages: Dafür hat es sich gelohnt.

Vielleicht aber auch nicht. Ich habe keine Ahnung, wohin unser weiterer Weg führt. Kehren wir zum geschwisterlichen WG-Leben zurück, drei- bis viermal am Tag unter-

brochen von … (sorry, ich denke zurzeit ziemlich viel daran)? Haust du mir gleich am ersten Abend wieder eine rein? Verlieben wir uns analog? Oder werden wir feststellen, dass wir uns hassen und nie mehr wiedersehen wollen? Ich würde es gern herausfinden (wenn du das auch willst). Aber es kann nur funktionieren, wenn wir mit offenem Visier, offenen Karten und offenem Ende in die Geschichte hineingehen.
Mit Christian und Eva habe ich gesprochen. Sie würden gemeinsam die Geschäfte übernehmen, mit allen Vollmachten, zunächst für vier Wochen. Verlängerung möglich. Ich vertraue den beiden bedingungslos, und zum Herbst wird die Arbeitsbelastung weniger. Mit den Brandschäden geht erst einmal nichts voran, bis der ganze Papierkram bewältigt ist. Und den Teil der Maisfelder, die nicht im Schweinepest-Gebiet liegen, kriegen die beiden ohne mich abgeerntet. Niemand ist unersetzbar (auch wenn wir das immer glauben). Christian hat mich merkwürdig angeschaut, als ich ihm von meinem Plan für einen längeren Urlaub erzählt habe. Er sagte: »Das wird dir guttun, Chefin.« Es klang ziemlich traurig. Ich habe ihn spontan in den Arm genommen, und er hat mich ein bisschen zu fest und ein bisschen zu lange an sich gedrückt. Ich habe seinen drahtigen Körper unter den Arbeitsklamotten gespürt und plötzlich gedacht, dass ich all die Jahre etwas übersehen habe, oder vielleicht habe ich absichtlich zur Seite geguckt, und dann dachte ich, dass ich mich wirklich zusammenreißen muss, weil ich zurzeit extrem dünnhäutig bin. Ich bin ins Büro gegangen und habe einen ordentlichen Vertrag aufgesetzt. Eva und Christian bekommen das volle Geschäftsführergehalt. Das heißt auch: Ich würde ohne einen Penny bei dir auflaufen.
Jetzt muss ich erzählen, was außer Tamis Sprung hinter meiner Entscheidung steht. Oder besser gesagt, wer.

Ich drücke mich davor, ich will eigentlich nicht darüber reden. Als würden erst meine geschriebenen Sätze den Dingen Realität verleihen. Es ist natürlich Basti. Wir hatten einen Streit, schlimmer als je zuvor. Ich glaube, es ist etwas kaputtgegangen. Für immer.
Aber ich fange vorne an, damit du verstehst, worum es ging. Gestern Morgen bin ich zu Lars nach Bracken gefahren. Es ist mir schwergefallen, unendlich schwer. Aber ich hatte wirklich keine Wahl. Durch den Brand ist der seidene Faden gerissen, an dem die Kuh & Co. seit Langem hängt. Ich kann die Septembergehälter nicht auszahlen. Ich muss Geld vorstrecken für eine neue Trocknungsanlage. Ich habe keine Ahnung, ob und wann die Ersatzleistungen von der Versicherung kommen. Ich weiß nicht, ob ich wegen des Schweinepest-Ernteverbots Ausgleichszahlungen erhalte. Ich habe Angestellte in Lohn und Brot, für die ich verantwortlich bin, genau wie für die Tiere und den Rest des Betriebs. Also hatte ich beschlossen, Lars zu bitten, mir die 80 000 Euro zurückzugeben, die ich ihm geliehen hatte. Ich wollte das Geld ja nicht für mich. Die Entscheidung war einfach alternativlos. Eva hat mich bestärkt. Sie meinte, ihr Vater hätte das Geld bestimmt noch nicht investiert, er müsse ja erst mit der Bank reden und Kostenvoranschläge einholen für die Umrüstung der Biogasanlage, so schnell gehe das alles nicht. Die Summe liege unangetastet auf seinem Konto herum, es werde ihm keine Probleme bereiten, sie zurückzugeben, und er werde meine Gründe hundertprozentig verstehen. Mitfahren wollte sie trotzdem nicht. Also bin ich los, mit einem verdammt schlechten Gefühl im Bauch.
Wenn sie mir nicht verraten hätte, wo ich ihren Vater wahrscheinlich antreffe, hätte ich ihn gar nicht gefunden. Sie hatte mir erzählt, dass er in letzter Zeit oft auf dem Well-

blechdach der Maschinenhalle sitzt, sechs Meter über dem Boden, wohin man nur über eine schmale rostige Leiter an der Rückseite des Gebäudes gelangt. Seit dem Bewirtschaftungsverbot gibt es für Lars nicht viel zu tun, und von da oben hat er eine tolle Aussicht. Er kann seine eingezäunten Felder überblicken und der Biogasanlage beim Dahinsiechen zusehen. Bald hat er kein Futter mehr für sie, und einen Zukauf von Mais kann er sich nicht leisten. Natürlich werde ich ihm ab und zu etwas Gülle bringen, aber das wird nicht reichen, um die Mikroorganismen im Fermenter am Leben zu halten. Wenn die Bakterien nicht genug Nahrung bekommen, sterben sie. Es klingt hart, das zu sagen, aber Lars ist am Arsch. Noch viel schlimmer als ich. Und da kam ich also auf den Hof gefahren, um das Geld zurückzufordern, mit dem er wenigstens das Ernteverbot hätte überbrücken können. Wenn ich meinen Leuten nicht die Gehälter schulden würde, hätte ich das niemals getan.

Ich fühlte mich miserabel, als ich ausstieg und ihn dort oben sitzen sah. Hoch oben. Wie Tami. Ich hupte und rief, er sah mich, kam aber nicht runter. Also musste ich hinauf. Ich bin nicht schwindelfrei, ich musste Pausen einlegen, mich zwingen, nicht nach unten zu sehen. Die Rohre der Leiter schienen viel zu dünn, sie vibrierten bei jedem Tritt. Als ich oben ankam, war ich kurzatmig. Ich setzte mich neben Lars. Wir schwiegen. Ich bedauerte schon wieder, nicht mehr zu rauchen. Es wäre der richtige Moment gewesen, um sich eine Zigarette anzuzünden.

Ich hatte mir Sätze zurechtgelegt und sie alle vergessen. Also stammelte ich es einfach heraus. Lars, ich brauche das Geld. Er wusste sofort, was ich meinte, und fing an zu weinen. Ein erwachsener Mann. Verbarg das Gesicht in den Händen und schluchzte wie ein Kind. Ich streichelte seinen Rücken und murmelte sinnloses Zeug. Ich fühlte mich wie

eine Verbrecherin. Ich merkte, wie ich schwach wurde. Ich fing an, ihn an der Schulter zu rütteln, bis er mich ansah, und schlug ihm vor, dass er mir nur die halbe Summe zurückgeben könnte. Dass wir uns die Last teilen würden. Dürre, Starkregen, Ernteverbot, Brand, der ganze Scheiß. Wir sitzen doch alle im selben Boot.
Da wischte er sich die Tränen ab und sagte, dass er das Geld nicht mehr habe. Dass es weg sei.
Ab diesem Moment wurde alles irgendwie surreal. Der riesige blaue Himmel. Die Felder. Das Dach. Kennst du das Gefühl, wenn man sich seiner selbst mit einem Mal überdeutlich bewusst wird? Der Tatsache, dass man lebt, dass man etwas so vollkommen Absurdes wie ein Bewusstsein besitzt, dass man Gedanken entwickeln kann, die sich auf sich selbst richten? Ich wollte nur noch nach Hause. Weg von diesem elenden Häufchen, das mein langjähriger Kumpel Lars gewesen ist. Der schüchterne Junge aus dem Schulbus. Der innovative Energiewirt. Evas Vater. Ein Mann, der zupacken konnte und sein Leben lang gekämpft hat, genau wie ich.
Ich rutschte von ihm weg, legte mich mit dem Bauch aufs Dach und tastete mit den Füßen nach der Leiter. Ich wollte nicht hören, was er noch zu sagen hatte. Aber ich konnte ihn auch nicht am Sprechen hindern. Dafür dauerte der Abstieg zu lange. Und der maulfaule Lars redete plötzlich wie ein Wasserfall. Wie er auf die Idee gekommen ist, ins Casino zu gehen. Die Summe verdoppeln. Sicheres System. Kein Glücksspiel, kein Risiko, einfach nur Fleißarbeit. Er ist ja nicht bescheuert. Hatte sich gründlich im Internet informiert. Alles durchdacht. Wollte mir mein Geld zurückgeben, damit ich die Kosten des Brands ausgleichen kann, und dieselbe Summe für sich behalten, zur Überbrückung der kommenden Zeit. Eine richtig tolle Idee. Eigentlich.

Immer auf Rot setzen, die Dividende einstreichen, wenn man gewinnt, und verdoppeln, falls man verliert. Er fing mit fünf Euro an. Es lief super, aber es ging langsam voran. Immer drei Schritte vor und zwei zurück. Nach zwei Stunden hatte er gerade mal ein paar hundert Euro gewonnen. Er dachte darüber nach, die Idee aufzugeben und nach Hause zu gehen. Stattdessen fing er mit Fünfziger-Schritten an. Das klappte ebenfalls, ging ihm aber immer noch zu langsam. Er probierte es mit Fünfhunderter-Schritten. 500, 1.000, 2.000, 4.000, gewonnen – und wieder von vorn. So kam endlich Zug in die Sache. Er war schon bei rund 120.000 Euro, als eine Schwarz-Serie einsetzte. 4.000, 8.000, 16.000, 32.000. Als Lars begriff, dass die Kohle nicht ausreichte, um oft genug verdoppeln zu können, war es zu spät.

Unten angekommen, fing ich an zu rennen. Zum Auto, reinspringen, Motor anlassen und rückwärts runter vom Hof. Dieser elende Idiot. Wie kann man nur so bescheuert sein! Ich will diesen Spinner nie wiedersehen. Wenn er mir noch einmal über den Weg läuft, drehe ich ihm den Hals um.

Eva saß in meinem Büro, als ich es ihr erzählte. Vor Wut hat sie die Kaffeetasse an die Wand geworfen. Nichts ging kaputt, aber jetzt ist alles voller Kaffee. Sie hat sich tausendmal für das Verhalten ihres Vaters entschuldigt, hat gesagt, dass wir es hinkriegen, dass sie es wiedergutmacht, dass sie die Kohle auftreibt, vielleicht den Smart verkauft. Sie hat so ein schlechtes Gewissen wegen Lars. Ich wollte nichts davon hören. Ich war wie betäubt. Ich musste Basti erzählen, was passiert war, und davor hatte ich Angst. Mehr Angst als vor allem anderen.

Zu Recht, wie ich jetzt weiß. Ich habe einen Fehler begangen, das gebe ich zu, und das habe ich ihm auch gesagt.

Aber das ist kein Grund, mich so zu vernichten! Er hat mir schreckliche Dinge an den Kopf geworfen. Normalerweise schreit er mich an, wenn wir streiten. Aber gestern war er ganz ruhig. Das hat mir noch mehr Angst gemacht. Es klang, als meinte er jedes Wort ernst. Er sagte, dass ich dabei sei, den Verstand zu verlieren. Unzurechnungsfähig. Nicht mehr in der Lage, meine Geschäfte zu führen und mich um meine Kinder zu kümmern. Als Geschäftsfrau und Mutter ein Totalausfall. Als Ehefrau sowieso. Er sprach davon, die Scheidung einzureichen und das Sorgerecht zu beantragen, und sagte, dass er dank meiner Green-Redemption-Aktion jeden Prozess gewinnen werde. Dass ich keine Chance habe, weil jeder im Landkreis wisse, dass ich verrückt geworden sei.
Das war so demütigend. Er hat mich einfach komplett fallen lassen, als wäre ich ein Hund, den man grausam vom Hof jagt, weil er ein Huhn gerissen hat. Ich glaube nicht, dass ich das jemals vergessen kann. Es gibt Sätze, die schneiden tief ins Herz wie ein Messer, und sie hinterlassen Wunden, die niemals richtig verheilen. Basti ist zu weit gegangen. Er hat eine rote Linie überschritten. Jetzt schulde ich ihm überhaupt nichts mehr.
Überleg dir in Ruhe, ob du mich in Hamburg haben willst. Nimm dir Zeit und melde dich, wenn du dich entschieden hast.

Theresa

END PGP SIGNATURE

08:20 Uhr, Mercurius per Telegram: Das muss ich mir nicht überlegen! Come as you are! Choice is yours, don't be late!

08:33 Uhr, Kuhschwester79 per Telegram: Bitte nicht! Bitte keinen Rückfall ins Songtext-Zitieren!

08:34 Uhr, Mercurius per Telegram: Ich werde dich morgens mit »Get up, stand up« wecken und abends mit »Moonlight Shadow« zu Bett bringen. Das wird schööön!

08:42 Uhr, Kuhschwester79 per Telegram: Gnade.

08:45 Uhr, Mercurius per Telegram: Ernsthaft, Theresa. Any time.

09:07 Uhr, Kuhschwester79 per Telegram: Du bist dir sicher?

09:09 Uhr, Mercurius per Telegram: Hundert Pro.

09:16 Uhr, Mercurius per Telegram: Ich will noch etwas zu Basti sagen. Ich glaube, er hat dir das Geld als Zeichen seiner Liebe geschenkt. Und du hast es einfach weitergegeben. Jetzt ist es weg. Als hättest du seine Liebe weggeworfen. Verstehst du? Das hat ihn hart getroffen. Deshalb hat er um sich geschlagen.

09:17 Uhr, Kuhschwester79 per Telegram: Ich habe es nicht »einfach« weitergegeben. Ich habe versucht, einem Kollegen zu helfen.

09:19 Uhr, Mercurius per Telegram: Weiß ich doch. Aber sieh es mal aus seiner Perspektive.

09:24 Uhr, Kuhschwester79 per Telegram: Heiliger Stefan, du versuchst, zwischen Basti und mir zu vermitteln, obwohl du mich gerade verbindlich nach Hamburg einlädst?

09:26 Uhr, Mercurius per Telegram: Verdammt dämlich, oder?

12:28 Uhr, Stefan per E-Mail:

BEGIN PGP SIGNED MESSAGE

Hallo Tessa,

ich war gerade in der Badewanne – mein bevorzugter Ort für zwanghafte Grübelei.
Vermutlich hat das Leben immer zwei Seiten, oder? Es gibt Gründe zur Freude, zur Hoffnung und Zuversicht – und gleichzeitig Probleme, Sorgen, Ängste. Aber so radikal, wie die Gegensätze momentan aufeinanderprallen, habe ich es noch nie erlebt. Einerseits bin ich Chefredakteur des BOTEN (überleg mal, wie verrückt uns diese Tatsache zu Münsteraner Zeiten vorgekommen wäre ...), habe also beruflich alles erreicht, was ich mir überhaupt wünschen kann. Zu allem glücklichen Überfluss bist du auf dem Weg zu mir. Auf dem Weg in mein Leben. Das fühlt sich traumhaft an.
Auf der anderen Seite: der Shitstorm, die gestohlene E-Mail, Tamis Sprung, Sotas Rückzug.
Es kommt mir vor, als hätte ich angesichts dessen gar kein Recht, mich über irgendetwas zu freuen. Nicht einmal über uns beide. Als wäre Glück ein Verbrechen. Als würde ich Tamis Verzweiflungstat ignorieren oder sogar leugnen, wenn ich einfach mit meinem Leben weitermache.
Wahrscheinlich braucht es einen symbolischen Akt. Ich muss eine Botschaft aussenden, die klarmacht, dass ich nicht einfach als glücklicher Gewinner aus dem ganzen Elend hervorgehe. Danach kann ich mein Leben weiterleben. Ich muss irgendetwas tun, das einen Unterschied

macht – dieses Gefühl wird immer stärker. Aber ich weiß nicht, was.

Wish you were here: dein S.

END PGP SIGNATURE

13:10 Uhr, Kuhschwester79 per Telegram: Verstehe ich total. Manche Ereignisse verlangen ein Zeichen. Im Guten oder im Schlechten. Weil sie so stark sind, dass sich die Welt nicht einfach weiterdrehen kann. Man muss eine Markierung setzen. Eine Kerbe im Raum-Zeit-Kontinuum.

14:08 Uhr, Stefan per E-Mail:

BEGIN PGP SIGNED MESSAGE

Ja, genau. Eine Kerbe. Von mir aus auch eine Narbe. Etwas, das sichtbar ist und zukünftig sichtbar sein wird. Es kann nicht sein, dass schreckliche Dinge folgenlos bleiben, oder? Wenn Diktatoren Flugzeuge abschießen, Journalisten ermorden oder Länder annektieren. Oder wenn Millionen Menschen einander tagtäglich im Netz aufs Übelste beleidigen. Oder wenn Präsidenten lügen wie gedruckt. Das muss doch Konsequenzen haben. Sonst wird alles beliebig. Sonst wird die Welt niemals besser werden.
Man muss gar nicht den ganzen Planeten in den Blick nehmen. Mir reicht es schon, wenn ich auf mein eigenes Leben während der letzten Monate schaue. Mein Einsatz für die Klima-Ausgabe führte beinahe zur Abschaffung des alten BOTEN. Mein Widerstand dagegen führte zu einer Konferenz, in der Floris dummer Spruch geleakt wurde. Danach unfassbarer Shitstorm, ein Erpressungsversuch, noch ein Shitstorm und der Beinahe-Selbstmord eines unschuldigen Mädchens. Und das Resultat? Alles wie immer. Ich gehe zur

Arbeit, der BOTE erscheint, die Erde dreht sich. Nur Sota hatte den Mut, einen Schlussstrich zu ziehen.
Mal ehrlich, Tessa – muss man nicht bei sich selbst anfangen, wenn man die Konsequenzlosigkeit der Welt beklagt? Müsste ich nicht längst sagen: Ich mache das nicht länger mit? Es ist so viel passiert, das ich nicht hinnehmen kann. Das mich verändert hat. Irgendjemand muss doch mal aufstehen und zeigen, dass ihm nicht egal ist, wie es hier zugeht. Und wie man miteinander umgeht.

END PGP SIGNATURE

19:31 Uhr, Theresa per E-Mail:

BEGIN PGP SIGNED MESSAGE

Ich kann dir nur beipflichten. Auf der einen Seite schreit man ständig nach Gerechtigkeit und bestraft selbst kleinste sprachliche Vergehen drakonisch. Auf der anderen Seite lässt man es zu, dass ganze Landstriche veröden, Kinder verarmen und echter Fortschritt vom Bürokratismus vernichtet wird. Du weißt ja, dass ich bereits zu dem Schluss gekommen bin, dass man sich wehren muss. Nicht nur zur Selbstverteidigung, sondern auch zum Wohl des Gemeinwesens. Wenn die Richtung nicht stimmt, darf man nicht zulassen, dass alles einfach so weiterläuft.
Vielleicht solltest du ein Denkmal für Tami anfertigen lassen. Eine Heldenstatue. Tami, wie sie die Arme ausbreitet, um zu fliegen. Das stellst du dann auf den Vorplatz vor euer Redaktionsgebäude, genau an den Ort, wo der unsägliche Hennen die Sota-Figur zerstört hat. Das wäre ein Zeichen. Darüber sollte die Meute reden und schreiben.
Aber ich bin sicher, Tamis Eltern würden das nicht wollen. Sie würden sagen: Bitte kein Reden mehr, bitte kein

Schreiben mehr. Und vielleicht haben sie Recht: Alles, was die Kannibalen füttert, macht die Lage schlimmer. Vielleicht ist die Unterscheidung zwischen gutem Futter und schlechtem Futter einfach nur Selbstbetrug. Dann wären auch Eva und Green Redemption auf dem Holzweg. Denn sie zielen ja alle auf dasselbe: öffentliche Aufmerksamkeit.

END PGP SIGNATURE

22:04 Uhr, Mercurius per Telegram: Ich liebe es, deine Mails zu lesen. Weißt du das eigentlich? Sie sind wie kleine Geschenke. Öffnen und freuen.

22:10 Uhr, Kuhschwester79 per Telegram: Dito. Ich fühle mich, als wäre ich schon bei dir. Als würden wir bereits zusammen am Küchentisch sitzen.

22:14 Uhr, Mercurius per Telegram: Ich habe einen schönen Küchentisch aus Eiche, von meinem Schreiner Benni um die Ecke. Ich nehme den Platz mit dem Rücken zum Fenster. Dann sitzt du im Licht, und ich kann dich anschauen.

22:20 Uhr, Kuhschwester79 per Telegram: Wollen wir etwas Leckeres trinken? Um ein bisschen zu feiern? Ich finde, darauf hat man immer ein Recht. Europa am Abgrund. Der Diskurs im Eimer. Wir erschaffen uns eine kleine Insel und machen eine Flasche auf.

22:29 Uhr, Mercurius per Telegram: Gute Idee. Wir nehmen einen Rosé-Vermouth von *Belsazar*. Mit *Thomas Henry Tonic*, einer Scheibe Grapefruit und Eis. Ein grandioser Aperitif.

22:37 Uhr, Kuhschwester79 per Telegram: Das klingt fantastisch. Schon der erste Schluck eine Geschmacksexplosion. Die Süße, die leichte Bitterkeit, die Frucht. Und eiskalt an diesem wirklich warmen Sommerabend. So kann man gut denken. Und reden.

22:41 Uhr, Mercurius per Telegram: Darüber, was zu tun ist. Wie man sauber bleibt in einer schmutzigen Welt.

22:44 Uhr, Kuhschwester79 per Telegram: Du gehst zum Regal und holst den guten alten Immanuel Kant hervor. Nach welcher Maxime könnte man handeln und zugleich wollen, dass sie ein allgemeines Gesetz wird? Du sitzt am Tisch und liest vor, ein bisschen ulkig, ich muss lachen, von tief innen und wie befreit.

22:48 Uhr, Mercurius per Telegram: Ich lese die Bandwurmsätze über Maximen als Ausdruck des Vernunftstrebens und genieße es, dass du deine Füße auf meinen Schoß legst. Vernunft, Unvernunft, alles ist plötzlich ganz nah beieinander. Ich schaue dich an, während wir diskutieren. Da ist sie wieder, die niedliche Zornesfalte auf deiner Stirn, wenn du dich ereiferst. Und auch die ausladenden Gesten sind zurück, beinahe wirfst du deinen Aperitif um. Wie habe ich das all die Jahre vermisst.

22:52 Uhr, Kuhschwester79 per Telegram: Ich mag deine Küche. Sie ist schick, aber nicht so steril, wie ich befürchtet hatte. Man fühlt sich wohl hier. Auf einmal denke ich: Man muss es sich gut gehen lassen. Lachen, trinken, Fußmassage. Niemand trägt die Welt allein auf seinen Schultern. Vielleicht ist Glücklichsein in Zeiten der Apokalypse der wahre politische Akt?

23:03 Uhr, Mercurius per Telegram: Man könnte auch sagen: Vielleicht ist Liebe in Zeiten der Apokalypse der wahre politische Akt. Wir beide. Arm in Arm, Fuß auf Schoß.

23:06 Uhr, Kuhschwester79 per Telegram: Gute Nacht für heute.

23:08 Uhr, Mercurius per Telegram: Nein, du Grausame, bleib doch noch! Die Nacht ist noch jung. / Wir lächeln und schweigen, / So vertraut und doch fremd, / Ich möchte noch bleiben, / Für diesen Moment.

23:30 Uhr, Mercurius per Telegram: Okay, Enno Bunger funktioniert auch nicht. Seufz.

Sonntag, 11. September

10:08 Uhr, Stefan per E-Mail:

BEGIN PGP SIGNED MESSAGE

Habe gerade eine Mail von *Dr. Lohkamp & Partner* bekommen. Das ist eine Anwaltskanzlei, Hamburgs führende Medienrechtler. Sie schreiben im Auftrag des Verlags und wollen »so zeitnah wie irgend möglich« ein »dringliches persönliches« Gespräch mit mir führen. »Der Sachverhalt erfordert, dass Sie sich in dieser Angelegenheit mindestens drei Stunden Zeit für einen Besuch in unseren Räumlichkeiten nehmen.«
Aha. Ich werde also asap zum Anwalt zitiert. Dass man mich nicht mit Muskelmännern zu Hause abholt, scheint

alles zu sein. Zum Anlass natürlich kein Wort. Scheiß-Juristen-Psychotricks. Was soll das?!

END PGP SIGNATURE

10:20 Uhr, Mercurius per Telegram: Ich habe wirklich überhaupt keine Ahnung, was die von mir wollen.

10:39 Uhr, Kuhschwester79 per Telegram: Sonntag früh Post vom Anwalt? Das klingt nicht gut.

10:45 Uhr, Kuhschwester79 per Telegram: Wegen der geklauten Mail kann das eigentlich nicht sein, oder? Ich habe doch schon bestätigt, dass ich keinen Ärger mache. Juristisch kann da eigentlich nichts mehr kommen.

10:51 Uhr, Mercurius per Telegram: Außer einer Kündigung.

10:59 Uhr, Kuhschwester79 per Telegram: Oh Mann. Du hast Recht. Das ist denkbar. Vielleicht hat DvB es sich anders überlegt.

12:27 Uhr, Stefan per E-Mail:

BEGIN PGP SIGNED MESSAGE

Puh. Theresa, jetzt bin ich erst einmal im Wohnzimmer Kreise gelaufen. Die Vorstellung, der Bote könnte mir kündigen … Weil ich für sie untragbar geworden bin, ein Risikofaktor im Getriebe des Medienmarkts … Zwei Anwält*innen in perfekt geschneiderten Maßklamotten bieten mir die Ausarbeitung eines Auflösungsvertrags an, mit einer mehr als angemessenen Abfindung … Das wäre,

als würde man mich mit einem Fußtritt aus meinem gesamten Leben hinausbefördern.
Aber dann dachte ich plötzlich: Vielleicht liegt genau hier das Problem. Nämlich darin, dass ich den BOTEN als mein gesamtes Leben betrachte.
Rieke sagt: Das große Kannibalisieren hat begonnen. Du sagst: Im Krieg gibt es keine Neutralität. Karl Jaspers sagt: Wenn ich nicht tue, was ich kann, um das Übel zu verhindern, so bin ich mitschuldig. Die Anwält*innen sagen: Nimm dir Zeit für unsere Räumlichkeiten.
Vielleicht besteht der Trick darin, den Anwält*innen zuvorzukommen.
Wenn die Welt nicht so bleiben kann, wie sie ist, wenn aber jeder Änderungsversuch eskaliert und Opfer fordert – dann ist mein Platz vielleicht nicht zwischen den Stühlen. Dann kann ich erst Frieden finden, wenn ich die Stühle aus dem Fenster werfe. Wenn ich mich nicht mehr mit der Frage quäle, wo ich sitzen soll. Wenn ich aufstehe und weggehe. Endlich frei.

END PGP SIGNATURE

12:32 Uhr, Kuhschwester79 per Telegram: Aufstehen gut und schön. Aber nicht vom Küchentisch. Setz dich sofort wieder hin! Zeit für Lunch.

12:35 Uhr, Mercurius per Telegram: Zu Befehl. Ich sitze wieder.

12:40 Uhr, Kuhschwester79 per Telegram: Ich finde es stark, dass du das so siehst. Du wechselst die Perspektive und bist auf einmal in der Pole-Position, ganz egal, was als Nächstes passiert.

12:57 Uhr, Mercurius per Telegram: Vielleicht ist es das Zeichen, nach dem ich gesucht habe: den BOTEN loslassen. So, wie du die Kuh & Co. loslässt.

13:22 Uhr, Kuhschwester79 per Telegram: Und wenn der ganze Mist zu uns zurückkehrt, gehört er uns erst richtig.

13:27 Uhr, Mercurius per Telegram: Konfuzius hätte das nicht schöner sagen können.

13:32 Uhr, Kuhschwester79 per Telegram: Hat er auch nicht. Genug philosophiert. Mix doch einfach mal die nächsten Drinks, außerdem habe ich Hunger, und wie wäre es mit ein bisschen Musik?

13:39 Uhr, Mercurius per Telegram: Sonntagmittag, perfekter Zeitpunkt für *Aperol Spritz*, okay? Frisch, leicht belebend. Ich stelle uns *Perfect Day* von Lou Reed an. Die Vorspeise steht schon im Kühlschrank: Hokkaido-Avocado-Pecorino-Salat mit viel Olivenöl. Eigenkreation, und ich bin ein bisschen stolz drauf. Dann eine geeiste Gurkensuppe mit Räucherlachs. Hauptspeise später: Carbonara. Ich nehme fünf Eigelb pro Person. Vorausgesetzt, du traust dich.

13:45 Uhr, Kuhschwester79 per Telegram: Eigelb ist ein leichter Gegner. Und bei Hokkaido werde ich schwach.

13:49 Uhr, Mercurius per Telegram: Ich würde dich so gern küssen.

13:52 Uhr, Kuhschwester79 per Telegram: Es ist Sonntag, meine Kinder laufen hier herum.

13:58 Uhr, Mercurius per Telegram: Ich liebe deine Kinder, auch wenn ich sie gar nicht kenne. Aber können sie mal kurz rausgehen?

14:00 Uhr, Kuhschwester79 per Telegram: Hab sie in den Garten geschickt.

14:31 Uhr, Kuhschwester79 per Telegram: Noch da?

14:39 Uhr, Mercurius per Telegram: Jetzt kam auch noch eine SMS. Diesmal von DvB. Übermorgen Mittagessen bei ihr in Blankenese. Keine Einladung, sondern eine Anordnung. Und ich soll niemandem von dem Treffen erzählen, absolute Geheimhaltung. Ich glaube, ich kann mich schon mal mit der Jobbörse vertraut machen.

14:42 Uhr, Mercurius per Telegram: Sorry, ich muss kurz durchatmen. Ich mache das Handy aus und maile dir später.

21:27 Uhr, Theresa per E-Mail:

BEGIN PGP SIGNED MESSAGE

Lieber Stefan,

jetzt komme ich dir mit der Mail zuvor. Ich habe vorhin mit Basti gesprochen. Als ich die Kinder zu ihm zurückgebracht habe, hat er mich plötzlich gebeten, noch kurz mit reinzukommen. Das wollte ich nicht. Seit der Sache mit Lars habe ich überhaupt keine Lust, seinen Eltern unter die Augen zu treten – schließlich war es ihr Geld.
Also standen wir mal wieder im Vorgarten, lauschten dem Plätschern der Gartenteichpumpe und schauten zu, wie die zehn gefleckten Kois von Bastis Vater ihre Bahnen zogen. Es

dauerte eine Weile, bis Basti zu sprechen begann. Dann kam es: eine ganze Serie von Entschuldigungen. Er entschuldigte sich für unseren letzten Streit, für die Vorwürfe, die er mir gemacht hat, für seine Drohungen bezüglich der Kinder. Er habe es nicht so gemeint, er sei im ersten Moment nur so unendlich wütend gewesen. Aber natürlich habe er mir das Geld geschenkt, und zwar zu meiner freien Verfügung. Ich habe mir nichts vorzuwerfen.

Eins muss man dem Mann lassen: Er versteht es, mich zu überraschen. Es gibt nicht viele Menschen, die in der Lage sind, um Verzeihung zu bitten. Ich war so perplex, dass ich auch gleich angefangen habe, mich zu entschuldigen – vor allem für den (wirklich dummen) Fehler, das Geld an Lars weiterzugeben. Ich versprach, ihm die Summe eines Tages zurückzuzahlen, woraufhin er meinte, dass das nicht nötig sei. Er grinste und sagte, dass ich als Frau eben völlig unfähig zu logischem Denken und rationalem Handeln sei, was man mir persönlich nicht vorwerfen könne. Ich quittierte das mit einem saftigen »Verpiss dich, Basti«, und so war es zwischen uns fast schon wieder wie immer. Kein Wort von Scheidung, kein Wort von Sorgerecht. Stattdessen fragte er mich, ob wir mal wieder ins Kino gehen wollen.

Das ging mir viel zu schnell. So großartig ich es fand, dass er sich entschuldigte – ganz so leicht lässt sich Gesagtes nicht zurücknehmen. Vor allem dann nicht, wenn einen der Mensch, dem man am meisten vertraut, als geisteskrank bezeichnet und das auch noch ernst meint. Als ich dir schrieb, dass ich diese Sätze niemals vergessen werde, habe ich nicht übertrieben. Die Frage ist, ob man lernen kann, mit der Erinnerung zu leben.

Aber diese Frage hatte sich im nächsten Moment auch schon wieder erübrigt. Ich bedankte mich für die Einladung ins Kino, sagte, dass ich es mir überlegen werde und dass es ohnehin in nächster Zeit nicht möglich sei, weil ich ab kommender Woche erst mal für eine Weile nicht da sei. Basti schwieg. Als er weitersprach, war seine Stimme belegt. Wieso das?, fragte er. Ich sei doch immer da. Ich könne doch gar nicht weg. Es sei völlig ausgeschlossen, dass ich mit ihm und den Kindern auch nur für ein paar Tage an die Müritz fahre, weil mich der Hof niemals aus seinen Fängen lasse. Wieso könne ich da ab kommender Woche eine Weile nicht da sein? Ob er sich vielleicht verhört habe?

Er wartete, dass ich mich erkläre, aber ich schwieg. Ich konnte das nicht, verstehst du, Stefan? Ich konnte ihm nicht die Wahrheit sagen. Ich wusste genau, was kommen würde, wenn ich ihm erzählte, dass ich zu dir fahre. Er würde sofort wieder ausrasten. Seine Entschuldigungen zurücknehmen, seine Beleidigungen wiederholen und mir ein weiteres Mal mit Scheidung und Sorgerechtsentzug drohen. Ich will das nicht mehr. Ich will mich nicht rechtfertigen. Es ist mir wichtig, nach Hamburg zu fahren. Ich brauche diese Auszeit, und solange ich nicht rausgefunden habe, was zwischen uns beiden ist, wird es auch mit meiner Ehe nicht weitergehen. Vielleicht wird es ja ein kurzer Besuch. Vielleicht sitze ich schon am zweiten Tag wieder im Auto auf dem Weg zurück nach Brandenburg, weil sich ein weiteres Mal herausgestellt hat, dass wir beide uns – wenn überhaupt – nur in digitalen Räumen gut verstehen.

Jedenfalls schwieg ich hartnäckig und sagte dann nur, dass ich die Kinder wie gewohnt jedes Wochenende holen werde, dass ich mich um alles gekümmert habe und er sich keine Sorgen machen müsse. Aber er hat es sowieso gleich gewusst. Ich musste gar nichts sagen. Er wusste sofort, dass ich nicht ins Yoga-Retreat fahre, sondern nach Hamburg. Er hat mir nie geglaubt, dass beim letzten Treffen mit dir nichts passiert ist. Er ließ mich stehen und ging ins Haus, wie es so seine Art ist. Entweder draufhauen oder wegrennen. Sich im Schlafzimmer einsperren, aus dem gemeinsamen Haus ausziehen, mich im Vorgarten stehen lassen. Entweder alles läuft bestens, oder der Rollladen geht runter. Vielleicht ist es das, Stefan, was ich an dir so mag: Wir können uns streiten, und danach bist du immer noch da.

Jedenfalls ist mir die Lust auf Hokkaido erst einmal vergangen. Ich habe so die Nase voll davon, mich schuldig zu fühlen. Was hätte ich denn anders machen sollen? Den Hof verkaufen? Oder dem Rat von Herrn Puls folgen und auf Energiemais umstellen, um am Ende so kaputt zu sein wie Lars? Deine Mails nicht beantworten? Eva nicht bei mir wohnen lassen? Nicht mit den Leuten von Green Redemption sprechen? Wo ist denn der Kardinalfehler, an welcher Stelle genau habe ich alles falsch gemacht?

Basti kann mich mal. Es tut wirklich weh, ihn ziehen zu lassen. Er ist ein wunderbarer Mensch, und mein Kopf ist voller Erinnerungen, die genau das beweisen. Seine Engelsgeduld beim Fußballspielen mit den Kindern. Seine Hilfsbereitschaft gegenüber den Nachbarn. Seine gute Laune morgens beim Aufstehen. Mit welcher Hingabe er das Baumhaus für die Jungs gebaut hat. Dazu sein gutes Aussehen, das mich jedes Mal wieder vom Hocker haut, wenn ich ihn eine Weile nicht gesehen habe. Es gibt tausend Gründe, diese Ehe zu retten. Aber nicht um den Preis, dass ich mich weiter rechtfertigen muss. Und mir am Ende wieder sagen lasse, ich hätte den Verstand verloren.

Stefan, lass uns einen Pakt schmieden. Er lautet: Scheiß auf Karl Jaspers. Niemand ist an irgendetwas schuld. Wir haben versucht, unsere Ziele zu verfolgen, unseren Prinzipien treu zu bleiben, und wir sind vielleicht gescheitert. Aber an den Verhältnissen, nicht an uns selbst. Ab jetzt fragen wir uns, was schön ist, und nicht, was richtig ist. Vielleicht ist das ohnehin das Einzige, was man für die Welt tun kann: ein bisschen Schönheit hineinbringen.

Love, T.

END PGP SIGNATURE

Montag, 12. September

11:01 Uhr, Stefan per E-Mail:

BEGIN PGP SIGNED MESSAGE

Ich unterzeichne hiermit deinen Pakt. Das Projekt, es allen recht machen zu wollen, ist vollkommen aussichtslos. Der Glaube, den Platz, an dem man steht, nicht verlassen zu dürfen, weil sonst das Weltgefüge zusammenbricht, ist außerdem reiner Narzissmus. Du hast es schon gesagt: Niemand ist unersetzbar, und niemand hat einen heiligen Auftrag, an dem er sich versündigt, wenn er nicht Tag und Nacht kämpft. Ich will gewiss nicht zum HEFTIG-Hedonismus der späten Neunziger zurückkehren. Das ist unmöglich angesichts der Probleme, denen die Welt gegenübersteht. Ich will auch nicht wie die Kapelle auf der *Titanic* sein, die munter weiterspielt, während der ganze Laden sinkt. Aber ich habe auch keine Lust mehr, mir einzureden, ich allein sei für das Wegräumen des Eisbergs zuständig, weil niemand anders den Ernst der Lage kapiert. Wenn man aus mittlerer Distanz beobachtet, wie alle das Richtige und Beste für die gemeinsame Zukunft wollen und sich dabei immer mehr hassen, ständig empört, verletzt und beleidigt sind – dann kann mit dem Wollen etwas nicht stimmen. Vielleicht ist

es manchmal besser, »nein« zum Kampf zu sagen, statt ihn gewinnen zu wollen. Stell dir vor, es ist Shitstorm und keiner macht mit. Anders gesagt: Wenn öffentliche Kommunikation der Treibstoff der Polarisierung ist, wird man die fortschreitende Polarisierung nicht mit öffentlicher Kommunikation stoppen können.
Von der Schönheit, nicht mehr schuldig zu werden: Heidegger hätte es vielleicht das »jemeinige Außerhalb-Sein« genannt. Wenn DvB mich rausschmeißen will, dann komme ich ihr zuvor. Ich kündige. Krasser Satz. Sind krasse Sätze immer so kurz? Ich sterbe. Ich lebe. Ich kündige. So wird es dann auch in der Pressemitteilung stehen. Nicht: Nach skandalöser E-Mail muss Stefan Jordan seinen Posten räumen. Sondern: Nach eklatanter Selbstverletzung von Tami Sota legt stellvertretender Chefredakteur seinen Posten aus Protest nieder. Crash Boom Bang. Das ist das Zeichen, das ich gesucht habe. Danach kann das Leben weitergehen.

END PGP SIGNATURE

21:42 Uhr, Kuhschwester79 per Telegram: Schlag ein, Bruder. Wir schmeißen die Brocken hin. Am besten brennen wir dann auch gleich durch. Nach Palermo oder so.

21:59 Uhr, Mercurius per Telegram: Oder an den Bodensee. Zurück in die Vergangenheit. Noch einmal zusammen in Nussdorf Boot fahren, am Ufer picknicken, planlos bei Martin Walser klingeln. Meinetwegen können wir auch wieder auf dem Campingplatz übernachten.

22:05 Uhr, Kuhschwester79 per Telegram: Tatsache. Das könnten wir wirklich machen. Niemand hindert uns, nichts steht im Weg. Ich könnte dich in Hamburg abholen, und wir fahren zusammen nach Konstanz. Stundenlang auf der Autobahn, stundenlang reden, Kaffee an den Raststätten.

22:12 Uhr, Mercurius per Telegram: Ich kann mir nichts Schöneres vorstellen. Ist es nicht verrückt, dass wir das alles schon hatten – und dass wir es damals gar nicht richtig zu schätzen wussten? Weil wir jung waren und uns nicht vorstellen konnten, dass es jemals anders sein würde? Jetzt bekommen wir eine zweite Chance. Das ist ein großes, unfassbar seltenes Glück.

22:18 Uhr, Kuhschwester79 per Telegram: Musste mich hinsetzen. Stelle fest, dass ich ein wenig überrumpelt bin. An Katastrophen verschiedener Größe bin ich gewöhnt. Die Überrumpelung durch etwas Schönes macht mich fertig. So fühlt es sich also an, wenn man sich auf etwas freut. Hatte ich vergessen.

22:22 Uhr, Mercurius per Telegram: Ich stelle mir vor, du wärest schon hier. Ich nehme deine Hände, die so viel geschafft haben, in meine. Ich ziehe dich zu mir, deinen Kopf an meine Schulter. Ich rieche den unverwechselbaren Theresa-Duft, den ich so mag. Ruh dich aus. Schließ die Augen.

22:27 Uhr, Kuhschwester79 per Telegram: Mach ich. Augen sind zu. Ich lehne mich an dich. Sofort werden wir eins. Als wäre da nichts, was uns trennt. Als du etwas flüsterst, klingt es, als hörte ich deine Stimme in meinem Kopf.

22:30 Uhr, Mercurius per Telegram: Ich flüstere: Lass es uns versuchen, Theresa. Lass uns einfach gucken, was kommt.

22:33 Uhr, Kuhschwester79 per Telegram: Du ziehst mich auf deinen Schoß.

22:35 Uhr, Mercurius per Telegram: Ich stehe auf und hebe dich mit hoch.

22:40 Uhr, Kuhschwester79 per Telegram: Ich habe Arme und Beine um dich geschlungen.

22:41 Uhr, Mercurius per Telegram: Ich trage dich aus der Küche.

22:48 Uhr, Kuhschwester79 per Telegram: Trag mich.

Dienstag, 13. September

19:02 Uhr, Stefan per E-Mail:

BEGIN PGP SIGNED MESSAGE

Hallo Theresa,

es kommt ja irgendwie immer anders, als man denkt. Blöder Spruch, aber verdammt wahr. Bei mir hat sich heute ganz überraschend etwas geändert, und ich hoffe sehr, dass du deswegen nicht wütend auf mich sein wirst. Aber ich denke, wenn ich erzähle, was genau abgelaufen ist, wirst du es verstehen.

Ich hatte heute das Treffen mit DvB, und ich hatte die Sätze, die ich ihr sagen wollte, auswendig im Kopf. Liebe Frau von Bargen, nach reiflicher Überlegung habe ich mich entschieden … Es ist besser für alle Beteiligten … Es ist wichtig, ein Zeichen zu setzen … Et cetera pp. Ich glaube, ich war ziemlich nervös. Oder vielleicht eher durcheinander. Es ist nicht leicht, die erste Hälfte des Lebens in einem einzigen Moment zu beenden und allem »auf Wiedersehen« zu sagen, was einen in den letzten Jahrzehnten geprägt hat. Was man geliebt hat, worauf man stolz gewesen ist. Ich ließ mir jedenfalls mächtig Zeit mit der Anreise. Statt einfach die Bahn zu nehmen, bin ich vormittags zu den Landungsbrücken gefahren und dort auf die Fähre nach Övelgönne gestiegen. Einmal den Blick weiten, auf Abstand gehen. Ich habe mir vorgestellt, du wärst bei mir, und das Boot (Name natürlich »Die große Freiheit«) würde einfach immer weiter die Elbe hinunterfahren, an Cuxhaven vorbei in die Nordsee, Helgoland passieren und schließlich volle Kraft voraus ins Endlose. Schönheit statt Schuld.

Seit ich in Hamburg wohne, ärgere ich mich darüber, dass man mit den HVV-Fähren nicht vom Zentrum bis nach Blankenese durchfahren kann. Övelgönne ist Endstation, warum auch immer. Vermutlich wollen die Reichen nicht, dass der Pöbel sie auf direktem Weg ansteuern kann. Heute habe ich mich zum ersten Mal über diese acht Kilometer lange Lücke im Streckennetz gefreut. Auf dem zweistündigen Fußmarsch habe ich mich noch einmal gefragt, ob es sich richtig anfühlt, mein Schicksal auf diese Weise in die Hand zu nehmen, den Ereignissen zuvorzukommen, einen Schlusspunkt zu setzen. Ich habe an Tami gedacht, an dich und an Sota. Mit jedem Schritt wurde ich sicherer. Meine Schultern sanken herab, mein Atem ging tiefer. Auf einmal ließ die Trauer nach, und Freude breitete sich in mir aus. Vorfreude auf das, was kommt.

Als ich schließlich die Stufen des Treppenviertels erklommen hatte, war ich bereit, dem BOTEN für immer den Rücken zu kehren. Aber ziemlich außer Atem. Es würde ein paar Minuten dauern, bis ich in der Lage wäre, mein Sprüchlein souverän aufzusagen. Ich hoffte inständig, dass mir DvB nicht zuvorkommen würde.

Aber als mich die Haushälterin auf die Terrasse geführt hatte, verschlug es mir aus ganz anderen Gründen die Sprache. DvB saß mit einem Glas Sherry im vermutlich größten Korbstuhl Norddeutschlands – und neben ihr stand Carla al-Saed. Mit Carlas Anwesenheit hatte ich nun wahrlich nicht gerechnet. Sie sah wie immer großartig aus mit ihrem eleganten Hosenanzug und den gelben Turnschuhen (diesmal *Nike Internationalist*). Eine echte Erscheinung, die hier allerdings absolut nichts zu suchen hatte. Am seltsamsten war, dass DvB und Carla überhaupt nicht wie Frauen wirkten, die im Begriff stehen, einem langjährigen Mitarbeiter den Laufpass zu geben. Sie blickten weder streng noch traurig, noch mitleidig oder triumphierend, sondern eher – heiter und gelöst. Carla zwinkerte mir zu. Zumindest glaube ich, dass es so war. Ich habe reflexhaft zurückgezwinkert, auch wenn ich mich fühlte, als hätte ich eine Karte für den falschen Kinosaal gebucht.

»Wie schön, dass Sie da sind, Stefan!«, rief DvB fröhlich, und diese Begrüßung gab mir den Rest. Ich kenne die Frau lange genug, um zu wissen, wie sie drauf ist, wenn sie im Krisenmodus agiert. Dann verwandelt sie sich in eine Mischung aus Margot Honecker und Margaret Thatcher. Was definitiv nicht zum Krisenmodus gehört, sind Sonnenterrasse, Sherry und Horsd'œuvre von *Ahrend*. DvBs gute Laune war echt. Die Oberfläche meines Bewusstseins leerte sich wie das Display eines Geräts, das auf Standby geht. Die vorgefertigten Sätze verwandelten sich in ein leises Summen.

Ich erwiderte etwas Höfliches und gab DvB die Hand, dann kam Carla auf mich zu, nahm mich in den Arm und wiegte

mich ein bisschen hin und her, als hätten wir gerade gemeinsam bei *Wetten, dass..?* gewonnen. Über ihre Schulter sah ich, wie DvB uns beobachtete. Sie lächelte wohlwollend, zufrieden, ja, stolz, und plötzlich hatte ich das Gefühl, ich sei in das Happy End eines Jane-Austen-Dramas geraten. Die jungen Beteiligten einer arrangierten Ehe haben gerade herausgefunden, dass sie sich tatsächlich lieben, die alte Gräfin lächelt entzückt, ihr Reich wird nicht untergehen, sondern wachsen und gedeihen immerdar, alle sind begeistert, schmalzige Musik, Schnitt auf die idyllischen Hügel von Blankenese, Abspann.
Kurz darauf saßen wir am Tisch, stießen mit *Veuve Clicquot Rosé* an und aßen Reibekuchen-Burger mit Räucherlachs in Dill-Gin-Marinade. Ich hatte noch keine zwei zusammenhängenden Sätze herausbekommen. Stattdessen sprach DvB. Sie freue sich, dass dieses Treffen so schnell zustande gekommen sei. Man müsse nicht groß drum herumreden, die Zeiten seien nicht leicht, aber seit Helmut Schmidt wisse man ja, dass sich der Charakter in der Krise beweise. Um gleich mit der Tür ins Haus zu fallen: Es habe im Verlag in den letzten Tagen intensive Gespräche gegeben, und es habe bald Einigkeit darüber geherrscht, dass ich ein würdiger Nachfolger auf dem Posten des Chefredakteurs sei, nicht als Notlösung nach dem tragischen Abschied von Flori Sota, sondern als echter Wunschkandidat auf lange Sicht. Als neuer Kapitän auf der Brücke eines starken Schiffs, das zwar ein paar Klippen umschiffen müsse, aber et cetera, et cetera. In diesem Sinne also einen ganz herzlichen Glückwunsch.
DvB und Carla strahlten mich an, ich machte vermutlich ein Gesicht wie Jim Carrey, wenn ihm ein Vorschlaghammer auf den Fuß fällt. Die Gläser wurden erhoben, ich stieß an und trank wie ein Roboter.

So viel zum »jemeinigen Außerhalb-Sein«. Du fragst dich sicher, warum ich den beiden in diesem Augenblick nicht gesagt habe, dass ich raus bin. Dass ich mich gegen den BOTEN entschieden habe. Dass ich nach allem, was geschehen ist, noch einmal neu anfangen will. Dass ich in einem Betrieb keine Zukunft sehe, in dem Witze geleakt und private E-Mails geklaut werden, um sich gegenseitig jenseits aller Schmerz- und Schamgrenzen in die Pfanne zu hauen.
Ich war einfach total überrumpelt, und dann verstieg sich DvB, die die ganze Zeit weitergeredet hatte und offensichtlich versuchte, mir keine Zeit zum Nachdenken zu lassen, zu einem Ausruf, der plötzlich alles in neuem Licht erscheinen ließ. Sie stand aus ihrem Sessel auf, breitete die Arme aus, als wollte sie Carla und mich segnen, und rief: »Ihr seid einfach so ein Traumpaar. Das Traumpaar der Nation!«
Da begriff ich plötzlich, was sie soeben verkündet hatte. Einen wirklich genialen Plan. Sie wollte nicht nur mich, sondern auch Carla auf Sotas frei gewordenen Sessel befördern. Eine Doppelspitze, hyper-fortschrittlich, hyper-vorbildlich, hyper-up-to-date.
Es gehe darum, aus der Not eine Tugend zu machen, erklärte DvB. Statt weiter gegen Shitstorms anzukämpfen, wolle sie das Schiff blitzschnell wenden und vor dem Wind allen anderen davonsegeln. Hinzu komme eine spektakuläre Umbenennung der Zeitung: Der BOTE solle zur BOT*IN werden. Das sei ein Symbol von enormer Durchschlagskraft. Unter neuer Flagge werde die BOT*IN auf Überholkurs in die Zukunft streben. Carla und ich auf der Kapitänsbrücke – das sei eine rauschende Hochzeit zwischen heute und morgen, zwischen Frau und Mann, zwischen Schwarz und Weiß, zwischen Alt und Neu. Das werde riesige Aufmerksamkeit bringen, einen Candy-Storm von ungeahntem Ausmaß.

Auch wenn es das Gegenteil von dem darstellte, wofür ich hergekommen war, erkannte ich die Größe dieser Idee auf den ersten Blick. Gemeinsam stehen Carla und ich für Tradition und Aufbruch, Print und digital, Bürgerlichkeit und migrantische Teilhabe, für Geschlechterparität und Gleichberechtigung, für journalistische Qualität und politische Haltung. Gemeinsam symbolisieren wir sämtliche Strömungen, decken alle Zielgruppen ab, sprechen verschiedenste Netzwerke und Communities an. Eine solche Reform ist kein umfassender Relaunch, keine Neuerfindung des Journalismus durch Hinwendung zum flächendeckenden Politaktivismus, sondern eine wohlabgewogene Synthese aus allem, was Gegenwart und Zukunft von uns verlangen. DvB hat zweifellos Recht: Carla und ich sind das journalistische Traumpaar der Nation. Dazu die Umbenennung mit Gendersternchen, die auf das neue Modell wunderbar passt ... Die Herausgeber*innen sämtlicher Konkurrenzblätter werden sich vor Wut in den Hintern beißen, weil sie nicht selbst darauf gekommen sind.
Das Wunderbare ist: Mit dieser Entscheidung erhalten wir die Deutungshoheit zurück. Wir können die ganzen letzten Wochen umschreiben. Von einer Geschichte des Scheiterns in eine Geschichte des Triumphs. Sotas Rückzug wäre dann keine Kapitulation mehr, sondern das Öffnen einer Tür in die neue Zeit. Ich wäre kein Frauenschläger, sondern strahlender Teil der ersten diversen Doppelspitze einer großen deutschen Zeitung. Und so weiter.
Das alles ging mir durch den Kopf, während mich DvB lächelnd beobachtete.
»Falls Sie sich Sorgen machen wegen Ihrer beschädigten Reputation, Herr Jordan«, sagte sie schließlich, »wir haben die besten Medienanwälte des Landes damit beauftragt, Ihre beinahe weiße Weste nach möglichen weiteren Flecken

abzusuchen.« Die Kanzlei *Lohkamp & Partner* werde sich bei mir melden, einen ausgiebigen Faktencheck durchführen und danach die Transition medienrechtlich begleiten. Das war es also. Die Top-Anwält*innen in Maßklamotten hatten gar nicht den Auftrag, meine Kündigung auszuarbeiten. Sondern mein gesamtes Kommunikationsverhalten der letzten Jahre auf mögliche Schwachstellen zu überprüfen. Löschungen zu erwirken, Sprachregelungen zu erfinden, den neuen Chefredakteur der BOT*IN wasserdicht zu machen.

Im Übrigen, fuhr DvB fort, könne ich mir sicher sein, dass nicht nur Vorstand, Geschäftsführung und Herausgeberschaft, sondern auch sämtliche Redaktionen von dieser Entscheidung begeistert sein würden. Carla und ich seien die personifizierte Integration, eine symbolische Versöhnung, was in die Gesellschaft hinaus, aber auch in die Zeitung hineinwirken werde.

Carla grinste breit. »Na, Stevie, wie findest du das? Du und ich?«

Nicht »Stefan«, sondern »Stevie«. Es war völlig klar, wer die wahre Kapitänin auf der gemeinsamen Brücke sein würde. Fehlte nur, dass sie mich »Schätzchen« genannt hätte. Dabei brauchte es solche Dominanzgesten gar nicht. Ich wusste ohnehin sofort, dass sie mich innerhalb eines solchen Arrangements jederzeit in die Tasche stecken kann. Sie steht auf der Siegerseite, ich bin auf Bewährung. Vor drei Monaten war Carla noch Führungskraft in der Berliner Online-Redaktion. Jetzt steht sie kurz davor, in Hamburg Chefredakteurin auf dem Flaggschiff zu werden. Ich weiß nicht, wie viel sie geplant hat und wie viel ihr einfach in den Schoß gefallen ist. Schon denkbar, dass sie uns alle wie Schachfiguren auf dem Brett hin- und hergeschoben hat. Leonie, die dafür sorgt, dass Sota öffentlich zur

Strecke gebracht wird. DvB, die notorisch zwischen den Fronten laviert. Die Vorstände, die Angst um ihre Auflagenzahl haben. Einen Web-Administrator, der durchsickern lässt, dass der stellvertretende Chefredakteur versucht, Teile seines Mailverkehrs zu löschen. Mr. oder Mrs. X, der/die eine belastende Mail an die Presse herausgibt, so dass Zeitung und Führung ein weiteres Mal schwer beschädigt werden. Dazu ein Vögelchen, dass DvB die Idee mit der Doppelspitze zuzwitschert. Wer weiß, was Carla gemacht hat, wo ihr der Zufall half, an welcher Stelle sie schlauer war als der Rest der Welt – es ist vollkommen gleichgültig. Wahrscheinlich wird ihr nächster Coup sein, Online und Print miteinander zu verheiraten, um sich die digitale BOT*IN auch noch einzuverleiben. Vielleicht wird sie mich danach loswerden – oder vielleicht bin ich weiterhin wichtig für sie, und wir werden zwei Jahrzehnte lang effektiv und erfolgreich zusammenarbeiten. Wie auch immer – es ist nicht Carlas Schuld. Es ist der natürliche Gang der Dinge. Sota und ich sind Vergangenheit, Carla ist die Zukunft. Sie grinste völlig zu Recht.

Mit einem Mal lag alles klar vor mir. Meine Lebensaufgabe besteht darin, einer neuen Epoche in die Schuhe zu helfen. Weil es nicht nur das Beste für die Zeitung ist, sondern das Beste fürs ganze Land. Carla und ich können der ganzen Nation zeigen, wie es geht. Wie unser gemeinsamer Weg aussehen kann: nicht im Schützengraben, sondern mit hochgekrempelten Ärmeln Hand in Hand. *Das* ist Schönheit. *Das* ist das Zeichen, das ich setzen kann.

In diesem Augenblick erschien eine weitere Figur auf unserer seltsamen Bühne. Von DvBs Terrasse aus konnte ich ihn sehen, wie er die Stufen des Treppenviertels hinaufschritt. Irgendetwas sagte mir, dass dieser Mann zu uns wollte, obwohl ich erst nicht begriff, wer er war. Ein älterer

Herr mit kurz geschorenen Haaren, klein, sehr hager, in Jeans und einem strahlend weißen Hemd mit aufgerollten Ärmeln. Dazu eine schwarze, absolut blickdichte Sonnenbrille. Als er auf die Terrasse spazierte, als wäre er hier zu Hause, sagte DvB: »Auch schon da?«, und Carla begrüßte ihn mit einem ironischen Salutieren. Er ignorierte die Damen, kam auf mich zu, nahm meine Rechte in seine beiden, schüttelte sie überschwänglich und gratulierte mir mit den Worten: »Der Herr Jordan, endlich am Ziel, Glückwunsch-Glückwunsch, wer hätte das gedacht.«

Theresa, du wirst es nicht glauben, aber ich habe ihn erst in diesem Moment erkannt. Nicht, dass er komplett anders ausgesehen hätte als vor ein paar Wochen. Aber die extrem kurzen Haare, die fehlende Rolex am Handgelenk, die Sonnenbrille (Sota hat Sonnenbrillen immer gehasst) und die aufgerollten Ärmel (Sota hätte sich lieber die Arme abgehackt, als die Ärmel aufzurollen) ... Und da war noch etwas anderes. Eine Anspannung. Eine Härte. Wie ein inneres Zittern. Verschwunden seine stadtbekannte Lässigkeit, die Geschmeidigkeit und Eleganz seiner Bewegungen. Er wirkte wie ein Mann, der eine fulminante Verunsicherung durch hohen Energieeinsatz bekämpft. Als ich ihn fragte, wie es ihm gehe, sagte er: »Gut-gut«, und: »Prächtig-prächtig«, und diese gedoppelten Worthülsen erschreckten mich vielleicht am meisten. Als ich nach Rieke und Tami fragte, reagierte er nicht. Stattdessen ließ er sich in einen der Korbsessel fallen und füllte sich ein Glas bis unter den Rand mit Champagner. Vielleicht hatte er auch schon getrunken, bevor er zu uns kam.

»Du bist eine halbe Stunde zu spät«, sagte DvB, die Unpünktlichkeit hasst.

»Es ist nie zu spät, den Weg der Liebe zu gehen«, erwiderte Sota. Ich hatte das Gefühl, dass er mich hinter seiner Sonnenbrille unverwandt anstarrte. Tatsächlich sprach er die nächsten Sätze zu mir. »Ich bin hier, weil die Damen sich Sorgen machen, du könntest zu zimperlich sein, um mit beiden Händen nach deinem Traumjob zu greifen. Sie haben mich gebeten, dir zu sagen, wie sehr ich mich freue, dass du mein Nachfolger wirst. Du wirst mein Lebenswerk bewahren, mein Erbe ehren, mein Gedenken pflegen und uns alle in eine grandiose Zukunft führen. Prost, Jordan.«

Er hielt sein Glas hoch, und ich stieß an, weil ich nicht wusste, was ich sonst tun sollte. Er hat mich noch nie »Jordan« genannt. Es tat weh. Nicht, weil er mich offensichtlich seine Verachtung spüren lassen wollte. Nicht, weil er glaubte, ich sei ein schamloser Nutznießer seines Unglücks. Sondern weil man den echten Sota entfernt und durch eine Sota-Puppe ersetzt hatte. Der echte Sota hätte niemals zynische Reden geschwungen. Er hätte auch niemals ein Glas Champagner in einem Zug ausgetrunken. Den echten Sota gab es nicht mehr. Sie hatten ihn zerbröselt, sie hatten ihn in ein irrwitziges Zerrbild seiner selbst verwandelt. Übrig blieben ein festgefrorenes Lächeln unterhalb der Sonnenbrille und der banale Sarkasmus eines Mannes, der sich mit Niederlagen nicht auskennt.

Ich wollte ihm sagen, dass die Doppelspitze mit Carla nicht mein Traumjob sei, dass ich nur versuchte, einer Verantwortung gerecht zu werden. Dass ich die Stelle niemals antreten würde, wenn ich wüsste, dass er dagegen sei. Aber er wandte sich schon DvB und Carla zu und plauderte mit ihnen über das geplante Datum seiner Abreise und die neue Hyperrealismus-Ausstellung im La Boverie in Liège. Ich saß schweigend dabei und litt unter dem Gefühl, dass Sotas Augen insgeheim weiterhin auf mich gerichtet waren.

Ein historischer Dreimaster fuhr die Elbe hinunter, die Sonne stand hoch am Himmel. Mir war ein wenig schwindelig, was sicher nicht nur am Champagner lag. DvB wollte mir für den Rückweg ein Taxi rufen, aber ich habe abgelehnt und bin wieder nach Övelgönne zurückgelaufen. Ich fühlte mich traurig und fröhlich zugleich. Einmal ertappte ich mich selbst beim Lächeln, einmal hätte ich fast geweint. Ob ich das Richtige getan habe, Theresa? Keine Ahnung. Ich will's gar nicht wissen.

Das Einzige, was ich jetzt will, ist, dass du mir nicht böse bist. Es tut mir leid, dass wir nun doch nicht gemeinsam die Brocken hinschmeißen. Es war wirklich eine wunderschöne Vorstellung: Wie wir beide unsere alten Leben loslassen, um gemeinsam aufzubrechen in eine Zukunft, von der man noch nicht einmal die Konturen sieht. Einmal erleben, wovon sich die Menschheit so viel erzählt: Freiheit. Offen zu sein für alles, was kommt. Ich hatte wirklich vor, diesen Schritt zu wagen und mit dir gemeinsam neu anzufangen, ganz egal, was dabei herausgekommen wäre. Aber nun hat sich die Sachlage überraschend geändert, und vielleicht zeigt das vor allem, dass der Traum von der totalen Freiheit doch ein bisschen vermessen war. Anscheinend kann ich nicht so ohne Weiteres aus meiner professionellen Haut. Es gibt da etwas, das mir sehr wichtig ist. Der Journalismus war für mich schon immer mehr Berufung als Beruf, und die Einladung zu einem so fulminanten Neustart kann ich schlichtweg nicht ausschlagen. Statt dem BOTEN den Rücken zu kehren, drücke ich also die BOT*IN umso fester ans Herz.

Aber das muss nichts heißen, Theresa. Wir können es trotzdem miteinander versuchen. Nach Konstanz zu fahren ist zwar in den kommenden Wochen erst einmal nicht drin. Mir steht eine extra-intensive Zeit bevor. Aber du kannst trotzdem sehr gern nach Hamburg kommen, auch wenn ich nicht so viel zu Hause sein werde. Du kannst bei mir wohnen, und wir werden am Küchentisch sitzen. Es ist mir wichtig, dass du weißt: Das Ganze hat wirklich überhaupt nichts mit dir zu tun.

Liebe Grüße, dein Stefan

END PGP SIGNATURE

20:04 Uhr, Kuhschwester79 per Telegram: Traumpaar? Du und Carla? Ernsthaft?

20:12 Uhr, Mercurius per Telegram: Bist du eifersüchtig, Theresa? Das mit Carla ist doch nur eine Metapher, ein Signal hinaus in die bundesrepublikanische Wirklichkeit!

20:20 Uhr, Kuhschwester79 per Telegram: Oh Mann, Stevie, ich dachte wirklich, du hättest etwas gelernt. Du wärst anders geworden, reifer, erwachsener. Ich dachte, ich hätte einen Menschen gefunden bzw. wiedergefunden, mit dem ich ehrlich über den Zustand der Welt reden kann, über das, was unerträglich ist, über Dinge, die sich ändern müssen. Ich dachte, wir meinten, was wir sagten.

20:25 Uhr, Mercurius per Telegram: Das tun wir doch auch, Theresa. Ich habe immer alles gemeint, wie ich es sagte. Vor allem in Bezug auf dich. Auf das, was du mir bedeutest. Der neue Job hat doch nichts mit dem zu tun, was wir miteinander teilen!

20:37 Uhr, Kuhschwester79 per Telegram: Ich habe mich wohl getäuscht. Du bist und bleibst ein Wimp. Du erkennst ja sogar, dass sie dich verarschen. Sie wollen dich als Marionette. Du sollst Teil einer Scharade werden, mit der man sich ein weiteres Mal als »die Guten« inszeniert, um den

Wahnsinn in die nächste Runde zu treiben. Und du sagst »danke« und machst mit. Statt das Schlachtfeld zu verlassen, freust du dich, mal wieder auf der Seite mit der dicksten Haubitze zu stehen. So bist du eben, Stevie: Wenn man dir einen leckeren Happen vor die Nase hält, fängst du an zu hecheln und läufst hinterher.

20:49 Uhr, Mercurius per Telegram: »Lecker« würde ich nicht unbedingt sagen. Es handelt sich um einen ziemlich bitteren Happen. Aber groß ist er, das stimmt. Unmöglich zu ignorieren.

20:51 Uhr, Kuhschwester79 per Telegram: Große Happen sind im Grunde kein Problem. Jeder hat ein Recht auf seine Eitelkeit, seine Karriereträume, seine Verführbarkeit. Jeder hat ein Recht auf seine wahre Persönlichkeit. Das Problem ist dein Geschwätz der letzten Wochen. Die ganzen Einsichten, die neuen Erkenntnisse, die berechtigten Zweifel am System. Wie war das? »Wenn öffentliche Kommunikation der Treibstoff der Polarisierung ist, wird man die fortschreitende Polarisierung nicht mit öffentlicher Kommunikation stoppen können.« Ein Schlüsselsatz. Aber für dich nur Schall und Rauch. Das Problem ist, dass ich dir geglaubt habe. Mein Fehler. Ich hätte es besser wissen müssen.

21:12 Uhr, Mercurius per Telegram: Theresa, ich glaube, das ist jetzt nur eine Momentaufnahme. Du bist enttäuscht, weil wir nicht nach Konstanz fahren. Das bin ich auch. Ich verspreche, dass wir das nachholen. Weißt du was? Vielleicht kannst du ja jetzt schon nach Hamburg kommen. Noch heute? Oder morgen? Dann können wir persönlich über das Ganze reden. Wir können es klären.

21:18 Uhr, Kuhschwester79 per Telegram: Stell dir mal eine Welt vor, in der ich keine Lust mehr habe, über »das Ganze« zu reden. Weil »das Ganze« immer nur du bist. Deine Probleme, dein Drama, dein Wunschkonzert, das du mit der Wirklichkeit verwechselst.

21:19 Uhr, Mercurius per Telegram: Es gibt auch eine Welt, in der es nervt, dass du mir immer nur Vorwürfe machst, statt mir einmal den Rücken zu stärken. Wir reden übrigens genauso viel über dich und deine Themen.

21:50 Uhr, Mercurius per Telegram: Tessa?

23:33 Uhr, Mercurius per Telegram: Kannst du nicht einfach herkommen? Sofort?

Donnerstag, 15. September

15:03 Uhr, Theresa per E-Mail:

BEGIN PGP SIGNED MESSAGE

Lieber Stefan,

meine Welt hat heute aufgehört zu existieren. Es war sicher keine optimale Welt, aber es war *meine*, und jetzt, wo ich hier sitze, in meinem Arbeitszimmer im leeren Haus, während vor dem offenen Fenster die Spatzen zanken und eine Katze betont lässig durch den Garten spaziert – jetzt merke ich, wie sehr ich diese Welt trotz allem geliebt habe. Aber eine Tür ist zugefallen, und der Knall erzeugt ein Echo, das lange nachhallen wird, vielleicht für immer.

Es ist etwas passiert. Etwas Furchtbares, das ich nicht verarbeiten kann. Es steht im Raum wie ... wie ein Denkmal mit hässlicher Fratze, das niemals jemand abreißen wird, das nirgendwohin passt, um das ich künftig herumleben muss, was mir momentan völlig unmöglich erscheint.
Ich bin noch einmal nach Bracken gefahren. Ich konnte nicht anders. Eigentlich wollte ich nie wieder mit Lars sprechen, keine Entschuldigungen hören, nichts verzeihen müssen. Aber dann hat es mir doch keine Ruhe gelassen. Er ist doch mein Freund. Ich kenne ihn fast mein ganzes Leben lang. Sein Vater und mein Vater haben sich nach der Wende gegenseitig geholfen, wenn Not am Mann war, und wir Jüngeren haben es genauso gehalten. Lars gehört zum Inventar. Er hat Scheiße gebaut, er ist ein unsäglicher Vollidiot, aber das ist kein Grund, ihn zu canceln. Letztlich geht es doch nur um Geld. Eine Fiktion. Ein Spiel. Vollkommen bedeutungslos. Wir können uns jederzeit entscheiden, andere Dinge wichtiger zu finden, und genau das wollte ich tun. Ich wollte mich für die Freundschaft entscheiden.
Es war ein spontaner Entschluss. Ich hatte gerade zwei Stunden mit vier Kleinpächtern Kaffee getrunken, um die Pachttauschverträge zu erneuern. Als wir uns im leichten Koffeinrausch voneinander verabschiedet hatten, dachte ich plötzlich: Ich fahre mal schnell nach Bracken. Jetzt bin ich eh schon drin im Kaffeetrinken, da geht auch noch einer mit Lars. Paar derbe Sprüche, bisschen Schulterklopfen, verstohlen die Augen wischen und ein paar Sätze über das elende Wetter – und dann Schwamm drüber. Alles soll weitergehen wie zuvor. Dachte ich.
Während der Fahrt habe ich an dich gedacht. Ich bin immer noch wütend auf dich, dabei sollte ich vor allem auf mich selbst wütend sein. Der Depp bin ich. Normalerweise lege ich solchen Wert auf Sachlichkeit, aber von dir habe ich

mich voll aufs Glatteis führen lassen. Ein digitaler Flirt, ein bisschen träumen. Ponyhof für Erwachsene. Selbst schuld, wer sich so etwas erlaubt. Schon bald klopft die Realität an, tippt sich an die Mütze und nimmt einen von beiden mit. Oder gleich beide. Oder die Realität schmeißt eine taktische Bombe, so, wie es nun passiert ist. Und schon ist jeder denkbare Ponyhof dem Erdboden gleichgemacht.
Nach fünfzehn Minuten erreichte ich Bracken, bog in die Hofeinfahrt ein, parkte den Wagen, stieg aus. Ich habe ihn sofort entdeckt. Ich habe nämlich gleich nach oben geschaut, zur Dachkante der Maschinenhalle, sechs Meter über dem Boden, wohin man nur über eine schmale rostige Leiter gelangt. Wo er letztes Mal gesessen hatte. Er war wieder dort. Aber er saß nicht.
Ich brauchte nur wenige Sekunden, um zu verstehen. Fast genauso schnell war ich die Leiter hoch. Ich kletterte nicht, ich rannte regelrecht am Gebäude empor. Oben angekommen, legte ich mich bäuchlings aufs Dach und sah über die Kante. Seine Haare lichten sich am Hinterkopf. Man sieht schon richtig die Kopfhaut. Das ist mir nie aufgefallen. Normalerweise trägt Lars eine Mütze. Die hatte er abgesetzt. Sie lag neben mir auf dem Dach, genau an der Stelle, wo er gesprungen war. Der Strick war an einer der stählernen Querstreben des Dachstuhls befestigt. Lars hat ein Abschleppseil genommen. Glänzend blau mit rotem Fähnchen. Der Körper schaukelte leicht und drehte sich. Dabei ging gar kein Wind. Er musste schon eine geraume Weile dort hängen. Von schräg oben sah ich einen Teil seines Gesichts, ich sah die Farbe und die Deformierung. In der gespenstischen Stille des Hofs hörte ich immer wieder ein klickendes Geräusch. Ein Bauernhof ohne Tiere ist wie eine Geisterstadt. Widernatürlich still. Klick, klick. Endlich begriff ich, was das Geräusch verursachte. Aus Lars' Hosenbeinen rann eine

Flüssigkeit. Immer wieder sammelten sich Tropfen am Rand seiner Arbeitsstiefel, schwollen an, stürzten in die Tiefe und schlugen unten auf den Betonboden des Hofs. Klick, klick. Ich lag auf dem Bauch und wusste sofort, was zu tun war. Ich wusste es mit einer Bestimmtheit, die mir hätte merkwürdig vorkommen müssen. Aber da war kein Raum für Zweifel, da war nur Raum für diesen überwältigenden Zwang: Ich musste Lars »abnehmen«. Sogar der richtige Begriff war mir gleich eingefallen: abnehmen, abnehmen. Ich streckte die Arme nach unten und erreichte die Stelle, an der Lars das Seil an die Dachstrebe geknotet hatte. Keine Chance, einen Knoten zu lösen, der unter so massiver Spannung stand. Abschneiden kam nicht in Frage – die Vorstellung, wie der Körper sechs Meter in die Tiefe stürzen und unten auf den Betonboden schlagen würde, war unerträglich. Ich musste Lars heraufziehen. Aber ich bekam nur ein kleines Stück des Seils zu fassen und konnte in dieser Haltung, an der Kante des Dachs liegend, keine Kraft entwickeln. Bei jedem Versuch, an dem Seil zu ziehen, rutschte ich ein Stück nach vorn – es war brandgefährlich. Ich kletterte die Leiter hinunter, lief eine Weile ziellos über den stillen, viel zu aufgeräumten Hof, bis ich im ehemaligen Kuhstall eine Ecke entdeckte, in der Lars sein Gerümpel aufbewahrt. Mit einem alten, fransigen Seil kehrte ich aufs Dach zurück, nur um festzustellen, dass mit einem Seil allein überhaupt nichts anzufangen war. Ich kletterte wieder hinunter, fand in der Gerümpelecke einen Apfelpflücker mit langem Stiel und kletterte mit dem sperrigen Werkzeug vorsichtig ein weiteres Mal die Leiter hinauf. Aus dem Seil formte ich eine Schlinge, ließ sie hinab und schaffte es mithilfe des Apfelpflückers, die Schlinge über Lars' linken Fuß zu schieben, so dass sie sich um seinen Knöchel festzog. Ich richtete mich auf, hob mich auf die Knie, stand langsam auf, sorgfältig darauf achtend, nicht nach vorn zu kippen, und entfernte mich schräg rückwärts vom Rand des Dachs. Das erste Stück ging leicht, dann wurde die Last immer schwerer. Das Gewicht wuchs mit jedem Zentimeter, den ich Lars' Körper anhob, in die Waagerechte, vielleicht schon darüber hinaus – das stellte ich mir jedenfalls vor. Sehen konnte ich nichts, denn alles, was ich bewirkte, spielte sich unterhalb der Dachkante ab. Ich lehnte mich rückwärts in das Seil, drehte mich um und zog wie ein Ochse, stemmte die Füße in die Rillen des Wellblechs, gewann zwei Zentimeter und verlor fünf. Auf einmal ging es leicht und schlug dann mit solcher Wucht zurück, dass ich ausrutschte, ein Stück über das Wellblech Richtung Dachrand gezogen wurde und von vorn anfangen musste. Der Schweiß lief mir über Gesicht und Rücken, meine Arme schmerzten, die Fasern des Seils hatten mir die Hände verbrannt. Ich war schon jenseits meiner Kraft, als plötzlich Lars' Fuß an der Dachkante erschien. Streng darauf achtend, dass die Spannung im Seil nicht nachließ, hangelte ich mich Hand für Hand darauf zu, spürte deutlich, dass Lars' Gewicht größer war als meins, beugte die Knie, um meinen Stand zu verbessern, erreichte schließlich den Knöchel und packte ihn mit beiden Händen. Vergeblich. Ein Blick nach unten verriet, dass alle Anstrengung umsonst gewesen war. Ich hatte es zwar geschafft, den unteren Teil von Lars' Körper schräg anzuheben und einen Fuß zu mir heraufzuziehen. Aber das andere Bein, in unnatürlichem Winkel abgestellt, steckte im Gestänge des Dachstuhls, und der restliche Körper war zusammengeklappt und unter dem überstehenden Dachrand verkantet, so dass es völlig ausgeschlossen war, ihn auch nur einen Zentimeter weiter zu bewegen. Fast heulend vor Wut wollte ich ihn langsam herablassen, aber das Seil raste mir durch die Finger, ich musste loslassen, um mir nicht noch den Rest der

Handflächen zu verbrennen, und Lars stürzte mit vollem Schwung ein weiteres Mal in die Tiefe, wurde von einem grässlichen Ruck gestoppt und begann einen Zappeltanz, bei dem Arme und Beine zuckend durch die Luft geworfen wurden, bis der Körper endlich ausgeschwungen hatte und zur Ruhe kam.

Völlig erschöpft, mit heftigem Zittern in Armen und Beinen stieg ich die Leiter hinunter. Ohne auch nur eine Sekunde zu überlegen, betrat ich die Maschinenhalle und ging zu Lars' gelbem Teleskoplader, mit dem er alles auf dem Hof gemacht hatte und auf den er sehr stolz gewesen war. Ich fand den Schlüssel in der Getränkehalterung, genau dort, wo ich ihn bei meinen Maschinen auch verstecke, und ließ den Motor an. Ich rangierte aus der Halle, positionierte das Fahrzeug so, dass es fast unterhalb der Leiche stand, und fuhr den Arm bis zur maximalen Reichweite aus. Mein Plan war, irgendwie hinauf in die Ladeschaufel zu klettern, wie Tami es getan hatte, mich darin aufzustellen und Lars mit einem Messer vom Strick zu schneiden, so dass er mir quasi in die Arme stürzen würde.

Der Teleskoplader hat eine Hubhöhe von 4,35 Meter. Aber als der Arm senkrecht stand, schaffte ich es nicht hinaufzuklettern. Ich musste ihn ein wenig absenken, so lange, bis ich mich an dem glatten Metall festhalten und gebückt hinauflaufen konnte, wobei die Schaufel vielleicht noch auf einer Höhe von drei Metern schwebte. Dazu kam meine Körpergröße von 165 Zentimetern. Mit ausgestreckten Armen erreichte ich so gerade Lars' Knie. Keine Chance, ihn vom Strick zu schneiden.

Die nächste Idee bestand darin, die Schaufel des Teleskopladers genau unter den Körper zu manövrieren, dann aufs Dach zurückzukehren, mich hinunterzubeugen und den Strick von oben mit einem Messer zu durchtrennen, so dass

Lars nicht metertief auf den Beton, sondern nur das kleine Stück hinunter in die Ladeschaufel stürzen würde. Eine ziemlich gute Idee. Ich saß schon wieder in der Kabine des Radladers, als sich plötzlich etwas veränderte. Meine Sicht klärte sich, alle Anspannung wich aus meinem Körper, ich schaute mich um, als wäre ich gerade aus einem Traum erwacht. Ich stellte den Motor ab und zog das Handy aus der Tasche. Dann rief ich einen Krankenwagen und die Feuerwehr.

Ich muss schlimm ausgesehen haben. Sie ließen mich nicht mit dem Auto nach Hause fahren. Jürgen brachte mich in meinem eigenen Wagen heim und wurde später von einem seiner Leute wieder abgeholt, aber erst nachdem er mich ins Haus begleitet, mir eine Decke um die Schultern gelegt und Tee gekocht hatte. Er war nicht in Eile. Für Lars konnten sie ohnehin nichts mehr tun. Ich habe nicht gesehen, wie sie ihn abgenommen haben. Mit dem Leiterwagen dürfte das kein Problem gewesen sein.

Ich habe mich ins Arbeitszimmer gesetzt und lange in die Luft gestarrt. Irgendwann habe ich angefangen, dir zu schreiben. Es war das Geld, weißt du. Lars hat keinen Brief hinterlassen, er war kein Mann der großen Worte. Aber ich weiß es auch so. Es war das Geld, das ich ihm geliehen habe, das er verzockt hat und nicht zurückzahlen konnte. Die Scham hat ihm den Rest gegeben. So wird ein Mensch von einem pervertierten System an den Abgrund getrieben und von einer guten Freundin über den Rand gestoßen. Nichts daran ist Schönheit, alles ist Schuld.

Aber ich sollte jetzt Schluss machen. Ich muss runtergehen, aufs Fahrrad steigen, zur Kuh & Co. radeln. Eva suchen, von Lars erzählen. Ihre Welt in Stücke schlagen.

Theresa

END PGP SIGNATURE

16:32 Uhr, Mercurius per Telegram: Scheiße, Theresa. Das ist einfach nur grausam. Es tut mir so leid. Ich habe deine Mail dreimal gelesen und kann es immer noch nicht glauben. Ich fühle mit dir. Aber ich kann irgendwie nichts Richtiges dazu sagen. Es ist alles zu viel. Als läge auf diesem Jahr ein Fluch.

16:57 Uhr, Kuhschwester79 per Telegram: Schon gut, Stefan. Du musst nichts dazu sagen. Ich spüre überhaupt nichts.

17:05 Uhr, Mercurius per Telegram: Das ist bestimmt der Schock. Eine Schutzfunktion des Systems. Wahrscheinlich ist es gut so.

17:11 Uhr, Kuhschwester79 per Telegram: Keine Ahnung. Schock oder nicht. Sind nur Worte, oder? Wie man es nennt, ändert nichts an der Lage.

17:17 Uhr, Mercurius per Telegram: Das stimmt. Da hast du Recht. Ich muss jetzt gleich zurück ins Meeting. Tut mir leid. Wie hat Eva es aufgenommen?

17:29 Uhr, Kuhschwester79 per Telegram: Fürchterlich. Sie hat es fürchterlich aufgenommen.

17:32 Uhr, Mercurius per Telegram: Oh Mann. Ja, kein Wunder. Gut, dass sie bei dir wohnt.

17:49 Uhr, Kuhschwester79 per Telegram: Eva ist nach Hessen gefahren. Und bleibt dort bis auf Weiteres. Ich leite den Hof wieder allein.

18:03 Uhr, Mercurius per Telegram: Nach Hessen, echt? Okay. Was macht sie da? Erzähl's mir am besten später. Ich muss jetzt erst mal wirklich wieder rein. Denke an dich. Melde mich später noch mal.

18:20 Uhr, Kuhschwester79 per Telegram: Ja, klar. Mach das.

Freitag, 16. September

08:18 Uhr, Stefan per E-Mail:

BEGIN PGP SIGNED MESSAGE

Sorry, Tessa, es ist gestern Abend irre spät geworden, da wollte ich dich nicht mehr stören. Nur zur Erklärung: Mein Beruf war noch nie nine to five, aber jetzt hat sich die Arbeitsbelastung glatt verdreifacht. Ich bin meistens schon um acht Uhr früh im Büro und komme keinen Abend vor 22 Uhr nach Hause. Zwar ist die Pressemeldung zur Doppelspitze noch nicht raus (wir überlegen noch, wie wir das am wirkungsvollsten lancieren), das heißt, Carla und ich sind offiziell noch gar nicht im Amt. Aber mir scheint, die Vorbereitungsphase ist noch intensiver als der eigentliche Job. Wir haben die Idee des Relaunchs wieder aufgegriffen, wenn auch nicht in der radikalen Form, die Sota und ich damals Gott sei Dank verhindert haben. Aber die Doppelspitze läutet eine neue Ära ein, und das muss sichtbar werden, auf allen Ebenen. Allein die geplante Umbenennung in BOT*IN ist eine riesengroße Sache. Damit wird ein Layout-Facelift, also eine grafische Neugestaltung einhergehen. Die BOT*IN bekommt ein modernes Gesicht. Auch wird die Umstrukturierung der Ressorts ausgedehnt. Außer den neuen Ressorts *Bot*in aktiv* und *People of Colour* wird es Schwerpunktverschiebungen geben, wie zum Beispiel eine Zusammenlegung von Wirtschaft und Klima und eine Erweiterung von Gesellschaft und Politik um die Rubrik *Identität*. Aber ich will dich nicht mit den Einzelheiten langweilen. Ich bin den ganzen Tag in Planungsmeetings mit den verschiedenen Abteilungen und betreibe gleichzeitig quasi eine Standleitung mit DvB und Carla. Letztere pendelt zwischen Hamburg und Berlin, um die Neuausrichtung mit den Onlinern abzustimmen. In den fast nicht vorhandenen Zwischenräumen führen Carla und ich Mitarbeiter*innengespräche auf allen Ebenen, um die neue Führung vorzustellen und unsere Ideen in sämtliche Winkel dieses riesigen Zeitungsschiffs zu tragen.

Was mich einerseits freut, andererseits schockiert: Seit ich Chef *in spe* bin, spielt der Frauenschläger-Shitstorm kaum noch eine Rolle. In den sozialen Netzwerken ist der Wind ohnehin schon ein bisschen abgeflaut. (Momentan geht es vor allem um einen neuen Appell zur Ukraine sowie um einen Kolumnisten, der öffentlich die vierte Corona-Impfung abgelehnt hat – hast du vielleicht mitgekriegt.) Die Sota-, Jordan- und Bote-Hashtags sind deutlich abgerutscht. Interessant ist aber vor allem der Gedächtnisverlust der Kolleg*innen hier in der Redaktion. Offensichtlich kann sich niemand erinnern, mir noch vor Kurzem mitleidig die Schulter getätschelt zu haben. Niemand erinnert sich an die heimlichen Überlegungen, ob es der Karriere schaden könnte, mit mir in der Kantine einen Cappuccino zu trinken. Alle freuen sich über meine Beförderung, haben schon immer gewusst, dass ich es weit bringen werde, und sind ganz heiß auf die künftige Zusammenarbeit. Selbst der junge Kollege aus dem *Wissen*, der mir erst neulich von

Urinal zu Urinal seine Verachtung erklärt hat, ist hellauf begeistert von unserer hypermodernen Doppelspitze und freut sich darauf, in einem so fortschrittlichen Team zu arbeiten. Er lächelt mich jetzt im Fahrstuhl an, dass man glauben könnte, er sei in mich verliebt (aber ich verweigere ihm die Absolution, nach der er sich so sehr sehnt). Kein Wort mehr von der Mail an dich, Theresa. Kein Wort mehr davon, dass ich dem Ansehen der Zeitung schade. Ist das ein Glück, ist es erbärmlich oder heutzutage einfach nur normal? Passen sich menschliche Denkweisen den Algorithmen von Social Media an und vergessen jeden Tag aufs Neue, was 24 Stunden zuvor noch weltbewegend war? Oder ist es der ganz normale Opportunismus, der schon immer alles Elend der Welt stillschweigend ermöglicht hat?
Aber das muss dich alles nicht interessieren, ich will auch nicht schon wieder so viel über mich reden, ich will nur, dass du weißt, dass ich trotzdem an dich denke, dass ich bei dir bin und dass es mir wahnsinnig leidtut, was mit Lars passiert ist.
Weißt du schon, wann du nach Hamburg kommst?

Dein Stefan

END PGP SIGNATURE

22:01 Uhr, Kuhschwester79 per Telegram: Hab mir schon gedacht, dass du im Stress bist. Kein Problem, ich habe selbst irre viel zu tun. Jetzt, wo Eva weg ist, merke ich wieder so richtig, was für eine Tretmühle dieser Milchhof ist. Aber eigentlich bin ich froh, dass ich so viel zu tun habe. Arbeit lenkt ab. Stumpft ab. Das ist genau das, was ich brauche. Und in der Melkmaschine im Morgengrauen habe ich immer noch meine spirituellen Momente.

22:29 Uhr, Mercurius per Telegram: Mann, bin ich froh, dass du das so siehst. Hatte die ganze Zeit ein schlechtes Gewissen, weil ich nicht für dich da bin. Mal telefonieren?

22:33 Uhr, Kuhschwester79 per Telegram: Klar, ruf einfach an.

Sonntag, 18. September

09:09 Uhr, Mercurius per Telegram: Sorry, sorry, tut mir total leid, ich hab's mit dem Telefonieren einfach nicht geschafft. Wochenenden gibt es jetzt auch keine mehr. Ich habe noch gar nicht erzählt, dass DvB die Idee mit der Relaunch-Party wieder aus der Kiste geholt und gleich Nägel mit Köpfen gemacht hat. Grundsätzlich bin ich total dafür – großer Empfang mit allen Schikanen, Vorstellung der neuen Doppelspitze, feierliche Präsentation der ersten BOT*IN und anschließend Sause bis spät in die Nacht. Aber das Ganze soll schon am Tag der Deutschen Einheit steigen. Eine Save-the-date-Rundmail an die gesamte Branche ist vor drei Tagen rausgegangen. Klar, ein symbolträchtiges Datum. Nur muss eine solche Veranstaltung auch geplant und organisiert werden. Dazu DvB: »Wir machen das schon.« Mit »wir« meint sie mich. Fetter Eintrag auf dem To-do-Zettel.

10:10 Uhr, Kuhschwester79 per Telegram: Alles gut, mein To-do-Zettel (den ich nicht habe) ist auch ziemlich voll. Wollte dir noch sagen, dass ich nicht nach Hamburg kommen kann, solange Eva nicht da ist, aber das hast du dir sicher schon gedacht.

10:12 Uhr, Mercurius per Telegram: Oh. Nein. Ehrlich gesagt hatte ich nicht so weit gedacht.

10:15 Uhr, Mercurius per Telegram: Aber vielleicht ist es sogar besser so. Bis zur Relaunch-Party weiß ich überhaupt nicht, wo mir der Kopf steht. Ich würde dich lieber in Ruhe treffen. Wenn sich alles ein bisschen eingependelt hat.

Montag, 19. September

12:40 Uhr, Mercurius per Telegram: Hey, Tessa, wollen wir es heute noch mal mit Telefonieren versuchen? Heute Abend sieht es ganz gut aus bei mir.

17:52 Uhr, Mercurius per Telegram: Tessa, alles klar bei dir?

20:12 Uhr, Mercurius per Telegram: Fehlgeschlagener Anruf.

21:37 Uhr, Mercurius per Telegram: Fehlgeschlagener Anruf.

Dienstag, 20. September

07:10 Uhr, Kuhschwester79 per Telegram: Tut mir leid, Stefan, ich war in den letzten Tagen unterwegs und hatte die SIM-Karte vom Handy rausgenommen. Jetzt bin ich wieder erreichbar.

10:01 Uhr, Mercurius per Telegram: Du hast die SIM-Karte rausgenommen?? Warum das denn, bitte??

10:15 Uhr, Mercurius per Telegram: Und wieso unterwegs? Ich dachte, du kannst nicht weg? Hast du Eva besucht? Was macht sie eigentlich in Hessen? Wie geht's ihr?

10:29 Uhr, Mercurius per Telegram: Sag mir bitte, dass ihr euch nicht mit Free Gaia zusammentut.

20:12 Uhr, Theresa per E-Mail:

BEGIN PGP SIGNED MESSAGE

Hallo Stefan,

Eva geht es den Umständen entsprechend gut. Unglaublich, wie viel Energie sie hat. Sie ist ein Reaktor, der Trauer und Verzweiflung zu Tatendrang fusioniert. Keine Depression, keine Lethargie, im Gegenteil. Sie steckt mich an, sie reißt mich mit. Da ist eine neue, mächtige, schier unerschöpfliche Kraft. Ich glaube, man nennt sie »Rache«. Die neuen Ideen sind genial, das Team arbeitet extrem effizient. Wir haben eine Untergruppe namens *L.A.R.S.* gegründet – das steht für »Ländlich-agrarische Räume sichern« – und Eva ist unser Head of Development. Sie war schon immer ein starkes Mädchen. Jetzt zeigt sie, was wirklich in ihr steckt. Das erzähle ich dir in absolutem Vertrauen, aber das versteht sich von selbst, nicht wahr? Du sprichst mit niemandem darüber und recherchierst am besten im Internet auch keine verwandten Themen. Es sei denn, du gehst über TOR. Du hast ja selbst erfahren, wie die modernen Überwachungssysteme funktionieren.

Das nur kurz zu deinen Fragen von heute Morgen. Ich

sitze noch im Büro und muss auch noch mal kurz in den Stall.

Liebe Grüße, Theresa

END PGP SIGNATURE

Mittwoch, 21. September

07:58 Uhr, Mercurius per Telegram: Ach komm, Theresa, das hatten wir doch alles schon. Das haben wir doch hinter uns gelassen. Du hattest diese infantilen Formen von Protest bereits als Irrweg erkannt.

08:32 Uhr, Mercurius per Telegram: Ich verstehe, wie verzweifelt du über Lars' Selbstmord bist. Das ist wirklich schrecklich. Aber der Mann hat einfach Mist gebaut.

19:57 Uhr, Theresa per E-Mail:

BEGIN PGP SIGNED MESSAGE

Du verstehst immer noch nichts. Nach den vielen Monaten, in denen wir uns geschrieben haben, wirkt das schreiend komisch. Ich sage es dir zum letzten Mal und hoffe, dass du es dir hinter die Ohren schreibst: Niemand hat Mist gebaut. Lars nicht, ich nicht, Eva nicht. Die da oben treiben uns mit ihrer Vernichtungspolitik zu absurden Verhaltensweisen und zeigen dann mit dem Finger auf uns und nennen uns Querdenker oder Reichsbürger oder Hirnis vom Land. Schau dich doch mal um: Putin verkündet die Mobilmachung. Gleichzeitig können die Leute die Spritpreise nicht mehr bezahlen und ihre Häuser nicht mehr heizen. Bei mir im Dorf sind viele

total verzweifelt. Sie haben keine Ahnung, wie es weitergehen soll. Eines Tages wandelt sich die Verzweiflung in Wut. Willst du das, was dann möglicherweise auf uns zukommt, auch eine »infantile Form von Protest« und einen »Irrweg« nennen? Glaubst du wirklich, dass mit solcher Überheblichkeit irgendetwas zu gewinnen ist?
Ohne das Ernteverbot wäre Lars nicht ins Spielcasino gegangen. Ohne Preisdumping im Lebensmittelsektor und das Chaos bei der Energiewende hätte ich Ronny nicht entlassen müssen. Ohne Entlassung hätte er mir die Trocknungsanlage nicht angezündet, und ohne den Brand hätte ich das Geld nicht von Lars zurückfordern müssen. Siehst du die Zusammenhänge? Verstehst du das System?
Das war kein Selbstmord, sondern Mord.

END PGP SIGNATURE

21:38 Uhr, Mercurius per Telegram: NATÜRLICH bist du NICHT schuld an seinem Tod!! Aber wer zum Teufel sind »die da oben«? Wer ist das »System«?

21:42 Uhr, Mercurius per Telegram: Ronny hat das Feuer gelegt? Wirklich? Steht das jetzt fest?

22:03 Uhr, Mercurius per Telegram: Theresa, soll ich vorbeikommen? Ich würde so gern länger mit dir reden, aber ich habe so wahnsinnig viel zu tun. Vielleicht könnte ich mir einen Abend freischaufeln und dich in Brandenburg besuchen. Wenigstens für zwei Stunden.

22:30 Uhr, Mercurius per Telegram: Fehlgeschlagener Anruf.

23:56 Uhr, Mercurius per Telegram: Fehlgeschlagener Anruf.

Donnerstag, 22. September

14:06 Uhr, Mercurius per Telegram: Theresa, gib mir bitte ein Zeichen.

19:35 Uhr, Mercurius per Telegram: Bin schon ziemlich weit mit der Planung für die Relaunch-Party. Höllenstress, aber der 3. Oktober ist wirklich das perfekte Datum. Wir feiern die Vereinigung aller Gegensätze, Ost und West, Mann und Frau, Schwarz und Weiß. Es fügt sich alles wie durch Zauberhand. Nur noch zehn Tage! Danach wird es ruhiger bei mir, dann kehrt Routine ein. Danach kommst du endlich nach Hamburg, okay?

Freitag, 23. September

09:00 Uhr, Mercurius per Telegram: Theresa, geht's dir gut?

17:40 Uhr, Kuhschwester79 per Telegram: Alles klar, Stevie, sorry für das Schweigen, ich habe irre viel zu tun, aber mir geht's gut!

18:08 Uhr, Mercurius per Telegram: Ah, Gott sei Dank. Was machst du denn so?

19:41 Uhr, Mercurius per Telegram: Ich habe das Gefühl, du entfernst dich von mir … Das fühlt sich schrecklich an.

Samstag, 24. September

23:58 Uhr, Mercurius per Telegram: Bitte melde dich wieder. Ich mache mir Sorgen.

Sonntag, 25. September

05:45 Uhr, Kuhschwester79 per Telegram: Sorry, hier ist alles in Ordnung, ich bin nur so wahnsinnig beschäftigt.

07:04 Uhr, Mercurius per Telegram: Hier läuft auch alles super. Der Relaunch wird sensationell. Ich bekomme so viel Zustimmung, das fühlt sich herrlich an nach der ganzen Scheiße, die ich durchgemacht habe. Alle lieben die Doppelspitze. Alle sind aufgeregt wie kleine Kinder vor Weihnachten. In acht Tagen ist es so weit.

Montag, 26. September

09:22 Uhr, Mercurius per Telegram: Theresa, du hast meine letzte Nachricht noch gar nicht gelesen. Stress? Oder ist das ein technisches Problem?

15:09 Uhr, Stefan per WhatsApp: Klappt es vielleicht hier auf WhatsApp? Bekommst du diese Nachricht?

Dienstag, 27. September

08:12 Uhr, Stefan per E-Mail:

BEGIN PGP SIGNED MESSAGE

Hey, meld dich doch bitte mal kurz per E-Mail, ich habe das Gefühl, du bekommst meine Nachrichten nicht. Auch wenn du viel zu tun hast – schreib mir kurz, dass alles in Ordnung ist, ja? S.

END PGP SIGNATURE

08:13 Uhr, Nachricht von Mailer Daemon <mailer-daemon@gmx.net>

Mail delivery failed: returning message to sender
This message was created automatically by mail delivery software.
A message that you sent could not be delivered to one or more recipients. This is a permanent error.
The following address failed: theresa.kallis@gmx.de

09:02 Uhr, Stefan per E-Mail:

BEGIN PGP SIGNED MESSAGE

Theresa, was ist mit deiner Mailadresse los? Ist dein Speicherplatz voll?

END PGP SIGNATURE

09:04 Uhr, Nachricht von Mailer Daemon <mailer-daemon@gmx.net>

Mail delivery failed: returning message to sender
This message was created automatically by mail delivery software.
A message that you sent could not be delivered to one or more recipients. This is a permanent error.
The following address failed: theresa.kallis@gmx.de

Mittwoch, 28. September

11:56 Uhr, Stefan per SMS: Jetzt noch mal per SMS. Wieso gehst du nicht ans Telefon, wieso guckst du deine Nachrichten nicht an? Muss ich ein Detektivbüro beauftragen, um dich zu suchen?

17:08 Uhr, Stefan per SMS: Nächsten Montag ist die große Relaunch-Party ... Das Erscheinen von Number One. Ich bin total fertig mit den Nerven und habe wirklich keine Kraft für Spielchen.

18:01 Uhr, Stefan per SMS: THERESA VERDAMMT NOCH MAL WO BIST DU?

Donnerstag, 29. September

22:49 Uhr, Stefan per E-Mail:

BEGIN PGP SIGNED MESSAGE

Weißt du, was ich gemacht habe? Ich habe Bastis Telefonnummer recherchiert und ihn angerufen. Daran siehst du, wie verzweifelt ich bin. Er wusste sofort, wer ich bin (»der Arsch aus Hamburg«), und war ziemlich unfreundlich am Telefon. Aber als ich ihm erzählt habe, dass du dich seit Tagen nicht mehr bei mir meldest und auf keinem Kanal zu erreichen bist, hat sich seine Laune merklich gebessert. Er sagte, du seist vorhin bei ihm gewesen, um die Kinder zurückzubringen. Ihr hättet die Tage getauscht, weil du am Wochenende keine Zeit hast. Ansonsten seist du ganz normal, ja, sogar gut gelaunt gewesen. Basti hat mich gesiezt und zum Abschluss gesagt, er finde es großartig, dass du jetzt anscheinend den Kontakt zu mir abbrichst. Ich solle endlich aufhören, mich an seine Frau ranzumachen. Dann kämen die Dinge wieder in Ordnung. Dein Mann nimmt kein Blatt vor den Mund, das muss man ihm lassen.

Ist es das, Theresa? Wirklich? Machst du gerade mit mir Schluss, indem du meine Kontakte blockierst und dich einfach nicht mehr meldest? Gehst du ohne ein Wort zu Basti zurück? Kannst du mir nicht verzeihen, dass ich Chefredakteur bei der BOT*IN werde? Ist es das? Ist das ein Grund, mich zu canceln, einfach so?

Ich verstehe das nicht, ich kann es mir nicht vorstellen. So bist du nicht. So sind *wir* nicht. Wir haben ganz andere Hürden genommen.

Wenn du dich entschieden hast, zu Basti zurückzugehen,

kannst du mit mir darüber reden, Theresa. Aber du kannst mich nicht einfach löschen! Hörst du mich? Lösch mich nicht!

END PGP SIGNATURE

22:51 Uhr, Nachricht von Mailer Daemon <mailer-daemon@gmx.net>

Mail delivery failed: returning message to sender
This message was created automatically by mail delivery software.
A message that you sent could not be delivered to one or more recipients. This is a permanent error.
The following address failed: theresa.kallis@gmx.de

Freitag, 30. September

09:30 Uhr, Mercurius per Telegram: Oh Gott. Jetzt verstehe ich. Ich höre es gerade im Radio. Es hat gar nichts mit Basti zu tun. Und auch nicht mit mir. Vor dem Landwirtschaftsministerium in Berlin steht ein großer Pool mit Schweineblut. Dazu ein paar Tausend Landwirt*innen mit Transparenten: Schluss mit dem Blutbad.

09:34 Uhr, Mercurius per Telegram: Der Kommentator fragt sich gerade, was L.A.R.S. bedeutet.

09:45 Uhr, Mercurius per Telegram: Das bist du, stimmt's, Theresa? Du bist dabei. Du hast das organisiert, zusammen mit Eva und diesen Geisteskranken von Free Gaia.

10:02 Uhr, Mercurius per Telegram: Jetzt kommen die Nachrichten.

10:11 Uhr, Mercurius per Telegram: Anscheinend habt ihr Erfolg. Der Landwirtschaftsminister hat angekündigt, dass er rauskommt, um mit euch zu reden. Gegen den Widerstand sämtlicher Sicherheitskräfte. Um 10:30 Uhr will er vor dem Ministerium eine kurze Ansprache halten. Ihr scheint ja richtig etwas zu erreichen.

10:21 Uhr, Mercurius per Telegram: Aber das Beste ist – ich sag's mal ganz unverblümt: Du bist nicht zu Basti zurückgekehrt! Ich weiß jetzt, warum du die ganze Zeit schweigst. Du hast deine Kommunikation lahmgelegt. Vermutlich ist das bei Free Gaia die ganz normale Routine. Immerhin werden die vom Verfassungsschutz als Verdachtsfall geführt.

10:24 Uhr, Mercurius per Telegram: Na ja, ein Grund zur Freude ist das natürlich nicht. Wenn diese Sache vorbei ist und du endlich wieder mit mir sprichst, dann werde ich dir …

10:35 Uhr, Mercurius per Telegram: Sondermeldung

10:37 Uhr, Mercurius per Telegram: Scheiße Was zum

10:49 Uhr, Mercurius per Telegram: Nein. Bitte nicht. Bitte sag mir, dass du das nicht warst. Sag mir, dass du NICHT die 43-jährige Landwirtin aus der Ost-Prignitz bist. NEIN Tessa, das hast du NICHT gemacht! So etwas tust du nicht! Du nicht!

11:00 Uhr, Mercurius per Telegram: Ach Tessa. Bitte komm doch zurück zu mir.

Dienstag, 4. Oktober

07:26 Uhr, Stefan per E-Mail:

BEGIN PGP SIGNED MESSAGE

Ich fühle mich, als würde ich in einen leeren Raum hineinrufen. Mit den Wänden sprechen. So etwas tun nur Verrückte, oder? Vielleicht bin ich verrückt. Aber ich kann nicht anders. Ich schreibe dir, obwohl ich weiß, dass du diese Mail nicht lesen wirst.
Ich habe dich wiedergesehen. Seit Wochen wünsche ich mir das so sehr. Seit Wochen vergeht kein Tag, ohne dass ich mir vorstelle, wie es sein wird, wenn wir uns das nächste Mal treffen. Jetzt ist es passiert, du bist mir begegnet, und es ist das Gegenteil von allem, was ich mir erhofft hatte. Kein Anfang, sondern ein Ende. Als wärest du vor meinen Augen gestorben, hinter einer Panzerglasscheibe, so dass ich hilflos zusehen musste, dir nicht helfen, dich nicht retten konnte. Wo bist du jetzt? Ich habe keine Ahnung. Wahrscheinlich ist diese Mail ein Abschiedsbrief. Ein Grabstein auf unserer Geschichte, in einem leeren, verschlüsselten Raum irgendwo in den unendlichen Weiten des Internets.
Gestern Abend war die Relaunch-Party, und es war ein rauschendes Fest. Alle waren da, die ganze Branche, unsere Leute und mindestens achthundert Kolleg*innen von anderen Formaten, Print, Radio, Online und TV, nicht nur aus Hamburg und Berlin, auch aus Frankfurt und München. Wir sind immer noch ein Flaggschiff. Wenn wir ein

Manöver ankündigen, kommen alle, um zuzusehen. Ich dachte, wir werden niemals rechtzeitig fertig mit den Vorbereitungen, aber DvB hatte Recht, wir haben es geschafft, trotz der absurd kurzen Zeit.

Die *Joschka-Fischer-Stiftung* ist ein Glas-Stahl-Ziegel-Palast am Sandtorkai, zwischen Elbphilharmonie und Speicherstadt, mit Blick auf den blau erleuchteten Hafen. Trotz der üppigen Dimensionen passten die 1.200 Gäst*innen gerade mal so ins Foyer. Das Key-Visual des Abends: ein stilisiertes Yin und Yang mit dem BOTEN-B in der Mitte, das wie ein riesiges Wappen von der Decke hing und als Motiv die Einladungskarten, Gläser und Servietten schmückte. Zwei entgegengesetzte Kräfte, die sich ergänzen, statt sich zu bekämpfen – das Partylogo war DvBs Idee gewesen. Ein bisschen exzentrisch, aber unvergesslich.

Um 19:30 Uhr stand ich neben Carla auf der Bühne. Vor uns hatte sich das Publikum versammelt, Mozarts *Figaro*-Ouvertüre erklang aus den Boxen. Obwohl ich Hunderte von Menschen in diesem Raum persönlich kannte, blieb mein Blick ausgerechnet an dem Gesicht von Leonie hängen, die ziemlich weit vorn stand. Sie trägt keine Zöpfe mehr, sondern einen dunkelbraun gefärbten Pagenkopf, der ihr wesentlich besser steht. Carla hat sie zurückgeholt. Sie wird im Klima-Ressort arbeiten und mir bei jeder Begegnung auf dem Gang triumphierend ins Gesicht grinsen. Sie hat bekommen, was sie wollte – einen Job bei der reformierten BOT*IN. Vielleicht steht ihr eine große journalistisch-aktivistische Zukunft bevor. Immerhin hat ihr Leak Sota zu Fall gebracht. Wer weiß, was sie als Nächstes tut, mit Carla oder für Carla oder auf eigene Rechnung. Es gibt sowieso nichts, was ich gegen sie unternehmen könnte. Jeden Angriff, jede Unverschämtheit werde ich lächelnd schlucken müssen. Das Amt des Chefredakteurs wird nie mehr dasselbe sein wie zu Sotas Zeiten. In Zukunft werden die wahren Entscheidungen woanders getroffen. Der Herrscher der BOT*IN bin nicht ich. Es ist nicht einmal Carla. Der Herrscher der Zukunft ist ein Schwarm, zu dem Leonie gehört.

Carla trat ans Mikrofon, die Musik verstummte, sämtliche Scheinwerfer richteten sich auf sie. Ich stand im Schatten. So muss man sich als Backgroundsänger*in von Robbie Williams fühlen. Das Raunen und Gläserklirren ebbte ab. In diesem Moment erschien auf dem riesigen Screen über uns ein Countdown, der von vier Stunden und dreißig Minuten runterzählte.

»Nice, dass ihr alle da seid!«, rief Carla ins Mikrofon. »Um Punkt Mitternacht bricht eine neue Zeitrechnung an! In viereinhalb Stunden ist der BOTE Geschichte. Es lebe die BOT*IN!«

Der Saal applaudierte. Carla reckte beide Fäuste in die Luft und schaute zur Bar, an der sich ihre Onliner*innen versammelt hatten. Die antworteten mit einem grellen »Woohooooo!«-Chor, zahllose Hände prosteten ihr zu.

Ich wandte mich halb um und betrachtete den Screen, auf dem in vier Stunden, neunzehn Minuten und sieben Sekunden dein Gesicht erscheinen würde. Bitte, glaub mir, Theresa, ich habe das nicht gewollt. Es war nicht meine Idee, ich war mit jeder Faser meines Wesens dagegen, aber ich konnte es nicht verhindern. Was hätte ich sagen sollen? »Diese Frau ist meine beste Freundin, vielleicht noch mehr? Es ist die Frau, an die ich jene verhängnisvolle Mail geschrieben habe?« – Die Anwält*innen von *Lohkamp & Partner* hätten mich schneller aus dem Büro gejagt, als ich bis drei zählen kann, und das Foto wäre trotzdem auf dem Cover erschienen. Ich weiß, du hältst mich für einen Feigling, und vielleicht bin ich das manchmal auch. Aber hier

ging es um etwas anderes. Manchmal ist der Chef derjenige, dem die Hände am stärksten gebunden sind. Ich konnte absolut nichts tun.
Dabei war die Stimmung in der Redaktion so gut in den letzten Tagen. Nach den ganzen Turbulenzen, den Shitstorms und öffentlichen Anfeindungen standen die Zeichen endlich wieder auf Erfolg. Sogar mehr als das, sie standen auf Avantgarde, auf innovativen Lead. Wir spürten alle, dass wir zu Zeitzeug*innen einer alles verändernden Umwälzung wurden, vom/von der Praktikant*in bis zur Chefredakteurin. Alles war gut gelaufen, die Number One, wie wir die Erstausgabe der BOT*IN nannten, war planmäßig zum Redaktionsschluss am 1. Oktober fertig und durchlief vor Drucklegung noch das Schlusslektorat. Wir hatten einen Dummy produziert, dessen Seiten in den Schaukästen auf dem Flur der Chefredaktion hingen. Auf dem Cover prangte eine Grafik, die fast die ganze erste Seite füllte. Auch das ist neu: Die BOT*IN wird ab jetzt ein bilddominiertes Cover haben, ähnlich wie ein Magazin, und es sollen bahnbrechende Cover werden, Bilder mit Aussage und Haltung, die ein neues Archiv der ikonographischen Mediengeschichte begründen. Die Number One zierte eine Collage, die einen lesbischen Kuss zwischen der blinden Justitia und der Statue of Liberty zeigte. Freiheit und Gerechtigkeit in Liebe vereint. Die Bildredaktion hatte sich mächtig ins Zeug gelegt.
Das Wochenende haben wir alle durchgearbeitet. Letzten Samstag, also zwei Tage vor dem Relaunch, kam nachmittags plötzlich Kay Lodwig in mein Büro geprescht. Er war sichtlich aufgeregt, sagte, ich müsse mir unbedingt etwas ansehen, und zwar sofort, eine »Riesensache«, der »totale Hammer«. Unser leitender Bildredakteur neigt normalerweise nicht zu Gefühlsausbrüchen. Es musste wirklich wich-

tig sein. Ich folgte ihm in den sechsten Stock und würde im Nachhinein sagen, dass mich schon im Fahrstuhl ein mulmiges Gefühl beschlich. Vielleicht ist das auch Einbildung, die übliche Umdeutung der Vergangenheit im Licht der Gegenwart. Mit Sicherheit kann ich sagen, dass mich der Schlag traf, als ich das Newsdesk betrat.

Das Desk ist einer der größten Räume im Haus, ein Halbrund voller ausladender Flatscreens, die an den Wänden hängen und einen Ausschnitt aus den weltweiten Live-TV-News zeigen, von *CNN* bis *BBC*. Dazu Arbeitsplätze für 25 Redakteur*innen und der berüchtigte »Donnerbalken«, ein XXL-Tisch für die Konferenz der Chefredaktion mit den Ressortleiter*innen. Alle im Raum warteten auf mich. Sie arbeiteten nicht. Sie schauten mir vorfreudig entgegen. Für den Bruchteil einer Sekunde sah ich noch das geplante Cover von Number One auf den Screens, Justitia und Liberty, dann erlosch es, und ein neues Nummer-eins-Cover erschien. Ein seitengroßes Bild. Eine Frau, das Gesicht halb verdeckt von den fliegenden blonden Locken. Die Menschenmenge dahinter. Schwarze Uniformen. Einer dieser eingefangenen Momente, die wie Denkmäler in der Zeitgeschichte stehen. Epochal. Vielleicht historisch. Ich erkenne Qualität, wenn ich sie sehe.

»Geil, oder?«, sagte Kay. »Klare Anwartschaft auf den World Press Foto Award.«

Ich wusste, dass er Recht hatte. *Das* war das Cover unserer ersten Ausgabe. Kein gebasteltes Stück Politkunst, sondern echtes, geschichtemachendes Leben. Es gab kein einziges gültiges Argument dagegen. Ich fühlte mich, als hätte ich einen Tritt zwischen die Beine bekommen. Die Kolleg*innen hielten mein Entsetzen für sprachlose Begeisterung und klatschten sich ab. Irgendwo klirrten Flaschen, anscheinend hatte man gleich mal ein paar Bier aufgemacht. Kay redete glücklich auf mich ein, was für ein irrer Zufall das sei, wie krass, dass wir dieses Foto sogar exklusiv angeboten bekommen hätten. Ein Amateurschuss, pünktlich zum Relaunch, wie ein Sechser im Lotto plus Zusatzzahl. Mindestens deutsches Pressefoto des Jahres, da verwette er seinen Tesla drauf. Bildgewordener Zeitgeist, Politisierung, Polarisierung, das Erodieren der bürgerlichen Mitte. Das Symbol einer Ära und so weiter, und so fort.

Ja. Dem gab es nichts hinzuzufügen. Ich segnete ihn ab, den Austausch des Covers in letzter Sekunde. Die Bildredaktion klatschte und johlte, klatschte und johlte …

Das Klatschen und Johlen des Publikums riss mich aus meinen Gedanken. Offensichtlich hatte Carla eine mitreißende Rede gehalten. Sie verbeugte sich lachend, rief noch einmal »Show your attitude!« und »Stand by Ukraine!« in die Menge und wartete, bis der Applaus verebbte. »Jetzt hat mein Partner Stefan Jordan euch noch etwas zu sagen.« Sie reichte mir das Mikro und gab mir einen aufmunternden Klaps auf den Oberarm. Ich beugte mich vor und sagte wie verabredet: »Das Buffet ist eröffnet!«

Schon während wir die Stufen der Bühne hinunterstiegen, wurden wir von allen Seiten mit Glückwünschen bestürmt. Kein Schritt ohne Schulterklopfen und Komplimente, ohne Anstoßen, witzige oder witzig gemeinte Sprüche, Respektbekundungen, Anbiederungen. Ich hätte glücklich sein sollen. Man hielt mich zweifellos für ein journalistisches Alphatier auf dem Zenit seines Erfolgs. Dass ich Carla heute Abend den Vortritt ließ, wirkte wie ein Zeichen von Stärke. Eine perfekte Inszenierung, hinter der ich als Mensch, als Chef und als Mann vollkommen verschwand. Ich musste intensiv an Sota denken. Er hat so viel für den BOTEN und für die ganze Republik getan. Was bin ich schon, im Vergleich zu ihm? Habe ich dabei geholfen, einen großen Zeitungsmacher vom Thron zu stoßen, um ihn durch einen Zeitungsmacherdarsteller zu ersetzen – durch mich? Haben wir mit der Geburt der Bot*in und der öffentlichen Hochzeit von Carla und mir tatsächlich etwas Neues und Gutes geschaffen – oder nur ein weiteres Mal die Kannibalen gefüttert?

Ich kippte zwei Gläser Champagner in mich hinein, besorgte mir zwei weitere und lehnte mich im vierten Stock ans Geländer der Galerie, um hinunter ins Atrium zu schauen. Unten war die Tanzfläche eröffnet. Auf den Kellerpartys meiner Schulzeit tanzten die männlichen und weiblichen Stufenschönheiten immer in der Mitte des Raums, während sich die Nerds, Freaks und Dauer-Singles an den Wänden aufreihten. Gestern Abend bevölkerten die Jungen und Woken die Tanzfläche in der Saalmitte, während sich die Älteren mit Pokerface und *Heineken* an den Rändern sammelten. Halbglatzen, aufgerollte Hemdsärmel, gelockerte Krawatten. Ich verspürte tiefe Rührung, ich wäre am liebsten hinuntergegangen, um sie alle zu umarmen und zu trösten.

Als ich mich wieder blicken ließ, forderte mich Carla zum Foxtrott auf. Die Menge machte uns sofort Platz, und für ein paar Minuten waren wir das Zentrum des Abends – ein weißer Mann und eine schwarze Frau im symbolischen Gleichschritt. Dann machte sich der DJ den Spaß, *Komm lass uns fliegen* gegen einen harten Techno-Sound auszutauschen, doch Carla und ich tanzten unabgesprochen unseren Standard weiter, was für viel Gelächter und haufenweise Handyvideos sorgte.

Man kann einen solchen Abend in Gesellschaft verbringen, trinken, tanzen, Small-Talk-Attacken parieren und Schulterklopfer erwidern und dabei trotzdem ganz woanders sein. Ich war, während Carla bewundernde Blicke entgegennahm und ich von jungen Kolleginnen angeflirtet wurde,

nicht in der Joschka-Fischer-Stiftung. Ich war nicht mal in Hamburg. Ich war an Orten, an denen mich niemand vermutet hätte. Vor dem Landwirtschaftsministerium in Berlin. In der Gewahrsamszelle irgendeines Polizeireviers. Am Küchentisch einer WG in Hessen. Ich war bei dir, Theresa, oder besser: auf der Suche nach dir. Denn alle Orte, an die ich in meiner Vorstellung reiste, waren menschenleer. Du warst nicht mehr da. Ein flüchtiges Phantom. Ich spürte körperliche Angst vor dem Augenblick, in dem der Countdown endete.
Ich habe mir alle Videos von eurer Protestaktion angesehen, alles, was ich im Internet finden konnte. Ich kenne die Situation, als wäre ich dabei gewesen. Der runde Aufstellpool mit dem Schweineblut. Zwei junge Aktivist*innen, die als Leichen darin schwammen. Die Schluss-mit-dem-Blutbad-Schreie, der Lärm der Trillerpfeifen, die tanzenden Hufe der Polizeipferde auf dem Asphalt. Ihr habt die Wilhelmstraße komplett blockiert, die Staus zogen sich durchs halbe Regierungsviertel, anscheinend hatte die Polizei trotzdem keine Anweisung zum Räumen, wahrscheinlich, weil ihr zu viele wart. Es gibt Handyvideos aus allen Perspektiven, aber auf keinem der Filme bist du zu sehen. Man sieht Eva, wie sie ein *L.A.R.S.*-Transparent reckt. Man sieht Eva auf einem improvisierten Podest, wo sie eine Rede hält, über den Tod ihres Vaters, über die Missstände im Land, darüber, dass es Zeit ist für echte Gegenwehr. Ein Pamphlet gegen die Vorherrschaft von Brüssel, New York und Genf. Wo warst du die ganze Zeit? Du wolltest dich im Hintergrund halten, nicht wahr? Du bist nur mitgekommen, um das Schauspiel als Beobachterin zu verfolgen. Wahrscheinlich hast du mit dem Schweineblut geholfen, du hast genügend Kontakte zu Mastbetrieben und Schlachthöfen, und nun wolltest du schauen, wie die Umsetzung der Idee in

der Wirklichkeit funktioniert. Du wolltest nicht in erster Reihe marschieren. Du warst eine Bühnenbildnerin hinter den Kulissen.

Dann öffnet sich die schwere Holztür des Ministeriums. Der Minister tritt heraus, im maßgeschneiderten Anzug mit auffällig grüner Krawatte. Man sieht auf den Videos, wie die Sicherheitsbeamten auf ihn einreden, wie sie ihn am Arm fassen und wie er sie beiseiteschiebt. Das gefällt mir, ein Mann mit Rückgrat, gestärkt vom echten Glauben an die Demokratie. Er will mit den aufgebrachten Menschen reden. Er lässt sich vom Einsatzleiter der Bereitschaftspolizei ein Megafon geben und beginnt zu sprechen, quäkend, schwer zu verstehen. Irgendetwas mit Demokratie und legitimem Protest. Dann kommen die »Abers«. Er fängt an zu erzählen, was seine Partei alles für die Landwirtschaft tut. Welche Chancen die Energiewende für die Zukunft bringt. Dass die Gesellschaft in Zeiten der Krise solidarisch zusammenstehen muss. Eine Frau löst sich aus der Menge. Die ganze Zeit unsichtbar, plötzlich im Mittelpunkt des Geschehens. Sie strahlt eine solche Wut aus, dass sich eine Gasse bildet. Sie rennt nach vorn zu der kleinen Eingangstreppe, auf der der Minister zwischen den herrschaftlichen Säulen steht. Sie wird von einem Personenschützer gepackt, reißt sich mit aller Kraft los, stürmt noch ein paar Schritte voran, bis sie die Treppe erreicht. Zwei Sekunden später passiert es, zwei Sekunden später klickt die Kamera eines Amateurfotografen. Hohe Auflösung, toller Bildausschnitt, gestochen scharf.

Weißt du, wo ich gerade sitze? Wenn du diese Mail lesen würdest, könntest du es dir vielleicht denken. Ich sitze mit meinem Notebook dort, wo wir uns beschimpft, geschlagen und geküsst haben. Das Wasser der Außenalster ist grau wie der Himmel, als würde die Natur schon einmal für den Winter üben. Bald ist es Herbst, dann Winter, so wie es immer Winter wird, als wäre nichts passiert. Als wäre niemals irgendetwas passiert. Als gäbe es keine Zeit. Ich merke, wie ich diese Illusion genieße. Sie lindert den Schmerz für einen kleinen Moment. Wir haben beide gekämpft und verloren, Theresa – jeder auf seine Weise.

Zwei Minuten vor Mitternacht gingen auf ein Handzeichen von DvB sämtliche Lichter aus. Ein Scheinwerferkegel erfasste Carla, die sich der Bühne näherte. Sie wirkte, während sie durch die Menge schritt, wie eine Boxerin auf dem Weg zum Ring. Die schmalen Stufen nahm sie trotz ihrer waghalsigen gelben High Heels ebenso mühelos wie elegant. Schweigend und lächelnd stand sie am Bühnenrand und zeigte hinter sich auf den Screen, wo immer noch der Countdown lief. Er näherte sich seinem Ende. Als Carla begann, im Takt der Sekunden mit den Fingern zu schnipsen, zählte der Saal mit. Ein massiver Chor. Ich will nicht verschweigen, dass sich mein Körper mit Gänsehaut überzog. Als ob sich etwas Großes näherte. Etwas Gewaltiges, jenseits von Gut und Böse. Too big to fail. Bei null wurde der Screen gleißend hell, der alte Schriftzug des BOTEN erschien und verwandelte sich binnen Sekunden in BOTIN, dann flog ein animierter Genderstern ins Bild und landete zwischen dem »T« und dem »I« – die »BOT*IN« war komplett. Unter ohrenbetäubendem Applaus entstand die Kopfzeile der neuen Ausgabe, die am nächsten Tag an jedem Kiosk, in jedem Supermarkt und in jeder Bahnhofsbuchhandlung des Landes liegen würde. Und die genau in dieser Sekunde digital auf 300.000 Abonnenten-Devices gesendet wurde.

Unter dem Schriftzug entstand das Bild. Das Knaller-Foto. Es war riesig. Auf dem Screen wirkte es noch monumentaler als auf den Monitoren der Bildredaktion. Ein Raunen

ging durch die Menge. Da waren jede Menge Profis im Publikum – sie erkannten auf den ersten Blick das World-Press-Foto-Award-Potenzial.
Eine Frau, vielleicht Mitte vierzig, das Gesicht halb verdeckt von den fliegenden Locken. Die protestierende Menschenmenge dahinter. Die schwarz uniformierten Arme von Personenschützern, die nach der Frau greifen, sie schon erfasst haben, aber trotzdem nicht verhindern können, was in diesem Moment geschieht. Du hast den rechten Arm ausgestreckt, die flache Hand schräg erhoben, auf den ersten Blick könnte man meinen, du setztest an zum Hitlergruß. Aber die Kamera hat deine Bewegung mitten im Schwung erfasst, deine Hand hat sich soeben vom Gesicht des Ministers gelöst, dessen Kopf von der Wucht deines Schlags zur Seite geschleudert wurde, der Mund aufgerissen, vielleicht eher im Schreck als im Schmerz, die grüne Krawatte wie eine kampfbereite Viper neben ihm in der Luft.
Du kannst zulangen, Theresa. Ich hab's am eigenen Leib gespürt. Wie aus dem Nichts bist du nach vorn gerannt, taub vor Wut und blind von Tränen. Bestimmt hast du an Lars gedacht und an seinen totenstillen Hof, an deine tapferen, treuen Kühe, an Christian und Ronny und vielleicht auch an deinen Vater. Du hast gedacht, dass die Starken die Regeln machen und die Schwachen darunter leiden und dass das so ist, seit es Menschen gibt. Dass sich niemals etwas ändert, egal, wie laut man schreit. Du wolltest wenigstens, dass der Mann mit der grünen Krawatte den Mund hält, dass er Respekt zeigt auf einer Veranstaltung, die für dich vor allem eine Trauerfeier war. Er sollte Lars' Andenken nicht mit hohlen Phrasen beschmutzen. Tötet uns, aber verhöhnt uns nicht. Du hast es nicht mehr ausgehalten, du hast dich selbst vergessen, du bist nach vorn gerannt und hast ein Mitglied der amtierenden Bundesregierung tätlich angegriffen.

Warum hast du die Haare offen getragen an diesem Tag? Wahrscheinlich hast du dich schick gemacht für die Fahrt nach Berlin, so wie bei deinem Ausflug im Sommer mit der Zukunftskommission, als der Minister nicht mit euch reden wollte. Das ist so traurig, Theresa, dass ich den Gedanken kaum aushalten kann.
Jetzt bist du die Antiheldin der Nation. Eine Jeanne d'Arc der Querdenker*innen. Man wird dein Foto zeigen, wenn man Demonstrationen verbietet, Verfassungsschutzberichte veröffentlicht oder über die Verrohung der bürgerlichen Mitte diskutiert. Du bist schön und wild und gebrandmarkt. Du bist das Gesicht der ersten BOT*IN. Du bist eine Vogelfreie, ein weiblicher *homo sacer*, seit heute Mittag ein Meme auf Social Media. Die Internetgemeinde schmückt dein Bild mit immer neuen Unterschriften, »Heil Hitler«, »Wirkungstreffer« oder »Bitte ein Bit«. Du hast jetzt massenweise falsche Freunde, vor allem in der AfD. Du hältst vermutlich den neuen Rekord in der Sparte »Morddrohungen und Vergewaltigungsphantasien«. Du bist unsterblich, Theresa, und damit viele Tode gestorben. Man hat dich mir weggenommen. Du antwortest nicht mehr. Du gehörst jetzt anderen, du bist ein Phantom.
Ich habe die Party um kurz nach Mitternacht heimlich verlassen und bin stundenlang durch die Stadt gelaufen. Wenn ich nicht so viel getrunken hätte, wäre ich vielleicht nach Berlin in die Wilhelmstraße gefahren und hätte mich auf die Stufen des Landwirtschaftsministeriums gesetzt. In meiner Vorstellung rennst du noch immer nach vorn, blind von Tränen und taub vor Wut, aber ich breite die Arme aus und fange dich sanft ein, ich trockne deine Tränen und stille deine Wut, und dann läufst du wieder, und ich fange dich ein, und so geht es immer weiter, so geht es immerfort. Ein leichter Wind kommt auf. Die Sonne ist aufgegangen,

aber es wird heute nicht richtig hell. Die Alster riecht nach Tang und nach Herbst. Im Gras der Uferböschung streiten zwei Möwen. Sie umtanzen einander mit lautem Geschrei, sie hacken sich, flattern auf und landen, die Schnäbel kreischend geöffnet zum nächsten Angriff. Ich sehe, worum sie kämpfen. Es ist nur ein zusammengeknülltes Stück Papier.

END PGP SIGNATURE

07:27 Uhr, Nachricht von Mailer Daemon <mailer-daemon@gmx.net>

Mail delivery failed: returning message to sender
This message was created automatically by mail delivery software.
A message that you sent could not be delivered to one or more recipients. This is a permanent error.
The following address failed: theresa.kallis@gmx.de

MIX
Papier | Fördert gute Waldnutzung
FSC® C014496

Penguin Random House Verlagsgruppe FSC® N001967

3. Auflage
Genehmigte Taschenbuchausgabe Juli 2024

Covergestaltung: buxdesign/Ruth Botzenhardt unter Verwendung
eines Motivs von © plainpicture / Buiten-Beeld / Nico van Kappel
Druck und Einband: GGP Media GmbH, Pößneck
cb · Herstellung: sc
Printed in Germany
ISBN 978-3-442-77424-1

www.btb-verlag.de
www.facebook.com/penguinbuecher